ZHANG HENSHUI
XIAOSHUO JIAOCHENG

张恨水小说教程

主　编　谢家顺

副主编　陈广士　许思友　姜友芝
　　　　王凤娟　陈由歆

合肥工业大学出版社

图书在版编目(CIP)数据

张恨水小说教程/谢家顺主编.—合肥:合肥工业大学出版社,2011.3(2022.1 重印)
ISBN 978-7-5650-0381-3

Ⅰ.①张…　Ⅱ.①谢…　Ⅲ.①张恨水(1895~1967)—小说研究
Ⅳ.①I207.42

中国版本图书馆 CIP 数据核字(2011)第 026814 号

张 恨 水 小 说 教 程

谢家顺　主编　　　　　　　责任编辑　方立松　金　伟

出　版	合肥工业大学出版社		版　次	2011 年 3 月第 1 版	
地　址	合肥市屯溪路 193 号		印　次	2022 年 1 月第 3 次印刷	
邮　编	230009		开　本	710 毫米×1000 毫米　1/16	
电　话	总　编　室:0551-62903078		印　张	20.5	
	市场营销部:0551-62903198		字　数	355 千字	
网　址	www.hfutpress.com.cn		印　刷	安徽昶颉包装印务有限责任公司	
E-mail	press@hfutpress.com.cn		发　行	全国新华书店	

ISBN 978-7-5650-0381-3　　　　　　　　　定价:48.00 元
如果有影响阅读的印装质量问题,请与出版社市场营销部联系调换。

张恨水是我国现当代著名作家。他以创作通俗文学见长，发表过《春明外史》、《金粉世家》、《啼笑因缘》、《八十一梦》等许多有影响的作品，全部创作在三千万言以上，是名副其实的通俗文学大师。这些作品广泛描写了辛亥革命前后到抗战胜利后激烈动荡的社会历史风貌，揭露了侵略者、新旧军阀统治的罪恶和社会的不义，表现了对下层人民和一切被侮辱、被损害者的关怀、同情，它具有丰富的社会认识价值、文化价值和思想启迪价值，是一笔不可小看的文化遗产。

中国作家协会副主席　张锲
——引自《在张恨水百岁诞辰纪念大会上的书面讲话》

目　　录

绪论　张恨水：中国现代文学的一道独特景观

上编　风格篇

　　第一讲　文学史意义：历史的选择 ………………………………（21）

　　第二讲　小说特征（上）：分期与人物类型 …………………（32）

　　第三讲　小说特征（下）：张恨水章回小说特点 ……………（48）

　　第四讲　张恨水小说叙事模式 ……………………………………（59）

中编　作家篇

　　第五讲　双重人格的构造 …………………………………………（77）

　　第六讲　自学成才的典范 …………………………………………（97）

下编　作品篇

　　第七讲　张恨水小说创作嬗变 ……………………………………（111）

　　第八讲　张恨水小说故事类型 ……………………………………（124）

　　第九讲　情调柔板与昂扬激越——小说文本解读 ……………（170）

尾编　文化篇

　　第十讲　张恨水小说与民俗文化 …………………………………（203）

　　第十一讲　张恨水小说的戏剧元素 ………………………………（227）

　　第十二讲　张恨水小说的文化传播 ………………………………（256）

　　第十三讲　张恨水原名笔名文化内涵 ……………………………（272）

　　第十四讲　张恨水现象及其当代文化解读 ………………………（281）

并非"结束语" ·· (296)

主要参考书目 ··· (302)

附录一　张恨水简谱 ··· (305)

附录二　张恨水主要著作目录 ·································· (314)

后　记 ·· (321)

绪论　张恨水：中国现代文学的一道独特景观

他，从皖中大地走出，带着皖腔徽调，浑身散发着皖江文化气息，一生勤劳不息，辛勤耕耘，为人们留下了包括小说、诗词、散文、戏剧、杂文、楹联等在内的，共计三千多万字的作品，为我们提供了一笔宝贵的精神财富。

他，生前七十年，历经满清王朝、辛亥革命、北洋政府、抗日战争、解放战争和社会主义建设各阶段。一个多世纪过去了，正如他的独特经历一样，他及其作品同样经过了誉毁不一的起落过程，并最终被人们所认同，人称"章回小说大家"、"通俗小说大师"、"言情盛手"、"新闻战线上的'徽骆驼'"、"对联大家"、"民俗学专家"等。

他的作品深受读者钟爱，形成了众多"张恨水迷"，从而成为了中国现代文学史上的一种独特的文学现象——张恨水现象。这种现象的突出表现就是围绕其人其作产生的三次"张恨水热"——他的小说受戏剧、广播、电影、电视等艺术样式青睐，或搬上戏剧舞台，或改编成影视剧，历演不衰；他的小说被出版界看好，最多的再版达 30 余次；他的作品里蕴含了可供学术研究的丰富宝藏。

为何会产生如此的轰动效应？其魅力何在？我想这或许就是值得我们探讨的缘由。

这就是张恨水，一位衣着青布衫，身影飘忽，正向着我们走来的张恨水。

一

张恨水（1895—1967），原名张心远，祖籍安徽潜山。他在近半个世纪的写作生涯中，创作了 120 余部中长篇小说，总字数近 2000 万言，其中，《春明外史》、《金粉世家》、《啼笑因缘》、《八十一梦》4 部长篇小说为其代表作。在小说之外，他还写有大量文艺性、新闻性散文，再加上 3000 首左右的诗词和一些剧本，全部作品总字数超过 3000 万言。

张恨水出生于江西广信。曾就读于南昌甲种农业学校、苏州蒙藏垦殖学堂，后因经济困难，中途辍学，开始了自谋生路的生活。他天资聪颖，以"少年才子"闻名乡里。步入文坛后，才华获得较全面的发展，既善琴棋书画，又能吟诗作对，还会写剧本和登台演戏；他勤奋好学，在学生时期，除完成学校规定的课程外，还阅读了大量古今中外的哲学、历史书籍和各种文学作品；他长期坚持自学英语，即使在炮火连天的抗战时期，也从未中断；涉足文坛后，每天除处理报社大量繁重的行政事务性工作外，写作文稿常在 5000 字左右。对此，他自己曾这样说："我是一个推磨的驴子，每日总得工作，除了生病和旅行，我没有工作就比不吃饭还难受。"

1905 年，10 岁的张恨水在老家潜山读书时，先后阅读了《残唐演义》、《三国演义》。从此，他"跌进了小说圈"，到 16 岁时，就已经阅读了几百部中外小说，并开始创作小说。

1918 年 2 月，张恨水经挚友郝耕仁介绍，到安徽芜湖《皖江日报》任总编辑兼编文艺副刊。1919 年秋，离开芜湖到北平（今北京），先后任北平《益世报》助理编辑、天津《益世报》驻京记者。1921 年，兼任芜湖《工商日报》驻京记者。1923 年，兼任秦墨晒、孙剑秋创办的"世界通讯社"总编。数月之后离职，专门给上海《新闻报》、《申报》写通讯。不久，离开《益世报》，协助友人成舍我创办"联合通讯社"，同时兼任北平《今报》编辑。

1924 年初，张恨水辞去上述职务，4 月，任成舍我创办的《世界晚报》新闻编辑，后又主编该报副刊《夜光》。此时，开始在《夜光》上连载第一部有影响的长篇小说《春明外史》，对当时官场和社会的奇闻轶事进行揭露、嘲讽和谴责。

1925 年 2 月，张恨水任成舍我创办的《世界日报》副刊"明珠"编辑。先后在该报上发表多篇中短篇小说。1927 年 2 月，张恨水又一代表作《金粉世家》，开始连载于《世界日报》副刊"明珠"，全书 100 万字，揭露当时上层社会和官场贪婪、伪善、腐败的生活。《春明外史》和《金粉世家》相继问世后，张恨水出了名。

1927 年 10 月，张恨水任《世界日报》总编辑，年底离职，先后在沈阳《新民晚报》，北京《益世报》、《新晨报》、《世界晚报》上，发表多部中长篇小说。1929 年，他开始创作长篇小说《啼笑因缘》，全书约 25 万字，对封建军阀的罪行进行无情地揭露和鞭挞，对下层人民的疾苦寄予深切的关注和同情。1930 年，《啼笑因缘》在上海《新闻报》副刊"快活林"上连载后，成了家传户诵的精神食粮，并被戏曲、电影、电视等多种艺术样式所改编，其影响至今经久不衰。

1931 年，张恨水以稿费收入创办北华美术专科学校，自任校长，兼国文教员。著名画家齐白石、徐悲鸿、李苦禅等曾任该校教员。次年，日军入侵，东三省沦陷。为表示内心激愤，他把在《新闻报》上连载的长篇小说《太平花》增加了抗战内容。这是张恨水第一部鼓舞抗战的作品。此后，又连续发表了《热血之花》、《东北四连长》、《潜山血》、《前线的安徽，安徽的前线》、《冲锋》、《游击队》等一系列抗战作品，并于1932年出版鼓舞抗战的短篇小说集《弯弓集》。他创作的抗战作品，有很多取材于家乡安徽潜山，其内容可歌可泣、亲切动人。

　　1934年，张恨水由北平出发，游历西北。在西安，他先后拜见了邵力子、杨虎城。这次西北旅行，张恨水亲眼目睹了盘踞在西北的封建军阀，横征暴敛，抓丁拉夫，弄得民不聊生，思想上受到很大震动。他曾说："在西北之行之后，我不讳言我的思想变了，文学也自然变了。"他以西北人民生活为素材，奋笔创作了《燕归来》、《小西天》两部长篇小说，分别发表于上海《新闻报》和《申报》。

　　1935年，张恨水应成舍我之约去上海主办《立报》副刊"花果山"。年底，他去南京。1936年，与好友张友鸾合办《南京人报》，由他主编该报副刊"南华经"。1937年11月，他因病到芜湖住院治疗。病愈后，和家属在安庆会合，一同回故乡潜山县城。

　　1938年初，张恨水离开潜山到汉口。当时，中华全国文艺界抗敌协会在汉口成立，他被选为理事。接着，又去重庆，加入《新民报》工作，任主笔、总社协理、重庆版经理，自编重庆版文艺副刊"最后关头"。

　　1939年12月，张恨水开始在重庆《新民报》连载寓言式长篇小说《八十一梦》。由于这部作品无情地鞭挞了那些醉生梦死的贪官污吏，触犯了当时社会上的权势人物，而使张恨水受到特务的严密监视。因此，《八十一梦》被迫只写了十几个梦便停了笔。1942年秋，周恩来在重庆接见《新民报》工作人员时，张恨水在座。周恩来说："同反动派斗争，可以从正面斗，也可以从侧面斗，我觉得用小说的体裁揭露黑暗势力，就是一个好办法，也不会弄到'开天窗'，恨水先生写的《八十一梦》，不是就起了一定作用吗?"

　　1945年秋，国共两党重庆谈判时，经周恩来介绍，毛泽东接见了张恨水，长谈两个多小时。握别时，毛泽东将延安土产的呢料和红枣、小米送给张恨水，张恨水全家深受感动。

　　抗战胜利后，国民党政府向1000多人颁发了"抗战胜利"勋章，张恨水也在其列。

　　1945年底，张恨水离开重庆到汉口。1946年初，又往南京，后经安庆到达北平。4月，北平《新民报》创刊，张恨水任经理兼副刊"北海"主编。5月，老舍委托马彦祥组织的"文学艺术界联合会"在北平成立，张恨水被选为主任理事。不久，他又被推为北平"新闻记者公会"的常务理事。从1946年到1947年，张恨水创作了《巴山夜雨》、《纸醉金迷》、《五子登科》等多部中、长篇小说。1948年秋，张恨水因故辞去《新民报》的所有职务。1949年初，张恨水在《新民报》上发表了《写作生涯回忆》。

1949年1月，北平和平解放。7月，中华全国文学艺术工作者代表大会在北京召开，选举产生全国文联。张恨水被邀，但因高血压病突发，半身不遂，未能参加。会后，周恩来派人专程看望他，并送去大会文件。次月，张恨水加入中国作家协会。在因病丧失工作能力、失去经济来源的情况下，人民政府聘请他为文化部顾问，按月发给工资。1954年，张恨水健康状况开始好转，便辞去文化部顾问职务，又专事写作。1955年夏，张恨水只身南游，经合肥抵安庆，回到阔别十年的故土。家乡面貌的变化，使他激动不已，回北京后，写了中篇游记《南游杂记》，发表于香港《大公报》。

1956年1月，张恨水列席全国政协二届二次会议，第二次与毛泽东握手言欢。这年春末夏初，全国文联组织一批作家、艺术家到西北参观旅行，张恨水应邀参加。回京后，写了游记《西北行》，刊于上海《新闻报》。1957年2月，张恨水列席参加最高国务会议第十一次扩大会，聆听了毛泽东《关于正确处理人民内部矛盾的问题》的讲话。1959年9月，张恨水收到由习仲勋、齐燕铭签发，周恩来批准的中央文史馆馆员聘书，成为中央文史馆馆员。1960年，张恨水作为代表参加了在北京召开的第三次全国文代会。1967年农历正月初七早晨，因脑溢血发作在北京去世。

二

1934年7月，鲁迅在《且介亭杂文·〈木刻纪程〉小引》中说："采用外国的良规，加以发挥，使我们的作品更加丰满是一条路；择取中国的遗产，融合新机，使将来的作品别开生面也是一条路。"这一段话虽是针对当时我国正在兴起的木刻艺术说的，但仔细品味一下，却感到它对一切文艺创作的发展都有着普遍的意义。回顾一下我国"五四"以来现代文学的发展，正体现了这一规律。"五四"新文学运动初期，因要冲破几千年来的封建主义的桎梏，对旧文学从内容到形式进行彻底变革，因此倡导文学革命，以西方文艺作品作为榜样，"采用外国的良规，加以发挥"，从而创造出了一种崭新的中国现代文学。与此同时，新文学作家极力批判、摈弃传统文艺并与之彻底决裂，甚至不加分析地将"章回体"小说一律作为批判或唾弃的对象。而另一些作家，虽然为数不多，以张恨水为代表却是走的不同的道路。在中西文化的激烈冲撞中，自觉地"择取中国的遗产，融合新机"，着手对传统文艺中有生命力的部分进行某些改革，以适应新形势的发展，而不是彻底抛弃它们，积极改良旧的章回体小说，并适当吸取西方文艺的营养，在力图适应并逐步提高广大市民群众审美趣味的同时，使传统的章回体小说逐步走向现代化。

如果说前者是高举文学革命的旗帜，高歌猛进，那么后者却明显地带着文学改良的性质，悄然前行。由于客观形势的需要，几十年来，这两条道路、两种尝试在发展过程中互相靠拢、互相吸取，终于逐渐合二为一。"五四"时期兴起的新文学作家很快发现自己作品的读者圈子的狭小，新文学作品大多只能在知识分子中流传，而走不进广大群众中去，所以，要突破知识分子读者群的狭小天地，使文艺作品得到广大群众的理解乃至欢迎，必须走文艺大众化的道路。因此，在三十年代初有文艺大众化的热烈讨论，有"旧瓶装新酒"的大胆尝试。后来，在抗日民族解放战争时期，毛泽东同志更提出了"民族形式"，人民群众喜闻乐见的大众艺术风格问题。于是在国统区的进步文艺界及解放区的广大文艺工作者中掀起了向民间文艺学习，在批判继承传统文艺的基础上创造和发展人民的新文艺的热潮，并很快产生了一批新的文艺成果。戏剧方面，在学习秧歌的基础上出现了人民群众喜闻乐见的小型歌剧《兄妹开荒》，后来更创作了具有民族形式的大型歌剧《白毛女》；诗歌方面，由于向民歌学习，在信天游的基础上创作了脍炙人口的长篇叙事诗《王贵与李香香》；而在小说方面，则出现了革命的思想内容与章回体形式相结合的《吕梁英雄传》、《新儿女英雄传》等，被新文艺家摒弃了多年的章回体又获得了新的生命。当《新儿女英雄传》在报上连载时，受到全国人民的普遍欢迎。

而张恨水呢，他从 20 年代初开始，从利用、改造章回体起步，在此基础上逐步借鉴西方文艺及"五四"以来新文艺的经验、技巧和形式，向"五四"以来的现实主义文艺靠拢。从《春明外史》、《啼笑因缘》到《八十一梦》可以明显看出这一发展轨迹。他 1939 年创作的《八十一梦》，无论在内容或形式上都与三四十年代的新文学作品几乎没有差别。这样，一条道路是进行文学革命，首先使文学作品在内容和形式上现代化，然后逐步探索它的大众化、民族化问题；一条道路是在民族传统、大众审美趣味的基础上起步，对旧文学进行改良，逐步使文学的内容和形式现代化。经过几十年的探索，这两条道路在发展过程中你中有我、我中有你，最终殊途同归。

过去，在一个相当长的历史时期，由于种种原因，把张恨水排除在中国现代作家之外，或者只承认他的《八十一梦》是新文艺作品，显然是不够恰当的。20 世纪 80 年代的情况虽有所变化，给张恨水的创作以较高评价，但如果只承认他是一位通俗小说大家，我认为仍然是不够的。应该承认他的创作就是"五四"以来我国现代文学的一个有机组成部分，他是中国现代文学史上一位影响很大的作家。今天我们有必要从一个新的角度重新评价他的创作道路的重大意义，总结他的创作经验，这对于全面认识我国现代文学的发展过程，促进当前我国社会主义文艺创作的繁荣，都是不可缺少的。

张恨水从未站在"五四"新文学阵营的对立面，相反地，他却自觉不自觉地接受了"五四"新文化运动的积极影响。他自述1919年"五四"运动发生时，他"受着很大的刺激"，运动达到最高潮时，他正在上海，"亲眼看到了许多热烈的情形"，因此，萌发了到"五四"运动发祥地北京去求学的念头。在此之前，他对胡适提出的《文学改良刍议》原则上也表示赞同，因此，对"五四"新文学运动他并不反感。但是他也敏感地意识到新派小说虽然思想内容非常进步、革命，而文法上的组织，非习惯读中国书、说中国话的普遍民众所能接受。为了避免新派小说的这一弱点，他拾起了为新文艺家所唾弃了的章回体这一形式，试图探索一条改革旧文学的道路。因为，在他看来：（1）既然章回小说创作出了《红楼梦》、《水浒》这些世界名著，那么它就"不尽是要遗弃的东西"；（2）既然中国的"普通民众"、"匹夫匹妇"习惯章回体小说，而现存大量的章回小说又充满着"侠客口中吐白光，才子中状元，佳人后花园私订终身的故事"，贻害读者。因此，为了使中国广大的"匹夫匹妇"们摆脱旧思想的束缚，能从文学作品中多少获得一点新的"现代事物"，身为作家必须尽一点作家的责任。所以，他立志改革章回体，走一条与新派文艺家不同的道路。尽管走这一条路十分艰难，经常遭到人们的非议、耻笑，但他却一往无前地走下去了，而且取得了令世人瞩目的成就。

张恨水对章回体小说进行改革的一个重要方面是作品内容的现代化。他想给广大"匹夫匹妇"们以"现代事物"，来取代那些陈词滥调。众所周知，"五四"以来新文学在内容上的一大特点是强烈的反封建精神。张恨水的小说，尤其是他的代表作《春明外史》、《金粉世家》、《啼笑因缘》等无不具有反封建军阀统治，揭露封建专制统治下社会的种种黑暗、腐朽的特点。他所抨击的对象上至北洋军阀政府的总统、总理、总长、督军、议员，下至世故圆滑的小职员、无聊的文人骚客、通奸的和尚；他所揭露的丑恶现象从上层官僚的勾心斗角、争权夺利、贪污受贿、捧角狎妓，到下流社会的吹牛拍马、拆白骗钱、虚情假意、尔虞我诈，乃至同性相恋等等，可谓光怪陆离，无奇不有。它们既是新的官场现形记，又是旧社会的群丑图。其反映现实的广度和深度，所表现出的人道主义和现实主义精神，并不亚于当年的民主主义作家巴金、老舍和曹禺。

与上述反封建精神紧密相连的是作品内容所显示出的平民化、民主化色彩，所表现出的"平民文学"的倾向。上述作品的基本情节虽然没摆脱传统的才子佳人的窠臼，但是《春明外史》中的杨杏园对妓女梨云的人格的尊重与真挚情感，与李冬青的相互倾慕、平等交往；《啼笑因缘》中的富家公子樊家树自择对象，在总长千金何丽娜与民间艺人沈凤喜之间却独钟沈凤喜等，都表现出在男女婚恋问题上与传统的封建包办、门当户对不同，透露出现代自由、民主、平等的时代气息。作为富家公子哥儿的樊家树，却没有贾宝玉、杜少卿的贵族习气，他的思想更为自由、开放。尤其是在敏感的妇女贞操问题的看法上，完全摆脱了传统的封建思想的局限，而呈现出"五四"以后较为现代、开放的倾向。他对失身后的凤喜说："只要丈夫真爱他的妻子，妻子真爱她的丈夫，身体上受了一点侮辱，却与彼此的爱情，一点没有关系。因为我们的爱情，都是在精神上的，不是在形式上。"而在这些作品中，作为女主角出现的李冬青、冷清秋等与传统的"佳人"也有所不同。她们追求人格独立、男女平等，向往在经济上自食其力的生活，都表现出强烈的现代女性色彩。她们是传统的树干上生发出来的具有现代意识的新枝。

这里，有必要再谈谈《金粉世家》中的女主角冷清秋这一形象的典型意义。冷清秋可说是 20 世纪初叶我国传统道德与现代意识相结合的女性的典型。她有林黛玉的才情、孤高和多愁善感，但毕竟生活在 20 世纪的中国，且出身门第不高，所以，没有林黛玉的贵族小姐派头，而更多的是现代知识女性对自由、平等的追求，对人格独立、经济自主的向往。因此，在爱情失落后，她就有脱离金家自力更生的打算，并主动向金燕西提出离婚要求。当这一要求受到阻挠后，就千方百计寻找机会摆脱金家这奢侈豪华的大家庭对自己的禁锢、束缚，终于在一次大火中趁机逃离了金家，走上"流自己的汗，吃自己的饭"的自食其力的道路。作品在楔子中写她离开金家后，以卖文、卖字为生，日子虽然过得很清苦，但却十分清白、自在。众所周知，在《金粉世家》创作前后，在新文学作品中出现了《伤逝》、《日出》等现代名著，它们都提出了"五四"后妇女解放的问题。但《金粉世家》中的冷清秋却有着特殊的认识价值和美学意义。同《伤逝》中的子君相比，她在结婚后，没有将自己的命运系在丈夫的裤带上，她有现代女性强烈的经济自立思想，在预感到自己前途的危机后，她就积极准备脱离金家后谋生的自救手段。因此，她比子君有头脑、有见识，有自食其力的筹划和准备。所以，她没有重蹈子君的覆辙。与《日出》中的陈白露相较，她更为朴实清高，洁身自爱，出污泥而不染，尤其是具有传统女性吃苦耐劳的韧劲。所以，她离家出走后没有堕落，而是凭自己的知识和劳动，过着清苦自立的日子。她可说是 20 世纪 20 年代从传统逐步迈向现代的转型期知识女性的代表人物。现代意识使她追求经济自立、人格平等，传统的影响使她安贫乐道，不追求物质生活的奢靡。这正是她强于子君、陈白露的地方。从这一意义上说,她是有相当典型意义的。

20世纪20年代鲁迅在《娜拉走后怎样》一文中说,在当时的社会条件下娜拉们出走后"只有两条路:不是堕落,就是回来"。陈白露出走后堕落了,她终于在无力自拔中自杀;子君出走后不久,便重又回到封建家庭的牢笼中,在烈日的威严和冰霜的冷眼下枯萎。冷清秋却挣扎过来了。她没有重演陈白露和子君的悲剧,而凭自己的力量,闯出了第三条路。这虽然不是一条革命的光明大道,但对旧社会不少的城市知识女性来说,仍不失为一条求生之路。因为,在当时的条件下,能有机会走向革命道路的知识女性毕竟是极少数,而广大的知识女性只能在一条艰苦自立的生活道路上跋涉、挣扎,在奋斗中逐步摆脱传统思想的束缚,冲破旧社会的重重阻碍,逐步实现自立、自主、自尊、自强的理想。

张恨水小说内容的现代化还表现在他能紧跟时代的脚步,同时代的脉搏一起跳动。随着时代的向前发展,他的小说创作在内容、题材上也有所扩展、变化。

1931年"九一八"事变后,在国难当头,民族存亡危急之秋,作为一名爱国的文艺工作者,他及时创作了不少反映抗日爱国题材的作品。著名的如《弯弓集》、《东北四连长》、《巷战之夜》、《红花港》、《潜山血》等等。在抗战进入相持阶段及抗战胜利前后,国民党消极抗日,积极反共,他又写了不少讽刺国民党反动官僚贪污腐败、投机商人巧取豪夺大发国难财的一系列作品。如《八十一梦》、《魍魉世界》、《五子登科》等,充分反映了国统区广大民众坚持抗战、坚持民主、坚持进步的正义要求。遗憾的是,新中国成立后,由于作者脑溢血后遗症,思维能力衰退,创作受到极大影响,没有条件写反映新中国翻天覆地变化的长篇作品。但从整个创作看来,作者企图给章回体以"现代"内容的愿望是较好地实现了。

作者对章回体小说的改革表现在艺术形式上,是将我国传统小说与现代西洋小说的表现手法融合起来,在人物塑造、情节结构上显示出与旧章回体不同的现代化倾向。在人物描写上作者除惯用传统的白描手法,用人物的语言、行动刻画人物外,还适当地运用了西方现代小说的心理描写手法。如对《啼笑因缘》中沈凤喜的描写,就较多地运用了心理剖析。尤其是她在尚师长家与刘德柱将军见面、打牌的那一段情节,把沈凤喜半推半就、又爱又怕的心理刻画得细腻入微。在刘将军的金钱引诱下,凤喜爱慕虚荣的心理得到充分展示。同样的,在《金粉世家》中对女主角冷清秋的描写也是如此。冷清秋与金燕西结婚后所产生的"齐大非偶"的感触,也多是通过心理剖析透露出来的。在情节结构上,作者往往将传统小说的曲折多变、引人入胜与现代小说情节结构的开放性结合起来,从而不落旧小说才子佳人大团圆的俗套。如《啼笑因缘》的结尾,在军阀刘德柱被杀以后，按一般旧小说的套路，除奸以后必定是才子佳人大团圆，皆大欢喜。但是张恨水未作如此安排。沈凤喜疯病未愈，樊沈重归于好成为泡影；关秀姑与樊家树本有相结合的条件，但关氏父女行侠仗义，浪迹江湖，远走高飞；秀姑出走前虽精心安排了樊家树与何丽娜在西山别墅的会见，但结局如何，尚是一个谜。照一般读者看来，既然作品开始樊家树先后与三位美丽的女子交往，那么结局必定会与其中一位结成良缘，没有料到最后却一疯、一走、一个是未知数。这无疑是对传统的大团圆审美趣味的一个突破。在《春明外史》中也有类似的情况，男主角杨杏园先后与梨云、李冬青、史科莲三个女性有感情纠葛，结果都未能喜结良缘。杨杏园最后是孤身一人坐化圆寂而终。

对传统的粉饰现实的庸俗大团圆审美观念的不满和唾弃，是"五四"新文学的美学特征之一。1925年鲁迅在《坟·论睁开了眼看》一文中，便极力反对十全十美的瞒和骗的文艺："凡事总要团圆"，"凡有缺陷，一经作者粉饰，后半便大抵改观，使读者落诬妄中，以为世间委实尽够光明，谁有不幸，便是自作自受"，"于是无问题，无缺陷，无不平，也就无解决，无改革，无反抗"，万事大吉。胡适在《文学进化观念与戏剧改良》一文中也曾指出："中国文学最缺的是悲剧的观念，无论是小说，是戏剧，总是一个美满的大团圆。"由此可见，张恨水的小说创作能有意识地冲破旧章回体小说大团圆的审美观念的框框，是符合"五四"后我国现代文学的美学要求的。

三

张恨水十分注意在保证作品内容健康及一定的艺术品位的情况下，更多地获得读者，打开作品的销路。在他的思想意识中，作品的经济效益与社会效益、商品属性与艺术品位是统一的，不可分割的。他以报人起家，以卖文为生，小说在报纸上连载，当然要注意它的销路。但是他绝不以牺牲作品的社会效益来换取所谓的经济效益。相反地，他相当注重作品思想内容的健康、向上。用他自己的话说："小说而忽略了意识，那是没有灵魂的东西。"他抱定两条原则：（1）不陷读者于不义；（2）不和时代思潮脱节。在这两条原则的指导下，20世纪20年代，他着力于对北洋军阀黑暗统治的揭露，20世纪30年代描写和歌颂抗日爱国军民的英勇斗争，20世纪40年代则对国民党反动统治进行了无情的鞭挞。在紧跟时代、不忽略思想内容的前提下，争取更多的读者，打开报纸的销路，当然是无可非议的。文学作品虽然是艺术品，有它一定的品位要求，但是一进入市场就有了商品属性，成为人们交易的对象。因此，张恨水注意作品的销路，这样一种经济头脑与商品意识也是市场经济条件下的必然产物。他是家中的长子，在父亲去世后他要挑起家庭的重担，养家糊口。因此卖文为生，用作品换钱吃饭就成为他脑子中的一大中心问题。鲁迅曾说："钱这个字很难听，或者要被高尚的君子所非笑，但我总觉得人们的议论是不但昨天和今天，即使饭前和饭后，也往往有些差别。凡承认饭需钱买，而以说钱为卑鄙者，倘能按一按他的胃，那里面怕总还有鱼肉没有消化完，须得饿他一天之后，再来听他发议论。"由此看来，在注重社会效益的前提下讲求经济效益，并尽可能打开作品的销路，是合乎生活发展逻辑的。正因为张恨水能将社会效益与经济效益统一起来，将美学要求与商业意识水乳交融地结合在一起，才使他的作品有广大的市场，使他的名字走进千家万户，成为妇孺皆知的作家。而这一点却正是当时的某些新文学作家所忽略或难以做到的。

　　当然，张恨水的小说受到广大市民群众的广泛欢迎，也是与他报人出身这一特殊身份有密切联系的。新闻工作者的职业特点是能广泛接触社会现象及各阶层人士，能及时了解并掌握大量的五光十色的生活材料，这些都为他的写作提供了丰富的素材。正如作者所说："混在新闻界里几年，看了也听了不少社会情况，新闻的幕后还有新闻，达官贵人的政治活动，经济伎俩，艳闻趣事也是很多的。在北京住了五年引起我写作《春明外史》的打算。"所以，张恨水的作品内容有强烈的新闻性、纪实性。"多半是随时听到新闻，随时编作小说"，因此，不少"读者把它看作是新闻版外的'新闻'，吸引力非常之大"。在这一意义上说，张恨水小说的某些内容是可以当成"野史"来读的。但是"随时听到新闻，随时编作小说"并非是有闻必录。因为文学创作毕竟不是新闻报道，它需要进行艺术加工、提炼、升华，典型化。在这一点上，张恨水是不敢忽略的。尽管他工作繁忙，为应付朋友的约稿，常常在同一时间要写几部长篇在报刊上连载，但仍然不忘对所获得的素材作必要的艺术处理。据他的老朋友张友鸾披露，《啼笑因缘》中刘德柱引诱、霸占沈凤喜的素材来源于 1925 年北京四海升平园唱大鼓书的姑娘高翠兰和现役军官田旅长的一段情爱纠纷。田旅长并不是一个仗势欺人的坏蛋，表面上看好像田旅长把高翠兰明目张胆的"抢"走了，实际上却是两相情愿，高翠兰并无丝毫勉强。相反地，当高翠兰的父母通过法律手段将两人强迫分离后，她却形容憔悴，经常哭闹，对田旅长始终难以忘情。张恨水得到这一材料后，感到高、田的情爱故事虽然有相当的新闻性，但在那个北洋军阀统治的吃人的社会中，却并不典型。因此作者经过艺术的再创造，在"抢"字上做文章，突出军阀抢劫良家女子的强暴，迫害民间艺人的残忍，同时，也细致地描写了被抢者的被逼无奈，上当受骗。这样，北洋军阀统治的反动本质便突出了，封建专制同人民大众的矛盾也得到充分的揭示。因此，作者这样的处理使这一素材获得了新的思想深度，也更符合历史的真实，达到了恩格斯所提出的现实主义文艺作品一定要写出典型环境中的典型人物的要求。

张恨水作为一名报人，虽然有条件接触到广泛的社会生活材料，但是光怪陆离的社会现实毕竟是零散的、片断的，如何将它们串联起来形成一个有机的整体，就必须精心设计一条情节主线，围绕这一中心采取串珠式的结构方式，这样才能一环套一环地叙述故事，抓住读者。他的成名作《春明外史》即是以报人杨杏园与梨云、李冬青等的爱情故事作为主线，大故事中套小故事，层层展开，从而较大规模地反映20年代北洋军阀统治时期我国北方社会各阶级、阶层人物的生活面貌。它既有才子佳人式的言情小说的特点，又有着强烈地揭露批判丑恶现象的谴责小说的性质。柔中有刚、刚柔相济，主线清晰、点面结合。这种大故事中套小故事的串珠式结构方式特别适合在报纸上连载，也更容易引起读者的阅读兴趣。但旧中国城市中读者的口味是多种多样的，男女老少各有不同。因此，中国的旧小说也是品种繁多，各色俱全。既有谴责小说、言情小说，又有公案小说、侠义小说，它们各有特点，各自拥有相当的读者群众。为了争取更多的读者，使自己的作品尽可能满足不同趣味的读者的需要，作者必须具备多种描写的本领，积累广泛、丰富的生活素材。张恨水自幼广泛阅读了大量的章回小说、文史书籍，走向社会后又广泛接触了五光十色的生活现象。传统的诗词文章培养了他文人名士的风流、潇洒；祖父、父亲是技击高手又使他懂得了不少武术套路。因此，当上海《新闻报》的编者向他约稿，并提出上海读者喜欢阅读豪侠技击之类的小说时，他便在《啼笑因缘》中穿插了关寿峰父女行侠仗义、锄奸除霸的传奇故事，这样《啼笑因缘》便与《春明外史》、《金粉世家》不同，是社会言情与武侠传奇的结合，既有才子佳人的悲欢离合、缠绵悱恻，又有江湖侠士的路见不平、除暴安良，读者可以各取所需，读后可以各有所得，这就为作品打开了更大的销路。当《啼笑因缘》在《新闻报》上连载时，读者每日排队等候，争相传阅，报纸销路大增。当关秀姑设计刺杀军阀刘德柱后，人人拍手称快。由于作品中关氏父女所除的恶霸是20年代的一个封建军阀，这就与旧小说中的"除暴安良"有所区别，而更富有现代反封建的时代精神。因此，作者既照顾了当时广大读者的需要，又没有降低思想艺术水准，相反地，在一定程度上还提高了读者的思想认识和审美趣味。

与此同时，张恨水的小说通俗但不庸俗、媚俗。他注重职业道德，不拆烂污，既要获得广大读者，又要对读者负责。即使在一些小事上，他也从不马虎。他的几十部长篇小说大多在报纸上连载，有的长达四五年。但是即使在同一时间中，几部长篇分别在几个报纸连载时，他也十分注重不要因自己写作繁忙而令某一部作品中断一天。这种对读者、对报纸负责的精神，令人敬佩。在几十年的写作中只有一次例外，那就是《金粉世家》。当《金粉世家》写到最后一节时，作者的爱女康儿患猩红热去世了，在极端悲痛的情况下，他无法执笔，不得不停载一次。虽只中断一天，但他却仍引以为憾，这种敬业精神的确难能可贵，较之今日某些影视明星、歌星动辄罢演、罢唱，其品格的高下，真是天壤之别。

当然，张恨水即使如此一丝不苟，他所创作的小说也不可能部部精彩。他一生写作了120余部中长篇小说，若用高标准要求，为人称道的只有数得着的几部，即《春明外史》、《金粉世家》、《啼笑因缘》、《八十一梦》、《巴山夜雨》等。就小说创作而言，他与伟大的鲁迅处在两个极端上，鲁迅擅专短篇，他却多写长篇；鲁迅写得少而精，他却似乎显得多而杂；鲁迅是静观默察，深思熟虑，选材严、开掘深，读后发人深省，而他却有时不得不趁热打铁，匆忙成篇，因而余味不多。因此，他笔下令人熟知的人物不少，但够得上称为典型的却屈指可数。但是，在旧中国的现代作家中，作品能走进千家万户，达到家喻户晓、妇孺皆知这一程度的，张恨水大约还是第一人，他的这一优势，就值得称道，值得学习。因此，仅从这一点看，他几十年的创作经验就值得认真总结，并从理论的高度加以阐述。

四

在中国，张恨水确乎是个奇怪的现象。一方面，他确实是个家喻户晓妇孺皆如的人物，30岁以上的，几乎人人都读过至少是看过他的作品。另一方面，许多人对他的了解又少得可怜，几乎都局限在以下几点：一是那部被拍了多次电影和电视剧的小说《啼笑因缘》，一个是鸳鸯蝴蝶派、黄色小说家的恶名，再多些的就是关于他爱慕冰心的"恨水不成冰"的桃色新闻。

尽管这个安徽乡下人嗓门特别大，常常一开口就把人吓一跳，但他对自己的为人和为文一以贯之地保持沉默。他一生奉行君子不党，从来不曾属于任何团体。他很了解中国，也很智慧，因此他并不说话。他一辈子都在做"新闻苦力"，一辈子都"流自己的汗，吃自己的饭"，从没用过一张别有用意的钞票，也不想申辩出什么别的名分，因此，他无心无力也不大屑于争出什么高低。

他只管理下头来三十年如一日，一个字一个字地写，一本书一本书地出。

他心甘情愿地为那些市井百姓写，为借以生存的报章杂志写，也心甘情愿地为他的高堂老母、兄弟姐妹写，为他三个各有情由又都依附于他的妻子写，为他的孩子们写。他不太过问主义，只把握良心道义，也不太计较流派、风格，只在乎好不好看，即使是战斗的文字，他也毫不掩饰地自觉地把市场和读者放在首位。好在，无论怎样，三千万字的作品是绕不过去的。

1924 年，张恨水的成名作《春明外史》在著名报人成舍我先生创办的《世界晚报》上问世，一连载就是五年。这部百万字的小说以男主人公、报社记者杨杏园与青楼女子梨云和知书识礼的半旧式女子李冬青的爱情故事为主线，串起政治社会生活中的光怪陆离、千奇百怪的内幕丑闻，五百多个人物先后登场，展开了人物的悲剧命运。这部小说一问世，很快在北京市民中产生了强烈反响。一时间街谈巷议，形成一股热潮。每天下午两三点，就有很多读者在报馆门前排队，先睹为快。当小说写到梨云忧郁成疾，命在旦夕之时，读者来信像雪片一样飞涌报馆，异口同声地为梨云请命。

1927 年 2 月在《世界日报》上开始登载的《金粉世家》，为张恨水赢得了更高的声誉。小说以出身清贫的美丽才女冷清秋与国务总理金铨家七公子金燕西的恋爱、结婚、反目、离散贯穿全书，描述北洋军阀时期国务总理家庭的兴衰过程，展示上层阶级的家庭生活和世态人情。这部小说长达五年的连载，再一次掀起了张恨水热，评论家们公认它比《春明外史》更精彩更成熟，是"现代《红楼梦》"、"民国《红楼梦》"。

张恨水在北方的大红大紫，尤其是他的连载小说给报纸带来的巨大成功，使当时南方的报业巨头了把眼光放到了他身上。应上海《新闻报》严独鹤先生之约，张恨水答应为其副刊"快活林"写小说。1930 年，使张恨水的声望达到巅峰的长篇小说《啼笑因缘》在上海问世。张恨水在这部小说中调动了他日臻成熟的艺术功力，运用一系列的误会、巧合，使得小说情节曲折而富于戏剧性，人物冲突强烈却又入情入理。他以青年学生樊家树的一段人生经历为轴线，展开他、侠女秀姑和鼓书艺人沈凤喜及与沈长得一模一样的富家小姐何丽娜的一段多角恋爱，最后以沈凤喜落入军阀之手被逼疯，关秀姑锄恶后逃亡，何丽娜离家出走隐居深山的悲剧命运结束，揭露了黑暗的社会现实。

《啼笑因缘》成了《新闻报》的摇钱树，也使张恨水获得丰厚的稿酬。他被约到上海与如痴如醉的读者见面、出版商们蜂拥而至，与他签下了一系列的稿约。

这样的成就让张恨水心绪如潮，他想起 19 岁那年，跪在父亲床头而发的誓言。为了这个誓言，他放弃出洋的计划，受尽嘲讽，在家乡的黄土书屋苦读三年；为了这个誓言，他独自北上，在北京街头四处奔走，强咽下对北大的无限向往，却把弟妹们一个个送进了大学；为了这个誓言，他顺从母亲取回了自己不爱的山村姑娘徐文淑；为了这个誓言，他每天工作到深夜，整整五年，他每天至少要写下三千字，只在长女病逝的那天，中断过一日。现在，他真的可以告慰地下的父亲了。

回到北京后，张恨水用稿费租下了北京大栅栏门框胡同十二号。这是一座有大小七进院落的大院，他有了一个称心如意的写作环境，全家三十多口人依靠他的一支笔，过上了温馨的生活。

那是他创作的高峰。那些年里，他经常是同时为五六家报纸写长篇连载。每天晚上九点，等稿的人排着队等在门口，他低着头在特制的折叠成一摞的稿纸上奋笔疾书，几千字一气呵成。五六篇文稿各交来人，五六个长篇中的人物从不会打架，前后也不会矛盾。文友们传说，一天他坐在麻将桌上打上了瘾，报馆里来人催稿子，他左手打麻将，右手写，照样按时交了稿。

对于自己的生活，张恨水却是低调的。即使在他的唯一的自传《写作生涯回忆》中，他也只谈为文，不谈家事。本质上，他是一个传统的中国文人，但是又很幸运——恰恰是在1919年到达北京，所以，在情感上他是个半新半旧的人物，在思想上他有着双重的标准，他是中国文人的黄昏。他渴望红袖添香的温情，向往志同道合的知己，却又有着非常传统的道德观和责任感。他的一生都在竭尽心力地做一个完人，做好儿子、好兄弟、好父亲、好丈夫。天知道为了这种责任，为了他新旧两种理想，他的内心深处经历了怎样的风雨，走过了怎样的历程。

他的第一个妻子徐文淑是他为了母亲娶的，但他尽己所能，负责到底。全家到京后，母亲要求他给文淑一个孩子，他真的屈从地走进文淑的房间，直到文淑怀了孩子，他才对母亲叩头一拜：母亲，我的任务完成了。

20年代初，张恨水刚到北京，一次偶然的相遇使他结识了胡秋霞。他从贫民习艺所领出孤女胡秋霞，不仅给了她一个家，也给了她文化，给了她一生的依靠。胡秋霞是个四川女子，刚烈坚强，果敢泼辣。抗战前张恨水决定在南京创办同人报，胡秋霞拿出全部私房钱，促成了《南京人报》的诞生。1949年张恨水的全部积蓄被人骗走，自己又突然中风，也是胡秋霞拿出全部首饰为张恨水医治。但是胡秋霞性格粗放，并不能完全满足张恨水内心深处的爱情理想。

1929年，张恨水已是声名鹊起的一代大家，北京春明女中的学生周淑云一家都爱看他的小说，也很崇拜他。经人撮合，张周俩人一见钟情。取《诗经·国风》里周南之雅致之意，张恨水为他的小妇人改名周南。从此，张恨水的情感世界终于有了归属。

抗战爆发，张恨水先期抵达重庆。不久，周南怀抱着两岁的小儿千里跋涉来与恨水团聚。八年抗战，是张恨水一家艰难的日子。周南和孩子们住在离城50里远的南温泉，张恨水到《新民报》上班，每天要往返50里。南温泉的土房子里四面漏雨，张恨水只好早早入睡，一清早起来趁着天光写稿子。为了改善生活，周南甚至养了一头猪，怕影响恨水写作而只好每天一早赶上山，晚上再找回来，直到过年时张恨水也闹不明白，周南哪来的本事搞到一整头猪。然而，南温泉的破屋里也充满着夫唱妇随、琴瑟和鸣的快乐。每天张恨水都会采来美丽的山花，插在一只破酒瓶里。在闲暇时，他居然无师自通地学会了二胡，而周南是北京城里小有名气的票友，夫妇俩在山沟里和着空袭警报夫拉女唱，成了那时重庆北温泉文化人心向往之的景观。

也是这个八年，国家的兴亡、民族的灾难和国民党政府的腐败，激发了张恨水先生作为一个有是非、有骨气、有良知的中国文人的战斗激情。他的抗战小说如泉奔涌，一系列鲜活的抗战人物使他的小说世界变得更加丰满厚重。

《八十一梦》于 1939 年 8 月 13 日起在《新民报》副刊"最后关头"上刊出。刚一问世，就在读者中激起强烈反响和共鸣。他一改以往温情雅致的文风，以杂文式的嬉笑怒骂描写光怪陆离的梦境，犀利地鞭挞前方吃紧后方紧吃和发国难财的黑暗现实。这部小说因为可以想见的原因为当局腰斩，国民党派出官员请他吃饭，席间明告他，如果继续写下去就请去息烽"休息"。但是解放区专门出版了这部小说，之后的《水浒新传》，也深得毛泽东、周恩来的欣赏。1944 年 6 月，毛泽东在延安接见中外记者，特意向赵超构了解张恨水的情况，还专门从陕北给他捎来礼物：一袋红枣、一截自产的粗毛料。抗战胜利后，张恨水回到北京，受《新民报》总编陈明德先生委派，在京组建《北京新民报》。无奈时局日紧，风雨飘摇，报纸受到各方压力，说真话要查封，说假话又于心不甘不忍，对人心险恶也没有充分的估量，苦撑到 1948 年，终于宣布辞职，结束了他长达 30 年的报人生涯。

1949 年 3 月的一天，吃过早点，恨水先生照例拿起了《新民报》，头版头条的标题《〈北京新民报〉在国特统治下被迫害的一页》使他先吓了一跳，再仔细读下去，他的背上骇出了冷汗：文章给他捏造了大量的罪名，几乎把他说成了国民党的特务。前不久朋友卷走了他一生的血汗积蓄，还只是造成了他一家生活困顿，可这政治上的诬陷，以他一介书生一介平民，实在难以承受。恰在此时，大妹其范从家乡安庆给他打来电报，说家乡土改，徐文淑被划为地主，抗战时期保存在山岩寨的十二箱书和手稿被乡人付之一炬。张恨水的心像一下子被掏空了，捧着电报，他两眼发直，半天回不过神来。突然，他想起了什么，母亲，那么在家乡的母亲呢？

家人知道事到如今，再也瞒不过了，告诉他母亲已在几个月前病逝。张恨水再也承受不住接二连三的打击，像喝醉了酒一般，摇摇晃晃地倒下去，中风了。

为了给恨水治病，周南卖掉了先前的大院，一家住进砖塔胡同四十三号的一个小院子。秋霞顾全大局，领着女儿张正搬到了儿子小水工作的人民大学。

张恨水一家的困境，经由周扬同志向周恩来总理汇报，引起了中央的重视。文化部特聘他为顾问，山穷水尽之际的雪中送炭，使张恨水有了生的力量。几个月后，他刚刚能够坐稳，就又拿起了笔，歪歪斜斜地写，断断续续地写。几年里，他为香港《大公报》和中国新闻社写下了《梁山伯与祝英台》、《白蛇传》、《孔雀东南飞》、《孟姜女》等十几部长篇小说，全家人的生计可以维持了。只要一息尚存，他坚持恪守自己"流自己的汗，吃自己的饭"的信条。

1959 年 10 月，为他生了六个孩子，与他心心相印、相濡以沫的爱妻周南患癌症故世。张恨水的生命活力也跟着去了，他的生命走入了真正的黄昏。只在小儿子张同放学，那只小小足球飞进门来时，他才会露出孩童般的微笑。

1967 年的春节是个寂寞肃杀的寒冬，孩子们裱糊的窗户纸再厚，也挡不住一个疯了的世界在高音喇叭里的喧嚣。大年初六的早晨，张恨水从包油条的半张传单上看到了老舍投湖的消息。第二天凌晨，窗口刚刚露出一缕光亮，这个智慧一生的老人，好像感觉到了什么，慢慢起床，穿好衣服，正要低头穿鞋，却往床上一仰，停止了心跳。

张恨水的故乡安徽潜山，是皖西南一个交通闭塞的贫困小县。恨水先生自 1919 年北上后，再也没能回到这里。他为自己取的笔名"天柱山人"、"我亦潜山人"都透露了他的思乡之情。

专家们说，不用生拉硬扯什么阵营，张恨水一个人就是一个流派，一种文学现象。

张恨水自己说："我喜欢李煜，喜欢这首词：林花谢了春红，太匆匆！无奈朝来寒雨晚来风。胭脂泪，留人醉，几时重。自是人生长恨水长东。"一语成谶，有点宿命，这个 20 岁给自己取名叫恨水的人，其 72 岁的人生真的可以用这句词来概括：人生长恨水长东！

五

张恨水是一位爱国的报人和作家。新中国成立前的二三十年间，张恨水始终从事新闻工作，写小说本来是他的副业，结果他的小说创作成就远远超过了他办报的成就。1936 年 4 月，他拿出积蓄的稿费做资金，在南京办了《南京人报》，并出任社长，积极宣传对日抗战，直到 1937 年 11 月日寇攻陷南京前停刊。在抗日战争期间，张恨水写过许多激励军民抗日的好作品。比如中篇小说《巷战之夜》，就是描写天津爱国军民反抗侵略、浴血奋战的感人故事。写于抗战胜利后的长篇《五子登科》，是揭露国民党腐败统治的社会讽刺小说。后来写的一些作品，表面上是在言情，实质上是在揭示一些深刻的社会和人生问题。所谓"外行看热闹，内行看门道"。由此看来，把张恨水划归为鸳鸯蝴蝶派是不合适的。

在中国现代新闻史上，用自己的稿费办报，张恨水是第一人，恐怕还是唯一的一个人。这是我国现代报人的壮举！张恨水靠什么样的大宗稿费张罗到办报的"第一桶金"呢？这就是上世纪二三十年代在《世界日报》、《新民时报》上连载并出版的两部小说《金粉世家》和《啼笑因缘》。

我始终为中国能出张恨水这样的伟大作家而深感自豪。在没有电脑和互联网的时代，他竟能写下中、长篇小说100多部，短篇、散文、杂文万余篇，还有3000多首诗词，共计字数3000多万字，这相当于十个作家一生创作量的总和。张恨水还担任过《新民晚报》的记者、编辑和总编，其工作量之大却又能更大量地写作，简直就是超人。我更惊讶张恨水小说的魅力，有中国老百姓的根、有情、有义、有三分侠气。除了金庸，当代还没有哪一个小说家的作品能像张恨水的小说那样，被影视界和老百姓自觉地传播和讲述。与金庸相比，张恨水的作品更接近于我们的现实生活，更具有雅俗共赏的、持久的魅力。

当今，很有一些流行作品的书手（民间对有一笔好写之人的俗称），像是建筑工地上的小工，一个接一个的，向浮躁、喧嚣的出版市场，抛出砖头一般的大部头，而且还都有得卖，十分流行的模样。然而比起上个世纪二三十年代文坛上的张恨水先生，任谁都要愧叹弗如了。

张恨水像是遗失在历史隧道里的一颗珍珠，因为遗失得久了，现代的读者对他表现得很陌生，直到央视黄金频道、黄金时段播出了以他同名作品拍摄的电视连续剧《金粉世家》，他这颗遗世之珠才又重新放射出熠熠光辉。

作为报人，张恨水写得一手好评论。他写的评论，绝对不同于今天媒体上的评论，一条二条，三条四条，多为官样文意的空议论。而他所写，多为因事而发，针砭时弊，如《官不聊生》、《免考入门券》、《势力鬼可起而为总长》等，现在读起来，还透着一股凛然之气，犀利而老辣，站在民众立场上，对世间不平等事，横刀直刺。而他的诗词作品，不仅是报纸副刊版面的"即时贴"，可以很方便地补上版面的空白，而且文采斐然，多有佳构。到他36岁的1931年，他甚至拿出稿费收入，出资创办了北华美术专科学校，并出任校长。美术界名流齐白石、李苦禅等大师，先后应聘任教。而他也趁机染指丹青，出手亦然不俗。1946年夏，《新民报》为冬赈举办书画义卖活动，张恨水现场提笔画了一副墨菊，枝叶疏朗，两朵菊花亭亭玉立。另有画家补了两只蝴蝶，添了一只小猫，缀了几朵小花，最后又由张恨水自撰一阕小词，书题画上。这副多个名家合璧之作，卖了很高的价钱，为时人传为美谈。

张恨水堪称文化多面手。但真正让他名满神州的是他的小说。

鲁迅先生的母亲就很爱看张恨水的小说，出版一部，就嘱咐家人买回来让她看。毛泽东有一次看了张恨水的《水浒新传》，便赞不绝口；周恩来看了张恨水的《八十一梦》，也大为肯定，而张学良将军看了张恨水的《春明外史》，亦特别欣赏。到 1928 年 8 月，张将军电函邀请张恨水先生北上，在沈阳创办了《新民晚报》，又写了《春明新史》，在沈阳版的《新民晚报》连载。

在张恨水创作高潮时期，通常会同时铺开七本书，一天里为每一本书写一节。因为他的书多在报纸上连载，不这么写满足不了报馆和读者的要求，在当时，他的稿费收入无疑是最高的一位作家。

然而，从张恨水 1918 年春初涉报界，到 1948 年辞去北京《新民报》经理职务，前后长达三十余年，对他来说，写小说只不过是一种不务正业（时下人语）的副产品。他曾自谦为一个"贱命"的"推磨的驴子"。一生共写作出版了 120 余部小说，加上他的散文和 3000 首左右的诗词，竟高达 3000 余万字，真可谓是著作等身了。

张恨水绝对是个具有持久人格魅力的作家。以他的才能和影响力，以他当时与中国上层人物的交往，要想谋个位子，应该说不是难事。可他一生布衣，不优游宦林，不改书生气，闭门著文章，以一枝流畅雅洁的笔，养活了数十口人的美满家庭。

张恨水的《金粉世家》改编成电视剧在央视播映，他的其他几部小说也在电视台的改编拍摄中，相信不久的电视荧屏上，会有更精彩的著作上演。可谁知道，他的写作并不轻松，仅一部《金粉世家》，他就写了 5 年（1927 年连载到 1932 年），5 个 365 日，他几乎一天都没有停笔，只是写到最后一章时，他一岁半的小女康儿夭亡，才痛伤地歇了一天，到第二日，拭去眼角的泪珠，他又为连载写上了。

老舍说："（张恨水）是真正的职业写家……比谁都写得多，修养使他健壮，健壮使他不屈不挠"；赵超构说："（我们要）重新认识张恨水的勤劳、正直爱国主义活动的一生，并向他学习"。文化前辈的认知，对张恨水是一种总结，既是张恨水的幸事，也是晚辈热爱文学事业者的幸事。

那么，我们该向张恨水学习什么呢？

恍惚间，我想起了张恨水的一首诗：

> 除死已无销恨术，
>
> 此生可有送穷年？
>
> 丈夫不须嗟来食，
>
> 养母何须造孽钱。

揣摩诗中的灵魂和意趣，不正是我们今天许多文化人所欠缺的么？

著作等身的张恨水，给我们树立了一座丰碑。

上编　风格篇

　　他是国内惟一的妇孺皆知的老作家。……恨水兄是个真正的文人……他敢直言无隐……他敢"狂"……恨水兄就是最重气节，最富正义感，最爱惜羽毛的人。……他告诉我："我每天必须写出三千到四千字来！"这简单的一句话中，含着多少辛酸与眼泪呀！……有谁能天天受着煎熬，达三十年之久，而仍在煎熬中屹立不动呢？所以，我说，他是"真正"的职业写家。恨水兄是个没有习气的人：他不赌钱，不喝酒，不穿奇装异服，不留长头发。他比谁都写得多……修养使他健壮，健壮使他不屈不挠。

——老舍《一点点认识》

（1944 年 5 月 16 日重庆《新民报晚刊》）

第一讲　文学史意义：历史的选择

导　读：

张恨水不是"鸳鸯蝴蝶派"——历史选择了张恨水——张恨水小说独具一格——张恨水对文学史有独特贡献

张恨水生前曾红极一时。从 1918 年的短篇小说《真假宝玉》、《小说迷魂游地府记》被姚民哀收入《小说之霸王》始，到 1963 年的小说《凤求凰》，张恨水的小说创作几乎贯穿了 20 世纪上半叶。从辛亥革命前后直到抗日战争胜利，漫长而多变的历史时段，张恨水刻画的人物，举凡官僚政客、军阀流氓、豪绅富商、优伶侠客、少男淑女、将士兵勇，几乎组成了一个光怪陆离、嘈杂喧闹的现代中国的形象画廊。其描写之多样与影响范围之广，在中国现代文学史上是不多见的。正如有论者指出的，张恨水以他一百二十部左右的中长篇小说，构成了一个以"章回小说为主体的气象万千的艺术世界"。① 20 世纪 20 年代，他几乎囊括了北平各大报的连载小说；30 年代，他又包揽了中国南北报业中发行量最大的《申报》、《新闻报》等报纸的连载小说。他能同时创作 7 部连载小说，在同行中创最高纪录。在连载小说界里，他被公认为是第一流的作家。他的小说在报刊上连载之后，绝大多数都出了单行本，而且十分畅销。有些小说发表不久就被改编成电影、话剧、地方剧及评弹等形式，深受广大群众的欢迎。他的作品拥有一个庞大的读者群，享有极高的声誉，还涌现了不少"张恨水小说迷"，他曾被老舍称为"国内唯一的妇孺皆知的老作家"②。他去世后，其小说的影响也仍不衰，新版和再版的不下几十种，有的还三四家出版社争相出版，每家每种的印数均在 5 万册以上，有的多次再版，印数高达几十万册。他的许多小说至今仍被改编成电影、电视连续剧、戏剧等，搬上银幕和舞台后，很受欢迎。有些新中国成立前根据他的

---

① 杨义：《中国现代小说史》，人民文学出版社，1986 年版。
② 老舍：《一点点认识》，载重庆《新民报晚刊》1944 年 5 月 16 日。

作品改编的评弹、曲艺等，至今仍作为传统剧目上演。他不仅在国内享有很高的地位，而且还饮誉海外，他的遗著不断在港台地区再版，在东南亚和欧美华人中都有他的崇拜者和知音。他的《啼笑因缘》等小说还被译成多种外文，在国外出版发行，仅美国国会图书馆就收藏有张恨水的小说近60种。取得如此巨大的成就，享有如此崇高的声誉，拥有如此广泛的读者，这在中国小说史上是不可多见的。

第一节　张恨水不是"鸳鸯蝴蝶派"

在一个相当长的历史时期内，张恨水及其作品没有得到充分的研究，其成就和贡献未能得到充分的肯定和公正的评价，其在中国文学史上没有得到充分重视和占有应有的位置。在20世纪90年代前已出版的几本《中国现代文学史》中，有的给予了十分简单的介绍，有的甚至干脆不提。究其原因主要有二：其一，张恨水在创作初期，曾受民初"鸳鸯蝴蝶派"文学的影响，其作品中传奇性的爱情故事占有相当大的比重，刻意追求表现男女情爱和艺术上的华丽，因而被说成是"鸳鸯蝴蝶派"作家；其二，张恨水受中国古代章回小说和古代诗词的影响，在小说创作中多使用旧体裁、旧形式写章回小说，这在艺术风格上又与"礼拜六派"相似，因而又被看成是"礼拜六派"作家。

那么，何为"鸳鸯蝴蝶派"和"礼拜六派"？他们曾被认为是出现在中国现代文学史上的逆流，遭到了以鲁迅为代表的"五四"新文学运动和左翼文艺的批判，张恨水也因此受到了批判。如瞿秋白在《学阀万岁！》中指出："中国的'文坛'因为学阀独占的缘故，截然的分为三个城池，中间隔着两堵万里长城，一堵城墙是外国文和中外合璧的欧化汉字文……第二个城池里面，只有不懂得欧化文和上古文的'旧人'。所以他们文坛上称王称霸的，是张恨水、严独鹤、天笑、西神等等，什么黑幕、侠义、艳情、宫闱、侦探……小说。"[①] 钱杏邨《上海事变与鸳鸯蝴蝶派文艺》一文，在评价张恨水的"国难小说"时认为，张恨水是"封建余孽的鸳鸯蝴蝶派作家"，他的作品"是鸳鸯蝴蝶的一本，只是披上了'国难'的外衣"，"包含了强烈的封建意识，也部分的具有资产阶级意识的要素"[②]。几乎所有来自新文学家方面的评论文章，对张恨水都持否定态度。正如张恨水当时所感觉到的，"除了'礼拜六派'的遗流，文坛上对我是围剿

---

① 瞿秋白：《学阀万岁》（节选），引自芮和师、范伯群等编《鸳鸯蝴蝶派文学资料》，福建人民出版社，1984年版，第809页。

② 该文作于1932年5月，载于合众书店1933年6月出版的《现代中国文学论》。

的”①。“鸳鸯蝴蝶派”和“礼拜六派”在来自各方面的措词激烈的抨击下，受到全面否定，被人唾弃。特别是在左倾思潮的影响下，对它们的批判步步升级，最后将它们扫到历史的垃圾堆里。

张恨水对于自己是否属于“鸳鸯蝴蝶派”和“礼拜六派”，曾坦然地承认过：“后来人家说我是礼拜六派文人，也并不算十分冤枉。因为我没有开始写作以前，我已造成了这样一个胚子。”②“我毫不讳言地，我曾受民初蝴蝶鸳鸯派的影响……我就算是礼拜六派，也不是再传的孟子，而是三四传的荀子了。20 多年来，对我开玩笑的人，总以“鸳鸯蝴蝶派”或“礼拜六派”的帽子给我戴上，我真是受之有愧。我决不像进步的话剧家，对文明戏三字那样深恶痛绝。”“我觉得章回小说，不尽是要遗弃的东西……普通民众……需要一点写现代事物的小说……让我来试一试，而旧章回小说，可以改良的办法，也不妨试一试。”③ 张恨水以坦诚的态度来认识和解剖自己。他立志改良旧章回小说形式，为普通民众服务的方向是正确的，用心也是良苦的。然而，他的坦诚和苦心并没有被人理解，反而长期遭到人们的误解、曲解，甚至是嘲讽和批判。

历史翻开了新的一页，当我们的民族从狂热中冷静、从偏激中清醒的时候，拨开历史的迷雾，拂去“左”的尘土，在痛苦的反思之中，我们重新审视过去，观察现在，思考未来。在思想解放、实事求是的理论指导下，我们运用辩证唯物主义、历史唯物主义的观点和方法，分析探讨各种文艺思潮、文艺流派，以及作家和作品，让谬误得以廓清，让历史事实得以澄清，让冤案大白于天下，让闪光的东西拂去历史的尘土之后放射出光辉。于是，历史地科学地评价“鸳鸯蝴蝶派”和“礼拜六派”的任务摆在我们的面前，重新认识和评价张恨水其人及其作品的任务就摆在了我们面前。

马克思在《路易·波拿巴的雾月十八日》中指出：“人们自己创造自己的历史，但是他们并不是随心所欲地创造，并不是在他们自己选定的条件下创造，而是在直接碰到的既定的、从过去承继下来的条件下创造。”④ 当我们把张恨水及其作品放在当时特定的社会历史文化的背景下进行观察时，我们不难发现，它们是中国传统思想文化和现代文化在那个时代相互冲撞、交织、矛盾统一的产物，张恨水的魅力正是体现在他的人品和作品中蕴含着丰富的历史文化内涵。因此，从这个意义上来说，是历史选择并塑造了张恨水。

张恨水到底属不属于“鸳鸯蝴蝶派”？我们还是回到张恨水小说创作本身。

---

① 张恨水：《一段旅途的回忆》，载重庆《新华日报》1945 年 6 月 24 日。
② 张恨水：《写作生涯回忆》，人民文学出版社，1982 年版，第 9 页。
③ 张恨水：《总答谢—并自我检讨》，载《新民报》1944 年 5 月 20 日至 22 日。
④ 《马克思恩格斯选集》第 1 卷，人民出版社，1972 年版，第 603 页。

张恨水曾感叹自己不幸生在这过渡时代。作为过渡的一代，张恨水生长在一个翻天覆地、新旧交替、中西交汇的大变革的时期。古老封闭的有着悠久历史与文明的中国，在帝国主义的炮舰下敞开了国门，中国先进的知识分子看到了资本主义文明，产生了向西方学习、拯救衰老民族的愿望。古老的中国在这痛苦的"近代化"、"世界化"的过程中，用短短几十年，走完了西方几百年的历程。童年的张恨水是在一个偏僻闭塞的乡村度过的，所接受的是旧式传统教育，接受了几十年形成的中国传统的封建道德和旧的价值观念，少年时代，就已造成了他身上的"名士气"与"头巾气"。这些教养和气质表现在他的思想和行为方式上，表现为：他有着旧式知识分子的清高，他憎恨"为富不仁"，主张"流自己的汗，吃自己的饭"，决不取不义之财；他以"仁爱"之心待人，蔑视权贵，同情弱者；他把"尽孝"与"尽忠"当作做人的本分，尊敬祖辈，热爱祖国；他坚持道德修养的自我完善，洁身自好，但又具有忧生、忧世、忧国、忧民的忧患意识；他本着儒家"中庸之道"，抱着凡事"不过分"的人生态度，安身立命，但又正义感极强，兼济天下，抨击丑恶；他才气横溢，傲骨常在，大是大非面前决不肯苟且，但又有士大夫的"名士风流"，结交优伶；他为人随和，外圆内方，重友情，讲面子，交游广阔，有时也不免充当老好人。这是一个典型的中国旧知识分子的思想情感和行为。

张恨水早年开始学习创作小说的时候，中国的文坛，正由"鸳鸯蝴蝶派"一统天下，各类报刊充斥着那些供人消遣的小说，他们在创作上主张"游戏消闲观念"，"把人生当作游戏、玩弄、笑谑"，把小说当作商品，为金钱而粗制滥造。张恨水早年羡慕封建旷达文人，崇尚"消极避世，与世无争"的佛道思想，他对现实不满，不愿同流合污，消极避世，这使他同"鸳鸯蝴蝶派"的文学主张一拍即合，把文学当作高兴时的游戏和失意时的消遣。这时他创作了一些"礼拜六派"的作品，虽未发表，但已形成创作上的心理定势。张恨水是在"五四"新文学崛起后开始正式创作小说的。此时，西方各种哲学、社会、政治、文艺思潮涌进中国。不同的思想倾向、艺术主张，使文学界出现了百家蜂起、流派纷呈的景象。文学的形式也经历了从运用现代白话，借鉴西方文学，创造新文学形式，到吸收民族、民间文学传统，克服"欧化"，使新的形式日渐民族化、大众化的过程。正如鲁迅先生所说："采取外国的良规，加以发挥。使我们的作品更加丰满是一条路；择取中国的遗产，融合新机，使将来的作品别开生面也是一条路。"① 从而形成了外来形式民族化，传统形式现代化，"中西合璧"，"土洋结

---

① 鲁迅：《且介亭杂文·〈木刻纪程〉小引》，《鲁迅全集》第6卷，人民文学出版社，1973年版，第53页。

合"，形成民族化、多样化的局面。张恨水在这变化剧烈的历史风云中，必须注视时代潮流的发展，顺应时代的潮流，吸收新时代进步的思想和价值观念，跟上中国近代化、世界化的潮流。然而，作为一个深受传统教育熏陶，接受传统价值观念较深的作家，张恨水只能是走一条改良的道路。在思想上，他提倡改良儒学；在创作上，他提倡改良章回小说；在小说的题材上，他也提倡随时代的需要而不断改良。

张恨水对章回小说的改良主要表现在以下几个方面：在创作形式和技巧上，他一方面继承了中国古典小说的表现形式，其结构以故事情节为中心，从日常生活中选材，在再现日常生活的过程中编织故事情节，开展矛盾冲突，在完整的故事情节中刻画人物性格，以生动、曲折的故事情节，一个又一个的悬念，抓住读者；另一方面，他又大胆借鉴外国小说的一些表现手法，打破了中国传统小说的叙事模式，运用倒叙、插叙等方法，在小说中增加大量景物描写和人物心理分析、内心独白，以及细节描写，以烘托渲染气氛，刻画人物性格，介绍风土人情。在创作风格上，他一方面保持了白话小说通俗朴实、简洁明快、口语化的传统，使之为广大的普通民众所喜爱；另一方面，又追求回目的工整典雅，在小说中掺杂大量艳丽华美的诗词曲赋，为文人学士所赞赏。因此，他的小说能获得不同文化层次的中国读者的欣赏。

随着历史的前进，社会的变化和文学的演变，张恨水的思想和创作宗旨也在发生着变化。早年，因为旧的传统教育和西方人道主义思想的影响，他一方面以小说为"小道"，其创作宗旨是为读者提供消遣品；另一方面，他又不满于黑暗的现实，以人道的思想和感伤的情调，描写那些洁身自好，有一定正义感，但又软弱、缺乏抗争的青年男女知识分子，将他们的真诚纯朴，与这个充满污泥浊水的世界形成对照。因此，他早期的创作大多数是具有浓烈感伤色彩的言情小说。抗日战争时期，在民族存亡的关键时刻，在血与火的斗争中，张恨水的创作宗旨发生了很大变化。他以笔为武器，直接描写抗战，宣传鼓动人民起来参加这场反侵略战争，歌颂抗日英雄，基本上摆脱了趣味主义的束缚，成为一个现实主义的通俗小说家。

在传统与现实之间，在文学的新与旧、雅与俗之间，在对时代潮流的顺应与同化之间，张恨水的思想意识、文学观念，以及创作实践都经历了一个痛苦而艰难的转变过程，在时代的汹涌波涛中，尽管未站在时代前列成为弄潮儿，但他毕竟跟上了时代潮流。他的小说也经历了由效法"鸳鸯蝴蝶派"的近代小说，到具有一定阶级意识和现实意义以及新的表现手法的现代小说的过渡。这正如赵超构在20世纪40年代所论述的那样：

你如果说恨水过去有一时期是"鸳鸯蝴蝶派"的大作家，这个无可否认；

但要晓得"人格"是演变的，不仅青年老年有差异，也跟着时代环境之推移而变化。恨水创作之可敬，就在乎他能利用他的技巧跟着时代，不断创造新的内容。他以"鸳鸯蝴蝶派"成名，却能够断然舍去使他成名的旧路，描写新的东西。这实在需要极大的勇气。我相信，许多批评家们无法给恨水以适当的评价，只因为他们死记住恨水在某时期的作品，而未尝认识作者人格的演变。我们知道"唐璜"与"哀希腊"虽同属拜伦的技巧，但"唐璜"的拜伦是放荡的贵族，"哀希腊"的拜伦则是庄严的正义战士。因此我们可以说恨水的艺术人格，不在其作品之丰富，却正在其内容之复杂。假如将他的作品依年代次序读下去，我们可以对30年来中国社会的变动，获得具体的了解。正因为他的创作能够对于每时都留下艺术的记录，每一作品依着背景之不同而各显其色彩，所以一看起来，无论作品的题材、意识，都是复杂或竟是矛盾的。这不仅不足以损害他的艺术人格，而且正是他的忠实成功之处。要想一想，他从事创作先后达30年了，30年来，中国社会变化了多少？张恨水不能在30年前写《巷战之夜》或《八十一梦》，是当然而且应该的。张恨水能够不在30年后之今日，写他的《青衫泪》（处女作），这才是他无论在什么地方都不愧为现代的健康的作家的缘故。……30年来，恨水不断地写作，而无时不在进步，也没有一种作品落后在写作时代的后面，我们应该替他欢喜。①

张恨水是中国文学长河中的一朵浪花，在历史的激流与逆流的交锋中，在新与旧的搏斗中，他顺应着历史潮流的发展。因此，他的人品与作品是构建在特定的社会历史背景之上的，是随时代历史的潮流，坚守中国小说传统并加以改良，而逐渐走向现实主义道路的小说家。这正如1944年《新华日报》为祝贺张恨水50大寿发表的短评指出的那样：

今天是文学家张恨水先生50大庆，也是恨水先生创作30年纪念，我们不仅要为恨水先生个人致祝，同时还要为中国文坛向这位从遥远的过程，迂徐而踏实地，走向现实主义道路的艺人，致热烈的敬意。

恨水先生的作品，虽然还不离章回小说的范畴，但我们可以看到和旧型的章回体小说之间显然有一个分水界，那就是他的现实主义道路。在主题上尽管迂回而曲折，而题材却是最接近于现实的；由于恨水先生的正义感与丰富的热情，他的作品也无不以同情弱小，反抗强暴为主要的"母题"。正由于此，恨水先生的正义道路把他引向现实主义。②

---

① 沙：《恨水的创作表现》，载重庆《新民报晚刊》，1944年5月16日。
② 《张恨水先生创作30年》，载重庆《新华日报》，1944年5月16日。

第二节　独具特色的小说品格

特定的社会历史条件塑造了张恨水这样一位中国现代文学史上唯一的妇孺皆知的作家，一位通俗小说的巨匠。那么他的文学又是以怎样独特的品格展现在现代文学的殿堂而独具一格的呢？

首先表现为他站在小市民立场，在作品中反映他们对社会人生的认识、伦理道德观念，迎合了他们的欣赏趣味。市民是他小说的主要读者群，因此有人称他为"市民作家"。

张恨水是从乡村走向都市的，他一辈子都与市民有着密切的联系，从他的经验世界中，他看到了中国近现代社会小市民阶层的特殊性：他们在经济上，一方面能独立自主，另一方面受富人的压迫，经济地位很不稳定，随时都有可能沦为社会的底层；在政治上，一方面对黑暗社会和反动统治不满，痛恨贫富不均，要求平等，希望改变现状，另一方面他们对革命不积极，担心革命会使他们的利益受到损失；在行动上，一方面不满足于现实，大骂"为富不仁"，有时也有反抗现实的行动，另一方面，由于看不到生活的出路和民众的力量，有软弱妥协、庸俗低级的一面；在思想上，一方面由于长期受传统的封建伦理道德观念影响，有十分浓厚的封建意识，另一方面又受到资产阶级思潮的影响，有一定的人道主义思想和民主意识，还有这个阶层所特有的市侩意识。

张恨水的小说创作基本上是站在小市民的立场来思考问题和进行艺术创作的。他从小市民阶层的要求出发，从贫富对立、统治阶级欺压人民人手来揭露社会黑暗。对都市上流社会的厌恶和对下层人民道德的讴歌，构成其作品感情的基本走向。他的小说中表现出中国传统的伦理道德和朦胧的阶级意识、人道主义思想的交织。随着历史的演进，他的小说显示出深厚的爱国主义民族感情，这些都反映了小市民阶层的积极方面，适应了小市民阶层的需要，在小市民阶层中引起了十分强烈的共鸣。

其次，张恨水将中国古典小说的传统形式与外国小说表现技巧有机结合，把章回小说的创作推向一个新阶段。

中国传统长篇小说形式的"章回体"，是从古代说书人的"话本"发展而来的，是具有中国特色的为中国读者所喜爱的小说形式。它以故事情节曲折、白描的手法、回目华丽典雅为其特征。张恨水从小就对中国古典小说产生偏爱，他读过大量的古典小说，他的小说创作也主要是以"章回体"为特征的。他十分注意编织情节，安排故事结构，大多采取传统的顺时叙述模式，不断在叙述中设悬念，使故事情节曲折生动，吸引读者，以满足他们对故事情节的渴求。他十分注意小说回目的工整典雅，并在小说中掺杂大量典雅的诗词，用以刻画人物性格，剖析人物内心世界，构成小说的有机部分。这些都是对中国"章回体"传统形式的继承。19世纪末，西方文化大量输入中国，外国小说开始被系统地翻译介绍进来，中国作家开始有意识地阅读、翻译、借鉴外国小说，人们对小说的观念也发生了变化。小说不再是以情节娱人的工具，而应当把塑造人物、解剖心灵放在首位。因此，它必须全方位、多层次地把握人物，调动一切描写手段，加强各种静态的、动态的心理描写。张恨水在始终固守中国章回体小说传统的根基上，大胆借鉴外国小说的表现形式，在他的小说中大量运用景物描写、心理分析、内心独白等外国小说技巧，从而大大丰富了章回小说的技巧，成功地改良了章回小说。茅盾在评论《吕梁英雄传》时将它与张恨水的小说作了比较："本书是用章回体写的，作者对于章回体的传统作风有所扬弃，然而30年来，运用章回体可能善为扬弃，使章回体延续了新生命的，应当首推张恨水先生。《吕梁英雄传》的作者在功力上自然比张先生略逊一筹。"① 也正是因为如此，张恨水的小说才获得了不同文化层次读者的欣赏。

第三节　张恨水的文学史地位

历史和时代塑造了张恨水，张恨水也没有辜负历史的希望，以其创作的独特贡献，为中国文学的宝库增添了一笔不可多得的财富。张恨水在中国现代文学史上的地位是不可抹煞的，他对中国现代文学的贡献更是不可低估的。

首先，张恨水的小说创作在许多方面都是中国现代文学史上创纪录、填空白的贡献。从20世纪20年代到40年代，他是全国最受欢迎的报刊专栏小说家，当年被老舍称为"国内唯一的妇孺皆知的老作家"。他常以写新闻稿般的高速度同时写好几部小说，在同行中创造了同时创作7部连载小说的最高纪录。他共创作100多部中长篇小说，全部创作达3000万言以上，这在中国文学家中是绝无仅有的。在现代文学史上，他是最早利用小说形式对黑幕小说、色情小说进行讽刺的作家，并且是在鲁迅、郭沫若等批判"鸳鸯蝴蝶派"之前；他是率先写"国难小说"，而且写得数量最多的作家；他的社会讽刺小说和暴露小说（包括寓言体小说）如《春明外史》、《春明新史》、《满城风雨》、《新斩鬼传》、《八十一梦》、《纸醉金迷》、《五子登科》等等，在揭露新旧军阀、官僚政客、奸商市

① 茅盾：《关于吕梁英雄传》，载《中华论坛》第2卷第1期，1946年8月22日。

侩、遗老恶少、无耻文人、社会渣滓方面，既早又快，既多又广，在现代小说家中堪称第一。《春明外史》中对公债市场金融投机的内幕的尖锐暴露，就比《子夜》早好几年；社会言情小说如《金粉世家》、《啼笑因缘》等等，在三角或多角恋爱心理描写方面，特别是在塑造小市民悲剧典型方面颇有建树。《现代青年》、《偶像》等伦理小说，《水浒新传》等历史小说，《中原豪侠传》等试图灌输新意识的武侠小说，《虎贲万岁》等纪实小说，《孔雀东南飞》等根据民间故事再创作的中篇小说，《巴山夜雨》、《记者外传》等带自传性的小说，在开拓新题材、尝试新主题等方面，都是勇敢的先行者，并提供了比较成功的经验。

其次，他成功地改良章回小说，领导了通俗小说改革的新潮流，使通俗小说出现了一个崭新的局面。

章回小说在 20 世纪 20 年代是被新文学家所唾弃的对象。鲁迅先生在谈到自己的创作经验时，一再声明得力于留学期间阅读的 200 来篇外国小说。他觉得应当少看甚至不看中国书，多看外国书。茅盾也认为《红楼梦》虽好，却不适于我们的时代。"旧小说对于我们完全无用。""怀疑这些旧小说对于我们的写作技术究竟有多少帮助。"① 新文学家们对章回小说采取完全否定的态度，章回体形式也成为新旧小说家分野的标志之一。新文学家们是决不屑于去写章回小说的，旧文学家中，也有不少人为了赶时髦而模仿新小说的题材和形式，旧小说面临崩溃的边缘。从传统的章回体小说到新的小说，从提出到实现只经过短短 20 年，而真正意义上新小说在中国问世也只经过了短短几年。然而，长期以来社会民众形成的欣赏趣味的改变还需要一个相当长的过程。因此，新小说所宣扬的新思想和新艺术特点不能很快就被社会感知和认同。新小说的读者主要局限在知识分子和青年学生之中，而对于社会底层文化水平较低的大多数中国读者来说，他们仍对中国小说传统有着浓厚的兴趣。张恨水的小说便是为这些读者而写的，这是社会文化水平存在不同层次所形成的必然现象。

张恨水是作为旧派小说家登上文坛的，他是一个极富才华的通俗小说家，在新文学崛起之际，逐步接受新文学的主张，转变自己的创作宗旨，在继承中国古代章回小说优秀传统的基础上，吸取了一定的新思想、新艺术，改良了章回小说。他的小说，恰如张爱玲所说，是"不高不低"，是"俗文学"中的"雅文学"。它迎合了读者的积极趣味，"寓教于乐"，在严肃性与娱乐性之间保持必要的张力。这些作品既体现了通俗文学向纯文学的借鉴与转化，也体现了旧文学向新文学的借鉴与转化。张恨水改良章回小说的成功，帮助人们认识到章回体这个古老的形式也是能够表现新思想和新事物的，使章回小说延续了新的生命。他的

---

① 茅盾：《谈我的研究》，《茅盾专集》第一卷，福建人民出版社，1983 年版，第 374 页。

不断改良，不断打破章回小说原有规范，成功地使通俗小说逐步摆脱了古老章回小说的束缚，使章回小说向现代连载小说发展，把通俗小说的创作推向了一个崭新的局面。张恨水的通俗小说创作的成功经验，对当代通俗小说的创作仍产生着很大的影响。他领导了中国通俗小说由近代向现代的历史变革，并起到了承前启后的作用。因此，他是无愧于中国现代文学史上章回小说大师和通俗文学大师称号的。

如何评价张恨水，这是中国现代文学史上长期争论不休的一个话题。列宁说过："判断历史的功绩，不是根据历史活动家没提供现代所需求的东西，而是根据他们比他们前辈提供了新的东西"① 从某种意义上说，张恨水的"部分"创新要比新文学家无所顾忌的"全面"创作来得艰苦，更需要大手笔。那么，张恨水向中国现代文学史主要提供了哪些"部分"呢，概括起来有：

第一，他代表着民国年间通俗小说（实际上他不少作品是"通"而不"俗"，雅趣盎然）的最高成就，代表着对章回小说非常执着而有才华的改良；

第二，他以特定的身份和特定的角度，代表着对传统文学智慧的继承和点化，对新文学智慧（包括外来文学智慧）的某种程度的借鉴和吸收。精进不已地使自己从旧文学营垒中探出头来，迈出脚来，最终走到可以和新文学相比较的探索者的地步；

第三，他以一个报人的开阔视野、丰富的阅历和敏锐的感觉，在大量的作品中以特殊的方式展示了20世纪20年代至40年代中国社会的奇闻轶事、风俗习惯、民间疾苦、民族情绪和政治经济热点，尤其是对北京地区、江淮地区、重庆的下层社会和某些中上层社会的描写，不无独到之处。这也正是张恨水作品所具有的社会历史价值。

一个作家在上述三个方面取得了如此的成就，他在文学史上的地位是当之无愧的，也是不容抹杀的。就总体成就而言，他虽然与鲁迅、巴金等人或有距离，但却是这些作家所无法替代的。张恨水虽不乏伙伴，并后继有人，但就思想文化背景和艺术功力的深厚、学识的渊博、作品内涵的巨大及全部作品的美学与历史价值而言，他的地位是无法替代的。"时代并不能替代人们进行价值选择，选择是一种有意识的自觉行动，是一种创造活动；能否进行正确的价值选择，关键在于个人在社会实践中的自我完成。"② 张恨水抗战中的转变，最终以现实主义取代了趣味主义的创作实绩，实际上是一种人生价值的选择，是作家自觉追求两重人格的积极面、抵制消极因素的选择，他在创作实践中成功地实现了自身价值

---

① 列宁：《评经济浪漫主义》，《列宁全集》，人民出版社，1986年版。
② 契诃夫：《写给玛·将·基塞列娃》，《契诃夫论文学》，人民出版社，1958年版。

——从艺术形式到思想意识都经历了继承、改良、借鉴，充分显示了自己的艺术才华和独特的创作个性。他立足于章回体的改良正是"既追随时代，又表现自我"的创作个性的必然选择，被新文学家所遗弃的旧形式在张恨水笔下却迎来了新的辉煌。与一般意义上的通俗文学相比，张恨水的作品只是"精巧化"了的通俗文学作品，他以独立自由的心智与人格，坚持严肃认真的创作态度，写言情入乎其内，又出乎其外，做通俗小说，入乎俗，又出乎雅。严肃的立意，深化了作者的思想境界；丰富的技巧，提高了作品的艺术感染力，俗不避雅，雅不斥俗，既有"展示"的一面，又有"思考"的一面，既能吸引市民大众，又让精英学人读有所得，这便是张恨水为通俗文学发展探索出的一条可行之路。他以自己的作品在通俗文学和高雅文学之间搭起了一座桥梁，并以此赢得了文学史上不朽的一页。

思考题：

一、为什么说张恨水不属于"鸳鸯蝴蝶派"？

二、如何理解张恨水的文学史地位？

第二讲　小说特征（上）：分期与人物类型

导读：

依据小说创作背景与实绩科学地进行分期并确认小说代表作——张恨水小说具有先连载后结集特点——应对张恨水小说塑造的众多人物形象进行具体归类

第一节　小说创作分期和代表作

张恨水所有小说作品大致可分为四大阶段，而这四大阶段部分恰巧与现代史上的大事相关。此小节可参看教材附录二《张恨水主要著作目录（已发表或公开出版）》，以便对张恨水小说转变的脉络与全貌可以有一个更清晰的了解。

一、创作分期

1. 主要观点

第一类，张友鸾——

初期：1914 年至 1921 年模拟写作期（幼稚期），言情小说类，追求时好，走《花月痕》的路子；

二期：1921 年至 1931 年（九一八事变前）（黄金期），"客观上驰名南北"，"主观上精力充沛"，"主要矛头指向封建主义"；

三期：1932 年至抗战结束，抗战小说长篇之冠；

四期：1948 年中风恢复后（压榨出来的作品），"末期，强弩之末"。

第二类，徐传礼——

一期：1924 年前习作期（模仿"鸳蝴派"但取法乎上，社会言情、讽刺小说），以《皖江潮》、《南国相思谱》等为代表；

二期：1924 年至 1930 年成名期（《春明外史》等三部，既受"鸳蝴派"影响又不被束缚）；

三期：1931 年至 1938 年转变期，日益摆脱趣味主义接近现实主义；

四期：1939 年至 1949 年成熟期（《冲锋》、《八十一梦》），表现爱国与民主思想；

五期：1949 年以后衰竭期，力不从心，笔不达意。

第三类，袁进——

张恨水一生可以以"九一八"事变为界分为前后两个时期，又可具体为五个阶段：

一期：童年至 1924 年创作《春明外史》，准备阶段；

二期：1924 年至 1931 年"九一八"事变，一流章回小说家，成名阶段；

三期："九一八"至"七七事变"，转变阶段；

四期："七七事变"至全国解放，逐步跟上时代；

五期：新中国成立以后，病后末期（丧失过去才气）。

第四类，张恨水自己认为——

1957 年新年所撰《关于读小说》一文：大概我写小说可以为三个时代。第一是我出版《春明外史》、《金粉世家》等小说的时代；第二是国难严重，我作《疯狂》、《魍魉世界》的时代；第三就是现在（指写历史小说《梁山伯与祝英台》及《记者外传》等）。

1959 年 9 月填写《中央文史馆研究员登记表》时，张恨水写道：已出版著作：《金粉世家》、《春明外史》、《啼笑因缘》等约六十部；未出版著作：《疯狂》、《巴山夜雨》等约六十部。

2. 笔者观点

对比之下，上述四种观点由于论者的立足点、视角和切分点的不同而形成了相互分歧点：（1）总的构架上张友鸾漏掉抗战后到新中国成立前这一重要阶段；（2）阶段划分（时间和代表作）三者都有分歧。

综观张恨水全部小说创作，笔者认为分四个阶段较为切合实际。

第一阶段（起步期、成熟期）：1918 年小说正式在报刊发表至 1930 年《啼笑因缘》刊载。

此期所有作品，写的全是北京的民情与故事，几乎所有小说均不离北京政坛、报界、文坛、教育界、妓院、梨园的描写，偏重呈现上流社会士绅阶级的百态。文本多以言情为纵线，来揭露社会众生相叙述风格。人物多、体制庞大、结构串珠式。重要作品《春明外史》、《金粉世家》、《啼笑因缘》、《剑胆琴心》。代表作《啼笑因缘》无众多轶事枝叶，单线情节结构确立。既是张恨水小说由北向南发展的开始，也是前后两阶段风格转变的表现；

第二阶段（转变期）：1931年"九一八"事变，到1937年"七七卢沟桥事变"爆发。

原因是：第一，小说创作开始出现众多前期未曾出现的题材；第二，逐渐放弃章回小说程式化格式与回目；第三，情节结构大幅转变；第四，单行本小说字数多比前期要少。题材多元而丰富，形式上逐步放弃文言回目、改以标题的"章体"。大部在上海发表，场景由北京扩展到其他地方。本阶段重要作品《弯弓集》、《小西天》、《杨柳青青》、《中原豪侠传》、《夜深沉》。代表作《夜深沉》；

第三阶段（巅峰期，重庆、北京）：1937年后到重庆，至1949年张恨水中风，新中国成立止。

作品5类：第一，描写抗战与逃难——如小说《巷战之夜》、《蜀道难》、《大江东去》、《虎贲万岁》等；第二，写陪都重庆社会百态——如《八十一梦》、《魍魉世界》、《巴山夜雨》、《纸醉金迷》等；第三，写抗战复原故事——如《五子登科》、《一路福星》等；第四，其他——如写南京《秦淮世家》、《丹凤街》、《石头城外》等，写农村故事《玉交枝》等；第五，续写《水浒新传》。

本阶段小说创作的亮点是战史小说——如写南京失陷、表现南京大屠杀的《大江东去》，写天津陷落前巷战的《巷战之夜》，写抗战中由余程万师长领导的著名战役"常德之战"的《虎贲万岁》。形式上，小说的传奇性降低，故事注重现实勾勒、生活与场景描述。代表作是《巴山夜雨》；

第四阶段（凋零期）：1949年以后，一直到1967年病逝为止。

原因为：一是政治运动不断，自由创作环境消失；二是中风记忆力不如前。此期主要是改写、改编历史题材。1957年在上海《新闻报》连载的《记者外传》，是最后一本所谓"张恨水本色"的小说。代表作《梁山伯与祝英台》。

除去准备时期，张恨水以抗战为分界线，将自己的创作粗略地分为两个大阶段，若更细一些可分为抗战前、抗战时、胜利后，以及病愈后。

二、小说代表作

张恨水几乎每创作一部小说，都有新的探索和摸索，力求创新。"精进不已"可以说是对他最恰当的评价。所以对于"代表作"，他是感到难以回答的。但对自己的小说创作有几种评语：一是"力作"，二是"引人注意之作"，三是"用心之作"，四是"随意想，随意写"或"不大感兴趣之作"。

一般地，学界认为其代表作有四部：《春明外史》、《金粉世家》、《啼笑因缘》、《八十一梦》。笔者认为还应加上晚年作品《巴山夜雨》。

三、张恨水连载小说概述（上）

张恨水的小说，绝大部分是先在全国各地报刊上连载，后出版单行本。报人兼小说家身份，对张恨水小说作品独特的风格、促进其笔耕不辍的创作作风，作用重大。

*芜湖

1.《皖江日报》｛1 部｝：【1】《南国相思谱》（1919 年）。

2.《工商日报》｛1 部｝：【2】《皖江潮》（1920 年）。

*立煌（现霍邱）

3.《皖报》｛1 部｝：【3】《前线的安徽，安徽的前线》（未完，1939 年）。

*北京

4.《世界晚报》｛3 部｝：【4】《春明外史》（1924 年 4 月 12 日至 1929 年 1 月 24 日）；【5】《战地斜阳》（1929 年 1 月 25 日至 2 月 8 日）；【6】《斯人记》（1929 年 2 月 15 日至 1930 年 11 月 19 日）。

5.《世界日报》｛6 部｝：【7】《新斩鬼传》（1926 年 2 月 29 日至 7 月 4 日）；【8】《荆棘山河》（1926 年 7 月 5 日至 9 月 2 日未完）；【9】《交际明星》（1926 年 9 月 3 日至 10 月 4 日）；【10】《金粉世家》（1927 年 2 月 14 日至 1932 年 5 月 22 日）；【11】《第二皇后》（1932 年 6 月 25 日）；【12】《开门尚飘雪》（中篇）（1947 年）。

6.《新民报》（北平版）｛5 部｝：【13】《雾中花》（中篇）（1947 年 5 月 11 日至 8 月 13 日）；【14】《巴山夜雨》（1946 年 4 月 4 日至 12 月 6 日）；【15】《步步高升》（1948 年 12 月 7 日始）；【16】《虎贲万岁》（又名《武陵虎啸》）（1946 年 5 月 26 日至 1947 年 3 月 23 日）；【17】《人迹板桥霜》（中篇）（1947 年 12 月 5 日至 1948 年）。

7.《新晨报》｛4 部｝：【18】《剑胆琴心》（又名《世外群龙传》）（1928 年 10 月）；【19】《天上人间》（1928 年 2 月 15 日始）（未完）；【20】《满城风雨》（1931 年 1 月 4 日至 1932 年 10 月 28 日）；【21】《水浒别传》（1932 年 10 月 10 日至 1934 年 8 月 4 日）。

8.《朝报》｛1 部｝：【22】《鸡犬神仙》（未完）（1930 年）。

9.《新民报画刊》｛1 部｝：【23】《五子登科》（1947 年 8 月 17 日始）。

10.《益世报》｛2 部｝：【24】《青春之花》（1928 年 9 月 13 日始未完）；【25】《京尘幻影录》（1926 年 3 月 5 日至 1928 年 9 月 12 日）。

11.《华北画报》｛1 部｝：【26】《银汉双星》（1930 年）。

12.《北平日报》｛1 部｝：【27】《弯弓集》（1931 年至 1932 年初）（小说与

诗歌合刊)。

　　＊上海

　　13.《民国日报》｛2 部｝：【28】《真假宝玉》（1919 年 3 月 10 日至 3 月 16 日）；【29】《小说迷魂游地府记》（1919 年 4 月 13 日至 5 月 27 日）。

　　14.《新闻报》｛13 部｝：【30】《啼笑因缘》（1930 年 3 月 17 日至 11 月 30 日）；【31】《太平花》（1931 年 9 月 1 日至 1933 年 3 月 26 日）；【32】《现代青年》（1933 年 3 月 27 日至 1934 年 7 月 30 日）；【33】《燕归来》（1934 年 7 月 31 日至 1936 年 6 月 26 日）；【34】《夜深沉》（1936 年 6 月 27 日至 1939 年 3 月 7 日）；【35】《秦淮世家》（1939 年 3 月 8 日至 1940 年 2 月 4 日）；【36】《水浒新传》（1940 年 2 月 11 日至 1941 年 12 月 27 日）；【37】《纸醉金迷》（共四集）（1946 年 9 月 1 日至 1948 年 11 月 20 日）；【38】《纸醉金迷》（之一）【39】《一夕殷勤》（《纸醉金迷》之二）；【40】《此间乐》（《纸醉金迷》之三）；【41】《谁征服了谁》（《纸醉金迷》之四）；【42】《玉交枝》（上集）（1948 年 11 月 12 日至 1949 年 5 月 25 日）

　　15.《新闻日报》｛2 部｝：【43】《记者外传》（1957 年 10 月 26 日至 1958 年 6 月 24 日）；【44】《孔雀东南飞》（1956 年 8 月 2 日至 11 月 13 日）。

　　16.《申报》｛5 部｝：【45】《东北四连长》（又名《杨柳青青》）（1933 年 3 月 4 日至 1934 年 8 月 10 日）；【46】《小西天》（1934 年 8 月 21 日至 1936 年 3 月 25 日）；【47】《啼笑因缘续集》（1933 年）；【48】《换巢鸾凤》（1934 年 8 月 21 日至 1936 年 3 月 25 日）；【49】《同情者》（1932 年 12 月 1 日至 1933 年 1 月 14 日）。

　　17.《小说月报》｛1 部｝：【50】《赵玉铃本纪》（未完）（1940 年 10 月 1 日开始）。

　　18.《上海画报》｛2 部｝：【51】《天上人间》（转载）；【52】《热血之花》（剧本 1932 年 7、8、9 期）。

　　19.《晨报》｛3 部｝：【53】《北雁南飞》（1935 年）；【54】《天上人间》（待考）；【55】《欢喜冤家》（又名《天河配》，1932 年）。

　　20.《红玫瑰》杂志｛1 部｝：【56】《别有天地》（1931 年 3 月 21 日至 1932 年 1 月 11 日）。

　　21.《金刚钻报》｛1 部｝：【57】《剑胆琴心》（转载 1928 年）。

　　22.《大报》｛1 部｝：【58】《人迹板桥霜》（转载 1947 年）。

　　23.《晶报》｛2 部｝：【59】《锦绣前程》（1932 年 3 日 25 日至 1935 年 12 月 1 日）；【60】《过渡时代》（转载 1935 年 12 月）。

　　24.《亦报》｛1 部｝：【61】《玉交枝》（下集未完）（1949 年）。

25.《立报》｛1部｝：【62】《艺术之宫》（1935年9月20日至1936年6月5日）。

26.《旅行杂志》｛9部｝：【63】《黄金时代》（又名《似水流年》）（1931年1月至1932年6月）；【64】《秘密谷》（1933年1月至1934年12月）；【65】《平沪通车》（1935年1月至12月）；【66】《如此江山》（1936年1月至1937年3月）；【67】《蜀道难》（1939年4月至9月）；【68】《负贩列传》（又名《丹凤街》）（1940年1月至1942年8月）；【69】《一路福星》（1947年）。

27.《朝报》｛1部｝：【70】《鸡犬升天》（1929年至1930年）。

　　*南京

28.《新民报》｛2部｝：【71】《旧时京华》（1933年至1935年）；【72】《屠沽列传》（转载）

29.《南京晚报》｛1部｝：【73】《世外群龙传》（又名《剑胆琴心》，转载）。

30.《南京日报》｛1部｝：【74】《过渡时代》（又名《新人旧人》转载）。

31.《南京人报》｛2部｝：【75】《鼓角声中》（1936年4月8日）；【76】《中原豪侠传》（1936年4月8日）。

32.《中央日报》｛2部｝：【77】《天明寨》（1935年至1936年7月30日）；【78】《风雪之夜》（1936年8月，未完）。

　　*重庆

33.《新民报》｛5部｝：【79】《疯狂》（1938年4月15日至1939年10月21日）；【80】《敌国的疯兵》（1939年10月21日至11月30日）；【81】《牛马走》（又名《魍魉世界》，1941年9月2日至1945年11月3日）；【82】《八十一梦》（1939年12月1日）；【83】《屠沽列传》（转载）。

34.《时事新报》｛1部｝：【84】《冲锋》（又名《巷战之夜》、《天津卫》）（1938年4月27日至8月22日）。

35.《新民晚刊》｛2部｝：【85】《偶像》（1941年11月1日至1943年3月28日）；【86】《第二条路》（又名《傲霜花》，1943年6月19日至1945年12月1日）。

36.《万象周刊》｛1部｝：【87】《石头城外》（又名《到农村去》）（1943年6月37日至1945年7月21日）。

　　*无锡

37.《锡报》｛2部｝：【88】《未婚妻》（1919年）；【89】《天上人间》（转载）。

　　*沈阳

38.《新民晚报》｛2部｝：【90】《春明新史》（1928年9月20日）；【91】

《天上人间》（转载）。

39.《新民报》{1部}：【92】《黄金时代》（转载）。

40.《民报》{1部}：【93】《金粉世家》（转载）。

*武汉

41.《武汉日报》{1部}：【94】《屠沽列传》（1934年10月21日起载，未完）。

42.《申报》{1部}：【95】《游击队》（1938年2月1日，未完）。

*成都

43.《新民报》（6部，大部分是与重庆的报纸同时连载）：【96】《屠沽列传》（转载）；【97】《疯狂》；【98】《八十一梦》；【99】《牛马走》；【100】《第二条路》；【101】《偶像》。

*太原

44.《太原日报》{1部}：【102】《过渡时代》（1933年至1934年）。

*天津

45.《益世报》{1部}：【103】《京尘幻影录》（1926年3月5日至1928年9月12日）。

*昆明

46.《昆明晚报》{1部}：【104】《雁来红》（1943年11月8日）。

*唐山

47.《唐山日报》{1部}：【105】《岁寒三友》（1947年，未完）。

*香港

48.《立报》{2部}：【106】《红花港》（1938年4月1日）；【107】《潜山血》（1939年5月8日）。

49.《国民日报》{1部}：【108】《大江东去》（1940年至1941年）。

50.《大公报》{2部}：【109】《梁山伯与祝英台》（1954年4月1日至1954年5月3日）；【110】《秋江》（1954年7月3日至10月4日）。

【简析】

以上共计14个地区，50种报刊。不包括抗战时期日本统治区未经张恨水同意擅自转载的小说。未经连载的单行本由上海书局出版发行的有三本，分别是：1931年《落霞孤鹜》、1932年《满江红》、1934年《美人恩》。新中国成立后国内发行《历史故事新编》单行本有：《白蛇传》、《孟姜女》、《磨镜记》、《孔雀东南飞》（前三本未连载过）。由中国新闻社向国外发稿的有：《逐车尘》、《绿波重起》、《男女平等》、《凤求凰》、《牛郎织女》、《荷花三娘子》、《白蛇传》、《陈三五娘）。此外，有些作品如《雨淋铃》、《马后桃花》在何报发表待查。

四、张恨水的连载小说（下）

表面意义上，张恨水小说连载具有以下特点：第一是长，最长的 6 年，一般 1—3 年；第二是多，同时写几部。这里按时间顺序进行分析。

1. 1928 年至 1929 年：小说创作第一个高峰期，同时连载 6 部小说——

【1】《春明外史》（《世界晚报》1924 年 4 月 12 日至 1929 年 1 月 24 日）。

【2】《金粉世家》（《世界日报》1927 年 2 月 14 日至 1932 年 5 月 22 日）。

【3】《青春之花》（《益世报》1928 年 9 月 13 日起，未完）。

【4】《春明新史》（沈阳《新民报》1928 年 9 月 20 日起载，截止期待查）。

【5】《天上人间》（北京《晨报》1928 年 2 月 15 日起载，未完）。

【6】《剑胆琴心》（北京《新晨报》1928 年 10 月 1 日起载，截止期待查）。

2. 1930 年 4 月 24 日，在《告别朋友们》一文中自报他手中正写的长篇有 6 部：

"北平 3 部（《金粉世家》、《斯人记》、《银汉双星》），上海 2 部（《啼笑因缘》、《别有天地》），沈阳 1 部（《春明新史》）。"加上未完成的上半部《鸡犬升天》，实际上是 7 部。

3. 1931 年至 1932 年同时创作的合计 6 部：

《金粉世家》、《似水流年》、《别有天地》、《太平花》、《满城风雨》5 个连载同期发表加上依次创作的《满江红》、《落霞孤鹜》两个单行本。

4. 1935 年至 1936 年，在上海、无锡、武汉各报刊同时发表连载小说，高达 6 部：

《燕归来》、《小西天》、《天明寨》、《艺术之宫》、《北雁南飞》、《如此江山》。此期间，值得一提的是上海《新闻报》：1931 年 9 月 1 日至 1933 年 3 月 26 日连载《太平花》；3 月 27 日推出《现代青年》，1934 年 7 月 30 日结束；7 月 31 日推出《燕归来》，至 1939 年 3 月 7 日登完；3 月 8 日推出《秦淮世家》，至 1940 年 2 月 4 日结束；2 月 11 日连载《水浒新传》；抗战胜利后，《新闻报》还发表了《纸醉金迷》、《玉交枝》（上集）。

5. 同一份报纸同一天，开始发表两个长篇连载的例子只有《南京人报》。1936 年 4 月 8 日发刊日同时刊登《中原豪侠传》、《鼓角声中》。1936 年至 1937 年，张恨水还为别的报刊写着小说：《新闻报》的《燕归来》结束，改写《夜深沉》；《申报》的《小西天》完成，改写《换巢鸾凤》；《立报》写《艺术之宫》；《锡报》补写《天上人间》；《中央日报》连载《天明寨》、《风雪之夜》；《旅行杂志》先后发表《如此江山》、《平沪通车》，此间不下 6 部。

第二节　张恨水小说人物类型

人物塑造的成功与突出，是张恨水小说之所以扣人心弦的重要因素。张恨水笔下人物很多，大凡政客、富商、歌女、戏子、妓女、教授、教师、记者、学生、艺术家、侠客、和尚、菜贩、书贩、车夫、小偷等，三教九流无所不包，众多人物却各有其符合身份的言谈举止——以恰如其分的对话与连串的动作，细腻地传达出人物的性格与人格；很少以形容词对人物作多余描述，只是采取白描手法详细陈述人物衣饰等外在形貌特征以勾勒人物身份、职业与性情；人物也绝非"千人一面"，而是各有性情神态，透过一颦一笑、一举一动、一言一行等细节描写来表现，具有极强的人物塑造功力。

一、男性形象

1. 知识分子系列

张恨水小说中男性的主要人物多数是知识分子，或是些深具知识分子气质的人物。其中出现最多的是报社记者（如《春明外史》的杨杏园、《斯人记》的梁寒山、《太平花》的李守白、《记者外传》的杨止波等）、中学教师（如《落霞孤鹜》的江秋鹜、《小西天》的程志前等）、大学教授（如《天上人间》的周秀峰、《傲霜花》里的唐子安等人、《巴山夜雨》中的李南泉等）、学生（如《啼笑因缘》的樊家树、《中原豪侠传》的秦平生、《满城风雨》的曾伯坚、《小西天》的王北海等）。这些记者、老师、学生都是 20 世纪的新知识分子，而不是古代的才子读书人。这些人物具有专情、善良、品位纯正、中庸、不喜浮靡而有风骨与傲气的人格特点。在张恨水所有小说中，非知识分子的男性主要人物仅有《杨柳青青》的军人赵自强、《丹凤街》的菜贩童老五、《夜深沉》的车夫丁二和，这些人物常以深情、老实的形象出现。

张恨水从不强调这些人物的容貌、衣饰等"外在"之美，而赋予这些人的朴素特征与"内在"之美——人物的气质、格调及道德操守和孤高的名士气质。例如，《春明外史》的杨杏园就具有孤高傲世的名士气质——为人正直且以清白自许，出污泥而不染；《巴山夜雨》的李南泉也是一个甘于淡泊，一介不取，不随流俗，整日拿本书到山窝里躲警报，沉浸在书中乐趣的读书人。这些知识分子都传达出浓郁的旧式文人气质，还不时流露出"孤高"的耿介、不喜俗喧的"冷"与"静"。如在《春明外史》、《斯人记》里多次提到"幽人生在势力场中"、"冠盖满京华，斯人独憔悴"等言；《天上人间》里的中学教员周秀峰在第

1 回说："我是一个孤独者，到哪里都是一个人。"除此之外，他们还都有着较偏向传统的文化气质。这些男性较赞成古诗、喜欢听传统曲艺或者不喜欢进入西化的娱乐场所。像《啼笑因缘》中的樊家树虽是个新式学生，但老爱穿长衫，不喜欢上舞厅，反而喜欢去天桥之类的地方听鼓书。

同时，这些知识分子均流露出对权贵的藐视，对趋炎附势、贪财好色者的鄙视。如《巴山夜雨》第一回：

> 李太太更是奇怪，就披衣踏鞋，跟着走到前面屋里来。见她丈夫伏在三抽屉小桌上，文不加点地，在写一张字条。李太太道："你这是作什么？"李先生已把那字条写起，站起来道："我讨厌那些发国难财的囤积商人。我见了他就要生气。你说老徐要来找我，我知道他是为什么事。我明天早上出去，留下一张字条在这里，拒绝他第二次再来找我。"李太太笑道："就为了这一点？你真是书呆子，你不见他，明天早上起来写字条也不迟。如今满眼都是囤积商人，你看了就生气，还生不了许多的气呢。"……李南泉道："太太，你别摇头，抗战四个年头了，我们在大后方还能够顶住，就凭我这书呆子一流人物，还能保持着一股天地正气。"

另外像《春明外史》的杨杏园与《斯人记》中的梁寒山，都与世家子弟、社会名流等所谓"名士"话不投机，反而对耿介清贫的老读书人特别敬重。

从这些知识分子身上，我们可以发现张恨水自我形象的影子，因为他一生秉承着传统文人的气质，总以知识分子的价值和品位观察世界，忠实恪守着读书人的道德和风骨，洁身自好。这类知识分子群像是张恨水人格形象的某种渗透，也可能与张恨水个人的气质与道德坚持有关。

除了正面的男性形象外，张恨水小说还有另一类是作为负面的知识者形象出现。这负面的知识者形象，都出现于抗战时期的抗战小说，与主要人物形成清高刚正与贪婪猥琐的对比。像《傲霜花》中的教授梁先生、《魍魉世界》里的西门德博士、《偶像》里中了美人计的丁古云老教授等，这些负面人物正好都是大学教授，但这些人负面的人格并非与职业有关，而是用来凸显正面理想人物的节操。

值得注意的是，张恨水似乎有一点"反商情结"，小说中多数负面人物竟多是银行家或银行家之子。像《金粉世家》的金燕西（其父虽为国务总理，但也是银行的董事）、《小西天》的贾多才、《满江红》的万有光、《夜深沉》的宋信生等，小说里凡是"利之所从之"的商人张恨水似乎对其都没有很好的印象。

此外，小说中还有一些乡绅型的老知识分子，虽不明显被当作负面人物，但却被当作描绘的人物系列，有时还被当成讽刺与调侃的对象。如《别有天地》第1回就写了这样一个乡下的读书人：

这位念信的乡先生，约莫有五十上下年纪，嘴上生两撇八字黑须，眼睛外罩着一幅玳瑁边的虾子钳眼镜。眼镜两只腿子，都断了一小截，却用一根粗棉线凑成了半周向后脑上一套，算把眼镜硬挂在头上。他毛蓝布夹袍上，也罩了一件青布马褂。那马褂虽说是青的，然而左一块、右一块已是稀松万分，扣不起来，纽扣便颠之倒之，像烂熟的苹果一般，向外翻着垂下。可是在这位乡先生，犹觉得他这样穿着，整整齐齐，不脱书生本色。他姓唐，号尧卿，是个自幼饱读孔孟之书，而不曾一游泮水的老童生。在他这样，一般人都很为他抱屈，真个文章憎命。然而到了四十以后，他也就淡于仕进，大有不为良相，即为良医之志。

张恨水的小说人物常就是借由这类外型的勾描，因此有了栩栩如生的形象。这类科举时代的老读书人在张恨水笔下还不少，如《天明寨》中的满口圣贤文言的朱子清即属此类。

在中国现代文学史上，许多作家也塑造了众多知识分子形象，例如，在颓唐与绝望中咀嚼孤独的吕纬甫（鲁迅《在酒楼上》）、不堪"虚空的重担"而悔恨悲哀的涓生（鲁迅《伤逝》）、不甘沉沦而又无力自拔的"我"（郁达夫《沉沦》）、负着时代苦闷绝叫的莎菲（丁玲《莎菲女士的日记》）、用凄苦与软弱埋葬自己的觉新（巴金《家》）、充满幻灭与悲凉的倪焕之（叶圣陶《倪焕之》）、忽而自暴自弃、忽而狂热浪漫的王曼英，以及茅盾笔下对革命充满幻灭、动摇与追求的知识者群像。这些知识分子形象同样呈现出孤独、惶恐、困惑、寻觅、苦闷的形象特质。而张恨水小说中这些主要人物相反地非常坚定执着，从不犹疑困惑——知道自己要什么的人。因此张恨水也写知识分子的困境，但多是因生活贫困，必须面临"穷"或"达"、"坚持"或"随俗"的选择。他思考的是如何在乱世中保持个人的气节与格调，而非上述新文学作家涉及的小我或大我、革命或爱情的两难。张恨水小说里的男性群像也会为了民族的苦难和浩劫而"苦闷"，也极度关心国事，但却不像叶圣陶《倪焕之》、茅盾《子夜》、巴金《新生》等小说里的知识分子会投入如"五卅惨案"等政治运动（张恨水自己是属于会投身爱国运动如"五四""抗战"等，但不参加有党派色彩的运动）；也没有面对如巴金《雾》等面对"革命"的挣扎、犹豫与颓废。张恨水笔下的知识分子都没有什么轰轰烈烈的"革命"事迹，也绝不是"英雄"。他们总是以凡人的姿态，以自己微弱的能量，善良地关心弱势，协助不幸的人走出阴霾。

2. 军人系列

在张恨水小说中，军人大致可以分为好坏两类：好的如《大江东去》里的孙志坚、《杨柳青青》的赵自强、《虎贲万岁》里的余程万等。此类人物延续了主要人物多为正直人物的写法，强调他们爱国、坚毅、勇敢、正直等特点；坏的军人系列则是大军阀和副官之类的人物，这些大军阀一律是痴胖、蛮横无理的大老粗，是"恶"的对象，形象颇为刻板。

二、女性形象

张恨水中期以前的小说女性形象都是少女，后期多是妇女，这可能与张恨水本人对女人认知的岁月历程有关。其笔下具正面形象的女子，虽是清秀佳人，但性格思想上却多少有点男子的"大气"或是大家风范。若套用传统小说女性形象而论，就是贾探春、红佛女之类的女子。如《金粉世家》的冷清秋、《啼笑因缘》的关秀姑以及《满江红》的李桃枝等。所以，张恨水小说没有丁玲或茅盾小说中那种自省、自伤，或对革命、理想怀抱憧憬却又颓唐失望的时代前卫新女性。这些女性多以温柔、娴雅而又活泼灵动的形象出现，不太强调这些女子的美艳或身材面貌等外在容貌，而突出个人气质或才情。

张恨水小说中的主要女性可分为几种类型：才女、妓女、戏子歌女模特儿演员、侠女、太太等。

1. 才女系列

张恨水小说中有一些深具知识分子气质的才女。如《春明外史》的李冬青、《金粉世家》的冷清秋、《斯人记》的张寒云、《记者外传》的孙玉秋等。而不同类型的人物拥有不同风格的名字，名字暗示人物的人格和气质。例如，冬、清、秋、寒、云、玉等字，都令人产生如冰清玉洁、清新脱俗等清雅形象的联想。这些女性均能画善诗、性情耿介不群，皆深具"旧文人"的气质与风骨，从某种角度理解，这其实就是张恨水自我人格的写照。

《金粉世家》的冷清秋在人格涵养、精神气质上与《春明外史》的杨杏园十分相近，都有中国文人传统所赋予的一种气质——赫然独立于社会而自甘淡泊，深秉传统熏陶而感伤时世。有意思的是，此二人后来都沉溺于佛学以求心灵的平静，颇有避世之意。之所以出现这种类型强调"气节"与"骨气"的女性人物，其实与前述男性人物中强调风骨的知识分子群有着相似的价值根源。

2. 妓女戏子歌女系列

张恨水多数小说里都有这种类型的女子：娼妓如《春明外史》、《金粉世家》、《斯人记》；歌女如《啼笑因缘》、《秦淮世家》、《满江红》；戏子如《夜深沉》、《欢喜冤家》；电影明星如《银汉双星》、《赵玉玲本纪》；还有《美人恩》说的是歌舞团团员的故事等。这类女子可以说是张恨水小说早期人物的一大主流，也是人们据此认为张恨水接近"旧派"的最明显特征，并将他归入"旧派"的原因。这和张恨水生活环境和记者的职业有关，其交友范围可能并无那种学院派的新女性，看到的都是舆论关注的特殊职业女性的离合故事。即使到了抗战时期的小说，如《傲霜花》中的王玉莲、《巴山夜雨》里的杨艳华仍有戏子的影子。

张恨水笔下这类女子多是活泼灵动的小姑娘，自幼家境贫寒，但却都有爱慕虚荣、缺乏自制力的人格特征，因此情感上都有"变心"的情况出现。小说写尽了当时女子在公共场所抛头露面为解决生计问题的艰难。但这些身为艺人的小姑娘，模样、个性都不尽相同。

以《夜深沉》为例，月容是个聪明、能干、善解人意、身材娇小的小姑娘，小说几次透过二和的眼勾勒出她的外貌。如第1回："她跳下车来，将手理着头上的乱发，这才把他的真相漏了出来；雪白的鹅蛋脸儿，两只滴溜乌圆的眼珠，现出那聪明的样子来。"几次强调月容聪明的眼神；第2回："他听了这话，倒真个愣住了，瞪了那乌溜的眼睛，只管向他望着。""二和走到院子里了，回头看到了他这两片鲜红的嘴唇里，透出雪白的牙齿来，又把那乌溜的眼珠对人一转，这就不觉呆了。"所以，月容开始是以慧黠灵动的形象出现，从她逃出师傅的魔掌刻意向二和求救开始，就凸现了她善于观色察颜的能力。

至于外表，张恨水喜欢强调妓女的清秀淡雅。因此即使是写妓女，也要一再强调自己心仪妓女的超尘绝俗。这就显示了张恨水本人的"才子"审美观。如《春明外史》第1回描写梨云："身上穿了一套月白华斯葛夹袄库，真是洁白无瑕，玲珑可爱。……杏园心想：'人家说妓女都是下贱不堪的人，像我看今日那个梨云，就觉得小鸟依人，很是可爱。'"第24回当杏园第一次看到李冬青有下列描述："一言未了，只见何太太穿了一身艳装，走了出来。后面跟着一位二十开外的姑娘，长发堆云，圆腮润玉，双目低垂，若有所思，皓齿浅露，似带微笑。不事脂粉，愈见清癯。她身上穿了件瓦灰色皮袄，下穿黑布裙子，肩上披了一条绿色镶白边的围脖，分明是个女学生。和何太太艳装一比，越发显得淡雅。"叙述中不是"白"，就是"淡雅"，要不就是低眉浅笑，明显透露出一种独特的审美情趣。

除了戏子和妓女，女学生也是当时具有明星特征的一群。因此，张恨水早期小说中也出现了部分的女学生。女学生是二十世纪初城市中时髦的典范，她们在吃穿游戏等举止上都引领者风潮——架着眼睛、戴着钢笔被认为是时髦而文明的象征。当时的女学生像明星一般地受到市民的瞩目。张恨水小说中的女学生，如《春明外史》白瘦秋姊妹以女学生装扮会客；《金粉世家》中金家姊妹出洋留学的女学生生活；《啼笑因缘》沈凤喜在第三回中也曾以蓝布竹褂，黑布短裙，露出穿白袜子的圆腿，头上改挽了圆髻的女学生装束出现。家树笑道："今天怎么换成女学生的装束了？"凤喜笑道："我就爱当学生。樊先生！你瞧我这样子，冒充得过去吗？"不过，这类女学生只出现在早期小说里，充分反映了世人面对女生进洋学堂的侧目与艳羡心理。

3. 侠女系列

侠女应该是张恨水写得最好的一类女性。这类女性，最重要的就是《剑胆琴心》的朱振华与《啼笑因缘》的关秀姑二人，既有侠女的豪气、胆识，又有面对情感的娇羞含蓄，极具侠骨柔情的立体性格。《啼笑因缘》的关秀姑兼豪爽侠义与女性羞涩于一身——她厚道、实在、义气、勇敢；话虽不多，举手投足却耐人寻味。小说既写她暗恋樊家树的少女情怀，又写她潜入刘将军宅保护凤喜、手刃刘将军的英勇果敢。她虽暗恋家树，一旦发觉自己并非家树意中人时，总是慷慨地成人之美，出世隐退。小说多次描绘着她来无影去无踪的行迹，仗义行侠后，悄悄功成身退。看似娴静温婉，实则果敢有主见，是标准的外柔内刚式女子。

可以说，关秀姑是张恨水写得非常成功的女性形象。

至于《剑胆琴心》里的朱振华则和关秀姑在气质上差异甚多。朱振华豪爽、率性、真诚、大而化之，不是那种心绪委婉细致的女性，可以说是现代"酷妹型"的人物。

4. 太太系列

上述三点写的都是少女。张恨水显然有着同贾宝玉一样认为女子已婚就会"污浊"而成为"死鱼眼睛"的观念，所以他小说中善良的都是十几岁的少女，即使再变心虚荣，作者笔下都不免寄予同情与谅解。这和金庸、沈从文笔下的少女多是慧黠单纯的特点十分相似。张恨水小说中，坏的恶劣的算计功利的都是妇女，例如妻娘嫂姑等人。这些太太形象，明显地出现于张恨水小说的中后阶段，这应该和青年张恨水与中年张恨水在年龄与心境的差异有关。年轻时张恨水对心目中理想的女性形象仍有想往与期待，所以出现了不少较接近美好的少女形象。如《春明外史》的李冬青、《斯人记》的张寒云、《金粉世家》的冷清秋、《啼笑因缘》的关秀姑、《剑胆琴心》的朱振华、《燕归来》的杨燕秋等。另外，《啼笑因缘》的沈凤喜、《夜深沉》的杨月容即使在感情上见异思迁，张恨水下笔仍然语带悲悯，多所爱怜。当张恨水小说到中后阶段时，不但少女形象不再多见，连那种观看女性的仰视角度也逐渐消失。《大江东去》写薛冰如执意离婚，开始采取平视的角度，到了《巴山夜雨》，却都成为俯视角度，而这些太太们，也开始出现丑角化倾向。小说主角李南泉，高高俯视着这群女人，窃笑这群女人的愚昧、无知与自以为是。

三、长辈形象

在张恨水小说里几乎都是单亲家庭（除《金粉世家》的金家外），不是寡父，就是寡母，尤以寡母居多（寡父仅有《美人恩》里的常父、《似水流年》里的周父、《艺术之宫》的李父、《杨柳青青》的赵父)。所有的男女人物都是与寡父母相依为命。这可能多少反映了张恨水自身早年丧父的遭遇。这类形象颇为刻板扁平,也并非主要人物,多是作为主要人物困境的来源。大致可分两类:一类是善良孤独又贫病交加的父亲或母亲;一类是梦想着觅得个乘龙快婿,好荣华富贵的功利老婆子,不断地怂恿女儿嫁给权贵。

第一类的父母以弱者形象出现,多是贫穷多病的孤独老人,与子女相依为命。如《秦淮世家》、《夜深沉》中的母亲,《艺术之宫》、《美人恩》里的父亲等。他们都是无力、待照顾的可怜老人,子女也因此背负着沉重的生活负担。因此,张恨水小说的父亲形象并没有像《子夜》里的吴荪甫之父,或是《家》里的高老夫子等有着封建大家长的象征。

唯一在《金粉世家》出现的大家长金铨,却是一反新文学打倒权威的思考方式,反而以开明的形象出现。

四、小结

综上所述,在张恨水塑造的形形色色的人物中,根据引人关注的影响度与塑造的成功度,可将其归结为两类形象:一是言情小说中的青年知识分子形象;一是社会讽喻小说中的奸商与官僚形象。另外,在社会讽喻小说中的一些忠实于传统的道德操守的知识分子形象也值得注意。

青年知识分子形象主要指的是《春明外史》中的杨杏园与李冬青,《金粉世家》中的冷清秋、《啼笑因缘》中的樊家树以及《燕归来》中的杨燕秋等。这些青年人都或多或少地接受了文化知识的教育以及西方文明为主的现代价值观念,同时,他们又有着中国传统知识分子所持有的社会责任感与忠于情感、崇尚人间的伦理等道德意识。

张恨水把这些人物都安排在有一定道德伦理背景的言情故事中,是为了更有力地突出他们在纷乱的现代中国文化中特有的情感归依与生存价值取向,这也是张恨水本人所肯定并一以贯之的观念。

而奸商与官僚形象,则包括《魍魉世界》中的温五爷、《五子登科》中的金子原与刘伯同等。这些人趁整个国家、民族处于生死存亡的危难时刻大发国难财,置民族与国家整体利益于不顾,一味地囤积居奇,买空卖空,肥了自己的腰包而损害了国家与民族的利益。张恨水对这些人物采取鲜明的嘲讽与批判的态度。

值得一提的是,为了充分地显示与现代社会形态抗争的力量,张恨水还在自己的作品中刻画了几个也很引人注目的颇有士子风范的人物形象。其中最为鲜明的就是《魍魉世界》中的区老太爷的形象。区老太爷一向固守传统的士子道德传统，为人热情而知礼节，崇尚知书达理，颇有一种清高风度，对发国难财的奸商与官僚之流不屑一顾。他还教子从严使他们不忘天伦之爱。然而在现代中国纷乱的环境中，区老太爷的这一切不过是一栋小小的危楼，他对这个世界深感失望与无能为力之余，再也没有别的选择。《巴山夜雨》中的李南泉与区老太爷不乏相通之处，但他在生计仍有困难的情况下也无力去向往改变现实了。倒是《啼笑因缘》中的关寿峰、《中原豪侠传》中的秦平生、马老师、冯兽医这些杀富济贫、力铲人间奸恶的武林侠客对于社会的抗争来得更实在，也更有力一些。

思考题：

一、结合张恨水小说创作特点，谈谈你对张恨水各个时期的小说创作。

二、简述张恨水小说人物形象类型。

第三讲　小说特征（下）：张恨水章回小说特点

导读：

小说多呈现以情节为结构中心的单体式线性结构类型——真实地再现了特定的历史时空——体现了对中国传统章回小说的改良与创新

张恨水对于坚持章回小说的创作，提出了自己的主张——

我为什么这样缄默？又为什么这样冥顽不灵？我也有一点意见。我觉得章回小说，不尽是可遗弃的东西，不然，红楼水浒，何以成为世界名著呢？自然，章回小说有其缺点存在，但这些缺点，不是无可挽救的（挽救的当然不是我）；而新派小说，虽一切前进，而文法上的组织，非习惯读中国书，说中国话的普通民众所能接受。正如雅颂之诗，高则高矣，美则美矣，而匹夫匹妇对之莫名其妙。我们没有理由遗弃这一班人，也无法把西洋文法组织的文字，硬灌入这一批人的脑袋。窃不自量，我愿为这班人工作。有人说，中国旧章回小说，还如烟海，尽够这班人享受了，何劳你再去多事。但这有两个问题：那浩如烟海的东西，他不是现实的反映，那班人需要一点写现代事物的小说，他们从何觅取呢？大家若都鄙弃章回小说而不为，让这班人永远去看侠客口中吐白光，才子中状元，佳人后花园私订终身的故事，拿笔杆的人，似乎要负一点责任。[①]

由此看出，第一，他认为章回小说之所以不合时宜，并非章回的形式问题，而是所载内容未能切合时代与生活所致；第二，他以为引进西化文法与形式，根本不合中国人的阅读习惯，而且也没有必要鄙弃民族既有的叙述成规，去全面拥抱一种连自己都觉得生疏的文学形式。张恨水清醒地知道自己要什么，而且独自无悔地走着。

---

① 张恨水：《总答谢——并自我检讨》，重庆《新民报》，1944 年 5 月 20 日。

第一节　小说结构类型

无论是自觉还是非自觉，作家创作时都有一个结构意识，即他的小说在情节、性格、背景三要素中以什么为结构中心。因为任何一种特定的文体往往是一个由众多要素所组成的系统，而标志其根本特征的是占支配性地位的那一个核心要素。

结构的类型，就是指故事情节构架的基本原则或方式。张恨水的小说，虽然大多数是长篇小说，但结构类型大都是单体式结构，也就是由一个完整的故事所构成的。如《夜深沉》、《秦淮世家》、《丹凤街》、《落霞孤鹜》、《啼笑因缘》等都是如此。也有较特殊的结构类型，如以横断面表现社会环境的联缀式结构的《斯人记》，系列故事结构的《八十一梦》，主线、副线齐头并进的多线结构的《巴山夜雨》，老舍《茶馆》式结构的《小西天》。

单体式或联缀式结构只是涉及情节的故事表层，情节还有其内部的经络，其经络便是矛盾冲突。如果一部小说情节由一种矛盾冲突构成，矛盾一方的欲望和行动仅只受到矛盾另一方面的阻碍，由这单一的矛盾冲突推动情节向前发展，那么情节就表现为一种线性的因果链条，这种结构就叫作线性结构。从此角度来看，张恨水小说大多数是线性结构模式，如上述单体式结构同时也是线性结构。线性结构是低级的小说结构形态。而小说要想像生活和历史本身一样丰富而复杂，仅仅用线性结构是不够的。这就产生了更高级的形态——网状结构。网状结构是指小说情节含有多种矛盾，这多种矛盾不仅贯穿于情节始终，而且贯穿在每一个场景里面，像一张网，故称为网状结构。张恨水小说《金粉世家》即为较为复杂的网状结构形式。

总体来看，张恨水小说大都以情节为结构中心，而且结构类型以简单的单体式线性结构为主。大都故事完整曲折，人物的性格发展与情节的发展具有清晰的因果关系与内在逻辑，呈封闭性的严整结构形态。以情节为结构中心使张恨水的小说有较强的可读性，但同时对情节的过分关注也必然会失去一些有益的东西，正如利昂·塞米利安所认为的："对情节的崇拜部分地由于对生活的天真和过于简单化的理解，以及回避内心世界这一现实的表现，主观主义、抒情主义是出现于小说创作领域并与传统创作手法相对抗的运动，这一运动有益于小说创作。"[①] 这是因为，情节总是由人的外部行动构成的，而人类的情感体验作为一种心理状

---

① 利昂·塞米利安：《现代小说美学》，陕西人民出版社，1987 年版。

态却具有内在性。如果将情感体验作为叙述中心常常会导致情节的延缓中断，但如果把情节作为艺术焦点便可能会失掉许多展示内心体验的机会。有的作家用情节内化的方式来弥补这一缺陷，即在情节发展中渗透人物的情感体验与心理状态的揭示。张恨水的某些小说确实存在情节内化的可能性。如《艺术之宫》中秀儿的内心历程展示，《傲霜花》中对华傲霜心态变化的揭示，都是相当出色的。但究其内质，仍为情节化小说。而张恨水有的作品，如《丹凤街》、《秦淮世家》则完全让情节占据中心地位，甚至对人物性格及心理展示都有所忽略。

张恨水对情节的选择，体现出他小说创作意识的传统性，也表现出对读者的喜爱情节本能的了解与妥协。

第二节　小说时空表现

恩格斯曾说过："一切存在的基本形式是空间和时间，时间以外的存在像空间以外的存在，同样是非常荒诞的事情。"① 正是时空与人物故事共同构成了小说的虚构世界。张恨水小说中的时空形态大多是连贯的时空，这种时空形态以时间的一维性、空间的单一性为基本单位。即时间上为历时性线状叙事，空间上相对稳定。这样的小说头绪简单，线索单纯，是通俗小说的通用方式。如《啼笑因缘》、《艺术之宫》、《丹凤街》、《秦淮世家》、《杨柳青青》等。

张恨水的小说是以物理时间来组织的，而不像现代小说以心理时间为枢纽。他小说中的故事时间具有清晰的时序关系，大部分是有头有尾，呈线性发展，与情节一起呈连环式推进。张恨水的小说也有特殊的时空表现形态如时空的错乱。倒叙手法赋予《金粉世家》以悬念及感伤色彩，《北雁南飞》、《燕归来》、《大江东去》的局部回忆性叙述，《天河配》、《一路福星》的线性时间与多变空间的结合。还有淡化的时空清晰的时间刻度常常具有一种强烈的现实感，反之则带有某种虚幻性。张恨水的小说如《八十一梦》、《新斩鬼传》、《秘密谷》，其时空是有意被淡化的。模糊的故事时间与地点，为文体带来一种象征效果。

张恨水对于同一时间、不同空间的人和事，由于叙述时间的局限性，往往沿用话本小说的方法，采用"花开两朵，各表一枝"的分叙方法。如《夜深沉》、《啼笑因缘》。张恨水有意识地采用线性时间的中断与故意的延宕及空间的转换，这样形成了情节的跌宕起伏、峰回路转，抓住了读者的阅读兴趣。

张恨水的小说从总体上看，真实地再现了特定的时空，也不乏历史深度。如

---

① 马克思恩格斯：《马克思恩格斯全集·第三卷·反杜林论》，人民出版社，2002年版。

反映 20 年代北洋军阀统治时期的北京，《春明外史》、《春明新史》、《美人恩》、《斯人记》、《啼笑因缘》、《艺术之宫》、《夜深沉》、《杨柳青青》、《记者外传》等；抗战爆发前夕的南京，如《秦淮世家》、《丹凤街》、《满江红》、《大江东去》、《石头城外》等；战时的重庆，如《纸醉金迷》、《傲霜花》、《魍魉世界》、《疯狂》、《偶像》、《巴山夜雨》、《五子登科》等。而张恨水的故乡安徽省潜山县也时时进入他的小说，如《潜山血》、《安徽的前线，前线的安徽》、《现代青年》、《似水流年》的主人公故乡的描写，《天河配》的局部空间等。有意思的是，安徽潜山县天柱山风景区有一个称为秘密谷的幽美山谷，而张恨水也有一部同名的有象征意味的小说《秘密谷》，地理形貌与实地则诸多相似，但二者之间不能说不无联系。张恨水的西北之行也使他产生了一系列描写甘肃、陕西人民生活的小说，如《燕归来》、《小西天》等。

由此看来，张恨水对于时空的表现，是以他切实的生活为底蕴的。他不写他不熟悉、不知道的时空状态下的人生。这种老实的写作态度为他时空描写的成功奠定了基础。"人要有现实客观存在，就必须有一个周围的世界，正如神像不能没有一座庙宇来安顿一样。"① 这儿的世界便是小说中人物的活动时空，它可以被进一步分割为大时空（时代、社会背景）和小时空（年代、地域）。特定的时空不仅指特定社会的基本结构，诸如政治、经济、文化等因素，而且指特定时代的精神文化空间，是特定时期社会关系的具体表现，即意味着人与人之间的关系的某种格局化，特定的时空最终又影响到作品的诸如风俗性、地域性、氛围感等。张恨水的小说对特定时空的表现是成功的。小说的每个人物都是特定时空的产物，在悲剧性的社会时空里，悲剧注定要发生。如《纸醉金迷》中 20 世纪 40 年代的重庆，黄金投机狂潮带给魏太太一家的悲剧。张恨水小说对时空的氛围感、风俗性及生活细节的真实描绘使他的文本具有某种"活化石"的特点。在他的作品中，我们从生动感性的描绘中可以触摸到那些遥远的年代，那些特殊的地域风习，甚至嗅到特定时空的氛围与气味。但张恨水的小说对特定的时空描写过于贴近，他提供了真实的社会环境与人物，而注意的恰恰是直接的表面的现实，最容易进入意识的便是当时的社会问题，这样的人物和故事都是现象性的。张恨水未能突破实在的时空限制，去捕捉生活的本质和深层的社会原因，更没有达到形而上哲学高度，去捕捉超时空的永恒本质。这就使他的时空表现具有某种原生态的性质，某种有益的混沌感，生活因此具有不言自明的本真存在性。

其实，结构类型与时空表现是密切联系的两个方面。二者相互依存，难分

---

① 黑格尔：《美学·第一卷》，商务印书馆，1979 年版。

因果。一般来说，以情节为中心的线性结构往往导致与之相协调的线性时间与较单一的空间。张恨水的小说大体上正呈现这样的一种面貌。正如我们从小说的心理意识结构中心、错乱无序的时空表现来确定小说的"现代性"或称"先锋性"一样，我们也可以从张恨水小说的线性结构与线性时间、单一空间来确定其小说的"传统性"与"通俗性"。

陈平原在《中国小说叙事模式的转变》一书中指出，中国古典小说大都是以情节为中心的小说结构意识，在叙事时间上采用连贯叙述。"五四"时期，中国小说在近代小说演变的基础上，才有了革命性的转变，其最显著的两大变化，一是小说结构的心理化，以心理为结构，如鲁迅《伤逝》、郁达夫《沉沦》；二是小说时空的自由化，以情绪线为结构。其实早在晚清小说中，结构类型与时空表现的转变已经初露端倪。《官场现形记》已经采用联缀式结构形式，《九命奇冤》里出现了倒叙手法，早在清代中叶沈复《浮生六记》就开始了第一人称叙事形式，这一切昭示着文体自身变革时期已然来临。

虽然张恨水从林译小说中看到了许多新奇的叙事手段，但张恨水未能沿此方向继续前进，而回到线性情节的结构模式。因为张恨水凭自身阅读经验，直觉地意识到联缀式结构不能为当时读者所普遍接受。他在《写作生涯回忆》中谈到："《春明外史》，本走的是《儒林外史》、《官场现形记》这条路子。但我觉得这一类社会小说，犯了个共同的毛病，因之我写《春明外史》的起初，我就是安排下一个主角，并安排下几个陪客。这样，说些社会现象，又归到主角的故事，同时，也把主角的故事，发展到社会的现象上去。这样的写法，自然是比较吃力，不过这对读者，还有一个主角故事去摸索，趣味是浓厚些的。①在结构上，张恨水也接受过西洋文学的影响，如他的《小西天》："这是用名剧《大饭店》的手法，以西安一个大旅店为背景，写着各阶层的人物。"② 综上所述，张恨水小说的结构类型与时空表现是一个动态的发展的过程，大体上体现出由单纯的线性结构、线性时间向较复杂的结构类型与时空表现转化的痕迹。张恨水小说更多地从纵向继承了传统文学的结构与时空表现，在中国小说的民族化风格的创造上做了有益的尝试，他的作品因此具有了独特的美学价值。

---

① 张占国，魏守忠：《张恨水研究资料》，天津人民出版社，1986 年版。
② 张占国，魏守忠：《张恨水研究资料》，天津人民出版社，1986 年版。

第三节 张恨水对章回体小说的改良

张恨水对章回体的改良是全方位的，经过张恨水的探索和努力，章回体这一古老艺术形式重新注入了新的活力，焕发出了新的生机，并重新赢得了读者的认同，成为了一种与表现现代生活相适应的现代文体形态，这是对"五四"新文体形态的丰富和补充。

虽然张恨水沿袭了传统章回小说部分形式上的特征，但他一直有意识地尝试着改良。张恨水曾说：

关于改良方面，我自始就增加一部分风景的描写与心理的描写。有时，也写些小动作。实不相瞒，这是得自西洋小说。所有章回小说的老套，我一向采取逐渐淘汰手法，那意思也是试试看。在近十年来，除了文法上的组织，我简直不用旧章回小说的套子了。严格的说，也许这成了姜子牙骑的"四不像"。①

这"四不像"正是张恨水博采新旧之长，坚持改良主张的结果。

一、回目形式的延续与扬弃

张恨水精于制作非常典雅工整的回目，还为自己定了五个原则。他说：

我自幼就是个弄词章的人，对中国许多旧小说回目的随便安顿，向来就不同意。即到了我自己写小说，我一定要把它写得完美工整些。所以每回的回目，都很经一番研究，我自己削足适履的，定了好几个原则。一、两个回目，要包括本回小说的最高潮。二、尽量地求其辞藻华丽。取的字句和典故，一定要是浑成的。四、每回的回目，字数一样多，求其一律。五、下联必定以平声落韵。这样，每个回目的写出，倒是能博得读者的推敲的。可是我自己就太苦了。②

其实，最能体现章回小说特色的反而是回目。明清小说回目虽然不乏佳句，但大多以本回故事中人物的行止作成对句，不太重视情境渲染。张恨水把回目特色刻意推敲，使回目凸显出意境之美。从《春明外史》开始，特创章回小说史上从未见过的九字回目。例如《春明外史》中第 1 回的"月底宵光残梨凉客梦，天涯寒食芳草怨归魂"，《金粉世家》第 69 回的"野草闲花突来空引怨，翠帘绣幕静坐暗生愁"，《啼笑因缘》中第 1 回的"豪语感风尘倾囊买醉，哀音动弦索

---

① 张恨水：《总答谢——并自我检讨》，重庆《新民报》，1944 年 5 月 20 日。

② 张恨水：《写作生涯回忆》，人民文学出版社，1982 年版。

满座悲秋"，回目无不工整清丽，境界全出。

不过，张恨水小说这种九字回目从 1933 年的《似水流年》，减为八字句，但也颇富特色。如，《似水流年》第 10 回的"一语忘情水流花谢，两番同病藕断丝连"，同年的《别有天地》也是采用八字回目。这八字回目与传统三五句法的八字回目也不同，他全是上四字下四字成句，这应该也是章回小说史上少见的。除上述两部八字回目的小说外，直至 1934 年《美人恩》之前的所有小说都采用九字回目。这九字回目就成了张恨水章回小说的重大特色。传统白话章回小说多为七字句、八字句，因此，张恨水小说应该是中国章回小说史上唯一使用九字回目的作品。

自 1935 年后，张恨水小说回目形式就逐渐消失。1935 年开始创作的小说，除《北雁南飞》外，小说每章都改以标题方式展现。如《平沪通车》中的第一章"一个向隅的女人"等。直至张恨水逝世，他绝大多数小说均无传统回目了，只有零星地写古代题材的小说，如《中原豪侠传》（清末）（1936 年）、《水浒新传》（宋末）（1940 年）以及《夜深沉》（九字回目）（1936 年）、《秦淮世家》（八字回目）（1939 年）还保留回目形式，所以 1935 年是一个重要的转变关键。

那么，张恨水为何放弃最能代表章回小说精神的回目形式呢？他在《写作生涯回忆》中曾说经营回目其实是"吃力不讨好"的差事："谓不讨好云者，这种藻丽的回目，成为礼拜六派的口实。其实礼拜六派，多是散体文言小说，堆砌的辞藻，见于文内，而不在回目内。礼拜六派，也有作章回小说的，但他们的回目，也很随便，不过，我又何必本末倒置，在回目上去下功夫呢？"显然，回目的传统色彩，让他因此戴了不少的"帽子"与头衔。所以为避免落人口实，避免别人紧咬着回目这一传统的形式不断地攻讦，他因此才断然割舍。至于张恨水为何大致从 1935 年后开始大幅放弃回目的使用，恐怕是经 1932 年前后新文学阵营重炮攻讦之后，所以不得不有的痛苦："调整"！

二、篇首异于传统小说

张恨水小说的开篇方式迥异于传统章回小说的篇首，大致可以归纳为以下几种形式：

1. 先写人物所在场景后带出人物

张恨水多数小说是先以人物所在场景开篇，一改传统章回小说中开篇必不可少的史传性资料，如，家世介绍、身份介绍、人格介绍等。张恨水小说文本中叙述者并不直接带出人物，也不太说人物的祖宗八代、来龙去脉等背景资料。而如电影镜头一般先缓缓带出远景、再近景、再带到周边的人物、再带出主角人物。这其实犹如另类变形的"说书人"。如《现代青年》：

　　一个很值得纪念的晚上，三四点钟的时候，我们书中主要人物的一个，正在磨豆。那时天上的星斗，现着疏落凌乱的样子，风半空里经过，便有一些清凉的意味。街上是一点声音没有，隐隐惨白的路灯，在电灯柱上立着，映出这个人家的屋檐，黑沉沉的，格外是不不齐整。因为街上的情形是这样，所以屋子里头的磨豆腐声：兀突，兀突，……一声声响到街上来。屋子里是个豆腐作坊，佝偻的屋子，露出几根横梁。……满屋子里，只有一种昏黄的光，照见人影子模糊不清。这磨子边有个五十上下的老人，将磨子下盛着的一木盆豆渣，倒在矮灶上一个滤浆的布袋里，开始要做那筛浆的工作了。灶门口茅草上，坐着一个青年秃子，灶里的火光，照着他通红的脸，圆顶上，稀疏的黄发，光光的额角，半开不开的眼睛。他手上捧了一束茅草，只管向灶口里塞着，不时的头向前点动着，在那里打盹。老人道："小四子！你今天没有睡够吗？"小四子突然头向上一伸，睁开眼道："水烧开了吗？"老人道："水是没有烧开，柴快烧完了。年轻人这样打不起精神来，怎样混到饭吃！时候不早了，去把小老板叫起来吧！"

　　这段文字，先点出时间，然后像电影镜头般从"远景"天上的星斗，拉近到街上，再拉近到路灯；再写到街灯映照下的屋檐下，传出的磨豆腐声；然后再将焦点拉近到这房子，再详细描写豆腐店中的摆设与情景；最后才以特写镜头带出在豆腐店工作的人来。然而，老人还不是主角，在下文又细致勾勒店内伙计的形貌，最终才逐渐带出主角小老板周计春。

　　张恨水这种写法与传统小说开篇方式相违。西方小说往往从一人、一事、一景写起，中国传统小说则往往先展开一个广阔超越时空的结构。因此，传统章回小说几乎难见这种纯写景的开篇，也难见纯以人物举止动作作为开篇的形式。

　　2. 以风土民情的描绘开始

　　此类与第一类十分相似，只是前者偏于自然景物的描写，此类偏于当地的风土民情。张恨水总是刻意地勾勒小说人物所处的特殊地貌与风俗，使小说几近地方志或风俗民情志的功能，所以在他笔下的北京的名胜，如颐和园、北海、西山、天桥、大栅栏以及大小胡同等无不尽入书中。当他有意写这些他笔下眷恋不已的都市时，他通常会以最能代表当地历史或民情意义的场景开篇。如《金粉世家》以北京名胜颐和园开篇，《中原豪侠传》以清末汴梁城外大相国寺前的场景叙述开篇，而写南京秦淮河畔歌女故事的《秦淮世家》开篇写起南京秦淮河畔夫子庙的场景，更是细腻生动。

　　3. 以主要人物开篇

　　虽然绝大多数小说是以场景开篇，但也有少数小说仍从人物介绍开始。如早期代表作《春明外史》是先引一首诗，再带出写诗的主角：

　　这人是皖中的一个世家子弟，姓杨名杏园。号却很多，什么绿柳词人啦，什么沧海客啦，什么寄庐啦，困庐啦，朝三暮四，日新月异，简直没有一个准号；因此上人家都不称他的号，都叫他一声杨杏园。在我这部小说开幕的时候，杨杏园已经在北京五年了。他本来孤身做客惯了，所以这五年来，他都住在皖中会馆里。

虽以略述人物姓名、背景、经历开篇，但也与古代白话小说史传式溯源的引介方式不同。

4. 其他

张恨水所有开篇大致不离上述几种类型，但是还有一些例外的例子。如写一策划齐备的骗局故事的《别有天地》，就只以一封信当作开头，以悬疑开场；《剑胆琴心》是以酒店墙上的四首七绝诗来开篇；《燕归来》开篇是一首描写民国十七八年陕甘两省灾荒的《竹枝词》。这些都不是传统长篇小说可见的开篇方式。

三、开放性结尾

张恨水小说除了开头大量使用场景描绘外，结尾部分，也有许多异于传统的改变，多数小说没有所谓的结局，也没有安排清楚人物的出路与离合，而多用暗示性或开放性结尾，刻意留给读者回味咀嚼的空间。张恨水并未刻意满足读者对情节的期待，所以他小说没有"有情人终成眷属"或"恶有恶报"的结局。这种无结局的结局，也是传统章回小说不可见的结局。最具代表性的例子是《啼笑因缘》，樊家树与三个性情各异的女子的感情纠缠到底如何，张恨水竟然只以一个耐人寻味的场景结束。

其他的例子还有许多。

四、大幅加入近似散文笔法的自然描绘

从上文已提到的"小说开篇部分"，就可明白张恨水小说与传统章回小说最不同的地方就是以白描的场景描写取代开篇即"说话从头"的交代方式。除此之外，张恨水在小说中也大量加入场景描写，而且特别是自然景致的描写。这种大量的场景描写，也绝非来自章回小说的特征。

张恨水小说中的自然场景有两大特色：一是越往后期，小说的自然场景较多；二是越可以经营且抒情性越强、人物心理声音越多，自然场景也就相对的多。所以，自然场景较多的小说通常都是他小说中的上乘之作。如《天上人间》、《啼笑因缘》、《剑胆琴心》、《夜深沉》、《巴山夜雨》等小说。这类自然场景一般有三种作用：一是清楚交代小说的时间季节。张恨水小说中的自然景致都

有相应称的季节与时间——清晨、深夜、夏日、秋季等都有景、物相符的自然描写；二是可映衬当时人物的心情或情绪。这些自然意象通常都是人物当时心境的反映——或萧瑟、或凄清、或清丽如画，透过自然景物的描绘可使小说情景交融；三是形成小说一种"诗化"的美感效果。

五、加入大篇幅心理描写

小说中穿插大量的人物心理描写，是张恨水在借鉴西方小说创作手法的基础上，将其引入自己小说创作中的结果，也是张恨水章回小说的重要特色。传统白话小说多叙述人物外在的举止与对话，而少人物的心理刻画。关于人物的心理描写，在张恨水小说里随处可见。如《啼笑因缘》第11回刻画沈凤喜在面对两种选择时的挣扎；《巴山夜雨》第24章中李南泉在战争的夜里的所思所感，均增加了小说的生活质地与真实感，达到雅俗共赏的艺术效果。

六、充满细节与动作的描写

张恨水小说对人物形象的勾描，多充满动作与举止细节的描绘。这些人物除了碎花和言词外，张恨水常加以大量关于动作的描写——如低头、微笑、嘴皮抖动、回头、掉泪、下跪等细微的小动作，以显示人物的心境与性格。凭借这些细节与动作，加上合乎性格的对话，张恨水总能以寥寥数语鲜明地呈现人物的形象、性情或心理状况。

这种描写能力，一是来自于张恨水平时对人物的细心观察；二是与他年轻时进过剧团的经历有关。因此，在张恨水小说中，不同的人物是靠人物自己的一举手一投足来呈现，而非来自于叙述者的言说。如《剑胆琴心》第33回对只是次要角色全太守的描绘即是。另外，《小西天》第11回中写从程志前眼中看到女子浣花在雨中的动态，《杨柳青青》第17回中当自强听到部队即将出征的一段心理刻画，叙述者不以任何言词去形容赵自强的心情，而只是纯粹地叙述他心里的声音与动作。

七、保留与扬弃传统章回小说程式化模式

完全回避"话说"等章回惯用程式，叙述者既不称"在下"，也不将叙述接受者称为"看官"。在张恨水小说文本中，多数没有古代白话小说中许多接受者的召唤形式。如："看官知道"、"看官你可晓得"、"且说"、"有诗为证"、"正是"、"欲知后事如何，且听下回分解"等习套。

而其中只有《春明外史》和《啼笑因缘》例外。《春明外史》只有部分章节最后保留有"欲知后事，下回分解"或"要知道怎样了，下回交代"等格式；

《啼笑因缘》每回最后都留有章回小说的程式化格式"且听下回分解"的变形格式——"下回交代"。

总之,张恨水在小说创作中似乎总在尝试着不同的形式变化,有的扬弃传统,有的承袭传统,每一部小说均呈现出不同的格式和尝试。

八、结论:富有"时代感"的章回小说

如何在章回的架构下,成功地摆脱传统小说文本较陈旧的叙述成规,加入新的叙述质素?如何成功地摆脱章回小说惯有的白话说书腔,加入既口语化富于时代感的书面语?如何以属于传统的小说文本形式,承载具有时代感的人物和故事是摆在张恨水面前的一个课题。

综观中国现代小说史,运用长篇章回形式者,失败多于成功。比如,20世纪30年代延安出现的抗日小说系列,其中有马烽、西戎的《吕梁英雄传》,袁静、孔厥的《新儿女英雄传》及柯蓝的《抗日英雄洋铁桶》等。这类小说写八路军与人民抗日以及农民武装斗争的英雄故事,采用章回体写英雄传奇,大都显得疏漏甚多且水准不佳。最常见的是某些传统故事情节(如《水浒传》)的直接衍化,缺乏明显的时代性。现代人物的风度、言语、举动,竟与北宋梁山泊的英雄好汉无多大差别,无法避免传统章回小说人物描写粗疏、结构松散的通病,小说一厢情愿地写着乐观和神奇的胜利,真实性不足。相较起来,张恨水的章回小说平实且贴近时代生活的原貌,是真正具有20世纪风貌的章回小说。

总而言之,张恨水虽写章回小说,但其中充满非传统的叙述格式。像小说回目、开头、结尾等的变化,均显示出他在传统小说架构上"创新"与"求变"的努力。张恨水努力排解成规与创新之间的紧张关系,使之和谐地重整;新文学是在对文学成规的解构中得到新生。张恨水尝试着将外来的新的叙述特征吸纳进固有的系统之内。正如他在1943年《总答谢》一文中说的那样:"我们无疑肩负两份重担,一份是承接先人的遗产、固有文化,一份是接受西洋文明。而这两份重担,必须使它交流,以拿出合乎我祖国翻身中的文艺新产品。"他主张以传统体系消化西方叙述形式,以中国民众能接受的表达方式推出"文艺新产品",而不是自卑地彻底否定并彻底割裂与传统的脐带,再原封不动地自西方搬来一套新叙事形态才叫创新。

实践证明,张恨水获得了成功。

思考题:

一、怎样理解张恨水小说的结构类型与时空表现?

二、试概括张恨水是如何改良传统章回小说的。

第四讲　张恨水小说叙事模式

导读：

　　早期小说多用主观叙述方式，中后期则多用客观叙述——叙事视角转换以人物聚焦的限知叙事为主——叙事结构与内容从传统小说"写事"向"写人"转化——小说的叙述时间从早期到中后期呈缓慢性变化特征——男性叙事模式增加了小说的情节张力

　　张恨水多达一百一十多部中长篇小说，在审美风格上最大的特征就是体裁上采用了中国传统长篇小说的唯一样式：章回体。这种文体自产生之日起，一直在小说领域独领风骚，产生了诸如《红楼梦》、《儒林外史》、《金瓶梅》等一系列驰名中外的经典之作。它是中国文学史上具有代表性的文体，体现了中国古代小说的主要成就。

　　但是由于长久的历史积淀，其在文体上僵化的特征也较为明显，"'以全知视角连贯叙述一个以情节为结构中心的故事'正是中国古典小说的主潮———章回小说的基本形式特征"。① 显然，这与"说书人腔调"及其"说——听"的接受模式密切相关，且在一定历史时期、一定程度上适应了普通大众的审美趣味。

　　章回小说发展到张恨水生活的年代，其文体上的模式化特征较为突出，已很难突破外观形式的硬壳。而时代的发展变化必然会带来新的时代内容和审美要求，显然，"说书人的腔调"与固定模式已不能适应现代小说"读"而非"听"的接受方式。虽然"说书人的外衣"一时还难以彻底脱掉，但原有的叙事方式却有被从内部突破的可能。张恨水对这种变化是敏感的，并及时在其创作中努力用一种与这种变化相适应的新的叙事方式，从整体上"改写"了传统章回小说的叙事模式，使之具有与现代小说相类似的叙事风貌。

---

　　① 陈平原：《中国小说叙事模式的转变》，北京大学出版社，2003年版，第276页。

第一节　叙事模式概述

叙事模式是叙事者与故事之间关系的类型。叙事者要向读者展开情节，描写人物，并对小说世界的种种做出情感的、道德的、思想的、政治的价值判断，总是要采用某一种叙事的方式。

叙事模式按其不同层面可以分为三类：

（1）第一人称；第三人称。（2）主观叙述；客观叙述。（3）全知视角；限知视角。

叙事模式上述三个层面之间存在着一定的关系。一般来说，第一人称叙事形式必然导致限知视角，第三人称叙事形式必然导致全知视角，这是不言而喻的。反过来，限知视角或全知视角也必然要求第一人称或第三人称的叙事形式。而第一人称叙事形式则更多地体现为主观叙述，第三人称叙事形式则可能存在主观叙述和客观叙述两种形式。如话本小说均为第三人称全知视角，却多是主观叙述，但更为常见的则是第三人称全知视角的客观叙述形式。

张恨水是现代文学史上著名的章回体大师，从整体上考察张恨水百余部作品，在人称形式上，除《八十一梦》中的"我"既是叙述人，又是参与情节的主人公及视角人物为第一人称外，其余大都采用第三人称的形式。也有部分作品为第三人称与第一人称混合型。如《燕归来》第二、三、四回为杨燕秋以第一人称形式自述童年时期从甘肃逃荒到西安的经历，《大江东去》中孙志坚回忆南京大屠杀的惨景及逃命的经过，但叙述人称的变换明朗清晰，并且是局部性的，并未从整体上改变第三人称的叙述形式。

人称形式从本质上讲其实是叙述的角度问题。第一人称形式"我"叙述自身经历的事件，这事件是已经"体验化"了的不可避免地带有主观的、抒情的、内心意识流动的意味；而第三人称则使事件和人物作为叙事的主体内容，显得冷静、客观。叙事者不参与情节，他只是客观地叙述故事的发生、发展和结局。

显然，张恨水不是一位沉湎于个人精神世界的作家，虽然个别作品，如《落霞孤鹜》、《春明外史》、《巴山夜雨》有微弱的自传色彩，但其主人公仍然以第三人称的形式化为一个与叙事者分离的角色，而其作品并不像其他第一人称自传性强的作品，如郁达夫的小说一样，在叙事过程中注入明显的主观态度，"我"是唯一重要的角色，其感情内涵、人格魅力、精神风貌成为作品中最具有魅力、最富支配性的因素。张恨水则让位于叙事客体，他的创作宗旨是"叙述人生"，而这人生是笔下人物的人生。

主观叙述是指作者不隐藏自己，在叙述中出头露面进行解释和评论，使读者接受故事的同时始终感到有一个讲述者的存在；而客观的叙述则是作者把自己隐藏起来，将故事按照生活实际发生的样子呈现在读者面前，使读者直接进入故事而不感觉到叙事者这个中介的存在。

从这个层面上考察张恨水的小说，我们发现张恨水早期创作多用主观叙述方式，而在中后期创作则多用客观叙述。

在早期的章回体长篇小说中，张恨水表现出对话本小说讲述人口吻的继承、借鉴和转化，他并不想掩饰自己在作品中的存在，时时中断叙述站出来对情节中的人和事加以注释和评论，如《似水流年》中的一段：

……说着，在袖子笼里，摸出一个白绒手巾卷儿出来，悄悄地递到惜时手上，因道："你是会用钱的，穷家不穷路，我又在镇上临时移了五十块钱来，你连手巾一路带着罢!"原来乡下人不知道用什么手绢，不是用布块，就是用洗脸的毛巾，这是守义平常用的一条手巾，就给儿子包了洋钱了。惜时接过钱……①

这是对风俗的注释，又如《北雁南飞》中的一段：

……她又走进春华的屋子了。任何一个聪明人，到了心绪不宁的时候，在行动上，总会露一些形迹来的，这个时候，若有第二者用冷静的眼光去观察，那就什么行为都可以看得出来，毛三婶今天……②

这些议论没有政治、社会学色彩，而更多的是对人情世理的阐发，颇能引起市民阶层读者的共鸣。

这些注释与评论造成了一种叙事的"距离效果"，使读者意识到叙事者的存在，从而与故事世界保持距离，不致于发生如实再现或身临其境的幻觉。我们还发现，假如删除一段注释或评论，对故事情节的发展和人物刻画并没有根本性的影响。绝对意义上的纯客观叙事方式是不存在的。所谓客观叙述只是叙事人让自己的倾向透过情节结构和风格技巧表达出来而已。张恨水晚期的创作，更多地褪落了话本小说的胎记，而逐渐地变讲述式为呈现式，叙事方式也更为成熟老练。如后期的《魍魉世界》、《傲霜花》、《纸醉金迷》等。叙事人很少对人和事作出评价和解释，在冷静客观的不动声色的从容叙述中，笔下人物毕现，虽然叙事者的思想感情与价值态度也要通过叙述来承载，但十分隐蔽含蓄。

从叙述视角的层面上看，张恨水小说大都是以全知视角为主，限知视角为辅的混合型叙事方式。全知视角的"叙事者比他的人物知道更多，不用费心向我们

---

① 张恨水:《似水流年》，北岳文艺出版社，1993年版。
② 张恨水:《北雁南飞》，北岳文艺出版社，1993年版。

解释他是如何获得这种认识的：他可以看到房子墙壁里的东西，也可以看到他的主人公头脑里的想法，他的人物都对他毫无隐瞒。显然，这种形式有各种不同的程度，叙述者的优势可以表现为知道某个人物的秘密愿望（而这个人物都不知道这些愿望），也可以表现为同时知道几个人物的想法（这是他们中的任何人都办不到的），或者仅仅表现为叙述那些不为一个人物所感知的事件。"①

张恨水正是这样一个临于人物事件之上，知晓一切的全知全能的叙事者。虽然他也偶然在小说局部让位于笔下人物的视角，之后又立即回到全知视角。如《春明外史》中常借主人公杨杏园的视角观察社会场景与其他人物，而杨杏园的心理又在叙述人的视野之中。又如《烟烟世界》中黄青萍形象的塑造，更多地借用她的追求者与受骗者区亚英的视角来描绘的。再如《艺术之宫》中的秀儿试工一段：

> 秀儿这才站住了脚，向那人看去。见他上身穿件蓝衬衫，套了一件小坎肩，脖子下，用那黑绸子，打了一个拳头大的疙瘩，肋下夹了一件灰色衣服，一顶黑呢帽子，很宽的边，向脑后戴着。一张麻雀牌的三角脸，还是黑黑的。不就是刚才在第五教室里，那唱爱拉浮油歌的人吗？拉痫也好，拉稀也好，拉浮油是什么病？他还爱拉呢？瞧他这副形象，就够缺德，歌也不唱个好的。他拦着问话，准没存好心，可别理他。可是不理他又怕真走错了路，这倒让人很为难呢。正是这样踌躇着呢，低了头闪到一边。……②

这段叙述用限知视角表现人物及心理很成功。这种混合型视角的叙事方式，视角转换明晰自然，增强了文本的生动效果。当然，张恨水小说也有一些并不能被述结论涵盖的特征，如《八十一梦》，然而，张恨水的小说也是一个动态的发展过程，大致上体现出由第三人称全知视角的客观叙述向第三人称全知与限知视角结合的客观叙述转变的轨迹。

张恨水的小说更显著的特征是章回小说，他的小说更多地借鉴了话本小说，其次是明清章回小说的叙事模式，所以，多处呈现出"传统型"的面貌。

第二节　叙事视角的转换

总体来说，中国传统章回小说大多采用第三人称全知全能的视角，故事的叙述者仿佛永远是洞察一切的上帝，由于缺少视角的变化，从而使叙事模式呈现出

---

① 托多罗夫：《叙事作为话语》，转引自李洁非《小说学引论》，广西教育出版社，1995 年第 1 版第 137 页。

② 张恨水：《艺术之宫》，北岳文艺出版社，1993 年版。

程式化和凝固性，缺少真实亲切的感受。这种"全知叙事"一直被认为是传统章回小说的"贯穿始终、占统治地位"的叙事方式，也被认为是章回小说"非现代性"的重要标志。[①] 而在现代新小说中，除去全知视角以外，还大量使用第一人称或第三人称限知视角来叙述故事，因此，叙述者可以以无所不知的身份出现，也可以以作品中的人物身份出现，将叙述视角融合到作品中某一人物身上，并深入人物内心展开叙述，这就突破了中国古典小说中全知视角下读者的被动接受模式。"全知叙事"与"限知叙事"作为一种叙述技巧，它们要处理的只是"作者"与"读者"的关系问题，二者本身并没有高低贵贱之分，但在运用这种技巧的背后，显然蕴含着作者的某种小说结构意识和由此所反映出的时代变革意识。

　　受"五四"小说以及西方小说技法的影响，张恨水文本的叙述大量使用传统文本较不常见的人物聚焦方式（限知叙事）。早期小说中虽然保留了传统小说中"只见"、"但见"、"一见"的形式，但却非以叙述者之眼"见"，而是以特定人物的观察所见而得。人物就是小说的观察者，作者总是将视点置于人物身上，说出人物眼睛所看和心中所想，而叙述者只是转述人物所见与所感的叙述执行者。如《啼笑因缘》第二回写家树到凤喜家拜访前的所见所思：

　　到了西口上，果然三号人家的门牌边，有一张小红纸片，写了"沈宅"两个字。门是很窄小的，里面有一道半破的木隔扇挡住，木隔扇下摆了一只秽水桶，七八个破瓦钵子……。家树一看，这院子是很不洁净，向这样的屋子里跑，倒有一点不好意思。……在街上望了一望，心想难道老远的走了来又跑回家去不成？既来之则安之，当然进去看看。于是掉转身仍回到胡同里来。走到门口，本打算进去，但是依旧为难起来。人家是个唱大鼓书的，和我并无关系，我无缘无故到这种人家去做什么？

　　这段描述完全是从樊家树的视角作出的。小说《春明外史》以主角的故事作为贯穿始末的主线，当中穿插一二百人的故事成为附带，借此来说"新闻之外的新闻"、"野史"，使整部小说具有社会小说的内容与性质。为此，作品中大量使用小说人物视角，也就是以小说人物为"观察者"来讲述故事的发生发展。在这种情况下，小说所讲述的故事就不再是全知叙述，而是限知叙述了。

　　《八十一梦》在故事结构、叙述方式上更显示出旧章回小说所未有的开放性和创造性。它的每一梦都自成一个完整的故事，注重故事自身的节奏和独立性，并非传统章回小说高潮处的"欲知后事如何，且听下回分解"，正如作者所言：

---

① 温奉桥，李萌羽：《论张恨水小说的文体现代性》，《东方论坛》，2004 年第 5 期。

"各梦自成一段落，互不相涉，免了做社会小说那种硬性熔化许多故事于要炉的办法。"① 小说的叙述者为第一人称"我"，在小说中他又是一位实实在在的人物，是作品各种关系的纽带。这与传统章回小说的全知全能式的叙述有很大不同，极大地改变了传统章回小说的单一、呆滞、封闭的艺术形态，使其呈现出灵活多样的现代性审美风貌。略微统计，张恨水小说超过八成以上都是以人物聚焦的限知叙事为主。② 这是张恨水小说现代化转型的一种表现。

第三节　叙事结构的突破

在叙事结构方面，张恨水则突破了传统小说以事件为结构的中心，向以人物为中心转移。中国传统小说基本上是以线性的叙事结构为主，大都以情节为中心，注重情节的曲折离奇、巧合成趣，小说的重心是"情节"。这一方面使古典章回小说充满传奇性和较为吸引人的故事，另一方面带来的是人物心理挖挖不足、面目模糊等缺陷。还有类似《儒林外史》、《官场现形记》等以松散式的故事随意"串联"，缺少贯通的人物与情节，整部小说组织结构的统一性很差。鉴于此，张恨水在创作《春明外史》时就有意地总结经验和取长补短。

他说："这一类社会小说犯了个共同的毛病，说完一事，又递入一事，缺乏骨干的组织。因之我写《春明外史》的起初，我就先安排下一个主角，并安排几个陪客。这样，说些社会现象，又归到主角的故事，同时，也把主角的故事，发展到社会现象上去。这样的写法，自然是比较吃力，不过这对读者，还有一个主角故事去摸索，趣味是浓厚些的。"③《春明外史》以"新闻记者"杨杏园为贯穿首尾的主要人物，以他带出一些次要人物的独立故事。

"新闻记者"角色的设定，实际上在小说结构中扮演了"陌生人"的结构功能，使其对政界、军界、学界、商界、演艺界"黑幕"的揭露具有了某种合法化的身份，故事虽杂，却体现出了现代小说的开放结构意识。虽然有评论者在讨论这部小说的结构时，在小说中穿插太多与主要人物关系不紧密的情节，且次要人物出现一次后，后文不再提及等视为小说结构不成熟的表现，但笔者认为，这正是《春明外史》的现代性体现。其实，小说中所叙述的人物，未必个个都要讲出个前因后果，即便是主要人物，也不必一定要把他的身份、经历和结局交代个明白。就像有学者在论及张恨水的另一部作品，类似于《春明外史》叙述结

---

① 张恨水：《写作生涯回忆录》，中国文联出版社，2005 年版。

② 张恨水：《写作生涯回忆录》，中国文联出版社，2005 年版。

③ 张恨水：《写作生涯回忆录》，中国文联出版社，2005 年版。

构的小说《京尘幻影录》时所说的："这欠缺贯穿无始无终的片断结构，反而是情节结构上的最大特色。与人生存在的真实状况相仿。因为琐碎正是生活的本然面目。其实人物进进出出，忽焉消失，亦是人生之常态。这种不完整的情节结构，反而造成特殊的叙述效果。"① 这段点评是相当精辟的。在写到《金粉世家》时，作者把重点放在"家"上，将主角作为贯穿小说前后的人物，主线突出、支线分明、情节曲折有致。小说以男女主人公的爱情为一方，以他们所置身其中的大家族为另一方，让这两条线索扭结在一起，互相穿插补充以推进故事的发展。整部小说 120 回，近百万字，在报纸上连载了五年多，但是小说结构却极为严谨、精致，一丝不乱。张恨水曾坦言，《金粉世家》在"布局之初，是经过一番考虑的"，"把重点放在这个'家'上，主角只是作个全文贯穿的人物而已"，并且，为了防止"性格和人物显得雷同"，"在整部小说布局之后，我列有一人物表，不时地查阅表格，以免错误。同时，关于每个人物所发生的事，也都极简单地注明在表格下"。②《金粉世家》规模之宏大，结构之严密，叙事之从容，堪称现代中国文学史上的典范。③ 像这样以主要人物为中心编织故事的模式，在张恨水那里发展到高峰的作品，当推《啼笑因缘》。小说以樊家树为多角恋爱的中心，中间穿插了军阀霸占民女的情节以及关寿峰父女除强惩恶的武侠传奇，全书 22 回一气呵成，没有一处松懈、散乱和自相矛盾，结构精妙。

应该说，张恨水的这种"示范性"创作，从根本上改变了传统章回小说的结构和文本形态，使其从封闭走向了开放，从单体型走向了复合型，具有了相当明显的现代性质素。

第四节　叙述时间的变化

叙述时间的变化首先表现为极缓慢的叙述时间。张恨水文本中的叙述时间，与早期传统白话小说中的时间处理大为不同。传统小说的"核心"是故事，因此，为了讲述故事的方便，其叙述速度往往都是快速的。纵观古代小说史，越接近讲史的题材，叙述速度就越快。像《西游记》等神魔小说，细写场面就比历史小说多，到明末市井小说兴起时，叙述速度才明显放慢。晚出的《红楼梦》除第一到第五回外，更可说是细写慢磨了。张恨水小说沿袭的就是这种市井小说

---

① 赵孝萱：《张恨水小说新论》，台湾学生书局，2002 年版。
② 张恨水：《写作生涯回忆录》，中国文联出版社，2005 年版。
③ 温奉桥：《现代性视野中的张恨水小说》，中国海洋大学出版社，2005 年版。

的传统，其中有大量的场景描绘，叙述时间与此大致相同。但若与传统小说相比，其小说因加入传统文本中少见的大量景物与心理描写，所以叙述时间显得更慢。这也是张恨水小说有别于传统章回小说而显得较具现代感的原因之一。

这里值得一提的是，五四新文学小说在时间处理上的显著特征就是文本叙述速度的缓慢。张恨水的小说越往后其作品的叙述时间越慢。如《巴山夜雨》可以用许多章的篇幅来写一天的事，而全书四十多万字也不过只写了十五天而已。《巷战之夜》则以十三个章节写一个夜晚一群百姓与日军街头肉搏巷战的经过，足可见其叙述速度的缓慢。"这种经营长篇小说场景的白描功力，相信是中国现代小说史上任何作家所难以企及的"。① 类似的小说还有《虎贲万岁》，它也全是细腻的战争场面描写，全书共八十回仅写了二十几天的事。其次是文本的时序错位，即表现在小说中有多样的事件叙述顺序（正叙、倒叙、插叙、预叙）。在小说的时序错位上，张恨水一方面继承了中国古典小说常见的顺序模式，按照时间发生的前后，以故事情节为中心展开矛盾冲突，刻画人物性格。另一方面，他又大胆借鉴外国小说的一些表现手法，打破了中国传统小说的叙述模式。

1. 倒叙：倒叙是对已发生事件的追述。这是西方小说中常见的叙事策略，它可以设置悬念，取得先声夺人的艺术效果。在张恨水的武侠小说《剑胆琴心》里，因为悬线很多，所以必须倒叙过去的事情原委。如第七回就倒叙说明到底是谁无声无息偷走了柴竟身上的扣子？是谁冒柴竟之名给李云鹤盘缠？是谁引张道人与柴竟到清凉山较量？许多谜团都借助于倒叙得到了圆满的答案。《巴山夜雨》的第九章写到甄子明从重庆市回到乡下，说到重庆遭空袭的惨状。"他道：'苦吃尽了，惊受够了，我说点故事你听听吧。我现在感到很轻松了。'"于是开始将他九死一生的经历说了出来。

2. 插叙：也可称之为补充性倒叙。《春明外史》中就多次运用了这一手法。小说第四回写到"陆无涯听了这话，脸上一红，好像说中了他的病，便含糊着支吾过去。原来这陆无涯，他在平等大学，教的是英文一门……"这里在写到陆无涯时，就是用插叙手法引入他在平等大学与学生陈国英的一段往事，让读者对于人物的性格身份都有了鲜明的印象。第五回中，"陈若狂接着钞票道：'是是！我很能原谅的。'说了几句话，也就走了。原来他在二等窑子里面留宿过多，身上已经染了许多毛病，这个时候，他正在害淋病……"我们可以看出，这里插叙的内容是陈若狂为什么借钱的原因，这不仅可以使内容表现得更充实，避免了平铺直叙，而且也可以使情节发展更充分，人物形象更丰满。

3. 预叙：这是西方现代小说惯用的手法，是指对以后发生的事件的暗示或

① 赵孝萱：《张恨水小说新论》，台湾学生书局，2002 年版。

事件发生过程的预示。在西方的叙事理论中，又被称作是时间的闪前现象。《金粉世家》篇首用了一个楔子，叙说朋友一日上街遇到一个在路旁卖春联的女子，诗才高妙、书法精湛，她就是冷清秋。此处先叙她的遭遇，然后回过头来从第一回开始再按照事情发生、发展的顺序，交代了冷清秋与金燕西相识以及金家腐败衰亡的整个故事。小说最前面的这一楔子，对全书情节结构而言，应算是一段预叙。作者先叙故事的结局，然后从头娓娓道来。这些"自觉扭曲小说时间"① 的做法，使故事情节变得更加紧凑、复杂、曲折，更加吸引人。

同样，暗示也是预叙的表现手法。在《啼笑因缘》中，作者就用暗示来叙述未来发生的事件。正如严独鹤所说的那样："全书常用暗示，使细心人读之，不待终篇，而对书中人物的将来，已可有相当的感觉，相当的领会。"② 如第八回，家树南回，凤喜不小心摔碎茶杯，她抚琴送别，不料"拨断离弦"，这都是对他们两人最后结局的暗示。

在通俗小说作家中，张恨水无疑是较富于艺术探索精神的一位。他继承了中国传统小说的衣钵，同时汲取了西方小说的文学营养，在小说叙事的现代转变方面进行了多方面的探索和创新。这种创新突出的叙事特征是以人物聚焦的限知叙事，娓娓道来以"人物"为中心的故事。从一定意义上说，这种改造也为中国传统章回小说的现代化转型提供了可以借鉴的路子。

第五节　小说的男性叙事模式

张恨水社会言情小说的这种叙事模式特征，简而言之，即一个真诚男子拯救落难女子但最终拯救失败的社会悲剧和爱情悲剧。在其众多的言情小说中，以《啼笑因缘》、《美人恩》、《夜深沉》和《艺术之宫》四部小说最为典型。这四部小说在叙事方面具有非常相似的模式特征。

一、情节功能模式

1. 爱情发生之前

女主人公都青春美丽，但生活却贫穷窘迫，面临严重的生存危机。例如《啼笑因缘》中的沈凤喜，全家的生活来源仅仅是女主人公唱大鼓和母亲做针线的微

---

① 陈平原：《中国小说叙事模式的转变》，北京大学出版社，2003 年版。
② 严独鹤：《〈啼笑因缘〉一九三〇年严独鹤序》，载《张恨水全集·第 14 卷》，北岳文艺出版社，1993 年版。

薄收入；《美人恩》中，捡煤核为生的美丽少女常小南，衣不蔽体，食不果腹，不可避免地陷入生存危机；《夜深沉》中的美丽女伶王月容，在故事一开始就面临着承受师傅的虐待以及摆脱虐待后无处安身的重大生存问题；《艺术之宫》中，李秀儿父亲病重，面临一日三餐毫无保障的严峻问题。

在这一情节模式中，首先，女主人公都是青春美丽的，女主人公的美丽可人是爱情产生的基础；其次，经济问题是女主人公所面临的主要问题。经济的困顿使女主人公陷入一种生存的危机状态，无法把握自己的命运。女主人公的青春美丽和经济危机是作者刻意强调的，它为承担拯救功能的男主人公的出现和爱情的发生提供了一个不可缺少的契机。

2. 爱情发生阶段

在上述的四部作品中，几乎所有陷入生活困境的女主人公都会得到一名男子真诚的救助。大鼓女沈凤喜为富家公子樊家树所助，不但摆脱生活的窘迫，而且还进学校做了女学生；常小南得到同样贫寒的洪士毅在金钱方面的微薄相助，生活状态稍有好转；王月容被马车夫丁二和救助，从此摆脱师傅的虐待，生活逐渐步入正轨；李秀儿被万子明救助，内心得到一定程度的慰藉。男主人公对女主人公的救助，如果其经济条件明显好于女方，则首先表现为金钱的救助。当男女主人公经济情况相当时，则多表现为温情的援助，即用非物质的力量使对方觉得温暖、有依靠。当然，无论是金钱的还是温情的援助，从更深层的意义上讲都是感情的援助。这样的感情援助使从前生活在危机恐慌中的少女们心理上有了依靠的对象，那么，女主人公对男主人公由感激、依靠而产生爱情也就顺理成章了。

3. 爱情背叛阶段

当清寒美丽、生活窘迫的女主人公被正直善良、淳朴侠义的男主人公所救助而产生爱情后，女主人公常常会表现出知识不足、爱慕虚荣、薄情寡义等等人格方面的缺陷，并且会因为人格的缺陷而遭到第三者的威逼或利诱，从而为追求虚荣而背叛爱情。沈凤喜之所以能舍弃樊家树的爱情而投进刘德柱的怀抱，归根到底是因为后者比前者更有钱，更能够满足自己的虚荣和对金钱的欲望。常小南忘恩负义地背叛、侮辱恩人洪士毅，也是因为在存在道德缺陷的前提下受到物质享受的利诱。另外，李秀儿、王月容离开对自己真心实意的诚实青年，接受纨绔子弟却被始乱终弃的污辱，也同样是在金钱和虚荣的驱使下，精神迷乱而无法把持自己。在这一情节模式中，不同的只是背叛的方式：或是威逼，或是利诱，或是威逼与利诱同在。而女主人公主观爱情背叛这一结果却是相同的。

4. 爱情结束阶段

贪图虚荣、背信弃义的女主人公在故事结尾时往往有以下几种结局：沈凤喜被逼致疯并且失去了樊家树对自己的纯真爱情，结局悲惨；常小南刚刚自贬身价，为他人之妾，就遭受着亲人不能相见的痛苦、被冷落的待遇和始乱终弃的可能；李秀儿、王月容无法掌握自己的命运，一步步走向堕落的、被凌辱、被玩弄的黑暗深渊。总之，背叛爱情的女主人公最终都要为自己的背叛付出代价，遭受一定程度的命运惩罚。

二、角色功能模式

任何叙事作品的情节都是由人物来实现和完成的，因此，上述四部作品这种情节功能的模式特征必然决定了作品中人物角色的功能也呈现出模式倾向。

1. 落难者

承担这一角色功能的为女主人公。她们通常美丽柔弱，经济困顿。由经济困顿附带而来的社会地位的低下、生活的贫困、生存环境的恶劣以及文化知识的欠缺等等构成落难的女主人公"弱"的主要内涵。沈凤喜、王月容、李秀儿、常小南，虽然她们的职业、身份是不同的，但她们因经济的困顿而落难、等待救助的状态却是完全相同的。因此，她们在作品中承担着相同的角色功能———落难者，为拯救者的出现提供可能。

2. 拯救者

承担这一角色功能的是男主人公。在故事结构中常常和落难者配套出现。而且，和落难者的弱相比，作为拯救者的男主人公则表现出强的一面。如社会地位高、经济状况好、有文化知识；或者真诚朴实、品质高尚、肝胆侠义等等，即在道德方面，也表现出强的一面。例如《啼笑因缘》中的樊家树，他是一个具备传统文化道德观念的知识分子，作为富家贵公子，为富且仁，具有平民意识，乐善好施，无论在经济、社会地位还是道德方面都表现出强的一面。其他再如丁二和、万子明、洪士毅等人，虽然和落难者同样生活贫困，但却都表现出难能可贵的道德优点。同时，他们还分别在学识、人生态度等方面高出落难者，能够在思想层面对落难者起到一定的指导作用，从而使男主人公对女主人公的拯救成为可能。

3. 背叛者

承担落难者角色功能的女主人公，随着情节的发展，落难者的功能弱化，开始逐渐承担起背叛者的角色功能。即因为主观或者客观的原因，在感情上背叛曾经给予自己救助的男主人公，虽然感情背叛的原因是各种各样的，但"感情背叛"的结果却是相同的，即在此意义上，女主人公具有简单而同一的角色功能——背叛者功能。

4. 受害者

这一角色功能与背叛者成套搭配出现。是指因为女主人公的感情背叛而在情感以及爱情方面受到伤害的、曾经给予过落难的女主人公精神与经济救助的男拯救者。

三、男性叙事意义

通过对小说情节功能和角色功能的具体分析，我们可以把张恨水这四部小说的叙事模式做以下简要概括：首先，清寒美丽的女主人公生活困顿，面临严重的生活危机，陷入落难状态；其次，作为落难者的女主人公得到真诚善良、肝胆侠义的男主人公在人力、物力、财力并附带情感方面的大力相助，逐渐摆脱生活困境。在此基础上，男女主人公产生爱情。同时，摆脱生活困境的女主人公逐渐暴露出人格道德上的弱点，如爱慕虚荣、意志薄弱等等；再次，女主人公经受不住金钱、虚荣的诱惑而背弃爱情，投入他人怀抱，而使曾经给予过自己真诚救助的男主人公在情感方面受到伤害。最后，爱慕虚荣、背信弃义的女主人公受到某种形式和程度的命运惩罚。

这种叙事模式无论是道德趣味还是文化趣味都包含着作者作为男性叙事者的性别特征。

1. 道德楷模与进步意识

男性社会责任感的自我张扬在男权意识指导之下，男性（尤其是知识分子男性）往往将自身定位于对社会、历史、文化以及女性的进步与发展负有重大引导责任的社会精英层面上。因而，在他们身上，必须具有能够承载这种责任的基本素质——较高的道德表现和进步的思想文化意识。在以上四部小说中，男主人公无论是富家贵公子还是平民青年，在上述两方面都堪称楷模。其中，作为知识分子的樊家树，"虽然出生官宦人家，却是'平民化的大少爷'，他赏识关寿峰的侠义品格，和他结成忘年交，他对贫女沈凤喜由怜惜而生情，把沈凤喜一家从社会底层救出来，并送沈凤喜去上学，以便沈凤喜在社会上能够自立。他发誓要同这个风尘艺人结为终身伴侣，即使沈凤喜已经失身于刘将军之后，他还表示不计较沈的失身，在公园里同沈偷偷相会时，还约沈同他一起逃走。"[1] 他对失身后的凤喜说："只要丈夫真爱他的妻子，妻子真爱她的丈夫，身体上受了一点侮辱，却与彼此的爱情，一点没有关系。因为我们的爱情，都是在精神上的，不是在形式上。"[2] 表现出高贵的品质和高尚的现代爱情观。除了樊家树这个知识分子之外，其他平民男主人公，如丁二和、洪士毅、万子明等人，虽然是一些普通的劳动者，和女主人公有着相似的社会地位和经济状况，然而和女主人公相比，却具

---

[1] 箫笛：《论张恨水小说创作的文化价值取向》，《学术界》，1995 年第 1 期。

[2] 张恨水：《啼笑因缘》，北岳文艺出版社，1993 年 1 月版。

有自然率真的人性、浑朴的人情、乐观健康的生活情趣和勇敢执着的生活信念。他们在自己的生活毫无保障的情况下，还扶危济贫，急公好义，重名节、讲情义，这不仅仅是民族文化中的美好品质，更是力求对社会进步承担责任的男性主人公必须具备的先进意识。

2. 才子佳人梦

男性理想角色的自我扮演作为一个具有传统文化道德观念的旧式知识分子，张恨水的早期小说创作，可以说一直在才子佳人的套路中寻求并表现自己的文化趣味和情感理想。这种文化趣味和情感理想，具体而言就是传统文化道德与旧文人的才子佳人爱情理想的结合。因此，上述小说中的男主人公，无论是温文尔雅的知识分子樊家树，还是肝胆侠义的下层劳动者丁二和、洪士毅、万子明，都是作者对自身的一种假定和幻想。他们都分别在某一方面承担着作者自身的一种源于名士才情的传奇梦想。具有传统文化道德观念的知识分子型的富家贵公子，和贫穷落难的天桥鼓姬发生传奇爱情；或者出身下层的平民青年，在肝胆侠义、重情重义的道德光环中演绎爱情故事，其实都是作者自身在不断的角色变换中对自己传统文化道德加才子佳人爱情传奇的文化趣味和情感理想的一次次品味。

3. 爱情与拯救

神圣拯救使命掩盖下的男性情欲追求。上述四部小说中，男主人公与女主人公相比，始终处于一种优越的位置。这种优越是性别的优越、经济和文化的优越以及道德、人格方面的优越，在经济、文化、道德、人格方面对男主人公的完美塑造，使男主人公对女主人公的爱情追求形成一种居高临下的进攻态势。在以爱情追求为故事表象的上述四部小说中，男主人公无一例外作为爱情的主动追求者。即男主人公存在着对女主人公的主动情欲追求。而当男性主人公以社会责任承担者的崇高形象出现在小说中时，这种最为真实的原始欲望就会被披上一层神圣的外衣。"男性对女性的进攻姿态，需要借助民族、国家的语汇和启蒙、救人的使命，才能'理直气壮'起来。"① 因此，在张恨水的小说中，男主人公理所当然以拯救者的身份自我定位，怀着优越的悲悯，拯救落难女人的伟大使命使情欲追求理所当然、理直气壮。

4. 道德缺陷与爱情悲剧

男权主义思维形式下的女性背叛与男主人公上乘的道德表现相对比，上述小说中的四个女主人公在男性叙述主体的叙述中，表现却不尽如人意。在以作者为代表的男性群体的眼里，她们虚荣肤浅、意志薄弱。因此，当威逼和利诱到来时，往往不能把握自己而背叛爱情，造成爱情悲剧与自身悲剧的最终产生。值得

---

① 许子东：《重读〈日出〉、〈啼笑因缘〉和〈第一炉香〉》，《文艺理论研究》，1995 年第 6 期。

注意的是，作为男性叙述主体，为了突出女主人公的主观情感背叛，作者往往会有意削弱威逼的力度，即从不把女主人公放在无路可走的绝境上去审视，相反，总是在女主人公面临危机的关键时刻安排许多绝处逢生的可能性，从而让女主人更多地在道德上承担背叛的过失和爱情失败的任。如《啼笑因缘》中，当沈凤喜遭到刘德柱的囚禁，受到刘的恩威并施时，"在这女主人公'堕落'的关键时刻，张恨水特意安排几个樊家树的侠义朋友在窗外观察动静准备随时救凤喜，这个过分戏剧化的细节意在说明即使在最危急时刻，凤喜仍可'不'字且有路可逃（虽然她自己并不知道）。换言之，作者怎么也不给堕落的女人一个'别无选择''完全被迫'的理由，于是在小说的后半部分，即使凤喜在将军府挨打被骂受虐待乃至羞愧成疾疯疯癫癫，人们也始终不会毫无保留地同情她。社会固然害了她，但她也不是完全无辜。"① 而在爱情背叛中，受害者的角色往往由男性扮演。作者作为一个男性叙事者，作为一个旧式文人，需要通过男性的（其实也是自身的）感情受伤害来营造旧式文人需要的、以自我为中心的、以沉郁、悲伤为基调的所谓浪漫主义。这是作者潜意识中源于传统文化的情感趣味。而正是这种情感趣味造就了爱情悲剧中背叛者与受害者的不同性别选择。

5. 堕落与惩罚

男权文化审视下的女性悲剧。在男性叙事的视角下，上述四部小说既是爱情的悲剧，同时也是女性道德堕落的悲剧。女性道德堕落，固然有社会的原因，但男性作者却更多地站在性别对立面从女性堕落者自身的道德方面寻找悲剧发生的原因。沈凤喜、王月容、李秀儿、常小南无一不虚荣肤浅、意志薄弱，而且没有一个是宁为玉碎、不为瓦全的贞烈女人。她们的道德缺陷，不仅仅是自身的道德缺陷，在叙事者看来，也许更是女性这个性别群体中某一类人共同具有的道德缺陷，换言之，作者作为男性叙事者，站在女性的对立面，看到的不仅仅是 4 个个体，而是这 4 个个体所代表的某一类人类群体——女性的一部分。

因此，当作家站在这样一个角度审视女主人公的行为时，女主人公的命运惩罚便有了道德训诫的意义。这种道德训诫依然来自女性群体的对立面——在道德表现方面高高在上的、极具优越感的男性群体。而男性作者则是这一群体的忠实代言人。

综上所述，张恨水社会言情小说的这种模式，即以爱情悲剧为故事表象，以落难与拯救、背叛与受害为主题，以男女主人公道德的不同表现为特征的叙事模式，其中所包含的男性叙事意义是显而易见的。可以说，正是作者潜在的男性叙事意识，才使张恨水社会言情小说的这种模式最终形成。

---

① 许子东：《重读〈日出〉、〈啼笑因缘〉和〈第一炉香〉》，《文艺理论研究》，1995 年第 6 期。

思考题：

一、如何理解张恨水小说的叙事模式的转换？

二、以《啼笑因缘》、《美人恩》、《夜深沉》和《艺术之宫》四部小说为例，谈谈你对张恨水小说男性叙事模式的理解。

中编 作家篇

　　张恨水先生是现代文学史上影响很大的作家，他创作了近百部的中长篇小说，拥有广泛的读者群，艺术上也有一定成就。长期以来我们的文学史研究对通俗文学是忽视的……张恨水小说的研讨可以成为一个很好的突破点，探讨通俗小说的价值，通俗小说与文人小说的关系，以及通俗小说对整体文学的制约和贡献。

　　　　　　王瑶 1988 年 10 月给首次张恨水学术讨论会的贺信
　　　　　　——引自 1990 年《张恨水研究会会刊》试刊号

第五讲　双重人格的构造

导读：

中国儒家文化的熏陶与西方进步思想的启迪，造就了张恨水的双重人格

当中国这个文明古国的历史车轮驶入 19 世纪中叶的时候，几千年构筑起来的封建帝国的顽垒开始发生动摇，并迅速走向崩溃。随着封建专制所形成的高度集权统一政治的衰亡，封建的思想文化和社会意识也失去了往日一统天下的地位。在西方的坚船利炮的轰击之下，中国封闭已久的国门洞开，外来的思想文化犹如决堤的洪水给中国大地以猛烈地冲击。从西方科学技术的物态文化的引进，如造洋枪洋炮、造船、兴办工厂等，进而到地理、人文、政治、制度等观念文化的接受，中国向西方全方位地敞开了大门。中国以儒家文化为核心的传统文化在巨大的冲击中震荡，然而早已日薄西山的封建统治阶级是不甘愿西学来冲击中学的，在现实的面前他们力图借西学来保卫中学之本体。"今诚取西人气数之学，以卫吾尧、舜、禹、汤、文、武、周公之道。"① 这种西方近代文化冲击中国传统文化的性质，实质上是资本主义文化反对封建主义文化。

19 世纪末至 20 世纪中叶，中国社会政治和文化的总体态势可用"天下大乱"来形容，其基本特征是：在政治统治上，古老专制的封建权力系统已全面崩溃，而新生的资本主义的权力系统还没有建立，因而在政治统治方面缺乏统一性和权威性；在文化思想上，原先占统治地位的封建文化因其阶级地位的没落，已失去其权威性地位，外来的各种文化思想尽管已涌入中国，但也尚未被完全认同。在这种旧的秩序被打破而新的秩序尚未建立，旧的文化思想已失去统治地位的权威"真空"的特殊历史环境下，导致各种"异端"思想纷纷出现和活跃在文化的舞台上。如在引进外域文化方面，作为主义的除了马克思主义以及作为思

---

① 薛福成：《筹洋刍议》，《薛福成选集》，上海人民出版社，1987 年版。

想和制度的社会主义外，还有施蒂纳的"无政府主义"、蒲鲁东的"社会无政府主义"、巴枯宁的"团体无政府主义"、克鲁泡特金的"无政府共产主义"和"无政府工团主义"，有武者小路实笃的"新村主义"、欧文等人的"合作主义"和托尔斯泰的"泛劳动主义"，以及潘蒂等人的"基尔特主义"，还有伯恩斯坦、考茨基的"议会主义"等等，真是五花八门，让人眼花缭乱。近现代中国的这种新旧交替，中西冲撞的"乱世"的政治和文化环境，给予现代中国知识分子的是一种难得的机遇，一方面他们深受中国传统文化的熏陶，另一方面又承接西方文明的启迪，从而造就了他们独特的思想品格和精神气质。

张恨水正是生长在这样一个乱世之中，他曾感叹自己的生不逢时。因为社会的动荡、民族的凌辱、人民的磨难、家庭的不幸，使他感到痛苦、忧郁、不安，从而形成了他带有浓厚悲观色彩的个性。同其他近现代知识分子一样，张恨水生长在这样的乱世是幸运的。"乱世出英雄"，在这样的中外文化剧烈碰撞的动荡时代，在这样特殊的社会历史文化背景中，他接受了中国传统文化的教育，也受到了西方进步文化思想的影响，深厚传统文化的修养和独特的天赋，使他对中华民族传统文化有深刻的领悟，中国传统文化深厚的民族根基和近现代西方思想文化的灵性，铸造了张恨水特殊的"双重人格"。

关于"双重人格"，张恨水在成名之后，回忆他的童年生活时这样说："这个阶段，我是两重人格。由于学校和新书给予我启发，我是个革命青年，我已剪了辫子。由于我所读的小说和词典，引我成了个才子的崇拜者。"[①] 人格是感觉、认识、情绪、价值、信仰及其产生和变化反应的要素整合的产物，是个体在社会过程中所形成的内部稳定和持久的动力组织，它着重于人的内在心力和自我意识。性格是人格的一部分，它主要涉及伦理和意志有关的特征，诸如诚实、勇敢、自制力、良心等。张恨水的"双重人格"是中西文化的熏陶、新旧思想的影响、家庭社会的教育以及个人世界观的改造共同作用的结果。本讲将要论述张恨水"双重人格"的结构特征。

第一节　中国儒家文化的熏陶

美国学者罗杰·马丁·基辛（Roger Martin keesing）教授在他的《文化·社会·个人》一书中指出："经过童年的经验，每个人对于他所生活于其中的是个什么样的世界，人们如何行动以及应该如何行动等等问题，都建立了一套概念系

---

① 张恨水：《写作生涯回忆》，人民文学出版社，1982年版，第9页。

统，一套理论。这些关于人们生活的背景以及他们行动方式的理论，一部分与社会中的其他成员共享，一部分融入了个人独特的经验及每个人生活地位的特点。"① 人的童年和少年是人生中的一个重要阶段，在此期间他所接触的家庭生活、社会背景，以及文化教育对他的人格和世界观的形成及对他以后事业的追求都具有重要的意义。沈卫威在《文化·心态·人格——认识胡适》一书的开头这样写道：

> 童年时代的生活对营造一个作家来说至关重要。每位作家，当他们登上并立定文坛后回首往事时，都会无限深情地忆念自己那幸或不幸的童年，追寻似水年华，索觅艺术的最初灵光。而在童年的往事中，不论是美好的、无邪的、诗意的、快乐的、奇妙的生活，或者是温良的、善感的、富有情爱的童心，和心与心撞击的孩提时的旧梦，都能找到作家那艺术世界的底蕴和心理潜影。特别是童年美好的事物和悲惨的遭遇，以及粗野的原始的自然的东西——不论是欢乐的、永恒的、正常的，还是伤心的、瞬间的、病态的，都会发现对作家人格形成所起的决定性影响，或潜移欲化的感染。所以，对于作家来说，生活作为艺术的母体固然重要，但童年的影响也不容忽视。②

张恨水于 1895 年 5 月 18 日出生于江西广信府，祖籍安徽潜山。他的启蒙教育是在旧式经馆里完成的，在这里他接受了封建的正统儒家思想文化教育，这是他后来人格价值观的思想基础。中国旧式的经馆教学，是把正统的儒家思想作为最重要的内容灌输给学生的，因为以孔孟为代表的中国儒家思想是中国传统文化的象征和代表。中国的学校教育始终是传道、授业、解惑三维一体的方式，即使是对初学的儿童启蒙教育来说也是如此，因为道德思想的启蒙教育对人生的成长起着不可忽视的作用。

张恨水初入学时，读的是"三、百、千"，即《三字经》、《百家姓》、《千字文》，"上下论"，即《论语》上、下两册，《四书》、《五经》之类的书籍。张恨水在《写作生涯回忆》中曾这样写道：

> 我 7 岁整③才入蒙学，那时是前清光绪年间，当然念的是"三、百、千"。我很好，念半年，就念了 13 本书。你问这 13 本书都是什么？我告诉你，全是《三字经》。因为就是这样糊里糊涂地念私塾。念过"上下论"，念过《孟子》。
>
> 11 岁半……因为我已读过《千家诗》，对我的读书帮助不少。……这时，我

---

① ［美］R·M·基辛：《文化·社会·个人》，辽宁人民出版社，1988 年版，第 117 页。

② 沈卫威：《文化·心态·人格——认识胡适》，河南大学出版社，1991 年版，第 1 页。

③ 这里讲的是虚岁，实龄应是 6 岁。

自己有一部更好的《四书白话解》，而且有精细的图。我在图上，看懂了乘是八马拖的战车，我又了解了井田是怎么个地形。抄他一句成语："文思大进。"因此，半年之内，除了《礼记》，我把五经念完了。[①]

《四书》、《五经》是以儒家的思想教育人们为人处世之道的书籍，张恨水在他的启蒙教育中接受了儒家的思想，并以儒家的思想塑造自己的人格。

传统儒家思想的人格设计，实际上是道德人格设计。儒家强调所谓"修身齐家治国平天下"，并把"修身"作为"齐家治国平天下"的根本，通过自身的学习和教育来追求个体人格的完誉。在儒家看来，"德性之知优先于闻见之知"，德性是立身之本。《四书》、《五经》所灌输的是儒家的"仁"的思想，其目的是为了让儒家的"仁、忠、恕、孝、梯、恭、宽、信、敏、惠"等德性之知深入人心。儒家的这种人格价值论，旨在适应现存的社会环境，调节人与人之间的感情。用恭顺、宽大、谦让等态度迫使自我不与环境（包括人际关系）发生冲突，以达到稳固社会的目的，即所谓"克己复礼为仁"，"恭、宽、信、敏、惠"，"能行五者于天下，为仁矣"。张恨水的一生，恪守儒家传统的道德规范，以"忠、孝、义、勇"等道德标准要求自己，以"立己立人，达己达人，爱国爱民，达则兼济天下，穷则独善其身"为信念。张恨水受儒家思想影响，在人格价值观上表现出如下特征：

一、忠——忠于祖国，热爱民族

儒家所推崇的是经世致用的人生哲学，"修身"的目的是为了更好地"治国平天下"，即为国家多作贡献。他们倡导"士不可以不弘毅，任重而道远"的使命感，认为人应具有像范仲淹所提倡的"先天下之忧而忧，后天下之乐而乐"的精神。因此，中国的知识分子大多数是忠诚的爱国主义者。特别是在异族入侵，民族危亡的关键时刻，他们大多是富有骨气的忠诚节烈之士。生长在中华民族这块热土上，张恨水的血管中奔流着爱国生义的热血，爱国是他做人的基本原则，因为他深深地懂得"国家兴亡，匹夫有责"。特别是在涉及民族尊严和国家存亡的时刻，张恨水表现出了强烈的爱国热情，并为此而不惜一切去战斗。

1919 年"五四运动"时期，张恨水被北京大学生的爱国热情所感动，在芜湖率领《皖江日报》职工，向在当地横行的日本军进行示威游行，这一"爱国壮举"博得了芜湖人民的称赞。1928 年震惊全国的"济南惨案"发生后，张恨水对日本帝国主义者的罪行义愤填膺，他在自己主编的《世界日报》副刊上撰写了《耻与日人共事》、《亡国的经验》、《学越王呢？学大王呢?》、《中国不会亡

---

① 张恨水：《写作生涯回忆》，人民文学出版社，1982 年版，第3-5 页。

国》等一系列杂文，对日本帝国主义侵略中国的暴行进行了愤怒的谴责与声讨，并断言："世界上的强国无论是谁，他都不能并吞中国，中国决不会亡"①。这都表现了张恨水对侵略者的刻骨仇恨和自强不息的民族精神。

1931 年"九一八事变"爆发后，东北三省沦于日寇之手。1932 年，日寇又挑起"一·二八事变"，面对日寇的侵略罪行，张恨水"于心焚如火，百病来侵时"，出于对民族前途的忧虑，张恨水大声疾呼，"国如用我何妨死"。作为一介书生，他以自己手中的笔在短短两个月内创作了大量鼓舞抗日的小说、电影剧本、笔记（通讯）、诗词等，并将这些作品汇编成集，用"弯弓射日"之意，取名《弯弓集》，自费出版。在自序中他宣称，"今国难临头，必以语言文字，唤醒国人"，自己作为一个小说家，以小说"略尽吾一点鼓励民气之意"。在《弯弓集》中，张恨水高声疾呼："背上刀锋有血痕，更末裹创出营门，书生顿首高声唤，此是中华大国魂。"他希望中国的男儿"含笑辞家上马呼，者番不负好头颅，一腔热血沙场洒，要洗关东万里图"，希望女子也能像花木兰那样"笑向菱花试战袍，女儿志比泰山高；却嫌脂粉污颜色，不佩鸣銮佩宝刀"。此后，他还发表了大量"国难小说"，如《满城风雨》、《天明寨》、《风雪之夜》等。这些作品尽管不十分成熟，但作者忠心为国，痛惜国土沦丧，帮助民众意识亡国的危机，激励民众的抗日热忱，都是十分可贵的。

张恨水有着强烈的民族自尊心，是一位有骨气的作家，在民族敌人对自己的威胁和利诱面前，他保持着自己的气节，与他们作斗争。一方面，对于张恨水的反日情绪和抗日作品，日本侵略者恨得要命、怕得要死，将他列入日本特务机关捉拿新闻、教育界反日人物黑名单上。另一方面，由于张恨水是全国家喻户晓的大作家，日本人也采取了利诱拉拢的办法，张恨水并不吃这一套。日本有权有势的土肥原为了讨好拉拢张恨水，采取了种种利诱。有一次，他命人携带《春明外史》、《金粉世家》各一部请张恨水"赐予题签，藉留纪念，以慰景仰大家之忱"。张恨水不但不买他的账，反而将他嘲弄一番，改赠一部描写东北义勇军抗日的《啼笑因缘续集》，并在扉页上题"土肥原先生嘱赠"，落款处也并未正式签名，只写"作者时旅燕京"。

"七七卢沟桥事变"爆发后，接着南京失陷，武汉失守，这使中国人民认识到，中华民族已到了最危险的时刻，只有全国人民团结一致，奋起抗日救亡，才是中国唯一的出路。作为一个新闻工作者、一个小说家，张恨水虽未弃文从戎，持刀枪征战于沙场，但他却用手中的笔参加了这场抗日救亡战斗。张恨水在重庆为《新民报》主编了副刊"最后关头"，这里所载稿件都是直接或间接与抗战有

---

① 张恨水：《中国不会亡国》，载 1928 年 5 月 22 日北平《世界日报》。

关的，从来不登与抗战无关的作品。他在告白中表明："本栏名为'最后关头'，一切诗词小品，必须与抗战及唤起民众有关。此外，虽有杰作，碍于体格只得割爱，均乞原谅。"① 中国轰轰烈烈的抗战救亡运动造就了无数英雄豪杰、忠臣义士，产生了无数可歌可泣的英雄事迹，张恨水用他的小说满腔热忱地宣传、教育和鼓励人民奋起抗日，打击日本侵略者，歌颂抗日中涌现的英雄人物和事件。如他的小说《大江东去》描写了京沪之战及南京大屠杀的场面。正如司马小先生在《"我的同事"张恨水》一文中写道："他的《大江东去》，故事是描写抗战初期南京弃夺中一段可歌可泣的故事。"这在客观上起了歌颂抗战英雄，激励士气的作用。又如张恨水的《虎贲万岁》是根据 1943 年底到次年的常德保卫战中，74 军 57 师的真人真事写成，歌颂了中华民族在异族入侵之时血战到底的英雄气概。在抗日战争时期，张恨水以强烈的爱国心不断为坚持抗战、保卫祖国而呐喊。这正如潘梓年当年在祝贺张恨水创作 30 周年的文章《精进不已》中所赞扬的那样，"他是一个自强不息，精进不已的作家"，他"有一个明确的立场——坚主抗战、坚主团结、坚主民主"。由于他在宣传抗战方面所作出的独特贡献，抗战胜利之后，连国民党政府也不得不给张恨水颁发胜利勋章。

新中国成立之后，在共产党的领导下，我国发生了翻天覆地的变化，张恨水对此十分高兴。他在大病初愈之时，仍撰写文章歌颂这伟大的变化，发表在海外报纸上。

由以上论述可以看出：张恨水的"忠"与儒家所倡导的"忠"一致之处在于忠于祖国，热爱民族，有着爱国之心和悠悠报国之情；但不同的是他不愚忠于君，愚忠于统治者，他没有严格的"君君、臣臣"的等级观念，更不愿作统治者的奴仆，常常出于正义感对社会的黑暗和统治阶级的腐败进行无情地揭露。

二、孝——尊崇祖宗，孝敬父母

儒家认为："孝悌也者，其为仁之本欤？"② 孔子说："夫孝，德之本也，教之所由生也'③，所以能"以顺天下，民间和睦，上下无怨"④。在儒家那里，孝有着强烈的功利倾向，孝始于事亲，终于事国，"其为人也孝梯，而好犯上者，鲜矣；不好犯上，而好作乱者，未之有也"⑤。因此，孝为百行之先。儒家孝的内容概括起来有以下方面：（1）崇拜祖先。因为"万物本乎天，人本乎祖"。

---

① 张恨水：《新民报》副刊《最后关头·告白》，载 1938 年 3 月《新民报》。
② 《论语·学而》。
③ 《孝经》。
④ 《孝经》。
⑤ 《论语·学而》。

（2）延续父母所传的生物生命。即传宗接代，不让"断子绝孙"，因此"不孝有三，无后为大"。（3）孝敬父母。宋儒认为，"天下无不是的父母"，因此，我们应当体贴父母，赡养父母，"父母在不远游"。（4）尊重父母的意愿。在父与子之间，"孝子不非其亲"，"善则称亲，过则称己"，父母管束子女，子女应无条件接受，父母无论有什么过失，子女不得非议。《唐律》中甚至规定："告亲父母者，绞。"在父亲死后应"三年不改父道"，即永远遵照父母的意志（"三年"即长期之意）。受儒家孝道的影响，张恨水认为尽孝是做人之根本，在个人利益与孝道发生冲突时，他尽力地克制自己，使之服从孝道。

对于祖宗，张恨水是极其崇敬的。每到过年，张恨水都要像他的上辈所做的那样进行祭祖。张明明在《回忆我的父亲张恨水》一书中，多次提到她的父亲过年祭祖的事，她说她父亲的态度是那样虔诚。在张恨水的诗中，也描写了家乡潜山春节祭祖的习俗：

> 廿四风晴好晚天，家家坟上响千"边"。
> 灯笼燃烛门前挂，迎接"先人"① 过小年。
> 门神对子与花笺，贴了高墙就过年。
> 等待烧香齐下拜，先人接到在堂前。②

张恨水不仅自己发号守孝道，尊崇祖宗，而且也这样严格要求自己的儿女们。1960 年元旦，他写了一首《示儿》：

> 照眼梅标岁月赊，文章老去浪淘沙。
> 涉园须解怜花草，敬祖才能爱国家。
> 手泽无多惟纸笔，心铭小有起云霞。
> 一鞭追上阳关近，莫让前程绿影遮。

这首诗表达了张恨水受儒家思想影响的孝祖观念，"敬祖才能爱国家"是要求儿女们尊敬祖宗，热爱祖国，不断上进。

在张恨水不满 18 岁的时候，他的父亲因暴病而亡，他始终记住父亲的临终遗嘱，孝顺母亲，为母亲承担起家庭的重担，培养好弟妹。他终身"不改父道"，尽力地完成了父亲的嘱托，作了一个孝子，让父亲的英灵含笑九泉，为此他付出了巨大的代价。18 岁对于张恨水来说，是一个多么好的学习时光啊，他是一个有着强烈求知欲的少年，然而父亲的病故，使得家庭经济来源断绝，为了不给母亲增加更多的经济压力，他忍痛割爱，放弃了在甲种农业学校的学业，退

---

① "先人"指祖宗、祖先。
② 选自张恨水 1959 年 2 月 1 日作的《潜山春节》中的两首。

学回到家乡。为了不伤害母亲的心，为了生儿育女继承张家一脉香火，张恨水含着泪水，接受了"母亲赠送给他的礼品"——没有爱情的婚姻，成为了包办婚姻的牺牲品。

作为长子，为了能早日接替母亲支撑起这个家，他含辛茹苦，四处流浪，以求得谋生的本领。为了有更多的钱寄给母亲养家糊口，他孤身来到北京，夜以继日地以"牛马精神"做"新闻苦力"、"写作机器"。他节衣省食，省吃俭用，把大部分稿酬寄给老母。为了约束自己，他每做一份工作时，都给自己订一个必须遵守的信约：这份工作是为了母亲，那份工作是为了弟弟妹妹，而且将所得月薪，也分别存入他代为立存的母亲、弟弟、妹妹的户头中。张恨水曾回忆这段经历时说："我是个失学青年，我知道弟妹们若再失学，那是多大的痛苦，所以我把北京得到的薪资，大部分汇到南方养活这个家，也惟其如此，我成了新闻工作的苦力。"当他孤身一人染疾躺在北京潜山会馆时，他首先担心的不是自己的生命，而是为自己的老母备尝生活的艰辛而落泪，为自己不能很好地尽孝而悔叹。为了使母亲能过上好日子，他用自己血汗换来的钱，为母亲在芜湖购下房产。当他在北京站稳脚跟后，又将老母及全家人接到北京，同享天伦之乐，并尽心照顾，体贴母亲，尽心尽孝。张伍在《我的父亲张恨水》一书中这样写道：

父亲是有名的孝子，对祖母体贴入微，恪守孝道，为了安慰祖母的寂寞愁苦，常常伴侍祖母身边，给她说故事，讲笑话。这自然使祖母那百无聊赖、茫然无主的心境有了一丝慰藉，也看到了一线希望。[①]

当抗日战争爆发兵荒马乱，张恨水自己为了工作不得不奔波在外时，他首先是将老母在家乡安顿好。在与母亲分别的日子里，他情系母亲，时时为母亲的安危和身体担心。当抗日战争胜利后，他便归心似箭，回到母亲的身边，扑在母亲的脚下老泪纵横。张恨水曾写诗描写抗日战争胜利后与家人团聚的情景：

> 八载回来喜欲狂，夕阳楼下整归装；
>
> 凭栏遥见慈亲立，拜倒风沙大道旁。
>
> 飞步登楼一笑盈，座前再拜叙离情；
>
> 八年辛苦吾何恨？又听慈亲唤小名。[②]

在慈母病逝后，他悲伤不已，思念情深，时时追忆她的音容笑貌。如他的《午风》诗就表达了他对母亲的怀念之情："风来大声吼，开门未见人。沙翻惊

---

① 张伍：《我的父亲张恨水》，春风文艺出版社，2002年版，第37页。
② 转引自张伍：《我的父亲张恨水》，春风文艺出版社，2002年版，第251-252页。

扑面，马过鞠微尘。罢读还枯坐，烹茶慰老身。隔院鸟反哺，久眺叹慈亲。"每逢佳节，他都要按家乡的习俗祭敬母亲，以释哀思。

三、义——轻生死名利，重义气承诺

《孟子·公孙丑》中提出了关于人的著名的"四端"说：

> 无恻隐之心，非人也；无羞恶之心，非人也；无辞让之心，外人也；无是非之心，非人也。恻隐之心，仁之端也；羞恶之心，义之端也；辞让之心，礼之端也；是非之心，智之端也。人之有是四端也，犹其有四体也。……苟能充之，足以保四海；苟不充之，不足以事父母。

这"四端"说，就是孟子的性善论。它认为人之所以区别于禽兽，在于人先验地具有"仁、义、礼、智"这种内在的道德素质或品德。宋明理学（新儒学）更加强调"君子小人之大辨，人禽之异，义利而已矣"。君子言义，小人言利，品格之高下全在义利之分。那么这种"义"的品格包括哪些内容呢？笔者认为主要有以下几方面：（1）言必信，行必果。即重视信诺，说话算数。（2）同情弱小，扶危济困，乐于助人。（3）轻名利，讲义气。（4）耿直公道，刚正不阿。这就是孟子所称赞的那种人：

> 居天下之广居，立天下之正位，行天下之大道，得志，与民由之，不得志，独行其道。富贵不能淫，贫贱不能移，威武不能屈，此之谓丈夫。①

张恨水在儒家思想的影响下，以儒家的道德修养独善其身。他为人正直诚实、淡泊名利，刚直不阿，讲义气，重承诺，乐于助人，体现出儒家重"义"的风范。老舍曾这样评价道：

> 恨水兄是个真正的文人：说话，他有一句说一句，心直口快。他敢直言无隐，因为他自己心里没有毛病。这，在别人看，仿佛就有点"狂"。但是，我说，能这样"狂"的人才配作文人。因为他敢"狂"，所以他才肯受苦，才会爱惜羽毛。我知道，恨水就最重气节，最富正义感，最爱惜羽毛的。所以，我称之为真正的人。②

张恨水一生刚正不阿，他所奉行的原则是"流自己的汗，吃自己的饭"，他憎恨"为富不仁"，决不取不义之财。他要靠自己的劳动来获得报酬而生活，从不做损人利己的事。为了使自己生活得更好，获得较好的收益，他常常不顾劳

---

① 《孟子·滕文公下》。
② 老舍：《一点点认识》，载重庆《新民报晚刊》1944 年 5 月 16 日。

累，甚至带病超负荷地工作，每天工作十几个小时，写几千字。正如他自己说的："我是一个推磨的驴子，每日总是工作，除了生病或旅行。我没有工作就比不吃饭难受，我是个贱命，我不欢迎假期，我也不需要长时间休息。"[1] 1940 年他写过一首《述怀》：

> 不食嗟来四十年，戴将白眼看春天。
> 解嘲本属寻常事，莫把文章事乞怜。[2]

新中国成立前夕，张恨水因突发脑溢血，被迫停止写作，从而断绝了生活来源。支付医药费需要钱，孩子上学需要钱，维持家庭生活需要钱，张恨水的家庭陷于困境之中。新中国成立后，党和政府了解张恨水的困难之后，决定聘请他担任文化部顾问，每月支给他一笔钱，帮助他一家渡过难关。张恨水对这种拿薪水不干事的状况感到良心不安，因为这违背了他的生活信条。因此，他不待病好，又继续写作。当他有了比较稳定可靠的稿费收入后，主动请求免去每月发给他的补助费。他就是这样凭自己的劳动生活，真诚地实践自己生活的信条。

张恨水一生极重视人格尊严，淡泊名利，鄙薄做官。他不愿作官的思想的形成，是受了他小时候所看的小说和教他的徐先生的影响。张恨水 15 岁时，已读了不少关于风流才子、高人隐士的小说，这时教他们的徐先生自称是东汉南昌人徐孺子的后代，他保持祖上风范，藐视仕途，不应科举，不做官，古板清高，甘作布衣。张恨水佩服并终身仿效他。后来，张恨水在回忆起小说和徐先生对他的影响时写道：

我这时本已打进小说圈，专爱风流才子高人隐士的行为，先生又是个布衣，作了活榜样，因之我对于传统的读书做官的说法，完全加以鄙笑，一直种下我终生潦倒的根苗。小说会给我这么一个概念，我很不理解。恐怕所有读小说的人，也很少会和我这样受到影响的吧？[3]

早在 1927 年他写过一篇《终究还是做官》，阐述了自己对"读书作官"的反感："中国人读书，常为做官的第一步。我自十六七岁来，痛心疾首这件事，逢人便攻击，一直到现在，我没有停止我的工作。我以为不把这一个国病打破，什么科学救国，物质文明等话，都是四两棉花不弹。"他从不趋炎附势，抗日战争时，在国统区有人见他靠笔耕很难维持生计，便劝他人宦途，遭到了他的拒绝。

张恨水不仅自己洁身自好，而且也以此勉励老友，别入仕途。抗日战争时期

---

[1] 转引自董康成、徐传礼：《闲话张恨水》，黄山书社，1987 年版，第 32 页。
[2] 张晓水等：《回忆父亲张恨水先生》，载《写作生涯回忆》，人民文学出版社，1982 年版，第 136 页。
[3] 张恨水：《写作生涯回忆》，人民文学文艺出版社，1982 年版，第 7 页。

生活艰难，有人劝他的好友张友鸾进入政界，作为好友，张恨水知道后送给他一幅画，画面是几棵松树和一首七绝：

> 托迹华巅不计年，两三松树老疑仙。
> 莫教堕入闲樵斧，一束柴薪值几钱。

这即是对挚友的规劝，也是自己清高脱俗的心迹的表现。

张恨水重承诺，讲义气。对于别人给予的恩惠和帮助，哪怕是滴水之恩，必以涌泉相报。在他初闯社会之时，好友郝耕仁以老大哥的身份给予了他许多帮助，引导他闯荡江湖，并保荐他到《皖江日报》工作。张恨水对此感激不尽，终身不忘。当他在事业上取得了成就，有了一定的经济收入时，他立即打电报给郝耕仁，邀他到上海相聚，并与他一起到杭州，泛舟西湖，还赠郝耕仁一些钱资。为了表达对郝耕仁的感激之情，张恨水 1928 年在北平《世界日报》上发表了《偶怀——兼示郝之（耕仁）》一诗：

> 冻云掩日古城寒，岁月匆匆似指弹。
> 好饮不多成醉易，卖文过苦得诗难。
> 微名愧自稗官得，慧业原当小道看。
> 一个故人终不及，春江回去一渔竿。
>
> 斗室围炉岁又阑，盆梅盘果对书摊。
> 清贫志趣怜陶令，侥幸功名笑谢安。
> 月缺月圆忙里过，花落花开静中看。
> 诗心未敛浑闲事，怕向风尘拾坠欢。

在他从芜湖来到北京时，车旅费无着落，是一位姓桂的小摊贩借给他十块钱，解决了燃眉之急。他到北京之后，领取的第一份工资就寄还给了这位好心人。在他最初与郝耕仁闯荡江湖时，因药材没有卖掉，身无分文，当时又饥又渴，是一位在路旁设摊卖茶的老婆婆分文不收地让他们喝足了水，还主动送给他们一碗煮黄豆充饥，对此张恨水久久牢记在心，并在他的回忆文章中多次提到。张恨水就是这样一位思恩念旧、饮水思源的人。张恨水重承诺，他曾答应画一轴红叶送给好友中医叶古红，可是，画未成，叶古红便去世了。张恨水伤心至极，约张楚萍、张慧剑两人一起在清明扫墓时，把画焚烧于墓前，这表现了他对朋友的义气。

张恨水广交朋友，善待同事，乐于助人。作为一个新闻工作者和作家，他的交际范围很广泛，上至领袖人物、达官贵人、社会名流，下至普通市民、贫民百姓、白衣布丁。早在 20 世纪 20 年代，他就与东北军将领张学良有来往；40 年代，他又与毛泽东、周恩来等共产党的领袖人物有过交往。张恨水的《八十一梦》以寓言的形式无情地揭露了国民党统治集团贪污、腐化的种种罪行，得到了广大人民的赞扬，也得到了中国共产党人的充分肯定。1942 年秋的一个夜晚，周恩来应邀到《新民报》做客时，曾对张恨水等人说："同反动派作斗争，可以从正面斗，也可以从侧面斗。我觉得用小说体裁揭露黑暗势力，就是一个好办法，也不会弄到开'天窗'，恨水先生写的《八十一梦》不是就起了一定的作用吗？"[1] 3 年后毛泽东到重庆谈判时，还单独会见了张恨水，并送给他一袋小米和红枣，一段延安军民自制的呢料。张恨水非常感激，将那段呢料做了一套中山装，重大场合总是穿上这套衣服。

在张恨水一生中与他交往最深，可谓知音知己、患难之交的朋友有张友鸾、张慧剑、赵超构、马彦祥、左笑鸿、方奈何等人。他们既是事业上的同事和战友，也是生活上的患难之交。他们每个人都是优秀的记者、编辑和主笔，几十年共同的事业凝聚了他们的友谊。对其他同事，他也乐于相助，如当时一位年轻的小记者司马小（上官杰）因发表文章触犯了官方而被追究责任，这时张恨水敢于挺身而出，讲义气、讲公道话，从而帮报社老板顶住了官方的压力，保护了司马小先生。张恨水与老舍之间交往也很深，老舍称赞张恨水是"国内惟一的妇孺皆知的老作家"、"真正的文人"、"可爱的朋友"。张恨水在同事中影响如何，他交朋友的原则及态度如何，这从祝他 50 寿辰的活动中就可以看出。1944 年 5 月 16 日成都、重庆两地的《新民报》、《新华日报》、《扫荡报》、《万象周刊》等报刊发表专刊和专文"纪念张恨水 50 寿辰暨从事新闻事业与创作小说 30 年"。《新民报》社积极筹划在成都、重庆两地举行祝寿茶会，新闻界、文艺界等社会各界人纷纷参加，送来礼金和礼物，然而，张恨水谦而不肯受，避寿于南温泉家中。他对大家给予自己的关怀和爱护表示深切感谢的同时，把大家赠的礼金礼物一一奉还。他认为自己只是"一个面白无须、身着旧川绸长衫的穷措大"，如果以名家自居，接受祝寿仪式他扪心有愧，他不愿意浪费朋友的"时间"和"法币"，不喜欢替自己树碑立传。

四、中庸——不激不随，处事中立

孔子说："中庸之为德也，其至矣乎！民鲜久矣。"[2] 中庸是一种最高明的德性。何谓"中庸"？"不偏之谓中，不易之谓庸；中者，天下之正道；庸者，天下之定理。"[3] 根据中庸思想，孔子认为在矛盾的两个对立面之间，应采取既不"过"，又无"不及"的"中道"，从而使矛盾得到调和，免于激化。在儒家看

---

① 转引自张明明：《回忆我的父亲张恨水》，百花文艺出版社，1984 年版，第 122 页。
② 《论语·雍也》，山西古籍出版社，1999 年版，第 64 页。
③ 《中庸》，山西古籍出版社，1999 年版，第 82 页。

来，中庸之道也并非是无原则的为调和而调和、无原则的没有是非的调和和折中。孔子称无原则的调和、没是非的折中为"乡愿"，他认为"乡愿，德之贼也"。张恨水崇尚孔子的中庸之道，在政治上采取"中立"态度，以一种"超党派"、"超政治"、"纯国民"的身份不左不右处之。

张恨水的文学创作体现了他的中庸思想，早期他的文学创作受"鸳鸯蝴蝶派"文学的影响，主张文学远离政治、社会和人生，标榜趣味主义。后来的创作尽管现实主义因素较强，但对社会的批判、揭露也往往不是直接的，而是采取寓言、影射等形式进行，如《八十一梦》。在国共两党激烈斗争的时期，张恨水一直是站在革命与反革命之间，采取中立的态度。他的四弟牧野，违反"君子不党"的信条，加入了农工民主党，张恨水为此责备他，并同他疏远了感情。

为保持自己生活的安定，他尽力保持自己"超党派"的身份，不愿卷入政治纠纷之中。那时《新民报》就采取的是"中间偏左，遇礁即避"的八字方针，即该报居于国、共两党之间，而偏向共产党；如遇国民党的高压，则暂时退避。关于《新民报》的办报宗旨，张恨水在《发刊词》中说：

新民报……决不标新立异，也不随声附和，能说就说，不能说，我们只好向读者抱歉，守着最大的缄默。

凡是不体恤老百姓的举动，我们就反对。至少不应该捧场。

我们也不和执政的和在野的，去为解说，去欺骗老百姓。

张恨水就这个问题还向重庆编辑部作过一次报告，指出八字方针必须严格掌握分寸，"左"不能"左"到使报社关门，因为弄到报社关了门，大家没了饭吃，也没处写文章了；"右"不能"右"到和国民党一鼻孔出气，因为报纸不能没有基本是非观念，不能丧失民心。由于有这八字方针作指导，因此，《新民报》在一些文章中常以和事佬的姿态，无原则地对国共两党进行劝说，有时还表现出既不信任国民党，也不满意共产党。

董康成和徐传礼在《闲话张恨水》一书中对张恨水在政治上的"中庸"作过这样的概括：

张恨水一辈子坚守岗位，在力所能及的范围内，不断用笔为国家、人民效力，是一个爱国、爱民的小说家，在黑暗污浊的社会，洁身自好，决不同流合污，但也不过分触犯当权的统治者，如遇高压则及时退避，以免招来杀身之祸。从被压迫、被剥削的广大人民利益出发，

从爱国主义立场出发，对国民党腐败、卖国有所揭露，有时还相当辛辣、犀利，对遭受迫害的抗日战士有所同情和支持，对共产党领导的保卫祖国的斗争有所赞扬；但从传统的历史观出发，他对暴力革命不理解，对推翻蒋家王朝的斗争

也未公开、直接、坚定地给予支持。①

1954 年，全国文艺界掀起大规模批判俞平伯的《红楼梦研究》运动，文艺界不少人迫于压力都表了态，这时有人劝张恨水写文章表态，可他却说："我不知道俞平伯错在什么地方，我写什么文字，凑什么热闹呢？"始终一字未写。1955 年胡风事件爆发，全国掀起了批判"胡风反革命集团"的运动，来势很猛。这时，又有人劝他写文章表个态，但张恨水却说："我不喜欢胡风的文章，我看不懂。但让我去批判他，我不知该去批他什么，还是少说为佳吧！"张恨水在历次文艺整风和运动中，都以缄默对之，不发一言，不写文章，决不赶风头，做违心的事。张恨水就是这样一位不激不随，处事中庸的新闻工作者和作家，这也正是他人格的魅力之所在。

第二节　西方进步思想的启迪

张恨水的思想和人格的主体是构建在中国传统儒家文化基础上的，然而，他并没有封闭固守在这一土壤上，而是根据时代和社会的进步，不断接受新的思想和文化，以改造自己的思想和塑造自己的人格，使自己不断进步。西方进步的思想和文化对张恨水人格的形成也产生过较大的影响。

一、维新少年

辛亥革命前夕，新的思想已开始传入内地，许多新学堂也随之纷纷兴办起来。1910 年张恨水被送进新式学校南昌大同小学学习，接受新式教育。校长周六平是个维新人物，在课堂上他经常慷慨激昂地痛斥清政府的腐败、卖国，向学生灌输新的思想和新的知识，同时对那些落伍守旧分子进行批评讽刺，甚至对自己学生中的守旧分子也进行讽刺。张恨水此前一直受着传统的封建教育，生活在四书五经的社会之中，很少知道新的东西，因此，他也是老师讽刺的对象中的一个。这对于自尊心和好胜心强的张恨水来说，无疑是一个很大的刺激。这使他认识到时代变了，现在已经不是四书五经的世界，人要跟上时代的潮流，必须接受新的思想和新的事物。当时内地还较闭塞，新书也较少，在江西能读到的新书，也不过是《经世文篇》、《新议论策选》之类。当时介绍新思想较多的是上海的报刊。张恨水于是寻找上海的报刊，如饥似渴地阅读介绍各种新思想的文章。受其影响，他感到世道已变，不再是四书五经的时代，"风流才子"也不适应目前

---

① 董康成、徐传礼：《闲话张恨水》，黄山书社，1987 年版，第 99 页。

的世界，他的思想产生了飞跃，成为了维新少年。

辛亥革命爆发之后，他受到鼓舞，不顾父母的反对，毅然剪去辫子，以示与满清王朝的决裂。他还坚决反对母亲给大妹裹小脚，还果断地将妹妹裹脚布撕去，支持女孩子上学堂。张恨水回忆自己这段经历时说："由于学校和新书给予我的启发，我是个革命青年，我已剪了辫子。""我一跃而变成维新少年了。"①

张恨水的这种"维新"精神，使得他在创作中，能对新的生活和知识进行积极的吸纳，并立足于社会历史与现实，转益多师，别开生面，使作品具有开阔的视野和新的气象。因此，有评论家认为"追求入时，可以说是张恨水的一贯作风，不仅小说内容、思想随时而变，在文学风格上也不断应时变化"②。

二、用新思想来阐释儒学

张恨水深受儒家思想的影响，十分推崇儒学，崇拜儒家的为人处世、修身养性之道。他认为"孔子的学说，除一小部分为时代所不容而外，十之七八，是可崇奉的"。他不把儒家思想和学说看作教条，而是用新的来自西方的思想对中国的儒学加以新的阐释，赋予儒学以新的意义。他认为孔子的"民可使由之，不可使知之"不是愚民思想，是过去圈点错了，应当圈点为："民可使，由之；不可使，知之。"③（老百姓程度不够，先得让他知道）把愚民思想解释成民本思想。他称孟子是孔家店里"一位敢作敢说的人。一则曰：'君之视臣如犬马，则臣之视君如寇雠。'再则曰：'民为贵，社稷次之，君为轻。'"都是"富有革命性"的话。④ 他认为"一部论语里，就有很多治国做人的大道理，倒也不必过于抹煞。试举几个例，'民为贵，社稷次之，君为轻'；'老吾老，以及人之老，幼吾幼，以及人之幼'。拿崭新的马克思学说来看，这些话也不见得有违背之处。若以为旧书充满了封建思想，恐沾上传染病，那实在是让死书搅死了活人，而不是活人去善用死书"⑤。显然，张恨水在重新解释古书时，运用的是来自西方的新文化、新思想、新尺度。

张恨水受进化论思想的影响，以"世变"论去改良儒学，批判"天不变，道亦不变"的传统思想。当国民党大力提倡"理学"时，张恨水著文给予抨击。

再说现在，时代的巨轮转动着，一息不停，宋儒却讲个"静"。我们外面抗敌，内里建国，一切是贯彻革命的手段，宋儒却讲个"敬"，我觉得实在格格不

---

① 张恨水：《写作生涯回忆》，人民文学出版社，1982 年版，第 9 页。
② 张赣生：《民国通俗小说论稿》，重庆出版社，1991 年版，第 215 页。
③ 张恨水：《谈孔子教人》，载重庆《新民报》，1938 年 8 月 27 日。
④ 张恨水：《想到了孟子》，载重庆《新民报》，1938 年 1 月 28 日。
⑤ 张恨水：《要善读死书》，载重庆《新民报》，1940 年 5 月 6 日。

入。儒家虽为入世救世之人，但程宋之学，受了释老很大的影响，已不是孔孟嫡传了。宋元明理学盛极一时，谁也不见王道复兴。明亡，读书人觉得这种空虚哲学，无补实际。时至今日，我们还憧憬着那白鹿遗风，真让人莫测高深。①

很显然，张恨水主张随着时代和社会的变化，人们的观念也应发生变化，我们不能机械地照搬中国的传统文化来对待今天的事物。跟上时代的潮流，不断改造自己的思想，这正是张恨水之所以不被时代所淘汰的重要原因。

三、讲究"民主"

在"五四运动"爆发之前的 1915 年，一个以《新青年》为中心的反封建的新文化运动已经掀开帷幕。新文化运动高举民主和科学两面旗帜，从政治制度、观念、心理上反对封建主义，要用民主和科学来"救治中国政治上、道德上、学术上、思想上一切的黑暗"②。根据历史和现实生活，他们指出三纲五常、忠孝节义这些封建老教条是"奴隶之道德"，是同"今世之社会国家"根本不相容的。他们把打击的矛头直指封建时代的圣人孔子，掀起了"打倒孔家店"的潮流。张恨水深受孔孟儒学之道的影响，对全盘否定儒学有不同观点。他认为："孔子的学说，除一小部分为时代所不容而外，十之七八，是可崇奉的。""我们正不必看着孔子过于古老。只问孔子所能的、我们所不能。"③ 尽管如此，他对提倡"民主"与"科学"并不反对，并深受民主思想的影响。

1. "民主的老子"

作为父亲的张恨水是一个"民主的老子"，对儿女们的学习，向来是启发式的，他提倡"开卷有益"，为他们买很多书，让他们随便看，喜欢什么就读什么，主要培养读书的兴趣。对于儿女总是因势利导地给予教育，并极为耐心、细致地回答儿女们提出的各种问题。

张晓水等在《回忆父亲张恨水先生》中这样写道：

父亲常对我们说，他是一个不幸的"过渡人物"，少年时期生活在清朝，深深懂得封建教育的可悲、可痛，他愿极力作一个"民主的老子"。父亲从不对我们进行体罚，每逢我们幼年时期做错了事，他从不厉言疾色地呵斥，而是晓之以理，告诉我们什么是对的，什么是错的，这比乱骂一通，乱打一顿要有效得多。从我们的孩提时代起，父亲就教育我们要热爱自己的祖国，热爱自己的民族，要作一个诚实、正直的人。

---

① 张恨水：《理学能救国乎》，载重庆《新民报》，1939 年 8 月 15 日。
② 陈独秀：《本志罪案之答辩书》，《新青年》，第 6 卷，第 1 页。
③ 张恨水：《莫乱打孔家店》，载 1929 年 7 月 23 日北平《世界晚报》。

父亲对我们的职业、婚姻、兴趣、爱好从不干涉，他认为这是孩子们自己的事，作父母的不必多管。因而在我们兄妹当中，职业是多种多样的，有研究自然科学的，有搞社会科学的，也有从事文艺的。

对于儿女们的意愿，张恨水是以民主的态度，给予支持和鼓励，这里有1966年他给女儿张明明的信为证：

明明吾儿：

我在四月十三日傍晚五点十几分，接到你的亲笔信，非常高兴。你说的你在青年有一番贡献要献给国家，是呀！我非常同情（意）你的主张，我现在（是）七十二岁的人。说我落后，我也承认，但你们要前进，我决不能在后面拉你们后腿，你们放手前进吧！……

2. 民主的合作者

张恨水为人正直，办事公道，讲究民主。张恨水曾自己出资办《南京人报》，他是社长，但他没有社长和老板的架子。为了使他有足够的时间从事写作，经商议日常事务由副社长兼经理张友鸾主持，只是提纲契领的大事才向他请示。但张恨水遇到大事与大家商量，日常的事也能以身作则。他自己主持一个副刊《南华经》，每天为副刊写两部连载小说——《鼓角声中》和《中原豪侠传》。每天晚上9点，张恨水按时来到报社。首先，翻看当天各家报纸，了解动态，再向其他负责人了解自己报纸出版和发行情况，并拆阅给报社和他个人的信件。接着，看《南华经》副刊大样，赶写当晚必须排发的以上两部连载小说稿约一千字左右，审发第二天排的《南华经》稿子，每天还写一篇故事新闻，有时还写一篇散文，一直要忙到深夜3点多钟，才能回家休息。尽管张恨水如此辛苦，但他只拿两部小说的稿费，不拿社长的薪水，编副刊也只是尽义务。由于张恨水办事公道，讲究民主，并事事能以身作则，报社的同仁们都心往一处想，劲往一处使，竭尽全力把报纸办好，因此，大家称这个报纸为"伙计报"。社内人员关系十分融洽，生活也丰富多彩。他们经常自费集体在夫子庙歌场或大三元酒家聚会，互做宾主；或集体到后湖划船，在莫愁湖上联句，彼此平等相待，友好相处，引得其他报社人员羡慕不已。由于张恨水为人厚道，讲民主和义气，社外的一些朋友们也都无私地支持他办报。如当时远在北平的张友渔，无条件地为《南京人报》写社论；盛世强在北京常打电话报道北京新闻，也是尽义务；张萍庐编了一年的《戏剧》副刊，也只拿了一个多月稿费。由于大家钦佩张恨水的为人，为了办报事业，在战争阴云笼罩时的南京，在该报销售量急剧下跌，各项开支难以维持的时刻，大家能理解张恨水的处境，宁愿不要工资，不讲条件，也要与他一起将《南京人报》苦撑下去。

作为一个中国知识分子，张恨水虚怀若谷，不固步自封，能虚心听取来自不同方面的批评，并不断改正自己的缺点和错误，不断进步。张恨水在连载《上下古今谈》中写过一篇《为人应当接受批评》的文章，他说："（我）生平很少和人打笔墨官司，就是人家指出我的名姓来教训一顿，我也不曾回复一个字。这样做，我并非怯懦，也并非过分的容忍。我有个感想，我错了，止谤莫如自修。我不错，最好借事实来答复。这是一个办法，也许不适于他人，但至少我自己，在做人上纠正了不少错误。而三十年来的写作生涯，略有寸进，一大半也就是根据别人的批评而得的。"张恨水十分尊重来自各方面的批评，特别重视文艺批评的作用，他认为"艺术家一方面要去研究人，一方面很欢迎人来研究我。必定是这样，然后可望得到改善与进步"。他认真对待批评意见，"从不敢将这种文字送到字纸篓"，因为"人要想望好，应该宝贵这个交换意见的机会"①。

3. 主张"新闻自由"

张恨水作为一个新闻工作者，他坚决主张"新闻自由"。他认为报纸的言论应当完全受民意支配，应当代表民意，为人民呼吁，敢于讲真话，敢于暴露社会的黑暗。如他在《世界日报》工作期间，就发表《势利鬼可起而为总长》，暴露了官场的黑暗；《民不聊生》揭示了官逼民反的道理；《免考入门券》抨击了当时考场上的舞弊现象，等等。然而，无论是在北洋军阀的统治时期，还是在国民党政府统治时期，真正的"新闻自由"是没有的。新闻检查文禁森严，报纸开"天窗"是常有的事。张恨水也有不少揭露腐朽、针砭时弊的文章被书报检查官剪掉，在报纸上开了"天窗"。对于这种言论的不自由，张恨水在《世界上在谈新闻自由》一文中写道：

作新闻记者，是人生的不幸，一辈子没有个自主的日子。想凭良心，这支笔要替大多数人说话，就不免得罪少数人。而这少数人，是与你的生活与生存，都发生关系的。得罪了是自讨苦吃。不凭良心，这枝笔就要替极少数人说话。而这少数人，大概总不会是大多数人所喜的。甚至连自己父母兄弟子女在内。人格不人格，且不去谈。走在人前让人家用那不屑的眼光看上一眼，心里大概不大舒服，何况事实上决不止此，这简直是"猪八戒照镜子，里外不是人"。

那末，不说话好了。请问，新闻记者在报纸上果然不说话，那又怎交待得过去？所以有些人就说些似是而非的话，说些不痛不痒的话，说些旁敲侧击的话，说些绕弯子半吞半吐的话，总希望成一个万物之灵照镜子，里外是人。清夜扪心，我们真觉得有点可怜相……②

① 张伍等：《回忆父亲张恨水先生》，《新文学史料》，1982 年第 1 期。
② 载重庆《新民报》，1945 年 2 月 1 日。

　　由此可见，在黑暗的统治下，新闻是没有自由的，新闻工作者处于出于正义感应该讲真话，而要维持生存又无法说真话的两难境地。张恨水的"新闻自由"的幻想在现实中破灭了，他感到新闻工作者实在难以为人，因而他甚至不愿自己的子女继承自己这份"衣钵"。这激愤之辞表达了张恨水对"新闻自由"的呼唤。

　　关于张恨水的形象、人品及文品，1946 年 5 月 15 日上海《新民报》曾刊载了一篇署名"坛下人"的文章《文坛看人录，恨老不老》，对当时的张恨水做了如下描绘：

　　老报人，小说名家，张恨水，亲昵的尊称是"恨老"。这老字，所指的是他三十年写作的历史和五十二年人间的经历，事实上他并没有老。听他洪亮声音的谈话，未老先衰的人会意味到：血气方刚，竟还是一个"热血小伙子"。虽然今天在记者作家群中很少看到团花马褂，但他却往往还是穿马褂的很少数人中之一。或者洋场的记者作家们会失笑，一个穿着陈旧阴丹士林蓝布袍革着黑团花马褂的装束，站在绅士式西装群中，该是多么有趣！但当他的话匣子一打开，控制声响一支旋针却正旋准在最"响"的一个标记上！我相信，一间容纳一千七百五十个座位的演讲可以像鼓褪一样叩在挤满在每一个角落里的听众的耳膜上。光明、磊落、豪迈、正直。"响喉咙"所象征的个性正天恨老"不老"处。灰白色的两翼，反映着全国各地书店里畅销书目中的首位。全国有多少"张恨水迷"，我没有统计，但是你可以去数他两翼花白了的头发。口语带着浓浊徽腔，文笔却又细腻得"纤微毕露"。作品是"工笔"，胸襟开阔狂放一如"醉后飞笔"。望其人，可以相信他日行三十里，汗流浃背无倦容。读其书可从那一笔不苟的原稿，我曾见过一张十六开大小行空白笺上，用复写纸写着密密层层、齐齐整整三十行左右的长篇小说中的一小段。做人与写作，都那么天真淳朴，富有人情味。同时也充满人情"趣"味。在他笔下，常见到一个"清清爽爽，穿了件蓝布革衫，革衫下微微露出红旗袍"的女人。抗战八年中，恨老写作意识上的进步，差不多和"时间的步伐"一样快。恨老或许因为这个，而损失了若干他固有的读者；可是同时又获得了更多的读者。这是事实。恨老是口大钟，叩起来铿然有声。①

　　从他的衣着装束的团花马褂，到他洪亮震耳的声音；从他光明、磊落、豪迈、正直的性格，到他辛勤耕耘、畅销的作品，做人与写作都是那么天真淳朴。从充满人情"趣"味的创作，到抗战时写作意识上的进步，都体现出他与时俱进、中西文化交融的时代特征。张恨水曾十分感慨地写道：

——————————

　　①　此文载于 1946 年 5 月 15 日上海《新民报》。

我们这部分中年文艺人，度着中国一个遥远的过渡时代，不客气地说，我们所学，未达到我们的企望。我们无疑的，肩负着两份重担，一份是承接先人的遗产，固有文化，一份是接受西洋文明。而这两份重担，必须使它交流，以产出合乎我祖国翻身中的文艺新产品。①

张恨水就是这样，一方面，在以儒家为主体的旧式传统教育的熏陶下，接受了传统的价值观念；另一方面，在"五四"以来新的思想的影响下，适应了"五四"以来批判价值观念的时代浪潮，从而形成了他的"双重人格"。这种"双重人格"既决定了他思想的局限性，也决定了他的创作只能走一条改良的道路。

思考题：

结合张恨水的人生经历和小说创作成就，谈谈你对张恨水双重人格的理解。

---

① 张恨水：《郭沫若、洪深都五十了》，载重庆《新民晚报》，1943 年 1 月 5 日。

第六讲　自学成才的典范

导读：

从"小说迷"到"书呆子"——从"书山学海"到"社会大学"——"天才"加"勤奋"使张恨水成为自学成才的典范

张恨水是中国一代通俗小说大师，也是一位博学多才的学者，然而，他却没有上过大学，没有受过正规的高等教育，更没有出国留过学。在书山学海里，他是一个孤独的攀登者和跋涉者，正如他自己所说的那样，他是"孤军奋战"，是"单干户"，他所走过的是一条孤独的艰难的自学成才之路。

第一节　"小说迷"与"书呆子"

一、张恨水偶然"跌进小说圈"

张恨水 10 岁以前，在学堂里读的全是"四书五经"之类的书，作的是八股文、律诗，尽管他在这以前已读了几十本古书，但却没有读过一本小说。这是因为在传统教育的观念中，小说是不能登大雅之堂的闲书，只是供人消闲解闷的东西，是"小道"，读诗文、作八股、参加科举考试才是正道。封建的学堂里是不会教小说的，信奉封建正统观念的张恨水的父亲也是不会让儿子走上邪道的。

学校不教，父亲的反对，毕竟抵不住小说强大的诱惑力。张恨水 10 岁那年，一个偶然的机会，第一次读到了小说。那年，他的父亲由南昌调到新城，他和四叔随之同行，坐船由赣江出来，经抚河、盱江，走黎水直上，行三百多里水路。张恨水寂寞无聊时，发现四叔正津津有味地读着一本《残唐演义》，他马上凑过去一起看，那曲折的故事情节很快就吸引了他，他便如饥似渴地读了起来。到新城后，他的父亲请了一位同乡人端木先生教他和弟弟读书。端木先生是个"三国迷"，他书桌上常摆一部《三国演义》，学生自习时，他便瞅空子看几页，看到得意时，竟摇头晃脑，念念有词，忘却周围的一切。张恨水非常羡慕，趁先生不在时，便偷偷地将书拿过来看，看得非常入神。从此，他"跌进小说圈"成为"小说迷"。

为了读小说，张恨水把家里给的零用钱积攒下来，跑到书铺里买小说。每到一地，他都想方设法买小说和寻找小说看。为了避开父亲的"查禁"，他把买来的小说锁在箱子里，等无人时才悄悄地拿出来看。夜深人静，全家人都入睡了，这更是张恨水读小说的好时光。他拿个小板凳放在床边，点上一支蜡烛，取出书大看特看起来，一看就是一通宵。父亲发现儿子的"秘密"以后，起初也训斥和痛骂过儿子，后来，随儿子年龄的增长，逐渐放松了对他看小说的管束。这样，张恨水买的小说也越来越多，渐渐有了两三箱书，阅读的小说也已不少，如《西游记》、《封神演义》、《东周列国志》、《水浒传》、《五虎平西》、《聊斋志异》、《野叟曝言》等，到16岁时，他已读过几百部小说了。他读小说很认真，不仅读正文，还看批注，特别对其中作文之法尤感兴趣，例如对"荷粉露垂，杏花烟润"等等形容女子美的"绝好笔法"很感兴趣。张恨水通过自学小说，扩大了知识面，提高了写作能力，这对他后来的小说创作产生了较大的影响。

二、张恨水也曾做过出国留学的梦

1912年9月，江西督政府为了造就人才，招考了辛亥革命后的第一批出国留学生。对此，张恨水十分激动，他希望自己也能出国留学，学习西方的科技文化，回来报效中华民族。父亲张钰从社会的剧烈变革中，感到四书五经的时代已结束，西学的时代已到来，他也打算把儿子送到国外留学。他建议儿子自费去日本留学，这是因为日本与中国一衣带水，风俗习惯相近，日本对英文要求不高，费用也可以便宜一点。但张恨水却看不上日本，他认为要学真正的科技文化知识，必须到英、美等国。于是他要求到英国去留学。正当他陶醉在出国的美梦之中，一场意想不到的大灾难突然降临，一向身体很好的父亲因患急病，不幸身亡！父亲病故后，经济来源断绝，母亲养活他们6个尚未成人的兄弟姐妹十分困难，连已在读甲种农业学校的张恨水的学费也交不起，他被迫退学，更不要说送他自费出国留学了！张恨水出国留学的梦彻底破灭了。

从甲种农业学校回到家乡，他感到极为苦闷，而在乡间又没有一个可以倾诉苦闷的朋友，他感到极为孤独。为了排遣心中的苦闷与孤独，张恨水整天在家里读小说、吟诗。还在父亲除灵举行家祭时作了一篇纪念父亲的四六祭文，并在灵堂宣读后焚化。

三、张恨水躲进"黄土书屋"

后来，张恨水辗转进入蒙藏垦殖学校学习，不久因该校受政治背景牵连，在二次革命失败之后被解散了，张恨水因家贫无法再投考第二个学校，就回到了老家潜山。为了排解心中的苦闷，他躲进"黄土书屋"读书自修起来。张恨水后来回忆道：

这屋子四面是黄土砖墙，一部分糊过石灰，也多已剥落了。南面是个大直格子窗户。大部分将纸糊了，把祖父轿子上遗留下来的玻璃，正中嵌上一块，放进亮光。窗外是个小院子，满地青苔，墙上长些隐花植物瓦松，象征了屋子的年岁。而值得大书一笔的，就是这院子里有一株老桂树。终年院里绿荫荫的，足以点缀文思。这屋子里共有四五箱书，除了经史子集各占若干卷，也有些科学书。我拥有一张赣州的广漆桌子，每日二十四小时，总有一半时间在窗下坐着。①

在"黄土书屋"里，他完全沉浸在书的王国之中。夏天，乡村里蚊虫多，张恨水穿着长袖衣服，用桶盛上水，将两脚浸在水中，既防止蚊虫的侵袭，又可解凉。冬天，天气寒冷，晚上寒气更是袭人，他穿上父亲留下的棉袍，勒紧腰带，常挑灯夜读到深夜。他在书中如饥似渴地吸取知识的营养，寻求现实生活中难以得到的欢乐。

然而在这偏僻的乡村小镇，张恨水是孤独者。人们保持着"日出而作，日落而息"的男耕女织的生活方式，以体力劳动作为衡量人是否有作为的唯一标准。他们见张恨水只晓得读书，不会谋生，吃现成饭，背后叫他"大衣包"（胎儿衣包，旧社会小孩子出生后此物即丢弃），说他是废物，甚至还有人当他的面嘲讽他叫"书呆子"、"大书箱"。对于这些嘲讽和非议，张恨水全然不顾，依然我行我素，发愤读书、写作。这段时间，他主要看线装古书，致力于古典文学的学习，打下了坚实的国学基础。他还模仿《花月痕》的套子，写了长篇白话章回体小说《青衫泪》，但只写了十七回，没有完卷。

"黄土书屋"的自修自学，为张恨水后来从事文学创作奠定了良好的基础。张恨水成名之后，这屋子被族人命名为"老书屋"，张恨水成了族人心目中勤奋自学成才的典范，并用来教育子弟读书上进。

---

① 张恨水：《写作生涯回忆》，人民文学出版社，1952年版。

第二节　"恨水"恨出一腔情

一、"恨水"笔名的含义

张恨水本名张心远，张恨水是他的笔名。在他成名之后，这个笔名曾引起一些人的推测。《红楼梦》中贾宝玉曾说，"女儿是水做的骨肉"，有人因张恨水喜欢写言情小说，而且往往女主人公的命运都不太佳，便牵强附会地说："恨水"者，即恨女人也。甚至有人无中生有地认为"恨水"是"恨水不成冰"，这个笔名与某某女士有关。对"恨水"这个笔名的来历和含义，笔者曾作过一番考证，发现"恨水"与女人无关，但却恨出了一腔情。

清末民初，文人为自己取笔名已形成风气，尤其是写小说的文人都喜欢给自己取个"某某生"的笔名，如陈蝶仙叫"天虚我生"，向恺然叫"平江不肖生"，刘鹗叫"洪都百炼生"，包天笑叫"天笑生"，林纾叫"冷红生"，周瘦鹃叫"泣红生"，徐枕亚叫"泣珠生"等等。张恨水早在蒙藏垦殖学校学习时，受当时"鸳鸯蝴蝶派"文人的影响，仿照当时文人笔名的取法，给自己拟了一个"愁花恨水生"的笔名，是为了表达他当时孤独感伤的情怀和成为风流名士的志向。1914年他在汉口当编辑，第一次正式发表作品时，就从这个笔名中摘取了"恨水"作为笔名。

关于这个笔名的含义，迄今有两种解释：其一是1927年1月31日张恨水在《世界日报》副刊"明珠"上，发表的《答知一君问——题关于张恨水》一诗：

> 欠通名字不关渠，下列刘贲自腹虚；
> 正似一江春水绿，此君有恨恰何如。

诗中明确表示"恨水"与女人无关。刘贲是唐代诗人，才华出众，由于他为人正直，反对官宦，遭受压抑，因而愤世嫉俗。此诗中，张恨水认为自己才学不及刘贲，但愁和恨却和刘贲一样，恰似一江春水东流不尽。这里显然比早期的"愁花恨水生"少了一些风流才子名士之气，而多了一些对现实不满的孤愤之情。

另一种解释是根据张恨水后来在《写作生涯回忆》中和张明明在《回忆我的父亲张恨水》中谈到的。张恨水喜欢读南唐后主李煜的一首《乌夜啼》，其中有：

林花谢了春红，

太匆匆。

无奈朝来寒雨晚来风。

胭脂泪，

相留醉，

几时重，

自是人生长恨水长东。

张恨水取了该词中"恨水"二字，一方面是勉励自己珍惜光阴，不要让时光白白如水一样流过；另一方面也是为了表达自己对丧父、失学、前途渺茫的无限愁思。张恨水一生正是这样以"恨水"一腔情，惜时如金，勤奋自学，辛勤创作的。

二、"恨水"以外的其他笔名

尽管张恨水是一位多才、多艺、多产的作家，但他一生的创作是以小说为主，其小说一概署名为"恨水"或"张恨水"。最早他在苏州蒙藏垦殖学校学习时，写的《旧新娘》和《梅花劫》两篇短篇小说就是用"恨水"的笔名寄给《小说月报》编辑部的。当《春明外史》、《金粉世家》问世之后，他成为颇有影响的作家，恨水的名字就成了他的正名，原来的本名张心远反而因此被湮没了。由于张恨水的小说创作拥有广泛的读者群，"张恨水"这个笔名也具有了商业价值，报社和出版商约请他写小说时，一定要他署名为"恨水"或"张恨水"。由于这个笔名发表的小说曾给报社和出版社带来了很高的经济效益，因此，解放前有不少人盗用这一笔名出版小说，获取厚利。在东北公然有"张恨水书店"盗名欺世，更有甚者，有人竟用张恨水之名写了一部《我一生之事情》，写得低级下流。对此张恨水十分愤慨。当年，他曾把自己写过的作品，列了书名上交给有关部门，有关部门协助张恨水作了澄清工作。

张恨水的笔名很多，除小说外，他还在很多报纸、杂志上发表过大量的诗、词、散文、随笔、通讯等等，这时他往往用其他笔名。据不完全统计，他的笔名还有：东方晦、我亦潜山人、天柱山下人、天柱峰旧客、天柱山樵、水、布衣、随波、哀梨、哀、梨、并剪、旧燕、藏稗楼主、画卒、崇公道、放戏、半瓶、逐客、报人、不平、我、油、大雨、杏痕、关卒、小记者、百忍、潜山人、打油诗人、北雁、半油、西来客、打油、百忍后人、江南布衣、重庆客、打油词人、二油，等等，刻有"东郭文丐"图章一枚，并戏称自己为"梦梦生"。这些笔名有的标明自己的出生地、职业、身份，有的表现出自己的清高孤傲，以及才子风流的旧文人习气，有的寄托了对家乡的思恋，也有的表达了自己对现实社会不平的愤慈情绪。而这些笔名正是张恨水性格的复杂性和内心世界矛盾的外在表现，这些笔名也记录下他勤奋学习和创作的艰难历程。

第三节 "书山学海"的"加油者"

"读万卷书，行万里路，要多多地学习"。① 这既是张恨水对儿女们学习的要求，也是他自身勤奋学习的写照。张恨水未能圆出国留学之梦，他感到十分遗憾，但他并未放弃对知识的追求，他渴望能上大学，能受到良好的高等教育，用知识来丰满自己的羽翼，待来日能展翅高飞。他在当时家道衰落，经济十分困难的情况下，仍为上大学作出了种种努力。他在《写作生涯回忆》中谈到自己到北京的目的：

我为什么要到北京呢？因为有几个熟人，他们都进了北大。他们进北大，并非是考取的。那是先作旁听生，作过一年旁听生，经过相当的考验，就编为正式生了。这样一条捷径，我又何妨走走。自然我还是没有学杂费，但朋友们写信告诉我，可以来能京半工半读。②

然而，由于种种原因，张恨水始终未能实现上大学的愿望，他常为此而烦恼和悔恨，但他并未为此悲观和气馁，于是他下决心坚持自学，用自己的勤奋走出了一条自学成才之路。

一、张恨水有个爱买书的嗜好

少年时期，张恨水就喜欢买书，家里给他零用钱，他舍不得花，用来买书，10 岁的时候就已有两三箱书了，因此有人称他为"大书箱"。参加工作之后，经济稍宽裕了，他更爱逛书市，尤其喜欢在旧书摊和铺子里买旧书。他尤其注意购买古典小说，例如张恨水仅《水浒》就买到了七八种不同的版本，被胡适称之为海内孤本的 120 回《水浒》，他就购得两部。他还在民间购得十分珍贵的刻有金陵许仲琳著的《封神演义》一套。由于张恨水常到旧书店里买书，旧书店的主人一有了一些文史书，就到他的家里来向他推销，比如他家里就购有一套两千多册的《四部备要》线装书。张恨水自己爱购书，这一习惯也影响到他的子女，在张晓水等写的《回忆父亲张恨水先生》中有这样两段文字：

---

① 张恨水：《写作生涯回忆》，人民文学出版社，1952 年版。
② 张晓水等：《回忆父亲张恨水先生》，载《新文学史料》1982 年第 14 期。

在我们的记忆当中，除掉书，不记得父亲还送给过我们别的什么礼物。每逢他上街归来，总是抱着一摞摞的书，有些是他自己看的，其余的都是给我们买的，这些书，根据我们的年龄和学识，也是五花八门，从《少年文库》、《名人传记》到《诗韵合璧》、《芥子园画谱语》、褚遂良字帖等等，应有尽有，父亲的书，给了我们无穷的乐趣，也是这些书，启开了知识宝库的大门，让我们去探求那无穷无尽的精神宝藏。

要路过书摊，那就糟糕了！父亲便会过去翻阅书，翻着翻着就把我们忘了，我们又不便催他。在不耐烦的等待中，也会自然的翻阅书摊上的书来消磨时间，久而久之，从中得到了一种很大的乐趣，所以在我们兄妹当中，有一个共同的爱好：逛旧书摊！①

二、张恨水不断"加油"

如果张恨水买书的目的仅仅是为了满足搜奇猎异的心理，那么他只不过是一个"大书箱"，最多也只不过是一个藏书家，而张恨水买书的目的是为了博览群书，为了更好地学习和研究的需要。

他认为一个人无论从事什么专业，多读书是最起码的要求。张恨水一生中最大的特点是孜孜不倦地学习，不断用知识丰富自己，提高自己的写作水平和研究能力。无论工作再忙，他都要坚持抽空读书，他常常工作到深夜，但上床之前仍坚持要看一两个小时的书。张恨水把不断读书学习称之为"加油"。他说："我所以不被时代抛得太远，就是这点加油的工作不错，否则我永远落在民十（指1921 年）以前的文艺思想圈子里。"② 他认为，学习是永无止境的；一个人要活到老学到老。张恨水晚年还发奋要读完两千五百多本一套的《四部备要》，每天坚持从不间断，从第一部读起，一直读到他逝世前夕。1963 年，他曾因高血压两次住院，等病刚好，他又手不释卷。晚年他为了写好自己的最后一部长篇小说《记者外传》，常迈着蹒跚的步子到人民大学图书馆去查资料。首都图书馆建成之后，他那衰老的身影又不断出现在各个阅览室。

他博览群书，博学多才，对中国的历史和文学的学习和研究有着十分浓厚的兴趣。他不仅阅读了大量中国古代小说，不断丰富和提高了自己的小说创作，而且还热心研究中国小说的发展，为此撰写过一些理论研究文章，并立志要写一部《中国小说史》。他曾写过一本《水浒人物论赞》，对《水浒》中一百多个重要人物作了客观分析，剖析中肯，见解精辟。他对历史和韵文也颇感兴趣，曾致力于

---

① 张恨水：《写作生涯回忆》，人民文学出版社，1952 年版。
② 张明明：《回忆我的父亲张恨水》，百花文艺出版社，1984 年版。

太平天国的研究，他尤其爱好中国古代诗词，读了大量有关书籍，因此在他的小说中，写诗填词信手拈来，驾轻就熟。20 世纪 30 年代他在南京，常和曲学大家吴梅的得意弟子卢冀野先生一起研究元曲、传奇，并经常唱和度曲。

为了使自己能更好地直接阅读外国书籍，他几十年如一日地坚持学英语。初到北京时，他每天清晨都要高声朗读外语，使同院住的老板娘颇为不满，因而不得不迁居。即使在抗日战争时的重庆，张恨水仍然坚持自修英语。他的女儿张明明在《回忆我的父亲张恨水》中曾叙述了张恨水在重庆早起念英语的情景：

清晨，炊烟从茅屋顶的隙缝里，袅袅而升。农村的茅屋不设烟囱，所以举炊的时候，满屋的烟，齐齐向茅草缝里窜，从外面看，整个屋顶都有烟，像蒸笼的盖，向上冒着白气。在浓绿的山谷，升起缕缕轻烟，一深一浅，在晨曦中，别是一种韵味。父亲响亮的嗓门，不紧不慢地念英语，也构成桃子沟的奇景之一了。这时父亲已年近五十，这种刻苦学习英语的毅力，真是惊人。

他曾用歌行体翻译了莎士比亚的十四行诗，并为儿女们口译了《木偶奇遇记》全文。

第四节 "社会大学"求真知

社会是一部最丰富、最生动的大书，是一所没有围墙的大学，每个人都在这里学习到了很多在书上难以学到的知识，同时人们也把自己从书本上学来的东西运用于社会实践这所大学之中。张恨水没有机会上大学，不可能从大学的课堂上学到知识，然而，他却通过刻苦的自学和不断的社会实践，弥补了没有上大学的遗憾。他曾对自己的儿女们讲："有机会读大学固然好，不能读大学也可在社会上磨炼。"① 张恨水正是在社会这所没有围墙的大学里，通过不断学习和实践而成长起来的文学家。

一、来自生活的小说家

张恨水一生作品不仅数量多，而且深受广大读者的欢迎，是我国一代通俗小说大师。大师丰碑的构建在于他的作品，而他的作品却主要是来源于社会生活实践。

张恨水小说创作的源泉是社会生活，来源于对社会生活的认真观察、体验。

---

① 转引自张明明：《回忆我的父亲张恨水》，百花文艺出版社，1984 年版。

首先，他的小说创作的素材大多以社会生活的真实事件作根据。如他著名的《春明外史》就反映了当时社会十分广泛的生活面，从上层社会到下层平民，从达官贵人到公务员、车夫、妓女等。由于小说中众多的人物和事件都有真人真事作依据，因此，当时北京人把此书当作"版外新闻"来读。由于当时作者是记者.能广泛地接触社会各阶层，因此他的小说带有新闻性的特征。又如他的《啼笑因缘》，就是根据当时北京唱大鼓女子高翠兰被一位姓田的旅长抢去的真实事件作素材写成的。为了写好《啼笑因缘》，他还特地跑到天桥，北京三教九流，下层社会的小商小贩、民间艺人、走江湖的武师荟萃之地去观察和体验生活。又如他的《虎贲万岁》，就是以国民党 74 军 57 师与日寇血战的常德之战这个真实事件作依据写成的。尽管张恨水的小说素材来源于生活，但他却通过提炼加工，使之高于生活。

其次，张恨水的小说十分注意细节的真实生动。为了使自己的小说细节描写得真实，张恨水十分注意观察生活。张晓水等在《回忆父亲张恨水先生》中有这样一段话：

父亲有观察事物的习惯，他虽然一向不喜欢和商人打交道，但他买东西还要和那些商人扯几句，或者在旁注意地听做买卖人的谈话。有一次，父亲去给母亲买橘子，因为母亲喜欢吃酸甜的食品，如酸梁、杏脯、山检等等。所以买橘子时，父亲问卖橘子的人："酸吗？"那是一种酸橘子，父亲特意挑的，可是小贩犹疑了，说不酸吧，不符合事实，说酸吧，又怕没人买。于是说："您自己尝！"父亲被这巧妙的回答引得哈哈大笑，他那特有大嗓门的笑声，感染了我们，也感染了小贩，大家一起笑了起来，引得路人为之注目。父亲买了橘子回来，一路走一路说："妙，妙！这是很精彩的文学语言。"

注意写小动作是张恨水小说成功的重要方面之一。他在《回忆〈啼笑因缘〉的创作经过》中说："其次，小动作，也有人说以前不多见。好像这也是我的成功之一。至于小动作，也是中国小说上看到过，不过这又嫌少些。我那个时候，既然在写小说，当然中国写小说的办法，要尽量学，就是外国写小说的办法，也当尽量的学。这时外国小说小动作的地方，应当看个烂熟。同时，电影的导演方面，也有很多写'小动作'的地方，自然我也要随处留心，在写小说的时候，心有所得，自然要描写进去。这也是小说的技巧练习，值不得卖弄。"① 正是由于张恨水在社会生活中十分注意观察生活，吸取素材，并不断在写作的实践中摸索和提高，因此，他的小说创作以贴近现实生活为特征，走出了一条自己独特的创作之路。

---

① 张恨水：《我的生活和创作》，转引自张明明：《回忆我的父亲张恨水》，百花文艺出版社，1984 年版。

二、出自实践的"全手匠人"

张恨水认为新闻工作是自己真正的职业，而写小说只是他的"第二职业"。作为一个新闻工作者，他具有多种才能，记者、撰稿、编排、校对样样都是内行，是有名的"全手匠人"。洵铮先生在《前尘回道忆"三张"①》一文中说："二十余年间，报坛文苑，论文笔雅畅，撰辑娴者，莫不推三张为巨擘。不佞囊客三都（北平、南京、重庆），滥竽报界，于此三子，凤接欢笑。"然而，这样一位新闻界的"全手匠人"，报坛文苑"巨擘"，却没有上过一堂新闻学的课，也没有学过一本新闻学的书。他的知识和经验完全是靠在办报的实践中学习和积累的，是靠苦干而得来的。

张恨水十八九岁的时候，对新闻业发生了兴趣。20岁时，他在汉口一家小报作编辑，做一些补白工作，主要写一些旧诗、游记、戏评之类。24岁到芜湖《皖江日报》当总编辑，兼编副刊。1919年秋到北京后，先在上海《申报》驻京记者秦墨晒处帮助处理新闻材料，不久又到《益世报》给总编辑成舍我当助手，后调任天津《益世报》通讯员，同时又受聘为芜湖《工商日报》驻京记者，其间还应约在"远东通讯社"、"世界通讯社"、"联合通讯社"和《今报》工作过。他还给上海《申报》、《新闻报》写过不少通讯。1924年参加成舍我创办《世界晚报》，编副刊，其后又兼编《世界日报》副刊。并一度任总编辑。张恨水初到北京从事新闻工作的四五年里，新闻工作特别忙，经常一个人同时为几家新闻机构工作，每天要写好几千字的新闻稿件，每天工作十几个小时，做着各种新闻苦力。正因为如此，才造就了张恨水多方面的新闻工作的才能。他是出色的外勤记者，也是编副刊的高手，编辑、校对、撰稿样样内行。据他的好友张友鸾说："他工于诗词，善写小品，又爱谈戏，当来稿不如意时，就自己包写全版。"②

1935年秋，张恨水应成舍我之约担任《立报》副刊《花果山》编辑。1936年4月张恨水、张友鸾等人共同创办了《南京人报》，张恨水任社长，兼编副刊"南华经"，张友鸾任副社长兼经理。创刊的第一天就销售了15000份，张恨水除了管理社务，主编一个副刊外，还在该报上发表《鼓角声中》和《中原豪侠传》两部连载小说。另外，每天还写一篇散文和一篇新闻，每日要忙到深夜三时才回家。1938年1月张恨水到重庆担任《新民报》副刊主编。抗战胜利之后，他又到北京任《新民报》北平分社经理之职，除主持全局工作外，还兼编文艺副刊

---

① "三张"，指张恨水、张友鸾、张慧剑。

② 张友鸾：《章回小说大家张恨水》，载《新文学史料》，1982年第1期。

"北海"。到 1948 年 12 月张恨水才辞职离开新民报社。张恨水在新闻方面的才能，正是他几十年新闻工作实践学习和锻炼的结果。

思考题：

一、关于"恨水"这一笔名，社会上存在多种传闻，请结合史实谈谈你的理解。

二、张恨水是自学成才的典范，你认为他的哪些经验可供 21 世纪青年学习与借鉴。

下编　作品篇

　　张恨水之所以是大手笔，是章回小说的集大成者，在于他不受单一的小说描写模式，尤其是鸳鸯蝴蝶派言情小说模式的拘囿，在描写内容上追求下层社会和上层社会的错综，在表现形式上他追求各体小说技法的错综，从中产生丰富复杂的艺术变调。……艺术趣味是俗中见雅的……兼融各体小说的因素。……在兼融中进行改良和创造，因而突破鸳鸯蝴蝶派狭小的硬壳的。这种突破，不是逆向的"击破"，而是顺向的"胀破"……他以严峻的现实主义态度，谛视苦难深重的社会人生……在这类解剖社会痼疾的作品中……其历史沉重感是带有几分巴尔扎克的气质了。……实在可以作为一部卷帙浩繁的形象化的社会史和经济生活史来读。……三千余万言，广阔地反映了自清末到建国半个世纪的中国社会的历史画面。

——杨义《中国现代小说史》

第七讲　张恨水小说创作嬗变

导读：

张恨水的小说创作经历了从旧文学向新文学的转变过程——客观的社会变化、文化变迁以及主观的思想改造因素影响其转变

第一节　小说创作的准备

从童年到 1924 年发表《春明外史》前是创作准备阶段。张恨水模仿中国古代小说和"鸳鸯蝴蝶派"的作品，汲取其创作方法，为其社会言情和社会讽刺小说两条创作道路奠定了一定的基础。

任何一个作家的创作无不是从模仿习作开始的，张恨水的创作也不例外。张恨水的第一篇习作就是模仿武侠小说的作品，小说描写了一个只有 14 岁的小武侠，他力大无比，使两柄 180 斤的铜锤如同弹丸一般，在庄前打虎，虎被征服了，小说也结束了。为了使作品更吸引人，他还在作品中插了两幅图，图中把铜锤加以夸张，相当于人体的二分之一大，老虎画得不像，倒像只犬。张恨水回忆这篇习作时说："这篇小说，是为弟妹们写的，当然我就写了他们最欢迎的武侠故事。这篇小说叫什么名字，我已经忘了，反正有个侠字罢。"[①] 由此可见，张恨水最初萌动的"创作欲"不是为了发表，更不是为了获利，而是为了在弟妹面前表现自己，显示自己编故事的能力。

---

① 张恨水：《写作生涯回忆》，人民文学出版社，1982 年版，第 9 页。

张恨水第一次投稿是他 18 岁在苏州蒙藏垦殖学校读书时。当时他喜欢看"鸳鸯蝴蝶派"主办的《小说月报》，当看到该刊征稿时，他怀着试试的心情写了《旧新娘》和《梅花劫》两个短篇小说，并寄给了《小说月报》编辑部。前一篇是文言体，约 3 千字，写的是一对青年男女的婚姻故事；后一篇是白话体，约 4 千字，写的是一个寡妇自杀的悲剧。不料四五天后便收到了编辑恽铁樵先生的回信，信上说，稿子很好，意思尤可钦佩，容缓选载。这两篇稿件尽管最终并未刊出，但编辑的肯定，使张恨水第一次意识到自己在小说创作方面的才能，他从中受到了鼓舞，增强了创作的信心。

张恨水第一部白话长篇小说是写在母亲替他包办婚姻那年。不满意的婚姻使他内心十分痛苦，满腹牢骚。他整日躲进"黄土书屋"吟诗填词，并创作了一部名叫《青衫泪》的白话长篇小说，可惜只写了 17 回就中断了。这是一部抒发苦闷，寄幻想于未来的作品。小说在艺术上模仿《花月痕》，其中夹杂着许多诗词，吟风弄月，功夫不深。

张恨水最早创作的中篇小说是《未婚妻》和《紫玉成烟》，这两篇都是用文言文写的。那时他 21 岁。《紫玉成烟》于 1918 年在《皖江日报》副刊上发表，结果"很得一些人谬奖"。这是张恨水第一次发表小说。为此，张恨水受到了很大的鼓舞，又撰写了一部长篇白话言情小说《南国相思谱》，也在《皖江日报》副刊上连载。这是张恨水发表的第一部长篇白话小说，也是他为报纸副刊写连载小说的开端。今天，这些小说已荡然无存，我们已无法看到它们的原貌。据张恨水回忆，他这时的创作受《花月痕》的影响很深，"完全陶醉于两小无猜，旧式儿女的恋爱中"，形式上"偏重辞藻，力求工整"。

张恨水早期小说创作中影响较大的是 1919 年"五四"前后在《民国日报》上连载的白话讽刺小说《真假宝玉》和《小说迷魂游地府记》。前者约 2 千字，是借《红楼梦》中真宝玉之口，批评和嘲讽在《红楼梦》剧中扮演贾宝玉、林黛玉的京剧演员，是一篇用游戏笔墨写的近乎油滑之作。后者约 1 万多字，借小说雄在地府所见所闻，影射讽刺军阀祸国殃民，嘲讽当时小说界、出版界。这是张恨水最早的讽刺揭露现实社会的小说，在当时曾引起了上海文坛的注意。这两篇小说后来均被收入姚民哀选编的《小说之霸王》之中，作殿军之作。这两篇小说也是张恨水登上文坛的标志之一。

张恨水第一次搬上舞台的小说是 1921 年在《皖江日报》连载的白话章回体小说《皖江潮》，这部小说约 8 万字，它以讽刺的笔法描写安徽自治运动，讽刺达官贵人在安徽的"政绩"，有一定的社会意义，受到芜湖人的好评。当时，芜湖学生还将它改编成话剧剧本搬上舞台。

张恨水早期的小说创作正是民国初年，当时社会还处在封建势力的支配之下，小说被看作是不能登大雅之堂的"小道"，不受人重视。张恨水勇于投身于小说创作，难能可贵。从他早期创作的目的来看，最初只是为了要在弟妹面前表现自己编故事的才能，他萌动的"创作欲"是非功利性的。其后，由于虚荣心所驱使，他的"创作欲"上升为"发表欲"。张恨水在谈到这一阶段创作目的时说："当年写点东西，完全是少年人好虚荣。虽然很穷，我已知道靠稿费活不了命，所以起初的稿子，根本不是由'利'字上着想得来。自己写的东西印在书上，别人看到，自己也看到，这就很满足了。我费功夫，费纸笔，费邮票，我的目的，只是满足我的发表欲。"①

张恨水早期的创作处于幼稚的模仿期。那时，"鸳鸯蝴蝶派"小说正盛极一时，他自觉不自觉地进行揣摩、模仿其作品。受"鸳鸯蝴蝶派"和"礼拜六派"文学的影响，其创作带有较浓厚的"鸳鸯蝴蝶派"小说的气息。他的创作走的是两条路子：第一条是受《花月痕》、《青楼梦》、《海上繁华梦》等影响，创作言情小说。小说情调缠绵哀怨，其中出现大量诗词，文采艳丽，成了"礼拜六的胚子"。第二条是受中国古代讽刺小说和近代谴责小说的影响，如《儒林外史》、《二十年目睹之怪现状》和《官场现形记》等影响，初步领略讽刺小说创作的幽默和辛辣，走上了一条讽刺和谴责小说的创作之路。这两条道路的初步确立，为张恨水一生的小说创作确立了基本的发展趋向。

受时代和个人创作实践的影响，张恨水早期的创作不可能超越当时的文学趋向作出另外的选择。因此，这一时期张恨水的作品未能描写具有重大意义的主题，艺术上也显得幼稚不成熟。

第二节　小说创作的成名

从 1924 年《春明外史》发表到 1931 年"九一八事变"是成名阶段。他"以社会为经、言情为纬"的社会言情小说《春明外史》、《金粉世家》和《啼笑

---

① 张恨水：《写作生涯回忆》，人民文学出版社，1982 年版，第 20 页。

因缘》等发表后，轰动全国。其创作特点是既受"鸳鸯蝴蝶派"小说的影响，但又不拘泥于老套，努力改造传统的章回小说，使传统的艺术形式焕发出新的生命力。

"五四运动"对张恨水的生活和创作都产生了很大的影响。"这是民国八年，夏初，'五四运动'发生了。当然，我受着很大的刺激。"他只身来到北京，准备去投考北大，不料，一到北京就加入了新闻界。[①] 他先后在北京《益世报》、《今报》、《世界晚报》、《世界日报》及多家通讯社任职。从事新闻工作好几年，使他有机会接触到社会各阶层的人物，了解各种社会新闻，为他以后的创作积累了丰富的素材，促使他的小说创作从言情融入到广阔的社会空间。

张恨水的第一部力作是1924年4月开始发表在《世界晚报》副刊"夜光"上的《春明外史》，这是一部连载小说，洋洋百万言，直到1929年初才结束，连载时间达4年多。这是张恨水的成名之作，也是他创作特色形成的标志。这部小说通过记者杨杏园与青楼雏妓梨云、才女李冬青曲折哀怨的爱情故事，描写了民国初年，北洋军阀政府时期的秘闻轶事和社会风貌，在一定程度上暴露了政治黑暗。这部小说发表后，吸引了很多读者，引起了社会上较强烈的反响。《春明外史》的成功，使张恨水发现了自己的创作才能，从而一发不可收拾，并把创作小说作为自己毕生的事业。接着，他又在《世界晚报》上发表了《斯人记》，这部小说以书局职员梁寒山与女教师张梅山的恋爱为线索，他们二人由互相倾慕对方的词作而神交、寻访、恋爱。书名取"冠盖满京华，斯人独憔悴"之意，描写首善之区"士"阶层"捧戏子，逛窑子，酒食征逐"、"弄弄风月文艺"的颓废的精神状态。其中的散曲、诗词写得颇为出色，文笔也较好。

1926年2月19日至7月4日，张恨水在《世界日报》副刊"明珠"上发表了题为《新斩鬼传》的连载小说。这是一部模仿明末清初小说《斩鬼传》之作，作者针对当时在北京见到的许多"人中之鬼"，进行揭露、嘲讽，表现了作者对当时社会不良现象的痛恨。由于作品中所描写的是抽象的人物，所以不能为一般读者所理解．因此其社会影响不大。

张恨水的又一力作《金粉世家》，写于1927年2月14日至1932年5月22日，连载于《世界日报》副刊"明珠"上。这部历时5年又3个月的连载小说，共112回，约100万字。它以《红楼梦》为蓝本，描写了北洋军阀统治时期，国

---

① 张恨水：《写作生涯回忆》，人民文学出版社，1982年版，第20-21页。

务总理金铨的儿子金燕西与普通人家姑娘冷清秋由恋爱、结婚，到反目、离散的故事，再现了豪门的盛衰过程，在一定程度上反映了上层社会生活的腐败、荒淫无耻。《金粉世家》借鉴了《红楼梦》的结构艺术和运用多种手段塑造人物性格的特点，因而其故事性强，人物形象生动，很受读者的欢迎。

《春明外史》、《金粉世家》等小说发表后，张恨水在北京闻名遐迩，成为北京市民最欢迎的通俗小说家。但由于当时交通不便，北京的报纸发行网只限华北，南方难以看到，故张恨水在南方仍是默默无闻的。1929 年 5 月，上海新闻代表团参观北京，《新闻报》副刊"快活林"主编严独鹤也参加了这个代表团。他看到了张恨水的新作，得知张恨水的声誉。经人介绍认识了张恨水，并约他为《新闻报》写一部连载小说，他答应了。为了写这部小说，张恨水还特地跑到天桥，那北京的三教九流，下层社会的小商小贩、民间艺人、走江湖的武师荟萃之地，搜集素材，体验生活。推出了一部精心之作《啼笑因缘》，描写了出身富家子弟的青年学生樊家树与唱大鼓书的姑娘沈凤喜的爱情悲剧，写出了男女主人公爱情的美好真挚，写出了社会的畸形和黑暗所酿成的爱情悲剧的发生、发展过程。对军阀横行和社会黑暗进行了揭露和控诉，使小说具有鲜明的社会悲剧特征。这部小说在上海一炮打响，很快成为家读户诵的读物，张恨水也成为上海读者崇拜的偶像。

这一时期的张恨水已是名驰南北、妇孺皆知的通俗小说家了。全国各地的报刊，纷纷向他约稿。他正处于精力充沛的创作顶峰阶段，再加上他家里人口多，经济负担重，需要钱用，于是他以惊人的速度，每天同时创作五六部连载小说，分别在各地报刊上发表。除上面已提及的几部之外，其间发表的主要作品还有：《世界日报》上的《荆棘山河》和《交际明星》，《益世报》上的《京尘幻影录》和《青春之花》，《晨报》上的《天上人间》，《新晨报》上的《剑胆琴心》，《朝报》上的《鸡犬神仙》，《华北画报》上的《银汉双星》，沈阳《新民晚报》上的《春明新史》等。

除了上述长篇小说之外，张恨水还创作了一些短篇小说。在这些短篇小说创作中，他学习"五四"新小说，描写细腻，在截取生活横断面，注意情节戏剧性等方面作了探索。但由于作品对人生缺乏深刻的认识，其选材大多从"趣味"出发，着重在故事性上。因此，这些短篇作品缺乏深刻的社会内涵，并未在社会上产生什么影响。

这一时期是张恨水写作的黄金时期，是他成为妇孺皆知的通俗文学大师的关键时期。他不仅创作了数量众多的小说，而且一些质量较高、社会影响较大、可称得上他一生中代表作的作品，如《春明外史》、《金粉世家》和《啼笑因缘》均写于此时。张恨水这时的小说显示出其创作宗旨和创作实践之间的矛盾。张恨水受小说为"小道"的传统观念的影响，视小说为消遣品。他说："盖小说为通俗文学，把笔为止，即不免浅陋与无聊。华国文章，深山名著，此别有人在，非吾所敢知也。"① "有人说小说是'创造人生'，又有人说是'叙述人生'。偏重于前者，要写超人的事情，偏重于后者要写宇宙之间一些人物罢了。然而我觉得这是纯文艺的小说，像我这个读书不多的人，万万不可高攀的。"② 因此，张恨水从主观上并未把小说作为改造社会的工具，也没有希望通过小说鞭挞黑暗社会，来唤醒劳苦大众。然而，作为一个具有强烈正义感的作家，当他看到现实社会中的许许多多丑恶现象时，愤世嫉俗的不满常不知不觉地流露于作者的笔端，客观上起到表现社会的作用。

综观张恨水这一时期的小说，以社会言情小说为主，"以社会为经、以言情为纬"是其特征。一方面小说的重点在揭露社会上，把主要矛头指向封建主义，特别是谴责那些统治阶级军阀与官僚，为被压迫、被剥削人民大众鸣不平；另一方面，由于视小说为消遣品，追求其趣味，因此对现实的揭露，常常需要服从小说的趣味，需要服从于小说的故事情节，从而影响揭露的深刻性。张恨水努力改良章回小说，在继承中国古代章回小说的基本规范的前提下，大胆吸收了外国小说的艺术形式。如《金粉世家》中改变了中国小说"顺时而叙"的叙述模式，采用了国外小说的"倒叙式"开头，使小说一开始就扣住了读者的心弦。他在继承中国古代小说通过人物语言和行动等"动态"刻画人物手段的同时，还借鉴外国"静态"的景物描写和心理描写的手法，加大了章回小说的容量，丰富了它的艺术表现力。

张恨水这一时期的小说，从反映时代精神的主题深度的开掘，到艺术表现手法的成功运用都为通俗小说的发展做出了重要的贡献。他的小说创作日益融入广阔的社会空间和丰富的个人情怀，并日臻成熟。张恨水此时的创作找到了与广大读者审美需求的最佳结合点，极大地调动了广大读者的阅读兴趣，为陈腐的章回小说带来了一股新风，为旧的章回小说的改革提供了一条新路。特别是他的《啼

---

① 张恨水：《金粉世家》自序。
② 张恨水：《啼笑因缘》自序。

笑因缘》在上海产生的轰动效应，大大提高了通俗小说的地位，迫使那些对通俗小说全盘否定的人，不得不重新认识和评价章回体小说。

这一时期，张恨水为了应付各种报刊和出版社的稿约，经常同时撰写五六部长篇小说，由于缺少对素材的提炼和剪裁，因此，张恨水的作品有时也出现粗制滥造的现象，如人物形象脸谱化，思想主题开掘不深等。

第三节 小说创作的转变

从"九一八事变"至"七七事变"是创作思想的转变阶段。在日寇入侵，国土沦丧的现实面前，张恨水从爱国心和正义感出发，其创作一步一步地走向现实生活的底层，日益摆脱趣味主义而接近现实主义文学的主潮。

1931年，"九一八事变"后，由于蒋介石推行不抵抗政策，东三省转眼之间沦于敌手，祖国的大好河山惨遭敌蹄蹂躏。在民族存亡的时刻，张恨水的创作方向发生了很大变化，他勇敢地承担起鼓舞抗战，伸张民族正气的重任。张恨水在《写作生涯回忆》中自述说：这一时期"我写作的意识，又转变了个方向。由于这个方向，我写任何小说，都想带点抗御外侮的意识进去"①。张恨水在强烈的爱国心的驱使下，撰写"国难小说"，唤醒国人抗日救国。《弯弓集》是其创作思想发生明显变化的标志，他在该书自序中公开宣布："今国难临头，必以语言文字，唤醒国人，无人所可否认者也。以语言文字，唤醒国人，必求其无孔不入，更又何待引伸？然则以小说之文，写国难时之事物，而贡献于社会，则虽烽烟满目，山河破碎，固不嫌其为之者矣……然吾固以作小说为业，深知小说之不必以国难而停，更于其间，略尽吾一点鼓励民气之意，则亦可稍稍自慰矣。若曰：作小说者，固不仅徒供人茶余酒后消遣而已。"② 他要用小说在社会中的影响，发挥小说的政治作用和教育作用，为抗日救国出力。《弯弓集》是一本作品汇编集，取"弯弓射日"之意，鼓舞抗日。其中《九月十八》、《一月二十八》、《最后的敬礼》和《仇敌夫妻》等短篇小说，除了揭露帝国主义侵华真实面目和宣传鼓动抗日思想之外，所描写和歌颂的人物不是达官贵人、少爷小姐，而是普

---

① 张恨水：《写作生涯回忆》，人民文学出版社，1982年版，第46页。
② 张恨水：《弯弓集》自序。

通的工人、下级军官和爱国知识分子英勇抗日的事迹，反映了作者在创作主题上的转变。

除了《弯弓集》中的短篇小说之外，张恨水"国难小说"的主要作品还有《太平花》、《满城风雨》、《啼笑因缘续集》和《东北四连长》等长篇小说。其中尤以《满城风雨》最为出色，最能体现张恨水在创作和思想方面的转变。这是一部揭露军阀黑暗统治之作，但不像《春明外史》那样专注重于上层社会的私生活道德败坏，而是抓住民生疾苦来写，作者紧紧围绕着对军阀和外寇的揭露这一现实主义主题来编织故事，而小说中的趣味线索曾伯坚与淑芬姐妹的三角恋爱退居次要地位。他是站在国家、民族的立场上，带着强烈的爱情和激情来写的，在思想性和严肃性上都超过了《金粉世家》和《啼笑因缘》。尽管在艺术上未能超过前期的几部代表作，但它却是一部现实性很强的作品。

这时期促进张恨水思想转变的另一重要原因是 1934 年他到西北考察。沿途所见"大部分的同胞，还不够人类起码的生活"，使他感到震惊。"所以在西北之行以后，我不讳言我的思想完全变了"[1]。这时，他的作品中反映出的作者的人生态度与情感趋向，已从暴露社会的黑暗，更多地转向关心民间疾苦及对社会多种矛盾的冷峻揭示，小说中言情成分所包含的趣味主义趋向大为减弱，现实主义反抗性描写在人物性格发展中大大增强。

这一时期张恨水创作的言情小说主要有《满江红》、《美人思》、《现代青年》、《欢喜冤家》、《过渡时代》、《锦片前程》、《夜深沉》、《如此江山》等等。这些小说与前期言情小说相比，出现了以下变化：其一，作者把主要视线由社会的上层转向社会的下层，描写"小人物"，表现他们的喜怒哀乐。如《满江红》叙述的是秦淮河畔的歌女生涯，《欢喜冤家》刻画的是伶人的遭遇，《夜深沉》描写的是歌女与马车夫之间的爱情生活及不幸，《过渡时代》和《艺术之宫》描绘的是模特儿的遭遇。这一时期除《小西天》、《如此江山》等少数作品仍是描写上层社会外，其他作品都是描写社会下层人物的思想和情感的。在《燕归来》中，作者还描写了民国十八年陕甘两省大灾荒时，难民惨不忍睹的情景，刻画了保卫团和军队如何鱼肉百姓的行径，愤怒地控诉了社会的腐败，反映了民生疾苦，表现了对劳动人民的深切同情。其二，在小说结构上，他借鉴了外国短篇小说的写法，尽量避免章回小说流水账式的写法，集中笔墨刻画一段人生或一件

---

① 张恨水：《写作生涯回忆》，人民文学出版社，1982 年版，第 53 页。

事。这一时期的小说，有头有尾地交待人物结局的只占极少数，大部分作品的结尾都用暗示法，留给读者以想象的余地。如《欢喜冤家》写到男主角愤而出走，女主角迫于生计而不能同行，在这生离死别的悲剧之时，小说结束。其三，在小说语言上，书面语言大大减少，口语化的色彩更为浓烈，小说更大众化和通俗化。早期的张恨水走《花月痕》将小说"雅"化的路子在小说中炫耀才华，大量运用典雅华丽的诗词，刻意创作浓艳工整的回目。这一时期他将自己的创作面向文化水平较低的社会下层读者，在语言上尽量运用贴近生活的口语，使之变得通俗易懂，便于欣赏。这是张恨水在中国小说大众化、通俗化过程中迈出的可喜的一步。

为了宣传抗日，这一时期他还创作了武侠小说《中原豪侠传》和历史小说《天明寨》等。

转变时期张恨水的小说从创作数量来说是一生中最多的阶段。因为在此之前，他已成为全国家喻户晓的小说家，各种报刊约稿很多，使他应接不暇。从1931 年到 1936 年期间，他每天需要同时写作 7 部小说，开创了报纸连载小说家创作的最高纪录。但从每一部作品的艺术成就和社会影响来说，都没有超过《春明夕映》、《金粉世家》和《啼笑因缘》。张恨水这一时期写的"国难小说"鼓舞抗战，其爱国激情洋溢，思想内容强，但由于他对抗战小说的思想和艺术准备不充分，其创作难免有"抗战八股"的弊病，因而受到"左翼"作家的挑剔和批评。

第四节　小说创作的成熟

从"七七事变"到全国解放，是成熟阶段。在血与火的洗礼中，他跟上时代的潮流，不断使自己的创作适应时代要求使作品的思想达到了新的高度，艺术上的更新和创造也更臻完善。

"七七事变"爆发，全国人民同仇敌忾，团结一致，奋起救亡。作为一个中国人的责任感和强烈的爱国主义精神，促使张恨水把自己的创作和抗日斗争形势密切结合。1938 年 3 月，他只身到重庆，担任《新民报》主笔兼副刊主编。同年 3 月，"中华全国文艺界抗敌协会"在武汉成立时，他当选为理事。那时的重庆，是大后方政治中心，不少革命与进步文艺工作者都汇聚在这里。张恨水有机会与他们交往，加深了对抗战形势与国家前途命运的认识，同时还获得了与新文学创作对话的条件，从而对通俗小说创作进行了理性思考。这一时期他的作品尽管艺术上参差不齐，但其内容总是把伸张民族大义，歌颂抗日英雄放在首位。他明确表示："抗战时代，作文最好与抗战有关，这一原则自是不容摇撼的"，"与抗战无关的作品，我更不愿发表"。① 1938 年 3 月下旬，他公开地在自己主编的重庆《新民报》副刊"最后关头"上登载编者告白，说明"一切诗词小品，必须与抗战及唤起民众有关。此外，虽有杰作，碍于体格，只得割爱"。此刻他的创作宗旨完全脱离了"趣味"和"消闲"，让小说创作为抗战服务。

综观张恨水抗战时期的全部小说创作，除《石头城外》一部作品似乎与抗战无关外，其他所有小说都与抗战有着或多或少的联系。这些作品大致可分三种类型：第一类是直接描写抗战的，如《桃花港》、《潜山血》、《前线的安徽，安徽的前线》、《游击队》、《冲锋》（一名《天津卫》，出单行本时改名为《巷战之夜》）、《敌国的疯兵》、《大江东去》、《虎贲万岁》等。第二类是发表于上海"孤岛"的，因特殊环境，作者采取迂回曲折的手法宣传抗日，歌颂人民抗日力量，如《秦淮世家》、《水浒新传》和《丹凤街》。这两类作品绝大部分写于抗战初期。1938 年武汉失守后，抗战转入了相持阶段，国民党政府消极抗战，贪污腐化种种劣迹在大后方充分暴露，张恨水把笔触转向揭露国统区黑暗生活，抨击国民党当局的腐败，鞭笞达官贵人破坏抗战的丑恶行为，我们把这类作品归为第三类。主要作品有《疯狂》、《八十一梦》、《蜀道难》、《牛马走》（一名《魍魉世界》）、《偶像》、《第二条路》（一名《傲霜花》）等。

张恨水的抗战小说从数量和影响来看，在抗战时期的中国文坛是首屈一指的。他站在进步的立场上，追随时代潮流，以强烈的爱国主义精神和鲜明的爱憎情感宣传抗日，鼓舞群众，歌颂抗日的英雄，揭露黑暗，呼唤光明，这和新文学作家在总的方面是一致的，这是张恨水创作在思想上的飞跃。张恨水写抗战小说遵循的是现实主义的创作原则，力求描写真实，他不再像"国难小说"中杜撰千篇一律的故事，让人物成为时代的传声筒，而是立足于现实的真实，想方设法广泛搜集各种抗战的材料，作为自己小说的素材，力求做到每篇"必定有事实作依据"。写言情小说本是张恨水的特长，此期间在处理抗战与言情关系时，他往往追求"故事在抗战言情兼有者"，以吸引他特有的读者层。但也不是简单的

---

① 载 1938 年 3 月《新民报》副刊《最后关头》。

"恋爱+抗战"，而是立意于抗战民族大义，不局限于男女私情，"言情"服从于"抗战"，因此其"言情"成分已退居到次要地位。这些都标志着张恨水的小说又进入了一个新阶段。

从1946年初至1948年底期间，张恨水由于任《新民报》北平分社经理之职，大量事务性工作使他无法像以前那样全身心地投入到小说创作中。1948年底他辞去了《新民报》之职，最初他把主要精力用以写《写作生涯回忆》，后来他遭到《新民报》的批判，这对他刺激很大，使他无心写作。这4年间创作小说量大大减少，除了《巴山夜雨》、《纸醉金迷》两部篇幅较大的长篇小说之外，只有未完篇的《五子登科》和《玉交枝》，同时续完了抗战时期已写了大半的《虎万岁》。这时的中短篇小说也不多，只有《一路福星》、《岁寒三友》、《雨霖铃》、《人迹板桥霜》、《马后桃花》、《开门雪尚飘》、《步步高升》等，其中一部分还尚未写完。

在上述作品中，《纸醉金迷》、《五子登科》是最重要的两部。作者以现实生活中的真实事件作为创作素材，以其过人的胆略和凛然正气，把批判的矛头直接指向国民党当局，揭露了国民党统治的腐败。作品大胆的揭露和尖锐的抨击赢得世人的称道。另外，《巴山夜雨》以真实的生活断面作为小说题材来考察人生，用平静客观的笔墨为我们描述了国统区一幅真实的画面，而且在真实的描绘和冷静的叙述中把战争生活中郁积的感情真切地传达给读者，这是作者在运用现实主义的创作手法方面所获得的又一次成功。

第五节　小说创作的衰竭

从全国解放后到他逝世是衰竭阶段。大病之后，张恨水丧失了过去的创作才气，此时除创作一部自传体小说《记者外传》（未完）外，其余都是利用民间文学题材，进行再创作的小说。虽然他走出了一条"改旧编新"的路子，但无论其思想深度还是艺术性都远不及以前的作品，其创作走向衰竭阶段。

1949年张恨水忽然中风，丧失了写作能力，直到1953年初夏才逐步恢复。当再次提起笔的时候，他深感记忆力不行了，写作能力也远不如以前，昔日他曾是妙语连珠，文思泉涌，而今寻思半天也找不到一个合适的词，他的创作能力衰退了！他已无法再创作出像《春明外史》、《金粉世家》那样的鸿篇巨制，只得把创作改为再创作。他从古代民间爱情故事中觅取题材，改编再创作了《梁山伯与祝英台》、《秋江》、《白蛇传》、《孟姜女》、《孔雀东南飞》、《磨镜记》、《逐车尘》、《重起绿波》、《卓文君传》、《男女平等》、《牛郎织女》、《凤求凰》等等，这些作品为下层社会文化水平不高的读者提供了通俗读物，为利用民间传说、历史故事和古典诗歌进行文学再创作提供了有益的经验，对扩大民间文学的影响也起到了积极作用。

在此期间，张恨水试图再从事长篇创作，写过一部《记者外传》。他原打算写成四头巨著，可动笔之后深感力不从心，便改变计划缩短为上下两部，最终也只写了上半部。从已经创作部分来看，作品的艺术创造力和感染力已明显减弱和退步，至此张恨水的小说创作生涯结束了。

综上所述，张恨水的小说创作经历了从近代小说向现代小说过渡，由"鸳鸯蝴蝶派"文学向现实主义文学转变的过程，这种转变是时代环境变化、他自身思想进步和"人格"演变共同作用的结果。正如赵超构在20世纪40年代所述的那样：

你如果说恨水过去有一时期是鸳鸯蝴蝶派的大作家，这个无可否认；但要晓得"人格"是演变的，不仅青年老年有差异，也跟着时代环境之推移而变化。恨水创作之可敬，就在乎他能利用他的技巧跟着时代，不断地创造新的内容，他以"鸳鸯蝴蝶派"成名，却能断然舍去使他成名的旧路，描写新的东西。这实在需要极大的勇气……因此我们可以说恨水的艺术人格，不在其作品之丰富，却正在其内容之复杂……张恨水不能在30年前写《巷战之夜》或《八十一梦》，是当然而且应该的，张恨水能够不在30年后之今日，写他的《青衫泪》（处女作），这才是他无论在什么地方都不愧为现代的健康的作家的缘故。①

张恨水在创作中与时俱进，不断克服自身世界观、文学观、道德观与时代要求的矛盾，努力推动通俗小说的现代化进程。张恨水的小说创作以极大的热情表现普通市民的性格和命运，是一幅概括近半个世纪中国社会历史变迁、充满市民生活情趣和民俗风情的生动画卷。他的小说关注广大读者，尤其是市民读者的阅读需求和审美趣味，体现出"大众化品格"和"世俗化表达"的特征，在发挥小说的娱乐功能时，努力克服通俗小说媚俗的弊端，自觉保持自己独特的人格和

---

① 沙：《恨水的创作表现》，载重庆《新民报》，1944年5月16日。

文格。在小说面向现实和大众化的问题上，以自己的创作成就，促进了纯文学与通俗文学的联系、竞争、交融与整合。张华在《中国现代通俗小说流变》中这样评价张恨水的小说创作：

张恨水的创作从整体上看，总是有不断的突破和超越，主题向关注现实人生和时代风云偏移，审美标准向新文学所尊奉的世界近现代艺术潮流靠拢。他有力地捍卫了通俗小说的灵魂，满足了广大读者对通俗小说娱乐性的渴求，又使通俗小说摆脱单纯的趣味主义倾向，比较成功地解决了通俗小说的文学特性和时代性并重的重大问题，实现了通俗小说在两个层面上即世俗化与高稚化的结合。他用大胆借鉴、大胆变革的创作，促使通俗小说出现了烈度更强、速度更快的艺术革命，从而为通俗小说开拓了稳定而广阔的阅读市场，赢得了新文学界乃至全社会严肃认真的重视。[①]

思考题：

关于张恨水的全部小说创作，学术界存在不同的分期，对此你是如何理解的，说明划分的理由。

---

① 张华：《中国现代通俗小说流变》，山东文艺出版社，2001年版，第169页。

第八讲　张恨水小说故事类型

导读：

张恨水小说故事类型有：社会言情小说——讽刺暴露小说——武侠小说——国难小说——历史小说——故事新编

张恨水不拘泥于某种模式，以勇于探索的精神，创作了适应不同时期要求和满足不同读者审美需要的不同类型作品。他以丰富而又多彩的作品，为中国小说的百花园增添了光彩。如果从创作的选材和艺术风格着眼，张恨水的小说大体上可分为6种基本类型：（1）社会言情小说；（2）讽刺暴露小说；（3）武侠小说；（4）国难小说；（5）历史小说；（6）故事新编。本讲将对张恨水小说的这六种基本类型作品的创作背景、艺术风格和价值作分别研究，以求进一步把握张恨水小说的艺术个性。

第一节　社会言情小说

有一部分人认为父亲想当然是蝴蝶鸳鸯派的，他们凭什么这么说呢！因为父亲的小说中都离不开爱情的故事。诚然如此，但父亲的小说是以言情为纬，社会为经的，爱情不过是穿针引线的东西，他所要表现的，是社会上真真实实存在过、发生过的事情，应该属社会小说，记述的是民初野史。

——张明明《回忆我的父亲张恨水》

关于"鸳鸯蝴蝶派"，鲁迅先生有过很精辟的定义：男女"相悦相恋，分拆不开，柳荫花下，像一对蝴蝶，一双鸳鸯一样"。①"鸳鸯蝴蝶派"是从晚清言情小说演变而来的，天虚我生的《泪珠缘》是这方面承前启后之作。此派约兴起于1908 年左右，辛亥革命后开始泛滥，提倡"趣味主义"和"以兴趣为主"的内容。如《红玫瑰·编者话》中说："主旨：常注意在'趣味'二字上，以能使读者感到兴趣为标准；而切戒文字趋于恶化和腐化，轻薄和下流。"②《快活·祝词》谈及创刊目的是"做出一本快活杂志来，给大家快活快活，忘却那许多不快活的事"③。总之，这些"鸳鸯蝴蝶派"杂志的目的是为了给读者以消闲和趣味。这个流派的创作以言情为主，强调文学的消闲性、娱乐性和趣味性，他们以小说作为游戏人生、娱乐大众的工具，大量写男女之间的爱情。如徐枕亚的长篇小说《玉梨魂》，双热的《孽冤镜》，周瘦鹃的《此恨绵绵无绝期》、《恨不相逢未嫁时》就是如此。"鸳鸯蝴蝶派"对张恨水早期的创作曾有过较大的影响，张恨水曾很坦诚地说过：

"这个阶段，我是两重人格。由于学校和新书给予我的启发，我是个革命青年，我已剪了辫子。由于我所读的小说和词典，引我成了个才子的崇拜者。这两种人格的溶化，可说是民国初年礼拜六派文人的典型……后来20 多岁到30 岁的时候，我的思想，不会脱离这个范畴，那完全是我自己拴的牛鼻子。虽然我没有正式作过礼拜六派的文章，也没有赶上那个集团。可是后来人家说我是礼拜六派文人，也并不算十分冤枉。"④

张恨水的创作与"鸳鸯蝴蝶派"之间存在某些继承与相同之处，但许多方面又表现出两者之间的巨大差异。

从张恨水早期的创作目的来看，与"鸳鸯蝴蝶派"大致相同。张恨水在1932 年6 月18 日，为《金粉世家》作序说：

"读者诸公，于其工作完毕，茶余酒后，或甚感无聊，或偶然兴至，略取一读，借消磨其片刻之时光，而吾书所言，或又不至于陷读者于不义，是亦足矣。主义非吾所敢谈也，文章亦非吾所敢谈也，吾作小说，令人读之而不否认其为小

---

① 鲁迅：《上海文艺一瞥》，载《文艺新闻》1931 年7 月27 日第20 期。
② 赵茹狂：《花前小语》，载《红玫瑰》第5 卷第24 期。
③ 周瘦鹃：《快活·祝词》，栽《快活》第1 期。
④ 张恨水：《写作生涯回忆》，人民文学出版社，1982 年版。

说，便已毕其使命矣。"① 后来他在谈及《金粉世家》时又说："这书是免不了给人消闲的意味居多的。"② 他在为《春明外史》作《续序》时认为，为解除无聊，有人是"垂钓海滨"，有人则"垂拱白宫"，"而吾之作小说，与读者之读小说，亦无不同也。客有悟此者乎？则请于把盏临风，高枕灯下，一读吾书。更不必远涉山岛，而求赤松子其人矣"③。从作者为读者提供小说的动机而言，张恨水主张"趣味"与"消闲"，这显然与"鸳鸯蝴蝶派"的主张是一致的。但在作品与作者构成的关系认识上，即作者在作品中要表现什么，张恨水的认识是不同于"鸳鸯蝴蝶派"的。张恨水在《满江红》自序中曾这样写道："《满江红》何为而作也？为艺术家悲愤无所依托而作也。韩愈有言：文以穷而后工。扩而充之，以言于艺术界，又何莫不尔？盖身怀一艺者，衣食以迫之，社会以刺之，血气以激之，日积而月累焉，固不自知其为何而工也。虽然，穷而工，为情理之所许，工而仍穷，则情理之所不通。而衡之事实，以文艺名世，绰然而无物质上之困苦，与精神上的烦恼者，又千百而不得一、二焉，于是迫之，刺之，激之者，亦弥觉其利锐。物不得其平则鸣，世之艺术家，而贫，而病，而卒，至佯狂玩世，为社会疾病而无所树立，岂无故哉？此艺术界之所以多穷人也，亦艺术界之所以多异人也，亦即穷人异人之多奇遇也。"④ 他还认为从事文艺工作是借文艺"求精神安慰"，"夫既求精神安慰之一点而已。而此一点，果何所寄托？于是有寄托于山水者，有寄托于花月者，有寄托于诗又各异矣。以言品级，侠士为上，高僧隐士次之，风流情侣，斯下矣。而吾书数艺术家，皆酒者，有寄托于男女爱情者，其结果所至，若为侠客，若为高僧，若为隐士，若为风流情侣，取法乎下者也，不亦悲乎？吾不能使之取法乎上，亦不能禁之取法乎下，则亦书之，述之，与社会中人共掬一把同情之泪而已"⑤。

很显然，张恨水写小说不只是为读者提供"消闲品"而已，他要借小说寄托自己的情感，抒发自己的悲愤，尤其是他认为自己是将精神安慰寄情于男女之爱，与读者"共掬一把同情之泪"。综观张恨水早期关于小说创作目的的论述，不难看出他创作思想上的矛盾：他一方面强调文学的娱乐价值，主张"趣味主义

---

① 张恨水：《〈金粉世家〉序》。
② 张恨水：《写作生涯回忆》，人民文学出版社，1982 年版。
③ 张恨水：《〈春明外史〉续序》。
④ 张恨水：《满江红·序》。
⑤ 张恨水：《满江红·序》。

文学"，另一方面又认识到文学的实用性，即它们是作者抒发忧愤、寄托情感的工具。前者是他早期文学创作宗旨的主导方面，这也是人们认为他是"鸳鸯蝴蝶派"文学作家的重要依据；后者是他受新文学运动的影响而萌生的新文学观，这也是他后来能跟上时代步伐，走向现实主义创作道路的重要基础。

从张恨水运用章回体作为小说体裁来看，他在创作中运用传统的章回体进行小说创作，讲究回目的工整、典雅。小说中大量运用旧体诗词曲赋，追求文雅与华美，这与新文学作家学习西方小说创作技法追求新的文学样式格格不入，而与"鸳鸯蝴蝶派"、"礼拜六派"风格相似。但张恨水在采用章回体进行创作时，对它进行大胆改良，汲取了新文学和西洋文学的现代表现手法，创造了适合现代人阅读的通俗小说样式。从张恨水言情小说的创作实践来看，他早期的创作正体现了他创作思想的矛盾。"鸳鸯蝴蝶派"作家是以写言情小说为特色的，大量描写男欢女爱，有些甚至是以描写色情来迎合小市民的低级趣味。张恨水的小说也大量描写了一些男女之情爱，即便是那些社会小说中，或以男女之间的爱情作穿针引线，贯通全书，使结构紧凑；或以男女之间的爱情作为趣味线索以增强小说的可读性。在写言情上，张恨水的小说创作与"鸳鸯蝴蝶派"作家有着相同之处。但张恨水善于通过描写男女爱情的悲欢离合，表现大千世界的人情世态，深刻揭示它的社会意义，这正是张恨水的言情小说与"鸳鸯蝴蝶派"小说的重要区别。

张恨水自述，他童年和少年时代读小说时，专爱风流才子高人隐士的行为，当他进学堂而学得一点新知识时，他也"想到小说上那种风流才子不适宜于眼前的社会。我一跃而变为维新的少年了。但我的思想虽有变迁，我文学上的嗜好，却没有变更，我依然日夜读小说，我依然爱读风花雪月式的词章"。① 在"五四运动"以前，张恨水的小说走的是《花月痕》的路子，描写的完全是旧式儿女两小无猜的恋情。② 张恨水第一次投稿的《旧新娘》和《桃花劫》是写男女婚姻的；他最早发表的《紫玉成烟》就是一部中篇言情小说；他发表的第一部白话长篇章回小说《南国相思谱》也是言情小说。张恨水曾回忆说："记得这时，我的思想完全陶醉在两小无猜，旧式儿女的恋爱中，论起来，十分落伍的了。"③

张恨水早期的代表作《春明外史》、《金粉世家》和《啼笑姻缘》，都是以

① 张恨水：《写作生涯回忆》，人民文学出版社，1982年版。
② 张恨水：《写作生涯回忆》，人民文学出版社，1982年版。
③ 张恨水：《我的小说过程》（二），载1931年1月27日—2月12日《上海画报》，第670期。

"社会为经、言情为纬"的小说。《春明外史》是"用作《红楼梦》的办法来作《儒林外史》",熔"言情"、"壮会"于一炉。书中先描写了杨杏园和雏妓梨云的缠绵曲折的爱情,接着又写了他与李冬青、史科莲一男二女三角恋爱。作者正是以杨杏园的爱情串联着众多的社会新闻故事,并有意识地用杨杏园的高洁孤傲、爱情的纯洁来对比人欲横流的恶浊人世、丑恶社会,从而使"言情主线"与"社会世相"结合起来,其社会意义大大超过了一般"鸳鸯蝴蝶派"的小说。《金粉世家》以北洋军阀统治时期国务总理的儿子金燕西和普通人家姑娘冷清秋的恋爱、结婚、反目、离散为红线,把金家这个封建大家庭中众多琐细的日常生活与不断发生的摩擦纠纷连缀起来,形成一幅封建世家败落的完整画卷,这在一定程度上反映了上层社会的腐败。徐文滢在《民国以来的章回小说》一文中对《金粉世家》作过这样的评价:

> 承继着《红楼梦》的人情恋爱小说,在小说史上我们看见《绘芳园》、《青楼梦》……等等的名字,则我们应该高兴地说,我们的"民国红楼梦"《金粉世家》成熟的程度其实远在它的这些前辈之上。《金粉世家》有一个近于贾府的金总理大宅,一个摩登林黛玉冷清秋,一个时装贾宝玉金燕西,其他贾母、贾政、贾琏、王熙凤、迎春、探春、惜春诸人,可以说应有尽有。这些人物被穿上了时代的新装,我们却不觉得有勉强之处,原因是他写着世家子弟的庸俗、自私、放荡、奢华,种种特点,和一个大家庭的树倒猢狲散,而趋于崩溃,无一不是当前现实的题材,当前真正的紧要问题。作者张恨水,在描写人物个性的细腻及布局的精密上是绰绰有余的。作者所有作品中也惟有这部是用了心血的精心杰作。作者对于大家庭内幕的熟悉和社会人物的口语之各合其分,使这书处理得很自然而真实。既没有谩骂小说的谩骂,也没有"鸳鸯蝴蝶"的肉麻,故事的发展也并无偶然性和夸大之处,使我们明白"齐大非偶"和世家之没落有它必然的地方。这种种都是以大家庭为题材的许多新文艺作家们所还未能做到的好处。①

这段话应该说是比较深刻地指出了《金粉世家》同其他言情小说,特别是"鸳鸯蝴蝶派"言情小说的本质区别的。

《啼笑因缘》曾被认为是"鸳鸯蝴蝶派"的代表作。这部小说叙述了一个以樊家树为中心的多角恋爱故事,中间穿插了军阀刘国柱仗势霸占民女的情节,以

---

① 徐文滢:《民国以来的章回小说》,载 1941 年 12 月《万象》。

及关寿峰父女扶弱锄强的武侠传奇。从小说的主要情节来看，与"鸳鸯蝴蝶派"言情小说属于同类。但《啼笑因缘》是取材于现实生活，是现实生活的提炼和概括，它揭露了封建军阀飞扬跋扈、穷奢极欲的丑恶面目，具有反封建的精神。它写樊家树卷入多角恋爱，但却"乐而不淫"，写"恋爱"的悲欢离合，不写"性爱"的肉麻。它写关氏父女的行侠仗义，但却没有"口吐白光，飞剑斩人头"的玄幻描写，使作品具有一定的现实反抗意识。张恨水将缠绵悱恻的言情小说和惊险紧张的武侠传奇熔于一炉，将传统小说章回体和西洋小说新技法融为一体；将满脑子"动荡识忠臣"一类封建思想的关寿峰，和受资产阶级教育的维新人物樊家树粘合在一道，成了"忘年之交"。这种新旧杂揉，适应了不同读者的不同需要，也体现了作者的思想和创作方法的矛盾。因此，《啼笑因缘》无论是思想性还是艺术性，均远远高出"鸳鸯蝴蝶派"的同类小说，达到了当时章回小说的高峰。

关于《春明外史》、《金粉世家》和《啼笑因缘》这 3 部代表作，我们后面将作专题介绍，此处不赘述。

20 世纪 20 年代，张恨水对自己创作言情小说的能力是颇为自负的，他坚信自己创作的言情小说，是决不会出现雷同的。然而到了 30 年代初，他感到自己言情小说的创作出现了危机。他在《美人恩》自序中慨叹道：

予读言情小说夥矣，而所作亦为数非鲜。经验所之，觉此中乃有一公例，即内容不外三角与多角恋爱，而结局非结婚，即生离死别而已。予尝焦思，如何作小说，可逃出此公例？且不得语涉怪诞，以至离开现代社会，思之思之，乃无上策。盖小说结构，必须有一交错点，言情而非多角，此点由何而生？至一事结束，亦无非聚散两途，果欲舍此，又何以结束之？无已，则于此公例中，于可闪避处力闪避之，或稍稍一新阅者耳目乎？有此一念，予乃有《美人恩》小说之作，《美人恩》中言情，初不写情敌角斗之事，而其结局，一方似结婚而非结婚，一方亦似离别而非离别。如斯作法，乃差有新意，但谓尽脱窠臼，则自病未能。

当张恨水认识到这种危机之后，他便对自己言情小说的创作进行了多方面改革的尝试。因此，从他 20 世纪 30 年代初以后的言情小说创作中，我们可以看出以下变化：

首先是创作方法的现实主义，创作题材的进一步扩展。张恨水前一时期的社会言情小说，受明清才子佳人小说的影响，主要描写男才女貌，以及她们对爱情的忠贞和痴情，在恋爱的过程中，由于一两人"拨乱其间"，造成多角恋爱的曲折。及至后来张恨水的言情小说中，大量描写在社会迫害下男主人公或女主人公的沉沦，如《似水流年》、《现代青年》、《锦片前程》、《美人恩》等都取自这类题材。《现代青年》是这类题材的代表作。它描写老农周世良历尽艰辛，培养儿子周计春读书求学，不料周计春违背父愿走向堕落的故事。小说着重谴责某些青年耗其父兄血汗，忘恩负义的行为。作者在该书中努力运用现实主义的创作方法，不但真实地描绘了城市手工业者的劳动、生活，特别是还描写了地主豪绅和农民的矛盾冲突，反映了农村封建剥削关系；不但反映了教育界的复杂，也反映了文艺界的混乱。作者在该书的"自序"中说："《现代青年》一书，予不敢超出社会现实，则较之《似水流年》有过之，而无不及。"①《现代青年》中描写三角恋爱，有言情成分，但主题和表现形式相当严肃，既没有单纯追求趣味主义，也没有迎合小市民低级趣味的陈词滥调，基本上摆脱了"鸳鸯蝴蝶派"的影响。

其次，小说中的主要人物形象发生了变化。下层社会的人物大量出现在张恨水的小说中，并且成为书中的主角，而且这类主要人物具有了一定的反抗意识。张恨水早期言情小说中的主人公大多数是"才子"、"佳人"，他（她）们大都洁身自好，面对黑暗的现实，虽愤世嫉俗，却不敢反抗，屈从命运，有的甚至从佛学中求得解脱。后期的作品中，他让人物参与现实的抗争，如《夜深沉》中有丁二和试图刺杀刘经理；《欢喜冤家》中的王玉和不甘心由妻子供养，到大西北参加开发，寻求自主；《北雁南飞》中由于封建家长包办婚姻，造成了男女主人公的爱情悲剧，女主人公自杀未成，被软化后与她不爱的男人结了婚，还生了两个孩子，结尾时，女主角表示她仍要追求解放，暗示了她想摆脱这没有爱情的婚姻。这些都改变了民初以来言情小说的格局，增强了作品的现实性和反抗性。由于小说中的主人公的抗争只是孤军奋战，且黑暗势力之强大，因而他们的抗争大都是失败的结局。

其三，小说风格趋向于通俗化。张恨水早期的言情小说创作所走的是章回小说"雅化"的路子，其目的是为了提高章回小说的品味，以供具有相当文化程度的读者欣赏。因此，他充分发挥自己擅长诗词的优势，在小说中引入了大量典雅的诗词，苦心安排工整的回目，使得小说产生盎然的诗意，洋溢着作者的才

---

① 笔者注：《似水流年》是张恨水另一部现实主义小说。

华。后来，张恨水放弃了吟诗填词的长处，改掉了炫才露己的才子气，他努力使自己的小说为广大群众所喜爱，走上了小说通俗化的路子。书面语言大大减少，口语化的色彩更为强烈，书中典雅的诗词曲赋少见了，而出现了快板诗、竹枝词等通俗的诗歌，章回的回目也不像过去那样浓艳，而变得通俗多了。如《燕归来》的开头就有几首竹枝词，下面是其中的几句：

> 一升麦子两升麸，埋在墙根用土铺；
> 留得大兵来送礼，免他索款又拉夫。
> 大恩要谢左宗棠，种下垂杨绿两行；
> 剥下树皮和草煮，又充饭菜又充汤。
> 死聚生离怎两全？卖儿卖女岂徒然，
> 武功①人市便宜甚，十岁娃娃十块钱！

这些词句通俗如话，浅显易懂，在朴直之中充满着深情，与早期小说中的诗词相比，风格迥异。

张恨水写了大量的言情小说，然而他几乎没有写出一部严格现代意义上的爱情小说。"五四"时期是中国爱情观念急剧变革的时期，男女爱情问题的小说正是反封建的一个重要方面，新文学家们塑造了一批新的男女形象，表达了新的爱情观念。然而，张恨水言情小说中的男女主人公对婚姻的感情都超过了爱情，他（她）们往往把婚姻当作爱情的归宿，因而反封建的意识不强，未能写出像"涓生"和"子君"那样具有时代精神的新型的男女青年。

第二节　讽刺暴露小说

同反动派作斗争，可以从正面斗，也可以从侧面斗。我觉得用小说体裁揭露黑暗势力，就是一个好办法，也不会弄到"开天窗"。恨水先生写的《八十一梦》不是就起了一定的作用吗？

——周恩来评张恨水《八十一梦》

张恨水最早的讽刺小说主要有《真假宝玉》和《小说迷魂游地府记》，这两

---

① 武功是西北的地名。

篇小说都发表于上海《民国日报》副刊"民国小说"栏内,前者刊载时间为1919年3月10日至16日,约3千字;后者刊载时间为1919年4月13日至5月27日,约1万字。

《真假宝玉》借《红楼梦》中真宝玉之口,以滑稽的口吻讽刺当时京剧舞台上演《红楼梦》老戏的许多著名演员,如查天影、欧阳予倩、姜妙香、陈喜祥、麒麟童(周信芳)、梅兰芳等人的扮相不合宝玉的形象等。在今天看来,作者要求演员要忠实地表现原著的精神,反映林黛玉的"幽娴贞静"和贾宝玉的叛逆性格,立意是好的,但作者过分迎合市民对名角说长道短的兴趣,热衷于追求滑稽的效果,过分夸张,冲淡乃至淹没了严肃的主题,因此,它只是一部消遣的趣味主义小说。

《小说迷魂游地府记》其价值和成就都高于《真假宝玉》。它叙述了一个小说迷夜里做梦来到地府游逛,在地府碰到了不少人间也有的奇事,恰巧又逢地府小说家聚会,抨击当时的社会和小说界。小说从"小说迷"在地府中碰到在"主战军参谋部"任职的老同学辛世茅开始,老同学撕了阎王的传票,遣走了小鬼,"小说迷"便获得了自由。辛世茅告诉他:"你就是杀死上一千人,有我主战军的招牌挂上,都不要紧。"在辛世茅的引导陪同下,"小说迷"在地府到处游历,引出了许多光怪陆离的故事。如地府中的出版界是"文明骗子",学到了"东洋佬卖药的广告法子",言情小说的书名"只要有花、玉、恨、泪这4个字都可以包括得下",而且"必定画上一个时装美人"做广告。书前有一大堆名人作的序,其实全是盗名。武侠小说失之于荒谬,不讲情理;"丰都图书馆"里公然张贴淫画,书市中大量出售《男女行乐指南》;唯利是图的小说商见钱眼开,"只要卖钱时,你就把他浑家秘史做上,他也只当是黑幕书当有的"。而阴曹地府的大报《神报》、《兴文报》(谐音影射上海的《申报》、《新闻报》),"原是营业性质,算不得真正舆论",小说商借着它大报披露,他就借着广告收费,"两人目的一达,这里头大款转就把看报人勾上斜路去了"。

张恨水在小说中还描写了"小说迷"旁听"古今小说评论会"的经过,他借会长施耐庵之口说:"要求各报馆不登那海淫艳情小说广告,至于什么黑幕丛书、化装学,这些外君子内小人的书,只好我们笔伐了。"这表现了作者对当时文坛上腐败现象的极大愤慨。更重要的还在于,在当时文学社团都还未出现的时候,他已预感到新的文学社团将出现,"鸳鸯蝴蝶派"之流文学将受到口诛笔伐,后来的事实证明他的预感是正确的。小说中还借古人之口表达了自己对言情小说与色情小说的认识。他反对色情小说，主张要写情调高尚的言情小说。小说中还对当时的翻译小说进行了批评，说它们"虽取材外洋，那题目无论如何总得嵌上中国一句典"，"文字构造不同，又不很对原文……不知哪儿是它们的水源"，"连桐城派大文豪都常闹笑话"。当时的翻译界也确实存在这样的弊病，如翻译史上有一定影响的林纾，自己不懂外文只凭别人说故事自己改写，很难忠实原文。小说中他还强调生活对于创作的重要性。小说结尾时，"五四运动"开始爆发，地府的小说家们开会痛打卖国贼阮大械，阮不得不逃入医院，马士英等一班赳赳武夫出来干预，包庇卖国贼，大家更为气愤。这里作者是以古讽今，含沙射影，以"主战军"影射当时段祺瑞、徐树铮正在招兵买马的"参战军"；阮大械是卖国贼曹汝霖、陆宗舆、章宗祥的化身，而马士英等战夫，指的是北洋军阀。小说中为我们描绘了一幅辛亥革命前后，直到"五四运动"时期，北京、上海出版界和市民精神生活的真实图画，表现了作者的正义感和爱国主义精神，也反映了他一定的进步文艺观。

《小说迷魂游地府记》也反映了张恨水在思想和文艺观上的局限，他对鸳鸯蝴蝶派色情小说、黑幕小说，以及商品化的新闻小说、武侠小说、蹩脚的文言翻译小说的批判带有不彻底性。这篇小说艺术成就不高，人物只是作者发表观点的传声筒，不是有血有肉的形象。

从《真假宝玉》和《小说迷魂游地府记》中所体现的作者创作的宗旨来看，很显然一方面受鸳鸯蝴蝶派趣味主义消遣文学的影响；但另一方面，由于作家生活在黑暗的现实之中，认识到这种黑暗，在内心深处有一种要揭露这种黑暗的冲动。于是对黑暗现实的讽刺和揭露，对自己祖国的热爱往往不知不觉地涌人笔端，违背其创作宗旨，写出具有一定现实意义的小说。作为一个办报人，他揭露社会黑暗的方式，带有"新闻化"的特点；作为一个受"鸳鸯蝴蝶派"文学影响的作家，其小说仍带有浓厚的消遣意味. 这是张恨水早期小说创作的思想与方法矛盾的体现。因而，他早期的讽刺小说，采取的是笑骂一切的嘲讽，其揭露大多停留于表象，缺乏对黑暗社会实质性的批判。

《真假宝玉》和《小说迷魂游地府记》是张恨水早期已发表的作品中较好的作品，是张恨水登上文坛的标志之一，对于研究张恨水的文艺思想和创作历程有着重要价值。它们问世后曾引起文坛的注意，尤其得到鸳鸯蝴蝶派人士的赞同。姚哀民将这两篇收入小说选集《小说之霸王》，作为殿军之作。据作者回忆，《小说迷魂游地府记》，在上海还出版过单行本。

　　1926 年 2 月 19 日至 7 月 4 日，《世界日报》副刊"明珠"上连载了张恨水的讽刺小说《新斩鬼传》。关于这部书的写作经过和目的，作者在出版该书的"自序"中作了如下说明：

　　早十余年，我看到市上流行的石印本九才子《捉鬼传》，每每大笑不止。后来，我以作小说为业，偶然又看到这部书，便觉得这不光是开玩笑的书，常和朋友谈起……我以为这部书，虽不能像《儒林外史》那样有含蓄，然而它讽刺的笔调，又犀利，又隽永，在中国旧小说界另创一格，远在学界所捧的《何典》之上。自己本想下一番功夫，考证标点出来，作个原著者的功臣。然而我探索了一个月，也不过知道这书，是写明朝的士林而已？书作在明朝，到清朝才刻印的。其他便无从断定。考之既不可能，我是作小说的，何妨续上一段狗尾，也是宣传之一法。有了这个动机，我便做《新斩鬼传》。

　　这部书开始在十五年，正是安福二次当国的时代。我住在北京，见了不少的人中之鬼，随手拈来，便是绝好材料，写得却不费力……这篇《新斩鬼传》，我自动的印出来也好。我不敢说什么知我罪我，都在此书。据卫生家说：每日大笑数次，是与人身有益的。这一部书里，倒有几处，看了让人可以发一大笑。在这一点上，读者或不至于开卷无益。这就算上我的贡献罢。①

　　张恨水这个安徽乡下人来到北京，在中国民国的首府看到的是一个乌烟瘴气的世界，这里有许许多多"人中之鬼"。张恨水强烈的正义感使他愤世嫉俗，他要用自己的笔来嘲讽这一切，笑骂这一切。这部小说的"新"，首先在于它的时代背景之新，写钟馗帝制被孙悟空闹革命推翻，改建了共和，这里所暗示的实际上是指辛亥革命之后的新时代。在这新的背景下，钟馗要斩的是新时代的怪鬼，除鸦片鬼、狠心鬼、玄学鬼、空心鬼、不通鬼之外，还有风流鬼、下流鬼、大话鬼、势利鬼、道学鬼、要命鬼、短命鬼、赤发鬼、虚花鬼、吝啬鬼、糊涂鬼、刻薄鬼、瞎眼鬼、饿死鬼、顽固鬼、没脸鬼等等，都是时代的产物，是社会丑恶人性卑污的种种象征。这表面上看似神怪，其实正是对时代社会的折射。《新斩鬼传》中正是揭露了当时社会上的这种种丑闻，表现了作者对这个丑恶世界的蔑视，对"鬼物"的痛恨。这部小说的特点是，讽刺挖苦加轻松幽默，写世态人心、时代风情、社会陋习，嬉笑怒骂，皆成文章，痛快淋漓地表达了自己对时

---

　　① 《新斩鬼传》，上海"新自由书社"，1931 年 4 月初版。

代、社会的观感，对社会上种种丑恶现象的疾恶如仇，发挥了文学的社会功能。书中也有对新文化运动和共产主义的误解乃至曲解。然而，早期的张恨水认为小说是"小道"，是供人闲暇消遣的娱乐品，在创作中追求的是一种"趣味"。因而，他的讽刺小说在揭露社会丑恶现实时，常常是服从于小说趣味的需要，服从于小说的故事情节的需要，对社会黑暗的揭露是"适可而止"、"不愿多造口孽"，从而影响他的作品揭露的深刻性，这正是张恨水小说创作宗旨与创作实践矛盾的表现。

日本帝国主义向中国发动侵略战争，中国大好河山沦于日寇之手。在这国难临头、大敌当前、民族生死存亡的关键时刻，炎黄子孙本应同仇敌忾，奋起救亡。可重庆政府腐败无能，消极抗日，醉生梦死；大小官僚敲诈勒索，大发国难之财；投机商人乘机巧取豪夺，见利忘义；老百姓啼饥号寒，怨声载道。茅盾曾经这样描绘过武汉失守后重庆的形势："贪污满街，谬论盈庭，民众运动，备受摧残。思想统治，言论检查，无微不至，法令繁多，小民动辄得咎，而神奸巨猾，则借为护符，一切罪恶都成合法。"① 重庆一片乌烟瘴气，具有强烈爱国心和正义感的张恨水愤懑难忍，他不顾国民党政府加强报刊检查，迫害民主进步力量的高压统治和采取的白色恐怖政策，毅然采取创作社会讽刺小说的形式，替人民呼吁和伸张正义，"把那些间接有助于抗战的问题和直接有害于抗战的表现都写出来"②。于是，他创作了《八十一梦》、《牛马走》、《第二条路》等小说。《八十一梦》是张恨水后期小说创作中的代表作，也是张恨水颇为得意的，算得上"痛快"的作品之一。对于《八十一梦》，我们将在下讲中作专题评价，这里不再赘述。

《牛马走》于 1941 年 5 月 2 日至 1945 年 11 月 3 日连载于重庆《新民报》，1955 年元旦至次年 2 月 11 日香港《大公报》连载时改名为《魍魉世界》。小说以心理学博士西门德改行经商，顿成暴发户而坚守岗位的教育家区老太爷一家却穷困潦倒的怪现象为中心情节，描写重庆官僚资产阶级及奸商们投机倒把、囤积居奇、大发国难之财的罪行，揭露了大后方的腐朽黑暗。小说通过西门德与区庄正两家，两条线索时分时合，描写了社会的不同阶层、不同角落，展示整个社会的场景，勾勒出社会上各类人物的丑态，从而暴露社会的不公、道德的堕落和风

---

① 茅盾：《八年来文艺工作的成果及倾向》。
② 张恨水：《〈八十一梦〉自序》。

气的颓败。这部小说在艺术上的最大成功在于，运用比较细腻的笔触，深入到人物的内心世界，透察入微，剖析犀利，如对小说主角心理学博士的心理刻画就相当成功。小说写这位心理学博士口头上总挂着仁义道德、为国为民，但心中却想着发财。他充当奸商，为虎作伥，从中分食取羹。不料，他初当捐客就被投机商人欺骗，小说中进行了这样的描写：

> 西门德将酒放在沙发边茶几上，再在旁边茶盘子里，取出两只玻璃碟子，盛了卤菜，也放在茶几上，然后将买来的《陶渊明集》，取一卷在手，抖靠在沙发上，左手把卷看书，右手端了杯子喝酒……眼里看着陶渊明冲淡飘逸的诗句，立刻觉着心里空洞无物，笑言道："醉了最好，把在财阀门下这一份肮脏气忘了。"

通过人物的行动、感受和语言，把他当时复杂的内心世界表现出来。作为一个心理学博士，初当捐客，他在心理上是很不平衡的，一方面受金钱的诱惑，他想发财；另一方面，他作为一个知识分子，又为自己奔走于投机商人之间有辱斯文而感到耻辱。一旦经商受挫后，他内心深处知识分子的优越感进一步在心里缠绕他，他要通过学陶渊明，保持知识分子的人格与尊严；而一旦利欲熏心，又必然投入投机商人的行列。

《第二条路》（又名《傲霜花》，1943 年 6 月 19 日至 1945 年 12 月 17 日在重庆《新民晚报》连载）也是一部反映知识分子生活的小说。与《牛马走》不同的是，它侧重描写知识分子歧路彷徨的种种行状与心态。由于生活的艰苦和困窘，许多人不得不走"第二条路"，放弃自己的职业；但另有一批人不为利欲所动，依然保持自己的人格，坚守教育岗位。小说以强烈对比的手法，写出了文人走不同路所出现的两种截然不同的结果，文化不高的演艺界名角王玉莲生活阔绰，仅身上穿的海勃绒大衣价值就十万元，而曾经教过她，通晓英、德、法三国文字的唐子安教授却生活窘迫艰难，在出席订婚仪式作介绍人时穿的中山服也是向别人借的，一富一贫反差强烈。文化人经商、趋赴仕途亦可以"柳暗花明"，而坚守文化教育岗位的人却只能在痛苦困境中挣扎。聪明机敏的苏律云弃文从政，钱权具有；精于算计的梁先生弃教经商，果然生财有道，办起了自己的公司。书生气十足的洪安东在经历了贫穷的打击后，也不得不弃文从商；连自恃清高、热心于女权运动的华傲霜女士，到头来也不得不找了个留学归国的企业老板作伴侣。小说将荒谬当道、腐败公行、道德沦丧的畸形社会下，文化人歧路彷徨，分化变异，以及人性本能的弱点作了充分的展示，对国统区黑暗的现实社会给予了揭露。

从抗日战争胜利到全国解放，张恨水发表的暴露讽刺小说主要有《纸醉金迷》和未完篇的《五子登科》。《纸醉金迷》是暴露抗战时期国统区黑暗的；《五子登科》是谴责抗战胜利后，国民党"劫收"官员们为非作歹的丑行的。

《纸醉金迷》有一段作为主题歌的"买黄金歌谣"，其内容是：

买黄金，买黄金，个个动了心。黑市去卖出，官价来买进，只要守得紧，一赚好几成，什么都不干，大家买黄金。

买黄金，买黄金，个个变了心。买米钱也成，买布钱也成，借私债也成，挪公款也成，只要钱到手，赶快买黄金。

买黄金，买黄金，疯了多少人。半夜去排队，银行挤破门，满街兜圈子，各处找头寸，天昏地又黑，只为买黄金。

买黄金，买黄金，害死多少人。如疯又如痴，不饿也不冷，就算发了财，也得神经病。若是不发财，入财两性本。

买黄金，买黄金，疯了大重庆，家事不在意，国事不关心，个个想黄金，个个说黄金，有了黄金万事足，黄金疯了大重庆。

《纸醉金迷》描写的是 1945 年前后发生在重庆的"疯狂买黄金"及由此而发生的"黄金案"。它是基于这样的真实事件写成：1944 年 5 月，国民党政府为了降低通货膨胀率，采取出售"黄金储蓄券"等措施，许诺一年到期后，以伪法币 2 万元 1 两的价格兑换黄金。由于国民党政府的黄金储量远远不足，反而助长了买卖黄金的投机活动。1945 年 3 月下旬的一天，各银行售出黄金总数较之平日多出一倍，傍晚，财政部宣布每两黄金价由伪法币 2 万元提高到 3 万 5 千元。很显然有人预先知道这个部令，遂先在市场上抢购了黄金。刹时间舆论哗然，国统区各大报纸纷纷披载。迫于舆论的压力，重庆政府授权监察院主持查账处理。处理结果是在该日购买黄金各几千两的大户退款后未作追究，而把几个共同购存黄金几十两的银行小职员充当替罪羊法办。黄金储蓄到期后，财政部又规定以"六折"兑换黄金。张恨水的《纸醉金迷》就是围绕着国民政府发行"黄金储蓄券"而展开的，小说以详尽的笔墨叙述了"黄金储蓄"骗局的来龙去脉，描写了重庆商人投机倒把、政府公务人员之间勾心斗角、当官的犯法逍遥法外、小职员当替罪羊，以及女人爱虚荣逐渐堕落的故事，揭露了国民党政府的腐败。风流少妇田佩芝好赌成癖，抛弃丈夫儿女，走马灯般充当奸商和银行家的情妇的故事，是贯穿全书的情节线索。小说把赌博（即所谓"纸醉"）和抢购黄金储蓄（即所谓"金迷"）交织，展示了陪都重庆上层社会的荒淫无耻。小说关注国计民生，关注社会经济生活和社会心理之间的交互作用，描写了经济脱轨助长奸商的投机心理，而投机心理和行为又促进脱轨经济加速崩溃的事实。作者以追踪记叙的方式，详实描写了黄金储蓄事件在全社会掀起的声势浩大的投机风潮，以及它给社会和人民带来的危害。小说还描写了动荡不安的经济局面，瓦解了人与人之间的友情关系，把它变成赤裸裸的金钱关系，"纸醉金迷"已经"醉"到人的骨髓之中，"迷"到人们的灵魂中。作品以抗战胜利、物价暴跌、投机商破产作结尾，体现了作者"善有善报，恶有恶报"的传统思想。这种人为地制造一个理想的结尾的情况，说明了作者对当时社会还缺乏本质的认识。

《五子登科》于1947年8月17日开始连载于北平《新民报》，当时未完，续完连载于1957年4至6期《北方》周刊。这部书的大致内容是：日本投降之后，重庆国民党政府委派"接收"专员金子原飞往北平，接收敌伪产业。金子原到北平后，勾结地方绅士刘伯同、张王诚，接收了房子、车子，包庇汉奸营私舞弊，发了大财。他把接收的金条，交给他二弟带到重庆倒卖。他还先后占有了女秘书、女演员，以及汉奸伶北湖介绍的两个女子。张恨水在《五子登科》前言中说："所谓五子，不是以前所谓五子齐名的五子，是金子、车子、女子、房子、票子。其实还不止这五子，要数一数，这就多了。所以在当时，有五子登科的称号，'恭维'这些接收专员。"① 这部讽刺小说没有漫画式的人物形象、嬉笑怒骂的调侃语言，而是按人物性格和生活逻辑发展的必然来处理情节，让讽刺对象的可笑、可厌、可鄙、可僧的面目或隐或显地展现出来。小说中的金子原在抗战胜利以后以接收专员的身份从重庆飞往北平，小说没有描写他的外貌，也没对其言行进行讽刺，而是客观地描写了他荒于政事，沉迷于金子、车子、女子、房子、票子这"五子登科"的罪恶深渊之中。"在这部书里，读者多少可以看到国民党的接收专员们的荒淫无耻、胡作非为的一般丑态。"② 从艺术上来说，《五子登科》虽然是从发展的过程中来刻画人物性格的，但人物仍有脸谱化的倾向。他所擅长的心理描写，在这里用得较少，也不成功。人们称道的是张恨水在解放战争后期国民党的白色恐怖中，敢于抨击国民党反动派的统治，大胆揭露黑暗现实的勇气。

---

① 张恨水：《五子登科·前言》，上海文化出版社，1957年版。
② 张恨水：《五子登科·前言》，上海文化出版社，1957年版。

综观张恨水的讽刺暴露小说，可以看出这些作品在思想内容上，深受明清《儒林外史》、《官场现形记》和《二十年目睹之怪现状》的影响，敢于揭露黑暗现实。但其内在精神实质上有其发展过程。20世纪20年代，张恨水受鸳鸯蝴蝶派的影响，认为小说是消遣品，摆着一种超然物外的态度，从昏暗的官场、尔虞我诈的社会中看到了不少滑稽，发掘了不少笑料，其目的是供人娱乐消遣，因而其以滑稽为主。如他在印行《新斩鬼传》时，便把它说成是"滑稽之作"。由于小说服从趣味的需要，从而影响了揭露的深刻性，削弱了斗争的锋芒。20世纪20年代后，他不再以一种消遣的态度来写，而是以一种严肃的态度来揭露国统区的黑暗，意在引起疗救的注意，以求尽快根治它。从小说技巧运用上，作者深受中国古代的《儒林外史》、《西游记》和近代谴责小说的影响。张恨水在早期曾沿着李涵秋的《广陵潮》的路子，采取以"新闻化"的方式罗列人物、事件，采取说完一事，递人一事，人物随事而起讫。后来，他采取把许多独立成篇的故事以思想贯穿各篇，形成变幻而又统一的整体风格。张恨水的讽刺小说，能抓住人们司空见惯的现象加以讽刺，并采用抓住特征夸张变形的手法，从生活中的平淡情节中揭示喜剧审美因素，在含泪的笑声中引人深思。为了吸引读者，张恨水在他的讽刺小说中安排了一些男女之间的爱情纠葛，增加"趣味"成分，从而冲淡了小说的悲愤气氛。张恨水的暴露讽刺小说受晚清谴责小说的影响，在描写事件时往往拘泥于实事，在刻画人格性格时缺乏深入开掘，笔下的主要人物往往只是其他人物和事件的粘合剂，因此未能塑造出典型人物，缺乏较高的艺术性。

第三节　武侠小说

中国下层社会里的人物，他们的思想，始终有着模糊的英雄主义的色彩，那完全是武侠故事所教训的。这种教训，有个极大的缺憾。第一，封建思想太浓，往往让英雄变成奴才似的。第二，完全幻想，不切实际。第三，告诉人斗争方法，也有许多错误。自然，这里也不是完全没有意义的。武侠小说，会教给读者反扰暴力，反抗贪污，并且告诉被压迫者联合一致，牺牲小我。

——张恨水《论武侠小说》

张恨水出生于一个行武将门之家。清朝末年，王朝濒临崩溃，天下已不太平。张恨水的家乡天柱山一带也常有强人出没，为了保卫家园和自己的生命财产安全，这里的人们纷纷习武自卫。张家自古习武，张恨水的祖父张开甲就长得身材魁梧，膀阔腰圆，14岁就能"挥百斤巨石，如弄弹丸"①，并且还能用筷子夹住活苍蝇，武艺相当高强。适逢太平天国兴起，太平军占领天京，回师安庆、潜山一带，这里成为太平军与清军血战的战场。"太平军与清军作战，每一城镇，反复争夺，得失不下数十次。当时附清之民，多为太平军所杀；而参加太平军者，又为清军所害……自咸丰三年至同治二年，前后凡十余载，潜山士民，不死于兵火，即死于流离。锦山秀水，变成荒墟，百里之内，不见人烟。"② 张开甲组织乡里的壮丁，参加了保卫家乡的战斗。不久，湘军开到潜山，张开甲被迫入伍。从此，他数次出没于刀丛剑林之中，出生入死10余年，屡建战功。张恨水的父亲张任，从小跟着父亲在行武里混，也练得一身好武艺，他曾打过4次土匪，得过五品军功。他"生性任侠，苟在救人，虽性命有所不惜"，具有豪侠之气③。1908年张开甲在新淦县三湖镇税卡上任时，附近农村发生大规模宗族械斗事件。两族都集合了所有的壮丁出战，连一些老人妇女，也纷纷助战，一时间战云密布、剑拔弩张。许多人出面劝阻无济于事，眼看一场流血事件就要发生。在这千钧一发之际，只见一个圆脸大耳、粗壮浑实、全副武装的大汉，带着一支税警冲入正欲交战的两队人群中间，开始他对大家晓之以理，接着，挥动丈八长矛，大显威风，然后又拔出手枪露了一手好枪法。参加械斗的村民有的被他的言词感动，有的被他的武艺摄折，也有的因为他们是税官不敢冒犯，渐渐地一个个地走开了，一场流血事件就这样避免了。这个领头的大汉，不是别人，正是张恨水的父亲张任。张恨水对父亲急公好义的品格和胆略印象十分深刻，直到晚年，他还向自己的儿辈们提到此事。这些生活对张恨水的武侠小说的创作产生了较大的影响。

武侠小说在中国有着悠久的历史和传统。在司马迁的《游侠列传》的基础上，唐代传奇中以侠义为内容的作品渐渐多了起来。《蛇髯客传》等描写豪侠的作品可以看作是武侠公案小说的前身。宋元时期，话本中《错斩崔宁》属于公案小说范畴。耐得翁《都城纪胜》的"瓦舍众伎"条记载："说话有四家：一者小说，谓之银字儿，如烟粉、灵怪、传奇、说公案，皆是搏刀赶棒，及发迹变泰

---

① 张恨水：《剑胆琴心·自序》，载1930年北京《新晨报》版《剑胆琴心》。
② 乌以风：《天柱山志》，转引自袁进《张恨水评传》，湖南文艺出版社，1988年版。
③ 张恨水：《剑胆琴心·自序》，载1930年北京《新晨报》版《剑胆琴心》。

之事。"可见宋代已有武侠公案小说流行。及至明清时代，武侠公案小说大量出现，如《海刚峰先生居官公案传》、《龙图公案》、《施公案》、《儿女英雄传》、《三侠五义》、《七剑十三侠》、《彭公案》、《刘公案》等层出不穷，成为茶楼、酒肆、书场说书人必说的内容，市民们茶余酒后谈话的重要资料。这时的武侠公案小说的主题不再是暴露政治的黑暗，而是转入歌颂清官的明察和廉洁。鲁迅先生在《中国小说史略》中指出："侠义小说之在清，正接宋人话本正脉，固平民文学之历七百余年而再兴者也。"

到了 20 世纪 20 年代，随着城市经济的进一步发展，中国的武侠小说空前泛滥。仅 20 年代至 40 年代，其作者就有 170 多人，作品总数可能超过千部，字数超过 3 亿，是当时通俗小说中数量最多、影响最大的一类。但其中大多数武侠小说属于粗制滥造的东西。郑逸梅在《武侠小说的通病》一文中指出："近年来小说更如雨后春笋，陆续出版，读者们大都喜欢读武侠小说，据友人熟知图书馆情形的说，那个付诸劫灰的东方图书馆中，备有不肖生的江湖奇侠传，阅得人多，不久便书页破烂，字迹模糊，不能再阅了，由馆中再备一部，但是不久又破烂模糊了。所以直到'一·二八'之役，这部书已购到十有四次。武侠小说的吸引力，多么可惊咧。""无识之徒，读了眉飞色舞，不觉着迷，有抛弃家庭，孑身远赴峨眉山修道访仙的。报纸上这样的新闻，已载过好几次了。"①

从"五四"到 20 世纪 40 年代，鲁迅、瞿秋白、茅盾、郑振铎等先后发表文章，站在反对封建文化的立场，对当时泛起的武侠小说给予了批评。鲁迅在《有无相通》一文中指出："北方人可怜南方人太文弱，便教给他们许多拳脚：什么'八卦拳'、'太极拳'，什么'洪家'、'侠家'，什么'阴截腿'、'抱桩腿'、'谭腿'，什么'新武术'、'旧武术'，'实为尽美尽善之体育'，'强国保种尽在于斯'……直隶山东的侠客们，勇士们呵！诸公有这许多精力，大可以做一点神圣的劳作；江苏浙江湖南的才子们，名士们呵！诸公有许多文才，大可以译几页有用的新书。我们改良点自己，保全些别人，想些互助的方法，收了互害的局面罢！"②郑振铎在《论武侠小说》一文中，系统地分析了武侠小说的源流以及他产生的社会原因和恶果：

当今之事，足为"人心世道之隐忧"者至多，最使我们几位朋友谈起来便

---

① 录自郑逸梅著《小品大观》，校经山房 1935 年 8 月出版。
② 载 1919 年 11 月 1 日《新青年》第 6 卷第 6 号。

痛心的，乃是黑幕派的小说的流行，及武侠小说的层出不穷。这两件事，向来是被视为无关紧要，不足轻重的小事，决没有劳动"忧天下"的君子们的注意的价值。但我们却承认这种现实实在不是小事件。大一点说，关系我们民族的命运；近一点说，关系无量数第二代青年们的思想的轨辙。因为这两种东西的流行，乃充分地表现出我们民族的劣根性；更充分的足以麻醉了无数的最可爱的青年的头脑。为了挽救在堕落中的民族生计，为了"救救我们的孩子"计，都有大声疾呼的唤起大众注意的必要。

这种武侠小说的发达，当然不是没有他们的原因的。最重要的原因之一，便是一般民众，在受了极端的暴政的压迫之时，满肚子填塞着不平与愤怒，却又因力量不足，不能反抗，于是他们的幼稚心理上，乃悬盼着一类"超人"的侠客出来，来无踪，去无迹的，为他们雪不平，除强暴。这完全是一种根性鄙劣的幻想；欲以这种不可能的幻想，来宽慰了自己无希望的反执的心理。武侠小说之所以盛行于唐代藩镇玻危之时，与乎西洋的武力侵入中国之时，都是原因于此。[①]

沈雁冰在《封建的小市民文艺》一文中也指出：

这种"武侠狂"的现象不是偶然的。一方面，这是封建的小市民要求"出路"的反映，而另一方面，这又是封建势力对于动摇中的小市民给的一碗迷魂汤。小市民痛恨贪官污吏、土豪劣绅，于是武侠小说或影片中也得攻击贪污土劣，但同时却也抬出了清官廉吏，有土而不豪，是绅而不劣，作为对照，替统治阶级辩护。小市民渴望"出路"，于是小说或影片中就有了"为民除害"的侠客，并且这些侠客一定又依靠着什么圣明长官、公正绅士，并且另一班"在野"的侠客一定又是坏蛋，无恶不作。侠客是英雄，这就暗示着小市民要解除痛苦还须仰仗不出世的英雄，而不是他们自己的力量，并且要做侠客的唯一资格是忠孝节义，而侠客所保护者也只是那些忠孝节义的老百姓，这又在稳定了小市民动摇的消极作用外加添了积极作用！培厚那封建思想的基础。[②]

从上述新文学运动的革命作家的文章中，我们不难看出他们的批评是站在现实主义文学的立场，运用阶级分析的观点，把武侠小说作为封建的、反动的东西予以否定的。这些批评对于反对封建主义文学，提倡新文学具有积极的意义。然

---

① 郑振铎：《海燕》，新中国书店，1932 年版。
② 载 1933 年 2 月《东方杂志》第 30 卷第 3 号。

而，它们也不可避免地带上了阶级的偏见和时代的局限性，未能真正从武侠小说自身的发展规律、审美特征等内在因素方面作出深入的分析。

在武侠小说受到批判之后的 1945 年 11 月，张恨水在《前线周刊》上发表了《武侠小说在下层社会》的文章。他认为武侠小说一方面培养了中国下层社会模糊的英雄主义思想，灌输了封建奴才思想和不切实际的错误的斗争方法；另一方面也教会了读者反抗暴力贪污，团结起来进行斗争。他在谈到武侠小说为什么会抓住下层社会人们的问题时说：

那么，为什么下层阶级会给武侠小说所抓住呢？这是人人所周知的事。他们无冤可、伸无愤可平，就托诸这幻想的武侠小说，来解除脑中的苦闷。有时，他们真很笨拙的干着武侠故事，把两只拳头，代替了剑仙口里一道白光，因此惹下大祸。这种人虽说是可怜，也非不可教。所以二三百年的武侠小说执笔人，若有今日先进文艺家的思想，我敢夸大一点，那会赛过许多平民读本的能力。可惜是恰站在反面。

张恨水在文章的结尾写道：

……总括的来说，武侠小说，除了一部分暴露的尚有可取而外，对于观众是有毒害的。自然，这类小说，还是下层社会所爱好，很如我们不能将武侠小说拉杂堆烧的话，这倒还是谈民众教育的一个问题。

张恨水对武侠小说的评价与当时新文化运动的作家的观点是相近的。他们都认为，武侠小说在一定程度上表现了市民们的理想和愿望。在有冤无处伸的社会中，武侠小说为他们解除苦闷求得了出路。武侠小说的产生与其社会功能是密切相关的，因此张恨水十分注重其教育作用。就当时武侠小说的内容来看，相当复杂。有对反抗强暴、扶危济贫英雄的赞美，有宣扬"恶有恶报、善有善报"的因果报应思想，有对统治者的走狗奴才的美化，也有对效忠于王朝的赞赏。这些内容长期作用于下层社会之中，从而形成了"下层社会模糊的英雄主义思想"。武侠小说的巨大社会影响是客观存在的，也是不可忽视的，关键是如何对武侠小说进行有效地改造。如何克服它的消极影响，使之成为教育人民的工具，这正是张恨水论武侠小说的独特的见解。

张恨水受其家庭的影响，常以自己为将门之后而自豪，他常向人们津津乐道地讲述他的祖父和父亲的一些英雄行为。他从小崇拜英雄，很小的时候就读了《七侠五义》等武侠小说，也具有"模糊的英雄主义色彩"。据他回忆，他的

"无名处女作"就是一篇武侠小说，"这篇小说，是为弟妹们写的，当然我就写了他们最欢迎的武侠故事。这篇小说叫什么名字，我已经忘了，反正有个侠字罢。书中主人翁是个 14 岁的小孩，力大无穷，使两柄 180 斤的铜锤，犹如玩弄弹丸一般，它开始的一幕也就是完结的一幕，是使两柄铜锤，在庄前打虎，当然，老虎是被这小英雄征服了的，老虎完了，这小英雄的故事也就完了"。由此可见，武侠小说对张恨水的早期人生观和创作的冲动曾产生过影响。

张恨水创作的武侠小说屈指可数。他在《写作生涯回忆》"武侠小说的我见"一节中谈道："我写武侠小说，是偶然的反串，自不必走别人走的路子。所以这部《剑胆琴心》里，没有口吐白光，及飞剑斩人头之事。我找些技击书籍，作为参考。全写的是技击一类的事情。把我家传的那些口头故事，穿插在里面作了主线。"张恨水在进行武侠小说创作时，是力求做到真实。《剑胆琴心》（又名《世外群龙传》）是张恨水 20 世纪 20 年代末创作的一篇武侠小说，是根据他祖父和父亲口述故事加以想象虚构而成的。它是写太平天国失败后，英王陈玉成、忠王李秀成麾下小头目朱怀亮、马神仙的活动。他们一个在扬子江边打渔、开酒店；一个在黄山出家当和尚，虽然隐姓埋名，但并不是真正的遁世者。他们收徒练武，出没于当年天国的首都南京，技击打斗，行侠仗义，神出鬼没。这部小说以洪、杨革命后动荡的清朝形势为背景，以柴竞与朱怀亮父女江湖上的见闻为主线，充分展示了当时武林甚至官场中正义与邪恶两股势力的尖锐斗争。它还打破了传统武侠小说的线性结构方式，经纬交织地设置了好几条长短不一的情节线，其中柴竞和朱怀亮父女三个人的故事构成了全书的主线，是个纲。由于这条主线的引领，纲举目张，各条副线都穿插有序、开合自如。作者巧妙地将故事情节切割成不同长度的单元，然后依据一定的美学原则予以拼结组合。这种结构很适合读者的审美心理。整部小说情节曲折离奇，高潮迭起，令人目不暇接，但整个脉络清晰，结构缜密。小说中有许多武打场面描写，但每个武打场面都有不同的生活背景、不同的人物关系和不同的环境气氛，通过武功描写展示了人物的性格特征。总的来看，这是一部较有特色的武侠小说。

《啼笑因缘》本不是一部武侠小说，但为了使情节"热闹些"，满足读者看"噱头"的需求，张恨水在书中穿插了一些武侠故事，塑造了关寿峰和关秀姑两个武侠形象。他根据力求真实的原则，将许多现实生活中确有的事写到他小说的人物身上。如关寿峰用筷子挟苍蝇的本领，是他从祖父那里亲眼目睹过的；小说中的关秀姑，是作者去天桥看到一场练武术卖艺的中间有个小姑娘舞剑而想到的。小说中的关秀姑臂力过人，只表现在她能毫不费力地双手托起昏迷中的沈凤喜和背起刚刚逃离匪窟的樊家树在山道上疾步行走，并不具备《儿女英雄传》中十三妹那样把两个指头伸进200多斤重碾米碌碡降的"关眼儿"里，"往上只一悠"就"单散手儿提起来"，并从容不迫地让别人把上面灰土拂尽之后，再慢慢提到屋内的神功。关寿峰只有踏着同伙的肩膀才能跃进刘将军的楼内，可没有《火烧红莲寺》中陆小青那样在房内轻轻一纵，就可以冲破屋瓦、飞出房顶的本领。由于作者安排这两个人物是为了情节需要，有人到刘公馆探听消息而设计的，也是为了满足读者要有"噱头"而设计的，并不是为了"教育大众"而塑造的。因此，尽管他写的是社会下层的人物，但并没有把他们作为一个阶级来写，更没有体现他们的阶级力量和阶级意识，相反，在他们身上还有旧式武侠的"小仁小义"和奴才的影子。真正体现张恨水用武侠小说教育民众的意图，还是在《啼笑因缘续集》中。《续集》中的关氏父女形象发生了很大的变化，他们褪去《啼笑因缘》正集中书房留简、旅馆送花那些神秘的色彩。作者为了宣传抗日思想，动员"全民抗日"，告诉人们正确的斗争方法，把侠义与爱国抗日结合起来。关寿峰、关秀姑父女战斗在抗日的第一线，关秀姑还是义勇军的领袖之一，她不是用武功而是用自己的头脑和智慧，组织群众抗日，最后牺牲在日本侵略者的飞机轰炸之下。这一形象对于宣传抗战爱国，确实起到了教育下层社会的作用，但这一形象已不是正集中的"武侠"形象。这一形象塑造的并不很成功，只是政治宣传的"传声筒"。

抗战前夕（1936年），张恨水发表了《中原豪侠传》。这是一部单纯的武侠小说。小说以秦平生做主角，把流传在民间和武术界的许多关于辛亥革命前侠客王天纵等人的故事表现出来，作者是要借此教育下层社会，增强民族意识。在此以前的1934年，张恨水西北之行，途经河南，亲眼看到河南的红枪会、民团等地方民众武装众多，发现这是一支可以用来抗日救国的重要武装力量，应当向他们宣传爱国思想，"灌输民族意识，教以大忠大义"[①] 来代替他们身上的江湖义气。鉴于当时的形势，不便于直接宣传抗日，便借历史事实加以渲染，以达到宣传爱国思想的目的。作者在小说中借一位武侠之口说："练了一身本事，不出来救国救民，学这玩艺儿干什么？做一个庄稼人，还种粮食给世上人吃呢？"《中原豪侠传》是作者为唤起民众的民族意识参与抗日战争而创作的小说，所描写的

---

① 张恨水：《中原豪侠传·自序》，重庆万象周刊社，1944年版。

武侠人物不是口吐白光、剑斩人头于千里之外的神怪剑侠，而是有着强烈民族意识、大忠大义、有血有肉的英雄。小说成功地塑造了一系列人物形象，其中绝大多数人物性格不是静止的，而是随着情节的进展逐渐发展的。小说还通过尖锐的矛盾冲突，揭示人物的内心世界，刻画人物，尤其是身为官宦子弟，怀有强烈反清意识的秦平生这一叛逆者的形象写得颇为感人，他与旗人小姐鹿凤英爱情故事的穿插，更使人荡气回肠。小说的故事情节曲折多变，波峰迭起，扑朔迷离。情节进展每每出人意料之外，事件的偶发性令人惊奇不已，然而这些变幻莫测的事件又自有其内在的因果关系和必然性，实属情理之中。

《中原豪侠传》比起《剑胆琴心》来在以下方面有了较大的进步：首先，《中原豪侠传》写得更近乎事实，即写实性更强。他有意识地改变旧小说家、戏子把武侠"形容得像妖魔一样"的陋习，而把他们写成"有力气，而且轻财重义，挟弱锄暴的"实实在在的人。其次，作者以夸张的笔调描写了开草药店兼治马病的马老师及其师傅老和尚、师兄郁必来、把兄弟冯四爷的内功、外功、轻功、腾挪跳跃、飞檐走壁，使故事带有一种神秘的气氛，但每一次带有传奇色彩描写之后，作者紧接着详细交待事情的经过和人物所用的技击的奥秘，揭开了迷幻的纱幕。这样既显示了武侠小说夸饰武功、制造悬念的特征，又不至于超于现实。第三，小说采用变幻、解说、正叙、倒叙等手法，构成一个又一个具体的小情节，增强了小说的吸引力。

张恨水一方面看到了旧武侠小说的消极作用，另一方面也看到了武侠小说拥有广大的读者群的事实。他要努力改造和利用武侠小说，为教育人民服务，并且在这一方面作出了进一步的探索。1940年元旦至1942年8月1日的《旅行杂志》上连载了他的《负贩列传》，后易名为《丹凤街》，于1943年由重庆教育书店出版，1946年山城出版社、1983年人民文学出版社均再版，全书26章，近18万字。这部小说一反旧武侠小说"不赞扬民间英雄"反而让英雄变成奴才走狗的常规，而去歌颂那些肩挑负贩的城市下层人民的侠义精神。《丹凤街》描写的是抗战前南京丹凤街上穷姑娘陈秀姐被舅父何德厚卖给赵次长做姨太太的痛苦和不幸，以及以童老五为首的一群"哥儿们"为救秀姐所作的种种努力。作品以"言情"作引子，把重点放在歌颂"哥儿们"及他们的亲属互相友爱、嫉恶如仇、舍己救人、慷慨赴义的美德上。作品为我们描绘了一幅民间义士图：卖菜的杨大个子、卖酒酿的王狗子、茶馆跑堂的洪麻皮、挑着担子串四乡的铜匠余老头、酒店伙计李二、卖花孩子高丙根、绰号女男人的杨大嫂和童老五。这是一帮地地道道的穷人，他们没有旧式武侠中英雄们所具有的神力和特异功能，有的却是侠客义士们不畏强暴、急公好义、扶危济困的精神。为了帮助别人，他们宁肯自己挨饿，甚至冒着坐牢的危险。在他们粗野的外表下，包藏着坦荡、豪放、重义气、轻生死的侠义灵魂。

张恨水在《中国民族素质不弱》一文中明确地说：代表全民族的是中国勤劳、勇敢的工人、农民。在《丹凤街》这部书中，他写道："'礼失而求诸野'这是中国古圣贤哲承认的一句话。但仁义失求诸下层社会，倒是一般人所未曾理会到的。"① 这就是说，只有劳动人民才是中华民族传统美德的真正继承者。这部书赞美的正是下层社会人民的美德和精神，是在为这些普普通通的平民英雄树碑立传。在小说中，作者也并未回避下层市民身上的许多弱点，甚至是愚昧、落后的东西。受旧武侠小说的影响，小说中的"好汉"们，开口黄天霸，闭口白玉堂，他们效仿这些英雄打抱不平。可是他们只知道反抗，并不清楚真正的敌人是谁，出路何在。在这些"好汉"中有些复仇的手段也十分原始、愚昧，如王狗子、高丙根晚上躲在许樵隐家门外树影里，用屎罐子砸许樵隐、何德厚，并因此而得意，这表现了当事人的愚昧和落后。作者描写这些情节的目的在于说明旧的武侠小说在下层社会里留下了消极的影响，以及普通民众的文化教养的严重缺乏，强调加强对民众教育的重要性和紧迫感。《丹凤街》中的故事是以童老五们的失败而告终的，他们不但没有救回陈秀姐，反而中了赵次长的埋伏，造成了秀姐母女永久的分离。作者为了不使人们失望，他为人们指出了一条光明的出路：好汉们参加军队，准备为保卫祖国而战斗。张恨水在此书的序言中说："读者试思之，舍己救人，慷慨赴义，非士大夫阶级所不能亦所不敢者乎？朋友之难，死以赴之，国家民族之难，其必溅血洗耻，可断言也。"这表明作者在这些下层平民英雄们的身上寄托了希望和理想。在国难当头、民族危亡的关键时刻，正是像《丹凤街》中那样的英雄们奋起救亡，不惜抛头颅、洒热血，他们是中华民族的脊梁！

张恨水在对武侠小说的认识和改造的实践过程中，陷入了一种尴尬的境地。他一方面不赞成旧武侠小说"口吐白光、飞剑斩人头"的"完全幻想、不切实际"的做法，认识到武侠小说要基于现实生活，要有务"实"的精神；另一方面，作为武侠小说来说，其虚构和夸张，又是其主要特征，如果缺乏这些成分，

---

① 张恨水：《丹凤街》，重庆教育书店，1943 年 12 月初版。

武侠小说又失去了"成年人的童话"的性质。在虚实之间,张恨水过于强调要"切合实际",把武侠小说的"真实"理解的过于狭隘,强调要写生活中实有的人物,所有的"武功"必须是现实中实有的,因此在构思情节、描写人物时,缺乏大胆的想象和必要的夸张,这使得他的武侠小说缺乏独特的吸引力。应该指出的是,武侠小说的真实,应该是一种艺术的真实,即真实地反映社会人生的本质,真实地体现人生的哲理,并不需要所描写的一切都是真实的。另外,张恨水一方面十分重视武侠小说"教育民众"的作用,另一方面又忽略了典型形象的塑造,往往小说中人物和事件的描写只是为宣传某种精神而设立的,常常以人物为"传声筒"。这样就使得作品教育性增强了,艺术性却大大减弱了,娱乐性也减少了。张恨水认为自己的武侠小说写得并不成功,他相信武侠小说中也是可以产生伟大作品的。"倘若真有人能写一部社会底层的游侠小说,这范围必定牵涉得很广,不但涉及军事政治,并会涉及社会经济,这要写出来,定是石破天惊,惊世骇俗的大著作,岂但震撼文坛而已哉?"[1]

在文学市场上,武侠小说确实拥有一个庞大的读者群,如果仅仅如张恨水所说的是下层社会"无冤可伸无愤可平,就托诸这幻想的武侠小说,来解除脑中的苦闷",来解释其繁荣的原因是不够的。其实不仅下层市民喜看武侠小说,而且连那些上流社会的人们也对武侠小说感兴趣。清末俞秘是当时学界的泰斗,他对《三侠五义》就十分欣赏,并不顾人们对小说鄙视的传统观念,也不顾他经学大师的身份,将《三侠五义》改作《七侠五义》。他说《三侠五义》"如此笔墨,方许作平话小说,如此平话小说,方算得天地间另是一种笔墨"[2]。当今的大学者文人喜爱武侠小说的仍大有人在,这又如何解释?而今已不是旧时代了,下层社会的劳动人民早已翻身做了主人,他们的冤早已伸,愤也早已平,为何他们对武侠小说仍有着十分浓厚的兴趣呢?这就应从武侠小说本身的特征上去找原因。小说有着教育和娱乐作用,但不同的小说其侧重点是不一样的,武侠小说是一种以娱乐为主、寓教于乐的小说。武侠小说之所以吸引人,主要是因为它具有传奇性特点。武侠小说中的事迹新奇,大多写的是惊心动魄之举,写的是许多出人意料的故事情节和人物行动。这些人物和情节是幻想出来的,具有超现实性,但又写得合情合理,能自圆其说,这是其一。其二,武侠小说情节离奇曲折、故事完

---

① 张恨水:《写作生涯回忆》,人民文学出版社,1982年版。
② 俞樾:《七侠五义传·序》,宝文堂书店,1980年版。

整。旧式的武侠小说有着大体一致的叙事模式，一般总由报恩或复仇开始。一个人格、品性极好，但武功并不高的"侠"，由于某种特殊的机缘，成了武林高手，加人正派武侠与邪派武侠会战，中间又大都穿插着寻找武林秘籍或某类宝藏的线索，以及三角或多角恋爱，使情节跌宕起伏，接缝斗榫，巧妙无痕，叙人叙事，能刻画尽致，尤其是绘声状物的竞技描写，更加重故事的传奇色彩。其三，武侠小说中的人物单纯，好坏分明，价值判断简单、直接，其结果大都是"恶有恶报、善有善报"。这种传统性，可以满足读者强烈的好奇心和刺激性的审美要求，是非分明、惩恶扬善，使读者的欣赏心理得到满足，获得直接的快感和欢愉，获得"拍案称快之乐"。

第四节　国难小说

今国难临头，必以语言文字，唤醒国人，无人所可否认者也。以语言文字，唤醒国人，必求其无孔不入，更又何待引申？然则以小说之文，写国难时之事物，而贡献于社会，则虽烽烟满目，山河破碎，固不嫌其为之者类。

——张恨水《弯弓集·自序》

受中国传统文化的长期熏陶，张恨水成为了一个典型的旧式文人。"国家兴亡，匹夫有责"这是进步知识分子人生的信条，张恨水也把尽忠爱国当作自己做人的基本原则。当国家遭受耻辱时，他义愤填膺，奋起反抗；当民族处于危亡的关头，他以笔弯弓，唤醒国人救亡。他与国家共荣辱，与民族共存亡，表现出强烈的爱国爱民族的精神。

早在"五四运动"爆发时期，北大学生喊出了"内惩国贼、外争国权"、"取消二十一条"、"拒绝和约签字"等口号，要求严惩亲日派卖国贼曹汝霖、陆宗舆、章宗祥等3人。他们火烧曹汝霖的房子，痛打章宗祥。北大学生的爱国主义精神使张恨水深受感动，"受到了很大刺激"，他马上在自己主编的《皖江日报》上，办起了介绍"五四运动"的周刊，宣传爱国精神和新文化运动的观点。他还与其他编辑一起，手拿小红旗站在报馆门口，跟着游行的人喊口号。5月18日，在全国掀起的抵制日货高潮中，芜湖群众把日本草席钉在路旁电线杆上，上写"若用日货、男盗女娼"。日本帝国主义者为之而震动，他们收买了一个卖艺人，在安徽军阀倪嗣冲派兵保护下，在芜湖街上大放媚日言论，在愤怒群众的反对下，那个卖艺人逃进了日本人办的"丸山药店"中。20 日，正是阴历端午节，日本驻南京领事馆以芜湖人仇日排日为借口，派了一队日本兵来到芜湖，荷枪实弹，耀武扬威，在芜湖街上游行，高呼"日本大帝国万岁"，向中国人民挑衅。中国的领土上，岂容日本人逞凶狂，张恨水和他的同事们愤怒了。他把编辑部的工友们组织起来，以端午节纪念屈原为名，扛着大旗，高呼口号，在日本人办的"丸山药店"门前，往返游行。这次行动，鼓舞了群众的反日士气，被芜湖人民称为"爱国义举"。

1928 年，北伐军进入山东，日本帝国主义为了帮助他们所扶植的奉系军阀苟延残喘，悍然出兵济南，袭击北伐军，杀害了前去交涉的中国外交人员蔡公时，还杀害了大批中国军民，造成了震惊全国的"济南惨案"。惨案发生后，激起了全国人民极大义愤。《世界日报》以"日人将为人类公敌"、"呜呼！山东，呜呼，中国"为标题刊登了大量评论。张恨水主编的副刊"也不谈风月了"，他连接写出数篇杂文，对日本帝国主义侵略中国的暴行进行了谴责和声讨。在 16 日发表的《耻与日人共事》一文中，他借济南惨案发生后，山东学者柯绍忞毅然辞去"中日文化委员会"委员一事指出，"济案事关国体"，是中国人就应"耻与日人共事"。在 22 日发表的《中国不会亡国》一文中，他坚信："世界上的强国，无论是谁，他是不能并吞中国"的，而且"现在人知道亡国，是和自己有切身利害的"，所以，尽管日本人猖獗一时，但是"中国是不会亡国的"。表现了一个爱国知识分子对中华民族生存能力的高度自信。

1931 年，"九一八事变"爆发，转眼间东三省整个沦于敌手，全世界为之震动。抗日的呼声遍布全国，在抗日的浪潮中，一批有爱国心的小说家纷纷撰写"国难小说"，以求唤起国人抗日救国。施冰厚在《爱国小说的借镜》一文中指出：

西方一国家有大难当前之日，必有若干激励爱国之文学出现。初不必作者有意"以文载道"，而其作品自收奋感人心之功。盖文学为时代之反映，情感之产儿。情动于中，遂形于言。真正伟大之作家，必不漠然于其"周围"，而能呼吸感觉其时代之空气，喷发而出之。每能惊天地泣鬼神，永垂不朽于世界焉。①

---

① 载 1932 年 12 月 1 日《珊瑚》第 11 号。

鸳鸯蝴蝶派的代表杂志之一《红玫瑰》主编赵苕狂说：

强暴的倭奴，乘着我国水突匪患闹得不了的时候，竟然不问公理，不顾介法，称兵内犯，把我们东北数省的地方强占了去。并又劫夺我弹械，杀戮我人民，焚烧我房屋，凌辱我妇女，逞兽性而横行，无所不用其极！实是继甲午而后的一个绝大的国耻！

在此蛮夷华夏，国将不国之秋，我们还坐在斗室之中，说几句不痛不痒的话，编辑着这被人家所目为供人们消闲的杂志；这未免太无心肝了！依理说，我们都得投笔从戎去！

......

如今，我们真该努力于我们自己的工作了；那就是我载一些抗日救国的文字！还望人们也一致地努力，多赐下些这一类的稿件。①

在所有撰写"国难小说"的作家中，张恨水是最积极，也是创作最多的一个。

"九一八事变"之时，张恨水已脱离了新闻界，专门从事小说创作。当时，他手头正同时写作 6 部小说，其中《满城风雨》和《太平花》最初主要是写反军阀内战，宣传非战的和平思想的。事变之后，张恨水将《太平花》从第 7 回起，作了改写，改成由于外寇的侵袭，内战双方认识到同室操戈的错误，一致言好，共同抵抗外族的侵略，从而变成了带有抗日色彩的小说，这是张恨水写国难小说的开端，同时他也对《满城风雨》进行了改写。

1932 年，日寇又挑起"一·二八事变"，将侵略的魔掌伸向上海，亡国的阴影笼罩着中国。当年 3 月 9 日，日本在中国东北宣布成立以清朝末代皇帝溥仪为"执政"（两年后改称"皇帝"）的伪"满洲国"。"中华民族到了最危险的时候，每个人被迫着发出最后的吼声。"中国的工人农民要求抗日，青年学生和城市小资产阶级、知识分子，在经过 4 年多的低沉状态之后，此时也积极行动起来要求抗日。张恨水此刻悲愤不已，奋笔疾书，仅用 26 天时间，写了 3 篇小说：《九月十八》、《一月二十八》、《仇敌夫妻》；1 个剧本：《热血之花》；两组诗：《健儿诗七首》和《咏史诗四首》；一组笔记。后来，他将这些作品汇编成集，用"弯弓射日"之意，取名《弯弓集》，自费出版，激励抗日。

① 载《红玫瑰》1931 年第 21 期，《花前小语》。

作者在《弯弓集》序言中说：

"今国难临头，必以语言文字，唤醒国人，无人所可否认者也。以语言文字，唤醒国人，必求其无孔不入，更又何待引申？然则以小说之文，写国难时之事物，而供献于社会，则虽烽烟满目，山河破碎，固不嫌其为之者矣……然吾固以作小说为业，深知小说之不必以国难而停，更于其间，略尽吾一点鼓励民气之意，则亦可稍稍自慰矣。"他在《弯弓集》跋中又进一步说："至于今日，则外寇深入，国亡无日。而吾人耳闻目睹帝国主义者之压迫，为世界人类所不能堪。于此而犹言非战，更何异率吾民束手就缚之余，且洗颈而就戮？不愿就缚与就戮矣，则发扬民族思想，以与来束缚杀戮者抗，理也，亦势也，更何疑焉？"

《弯弓集》以满腔的热情，大力宣扬武装保卫祖国，歌颂抗日救国的英雄，为中国人民起来共同抗日呐喊。他在《健儿词》中，希望中国的男子们能够"含笑辞家上马呼，者番不负好头颅，一腔热血沙场洒，要洗关东万里图"，"男儿要赴风云会，箛鼓连天出汉关"。巾帼英雄们应"笑向菱花试战袍，女儿志比泰山高；却嫌脂粉污颜色，不佩鸣弯佩宝刀"。

《弯弓集》中的小说《一月二十八》揭露了英美各国对日本的庇护纵容，并指出这种纵容是导致日本在"九一八"后又挑起"一·二八"的重要原因，从而进一步暴露了帝国主义侵华的真面目。《九月十八》描写了一个东北大学生，在南京读大学，家中豪富，时有汇款，平日忙于捧角，不料"九·一八事变"后，家中经济来源断绝，那个坤角见他没钱，不再理他。这个大学生失恋之后，大受刺激，想起民族大义、愤而从军抗日。《仇敌夫妻》写的是一位抗日的领袖，妻子是日本人，已经有了几个孩子，她出于对日本国的爱，趁丈夫熟睡时，窃取关东义勇军的秘密文件。丈夫发现了，为了祖国，毅然把妻子毒死。剧本《热血之花》是一则写抗日中的女特务的故事。女主角为了抗日，充当特务，与日本特务认识周旋，她的未婚夫不了解情况，发生误会，解除婚约，投身抗日队伍。女主角很痛苦，但她终于完成了使命，最后被日本特务刺杀。笔记《无名英雄传》9则，基本上是真人真事的记录，其中把满载敌人军火和4名日寇的汽车开进黄浦江，人车同殉的胡阿毛就是皖人王亚樵手下的一名普通司机。《弯弓集》中的作品写的是抗日的新题材，但作者是把抗日的内容纳入他原来的创作轨道；用原来娱乐性情节，来构思抗日的新内容。因此，作品中有大量巧合，故事编造痕迹十分明显，影响了作品的思想性和现实性。由于《弯弓集》鼓动抗日，该书发表后，"引起日本人的注意，他们曾向在北平的张学良提过抗议"。

在张恨水早期的"国难小说"中，《满城风雨》是较为出色的一部，它于1931 年元月 4 日至 1932 年 10 月 28 日连载于北平《晨报》"艺圃"上。小说以北洋军阀统治时期作为背景，通过大学生曾伯坚被军阀强行拉 后的种种遭遇和所见所闻，描写联合军与同盟军混战给人民、国家带来的深重灾难。作品的后半部分描写了外寇入侵，当地民众自发组织义勇军与外寇英勇作战并取得胜利。小说的情节紧紧地围绕着揭露军阀和外寇这一现实主义的主题进行展开。而小说中的趣味线索曾伯坚与淑芬姐妹的三角恋爱，在作品中只占极少量篇幅。它是现实性压倒娱乐性的小说，作品描写民众自发组成义勇军赶走外寇，光复县城，寄予了作者的理想和愿望。这部小说尽管是一部章回小说，且未能彻底摆脱"新闻化"的浮浅毛病；在艺术上，也不及《春明外史》、《金粉世家》和《啼笑因缘》，但它以客观的描绘、强烈的爱憎、深刻的现实主义精神，在张恨水的创作经历中占有特殊的地位。

在"七七事变"之前，面对日本帝国主义的侵略，中国的大好河山沦于日寇之手，国民党当局采取"攘外必先安内"的不抵抗方针，引狼入室，集中力量对红军进行"围剿"，并限制国内抗日舆论，三令五申："凡我国民，对于邦交，务敦睦谊，不得有排斥及挑拨恶感之行为……如有违背，定予严惩。"① 在这种形势下，张恨水只能采取以古喻今，旁敲侧击的隐晦的方法来宣传抗日，他在《满城风雨》和《太平花》中，以"外寇"来指日寇。他应国民党《中央报》之约，先写了一篇讲太平天国轶事的小说《天明塞》，接着又写《风雪之夜》，描写关外义勇军抗日，连载四五个月后被腰斩。

日寇铁蹄肆意践踏中国，而中国人又不能谈抗日，这对于一个爱国的作家来说是多么痛苦。在世慈与苦闷之中，张恨水在寻求一切可能的机会，来表达自己抗日救国的愿望，《啼笑因缘续集》和《东北四连长》这两部小说是其间鼓舞抗战的代表作。

《啼笑因缘》正集只有 22 回，写到沈凤喜人疯入院，关秀姑随关寿峰出走，何丽娜和樊家树进入"相爱的初程"为止。中国读者大都喜欢"大团圆"的结局，总希望有情人终成眷属，《啼笑因缘》的结尾没有大团圆，使许多读者兴味未尽，一再要求张恨水写续集。张恨水本不打算写续集，他认为小说当适可而

---

① 见国民党政府 1935 年 6 月 10 日颁布的"邦交敦睦"令。

止，"写着每个人都让读者有点有余不尽之意"。可是出版商们从生意经出发，不但出版未经原作者许可的续集，如《续啼笑因缘》、《新啼笑因缘》、《反啼笑因缘》等等，甚至有人原封不动地以《啼笑因缘》作书名写小说。这些续集大都格调低下，文笔低劣，张恨水对此十分气愤，他不愿自己的作品被人泼污水，毅然改变了他原定的《啼笑因缘》不能续的决定，写了10回"续集"，他让《啼笑因缘》正集中的主要人物除留下樊家树与何丽娜之外，其余都死光，使别人再想再续，也无处续起。

随着形势的变化，为了使作品为宣传抗战服务，张恨水在《啼笑因缘续集》中一反集中男女青年卿卿我我爱情的基调，从理想出发描写"全民抗战"的如火如荼的热潮，勾勒了一幅理想的抗日图画。出身下层社会、武功绝伦的关寿峰、关秀姑父女与出身军人、毁家纾难的沈国英战斗在抗日的第一线，他们都英勇地为国捐躯。从德国回来的樊家树、何丽娜，虽未上前线，但一个利用何父财产开办化学军用制品厂，另一个办医院，为抗战服务。连贪污老手，已经下台当寓公的何廉，也为抗日捐出自己的一半财产。书中的主要人物，除沈凤喜病死之外，都成了抗日的积极参加者和支持者。在这本续集中，作者把抗日的希望寄托在下层民众、爱国军人和知识分子身上，这正是作者用小说"略尽吾一点鼓励民气之意"的又一次尝试。这部续集从宣传抗战来说是有其积极意义的，但从艺术创造的角度来说，这部续作是不当续的，是一部失败之作。

《东北四连长》是应《申报》副刊"春秋"主编周瘦鹃之约而创作的，于1933年3月4日至1934年8月15日连载于上海《申报》。当时，由于国民党政府在抗战的态度上十分暧昧，更多时候是对各种抗日活动采取压制，导致了长城各口的抗战失败，冯玉祥、吉鸿昌领导的抗日同盟军的瓦解，使战火烧到北平附近。张恨水借这一历史事实，根据一位当时的连长介绍的很多关于军中生活的材料，创作了《东北四连长》。这部小说描写的是北京海淀姑娘杨桂枝与青年军官赵自强及官家子弟甘积之三人的爱情悲剧，小说把故事安排在20世纪30年代的北方中国，作品中多次提到边境的紧张局势，日军的侵略活动，学生的抗日游行，以及军队的频繁调动等情况，从而勾勒出了一个动荡不安的社会背景。在这样的背景下，描写了东北军的4个连长驻防在北京，后来在长城各口抗日战役中，牺牲了3个的故事。作者写下级军官抗日，是为了讽刺国民党当局的不抵抗主义。由于作者没有军旅生活的体验，对于战争的描写显得比较幼稚。当1946年上海教育书店出版单行本时，作者对此作了较大的修改，删去了作战的描写，只着重故事的发展，书名也改作《杨柳青青》。

张恨水早期的"国难小说"还存在着许多缺点，且大部分都为不成熟之作，但他出于一片爱国热忱，不停地做着"以语言文字，唤醒国人"、"必求其无孔不入"的精神是十分可贵的。这些小说对于帮助人们认识亡国的危机，激励人们奋起救亡是具有积极意义和影响的。

1937 年 7 月 7 日夜，日本侵略军在北平西南的卢沟桥附近，以军事演习为名，突然向当地中国驻军 29 军发动进攻，第 29 军奋战抵抗。卢沟桥事变，标志着日本帝国主义向中国发动大规模侵略战争的开始。7 月底日军占领北平和天津，8 月 13 日又把战火逼近上海，12 月 13 日南京陷落。中华民族面临亡国的危险！在这生死存亡的关头，只有全民族团结起来抗战，才是唯一的出路。

张恨水的四弟杖野年轻、血气方刚，曾练过武术，保留了一些将门之后的气派。抗战开始时，他在天津参加过民众抗日组织保安团，曾与进攻天津的日寇展开过肉搏。在抗日救亡的高潮冲，潜山已成为抗日前线，他力主回故乡打游击，他希望利用张恨水的名望，出来组织队伍，让那些不愿做亡国奴的人们组织起来奋起自救。此刻的张恨水百感交集，为抗日救国，他决定投笔从戎，去打游击。张恨水立即写了一篇呈文交给了当时国民党第六部，表示不向政府要薪俸，也不向政府要军火，仅要政府承认这是一支合法的组织，允许他们抗日。然而，国民党政府担心"异党"势力在抗日高潮中扩大，害怕民众自发的武装力量形成其他的第三势力，张恨水的报告如泥牛入海空无消息。

张恨水打游击的理想落空了，他带着失望与愤慨，于 1938 年 1 月去了重庆。他的两位孪生兄弟仆野和牧野，已下定决心打游击，政府不批准他们也干。他们在潜山组织起了一支游击队，共计一百多人，十几条枪，牧野任司令坐镇司令部，人称文司令；裁缝出身的张凯任副司令，负责带兵外出作战，人称武司令。这支游击队虽未立过赫赫战功，但却给日本鬼子以打击，缴过日本人的战马、枪支和大量的食品。张恨水 1942 年在重庆出版的《巷战之夜》就是以这支队伍为原型的，除司令姓名是虚构的之外，其余地名、景物都完全是真实的。这支游击队在日本人占领潜山时，英勇歼敌，为保卫家乡作出了贡献。然而，国民党当局认为他们是"非法组织"，在一个中秋节的晚上派军包围了游击队驻地，除张凯带一部分战士在外执行任务，张仆野抄小路逃走之外，其余全部被捕。司令张牧野被带到梅城镇准备就地枪决，多亏当地人多方营救，张恨水得知消息后又托人救助，张牧野才免于一死。抗日有罪，请缨无路，人们为之痛心疾首，也为之发狂，张恨水入川后的第一篇小说《疯狂》，正是要表现爱国者请缨无路的愤慨。

1938年3月，"中华全国文艺界抗敌协会"在武汉成立，这是中国作家团结抗战的组织。会上，张恨水缺席当选为理事，他是理事中唯一的章回小说家。当时张恨水为《新民报》主编"最后关头"副刊，他规定这个副刊的内容包括：

一、抗战故事（包括短篇小说）；二、游击区情况一斑；三、劳苦民众的生活素描；四、不肯空谈的人事批评；五、抗战韵文。每篇文章的字数不得超过一千字。"最后关头"所载稿件，都是或直接或间接与抗战有关的，从来不登与抗战无关的作品。

张恨水曾在1938年1月下旬的"最后关头"上刊登编者《白事》："蒙在渝文彦，日以诗章见赐，无任感谢。惟'最后关头'稿件，顾名思义，殊不能纳闲适之作，诸位高明察之。"3月下旬，又再一次告白："本栏名为'最后关头'，一切诗词小品，必须与抗战及唤起民众有关。此外，虽有杰作，碍于体格只得割爱，均乞原谅。"张恨水利用副刊"最后关头"，不断为抗战救国呐喊，为抗战服务。

在抗战8年中，张恨水以笔弯弓，继续战斗，其间他的创作仅中、长篇小说就有十六七部，除《石头城外》一部作品与抗战无关外，其他小说都或多或少与抗战有着联系。他直接描写抗战的主要小说有：《桃花港》、《潜山血》、《前线的安徽，安徽的前线》、《游击队》、《冲锋》（亦名《天津卫》、《巷战之夜》）、《敌国的疯兵》、《大江东去》、《虎贲万岁》等。张恨水这时直接描写抗战的小说，与他在"九·一八事变"后创作的"国难小说"虽同是写抗日，但在以下方面有着明显的不同：首先，作者改变了原来虚构千篇一律抗日故事的写作方法，确定了"写真实"的创作原则。"不肯以茅屋草窗下的幻想去下笔，必定有事实的根据，等于目睹差不多，我才取用为题材。因为不如此，书生写战争，会弄成过分的笑话。"① 因此，他总是想方设法通过各种途径，广泛搜集各种抗战事迹，作为创作的材料。第二，20世纪20年代末30年代初，张恨水逐步形成了崇拜民众力量的思想，这时他已明确形成依靠民众抗日的主张。这时描写抗战的小说，除少数是描写正规军抗日之外，其他都是描写民众自发组织起来，建立游击队在敌后抗击日寇的英勇事迹。这些作品中，他把民众的觉悟始终放在第一

---

① 参看宋瑞珂：《陈诚及其军事集团的兴起与没落》，载《文史资料选辑》第81期。

位。其三，张恨水在 20 世纪 30 年代开始创作"国难小说"时，是采取"言情"加抗日，以"言情"为主，抗日只是虚写带过，其风格哀怨伤感。而抗战小说中"言情"成分已退到比较次要的位置，以写抗战为主，形成一种悲壮沉郁的风格。

在张恨水直接描写抗战的小说中，《巷战之夜》和《虎贲万岁》是影响较大的作品。

《巷战之夜》原名《冲锋》，1938 年 4 月 27 日至 8 月 22 日连载于重庆《时事新报》，1940 年曾改名为《天津卫》，由上饶《前线日报》转载。1942 年由重庆新民社出单行本时，增加了第一章（张竞存回故乡潜山的抗日斗争）和第 14 章（张竞存到重庆所见到的种种奇闻怪事），再易名为《巷战之夜》。这部小说是根据张恨水的四弟牧野在天津沦陷时的一段亲身经历创作的。小说以教员张竞存为主人公。在天津将要沦陷时，老百姓一盘散沙，你争我夺，并没有意识到战争的危险性。市面上的棍混王七爷准备当汉奸，出来维持局面；富有家财又人丁兴旺的陈老先生则是一个动摇派；十六七岁的人力车夫小三子，别人问他怕不怕亡国，他嘴一撅道："亡了国活该，我还拉我的车。"当经受了日本帝国主义的飞机狂轰乱炸和血腥杀戮之后，面对着流淌着鲜血和成堆的尸体，麻木的人们愤怒了，觉悟了。他们在张竞存的组织下，慰问抗日的中国军队，恰好遇上日寇来犯，这些百姓们拿起大刀、锄头、铁锹一起上阵，同日寇展开了一场激烈的巷战，杀死日寇 70余人。一年后，张竞存在大别山打游击，当了支队长。又过一年后，张竞存回到重庆，看到的是另一种"巷战"：喝酒猜拳，打麻将，唱玉堂春等。

《巷战之夜》贯穿着这样的思想：中国的一盘散沙是遭受侵略的原因，团结就是力量，只要中国人民团结起来，就一定能打败侵略者。作者通过侵略者的暴行，来唤醒麻木不仁的民众，来凝聚"一盘散沙"的百姓，这真实地反映了抗战初期中国老百姓的实际情形。小说结尾以雾都重庆的醉生梦死，与前线军民的浴血奋战相对照，衬托出国民党当局的丑恶嘴脸。

1943 年 10 月，日本驻华中横山勇 13 军，在沙市、岳阳分渡长江和湘江，大举向鄂西南和湘西重镇常德进犯，当时驻军常德的是有"御林军"之称的国民党 74 军 57 师，代号"虎贲"。在敌军的重重包围之中，师长余程万率领本部8000 余人拼命抵抗十余日，最后仅剩 83 人。由于他们的固守，为国民党大军包围日寇争取了时间，日寇见势不妙退出常德，向东逃窜。由于国民党外围部队行动迟缓，贻误了战机，致使日军窜回长江以北，未被围歼。① 张恨水为 57 师的英勇事迹所感动，于 1943 年 12 月 17 日在《新民报》上发表了他写的《余程万不朽之业》一文，他说："余程万师长在常德十余日苦撑，真足以代表我中国民族精神，若以抗战 6 年来的官兵伟绩相比，只有守四行仓库的 800 壮士和张自忠数次苦战，差可仿佛，我们不能不对此加以歌烦。"他认为，"余师长以血肉保卫国土的精神，已与明末阎典史之守江阴，唐代张令公之守唯阳，为同垂史册的不朽之举，士气如此，中华民族大有希望"。

长篇军事小说《虎贲万岁》是张恨水应余程万再三要求而创作的。作者在"自序"中说："民国 33 年一二月间，在南温泉桃子沟，我的草屋里，来了两位不速之客……他们乃是不久以前，死守常德的两名战士……他们说，因为敬惜他们同胞在常德死得十分壮烈，8000 多人战死百分之九十几，他们后死者，要把这壮烈事迹表现出来……要我给他们写一篇小说。"这两位不速之客正是国民党 74 军 57 师的师长余程万和参谋。对于张恨水来说，他写小说对国民党政府及其军队暴露多于颂扬，然而在这部小说中，他改变了自己的创作作风，以颂扬为主，很少暴露之处。他说："常德之战，守军不能说毫无弱点，但我们知道，这 8000 人实在已尽了他们可能的力量。一师人守城，战死得只剩下 83 人，这是中日战争史上难找的一件事，我愿意这书借着 57 师烈士的英灵，流传下去，不再让下一代及后人稍有不良的印象，所以我完全改变了我的作风。"②

张恨水在创作这部小说时，为了"尽可能的保留故事的真实性"，他认真地参阅了 57 师提供的《57 师作战概要》、《57 师将士特殊忠勇事迹》，有关地图、油印品、相片本、日记本等大量资料，与此同时两位参谋不断来张恨水家为材料提供详细解释和现身说法，随时翻看作者原稿，"不对地方随时予以指正"。这部小说基本上属于纪实小说，作品中"自师长到伙夫，人是真人，事是真事，时间是真时间，地点是真地点"。即便是作者担心将小说写成战史，"不但自乱其体制，恐怕也很难引起读者的兴趣"，而找的两对恋人的故事穿插其间，也并非凭空捏造，只不过是当事人还活着，不愿露出真容而已。

这部小说从 1945 年 5 月在重庆南温泉开始创作，1946 年 4 月在北平结束，

① 张恨水：《虎贲万岁》自序，上海百新书店，1946 年版。
② 张恨水：《秦淮世家》自序。

1946 年 7 月由上海百新书店出版。小说问世之后，余程万非常高兴，他曾派人给张恨水送去大笔酬金，但被张恨水谢绝了。张恨水认为，他不是为余师长个人写小说，而是为唤起更多人的热情，出书有稿费可得，其他报酬不要。《虎贲万岁》歌颂了抗战之中浴血保卫祖国的英雄主义精神，它是由众多的故事组成，其中许多英勇壮烈的事迹，可歌可泣，感人至深，起到了尽可能"把 57 师的血渍，多流传一些到民间"的作用。由于作者过于注意写实，小说中缺乏艺术的想象，描写常德会战，重在写我方战斗，而对敌方军队的情况涉及很少，刻画人物时，只注重对人物语言行动的描写，缺乏对人物思想、心理活动的细腻刻画，因而未能写出宏大的战争场面，也未塑造出典型人物。尽管如此，这部小说出版后，还是产生了很大的影响，它是当时第一部较完整地描写抗日战争中一次重大战役的小说。

第五节　历 史 小 说

　　他（指张恨水）对历史和名人野史知悉的那样清楚，给我的印象更深，我一有历史上的问题去请教他，必能得到满意答复。

——张明明《回忆我的父亲张恨水》

　　张恨水一生最喜欢读历史以及和历史有关的书籍，他说自己"读书有两个嗜好，一是考据一类的东西，一是历史"[①]。在他早期启蒙教育的书中就有大量有关历史的书籍。9 岁时，先生就教他念《左传》；10 岁时，他就看了《三国演义》、《隋唐演义》和《希夷梦》；12 岁时又看完了《封神演义》、《东周列国志》、《水浒传》等历史小说；及至中年，他又专心研究中国历史，他身边备有一部两千多本的《四部备要》；直到晚年，他成为中央文史馆馆员，还孜孜不倦地阅读《四部备要》，并注意研究太平天国历史。由于他历史知识渊博，他在写散文时，常引古证今，旁征博引，以历史上的事实和历史人物来说明自己的观点。他在《新民报》上发表的《上下古今谈》系列散文，就利用了大量的历史材料。他在回忆这些散文创作时说："我利用了我生平读历史的所得，利用了我一点普通科学常识，社会上每有一个问题发生，我就在历史上找一件相近的事

---

　　① 转引自张伍：《我的父亲张恨水》，春风文艺出版社，2002 年版。

谈，或者找一点大自然的事物来比拟。例如说孔公馆，我们就可以谈谈贾似道的半闲堂；说夫人之流，我们可以谈杨贵妃；说到大贪污，我们可以说和坤；提到了重庆政治的污浊，我们可以说雾；提到狗坐飞机，我们可以说淮南王鸡犬升天。"① 历史材料在张恨水的笔下运用得得心应手。

作为一个小说家，他更注意将历史的事件和材料运用在他的小说中，或成为他小说的题材，以此创作一篇历史小说；或成为他小说中的一部分，穿插其中与整个小说浑然一体。如《剑胆琴心》中就描绘了太平军的"三河大捷"；《中原豪侠传》就是以清朝末年河南王天组织队伍响应辛亥革命的真实历史事实作为背景的。他的《天明寨》就是以太平天国的逸事作为素材进行创作的，这部小说于 1934 年至 1936 年作于北平、上海和南京，1935 年元旦至 1936 年 7 月 30 日连载于国民党《中央日报》。作者在谈到这部小说写作经过时说："提到在《中央日报》写稿，这倒有一段小插曲。开始，我是无意在《中央日报》写稿的，因为我不会党八股。那时总编辑周帮式，是《世界日报》老同事，再三的要我写，我就只好答应下一篇。为了适合人家的环境，我写的是太平天国逸事《天明寨》。那几年，我特别喜欢看太平天国的文献，所以有此一举。这书里说了许多天国故事，还很能引起读者的注意。"② 上述运用历史素材进行创作的小说，由于在张恨水的小说创作中占有的地位并不十分重要，其影响也不是很大，这里不作详细评述。

在张恨水的历史小说中，比较有影响的是他发挥《水浒》题材而创作的《水浒别传》和《水浒新传》，尤其是后者在当时受到了一致的好评，在社会上产生了相当大的影响。

对于《水浒》，张恨水有着特别的爱好和研究，他 12 岁时就看完了《水浒》。他曾许愿要写一部《中国小说史》，于是曾广泛搜罗那些没有收入"四部"、"四库"范围的材料，经常到旧书摊、旧书店去寻找。就《水浒》，他就收到了七八种不同的版本。其中他搜集到的《水浒》124 回本，几乎是海内的孤本。他对《水浒》曾作过较为深入的研究，写过一部《水浒人物论赞》，从社会学、伦理学和文艺学的角度对《水浒》中的 90 多个人物作了评论。大致上每人一篇，用文言文写成，每篇只寥寥几百字，其中不乏独到见解。如《郓

---

① 转引自张伍：《我的父亲张恨水》，春风文艺出版社，2002 年版。
② 张友鸾：《章回小说大家张恨水》，载《新文学史科》，1982 年第 1 期。

哥》：

郓哥以语激武大，其言甚巧，激之而为策画捉奸，其计亦甚周，至卒以送武大之命，则实非此黄口孺子所能料耳。盖光天化日之下，大庭广众之中，本夫而捉奸获双，固无不理直气壮可以取胜者。今西门庆悍然出头，踢伤本夫，街邻十目所视，无复敢问，实非人情。那哥十余岁天真小儿，入世未深，彼焉得而知西门大官人乃非人情中之产物乎？

武大，忠厚人，慈兄也。郓哥，天真人，孝子也。以慈兄孝子，乘天真忠厚，以与奸猾市侩财势土豪相周旋，在蔡京高俅当道之日，其失败固彰彰矣。虽然，卒有武松其人为雪冤，此又孝子慈兄终不绝于天壤也。

文中对《水浒》中郓哥这一个很次要的人物，用十分精练的语言，把他交代得清清楚楚，把郓哥的天真而又正直、武大的忠厚而又懦弱、西门庆的奸猾凶狠、街邻的畏权怕势剖析得透彻，对武大失败的原因分析得正确，颇有深度。除对《水浒》人物进行评论之外，他还对《水浒》中的地理位置作过考证，写过《水浒地理正误》一组短文，纠正了《水浒》中不少地理位置上的错讹，他还精心研究过《水浒》所用的语言，特别是人物对话的口吻和俗语等。

在张恨水对《水浒》作过一番研究之后，他于1932年试作了一部《水浒别传》。这部小说于1932年10月10日至1934年8月4日连载于北平《新晨报》，这是一部《水浒》续集，写的是阮小七"打渔杀家"的故事。他是以北宋沦亡的历史，隐喻"九一八"、"一·二八"事件后的亡国危机。小说的文字是模拟《水浒》的口气。这部小说写得并不成功，连载完之后也未出单行本。尽管如此，这次尝试却为后来六七十万字的《水浒新传》的创作成功奠定了基础，提供了创作的经验。

《水浒新传》作于重庆，前46回连载于1940年2月11日至1941年12月27日上海《新闻报》，后22回补写于1942年冬。张恨水在1943年为出版这部书写的新序中，介绍了写作这部书的起因和经过。张恨水曾是《新闻报》的老作者。抗战爆发之后，上海成了"孤岛"，《新闻报》挂上了美国国旗，张恨水在该报连载小说曾中断一年多。为了帮助报纸打开销路，他们约张恨水继续为《新闻报》写小说。但由于日本特务对爱国报刊不断骚扰，主持报务的人非常谨慎，该报不敢刊登直接描写抗日的作品。张恨水认为国难当头，不愿写言情小说，所以再三推辞。后来《新闻报》作了妥协，表示可以发表略有抗战但不明白表示出来的作品。于是张恨水写了一篇《秦淮世家》，描写秦淮歌女唐小春不惜生命与恶势力斗争的故事。据作者说，它含有抗日的意义，书名"秦淮"是暗示南京汪伪那一帮汉奸。作者想通过这部小说暴露汪伪那一帮汉奸的丑态①。但由于用笔隐晦，不能畅所欲言，写得不太成功。于是张恨水决定改变办法，打算写一部历史小说。要在这部小说中充分地描写异族欺凌，和中国男儿抗战的意识"。这样既可以教育上海"孤岛"中的人民，又可以逃避敌伪的麻烦。

张恨水在《水浒新传·新序》中谈到选材经过时说：

……考量的结果，觉得北宋末年的情形，最合乎选用。其初，我想选岳飞韩世忠两个作为主角，作一部长篇。却以手边缺乏参考书，而又以说击一书在前，又重复而不易讨好，未敢下笔。后来将两本宋史胡乱翻了一翻，翻到张叔夜传，灵机一动，觉得大可利用此人作线索，将梁山一百八人参与勤王之战来作结束。宋江是张叔夜部下，随张抗战，在逻辑上也很讲得通。《水浒传》又是深入民间的文学作品，描写宋江抗战，既可引起读者的兴趣，而现成的故事，也不怕敌伪向报馆挑眼。

借《水浒》人物，表现抗战的思想，借古喻今，既可以遮蔽敌人耳目，又可以起到鼓舞民众抗战的作用。

《水浒新传》也是一部《水浒》的续集。描写梁山英雄受招安归于张叔夜麾下的过程，招安后适逢金兵入侵，众英雄纷纷请战，要求北上抗金，以死报国。东京（今河南开封）被围，梁山英雄随张叔夜率兵前往，勤王救难，终因宗钦犹豫不决，用人不当，又寡不敌众，以至东京城破，二帝被俘。伪政府首脑张邦昌试图收买宋江等人，以为己用，但梁山英雄宁死不屈，大部分壮烈牺牲。剩下的几位，也南下投军继续抗金的大业。这是一首英雄的颂歌，也是一幕壮烈的悲剧。这部小说主题鲜明，它歌颂了梁山众英雄为国家和民族的利益，不惜抛头颅、洒热血、鞠躬尽瘁、死而后已的民族气节和英勇精神。双枪将董平在金兵进犯之时，为了保国，他带领着老弱残兵与金兵作战，拼死决战，最后壮烈牺牲，可歌可泣. 悲壮感人。小说在歌颂英雄的同时，还揭露了北宋上层统治集团荒淫无耻、投降卖国的行为。尽管外寇不断侵扰，百姓生活痛苦不堪，京城内依旧是歌舞升平。奸佞当道，皇帝在京城危急之时只会逃之夭夭，最终当了俘虏。守边

---

① 张恨水：《水浒新传·凡例》，重庆建中出版社，1943年版。

的官吏们贪生怕死，闻敌丧胆，临阵而逃。有的甚至寡廉鲜耻，出卖民族，为了达到卖国求荣的目的，不惜造谣诬陷、逼杀抗金将领。如原任雄州兵马都监高忠是高太尉高俅的堂兄弟，贪污军饷，致使雄州兵马连年缺额，由两三千人只剩下二三百人；知州奚轲是童贯门下的清客，"只懂得吹弹唱歌，至多也不过会制两套曲子，懂得甚军事！"金兵一到，临阵先逃。北宋统治集团中主和派猖獗，造成北宋和战失计，主和派自毁长城。沧州副统制宣赞因为坚持抗战被知府王开人捆绑、侮辱，最后触柱而亡。作者写出了梁山好汉抗金失败悲剧的必然性，更揭示了北宋灭亡的必然性。

作者写历史是为了影射现实，写北宋统治集团的昏庸卖国，是为了讽刺国民党反动统治集团的投降卖国，写抗金英雄屡遭迫害，是为了影射国民党反动派对抗日的八路军、新四军所施加的重重压力。1944年重庆《新民报》主笔赵超构随中外记者代表团访问延安，毛主席在接见他们时，还特地询问张恨水的近况，并说："《水浒新传》这本小说写得很好，梁山泊英雄抗金，我们八路军抗日。"①充分肯定了《水浒新传》对北宋朝廷主和派的抨击和对梁山英雄抗金壮举的歌颂。1945年8月，抗日战争胜利之际，我国著名历史学家陈寅恪先生在读完《水浒新传》全书后，激动地写下了以下诗句：

谁谛宣和海上盟，燕云得知涕纵横。

祀门久已留胡马，柳寒翻教拔汉旌。

妖乱豫么同有罪，战和飞桧两无成。

梦华一录难重读，莫遣遗民说汴京。②

这两位高层次读者的读后感实则显示了这部小说的容量和力度，对一部通俗小说来说这种肯定是不可多得的。

《水浒新传》的成功还表现在作者对《水浒》原著艺术的继承和改良上。前面我们已论述过，张恨水在创作《水浒新传》以前，就对《水浒》进行了深入的研究，在创作的过程中，张恨水在以下方面对《水浒》进行了借鉴和改良：

首先，作者保持了原《水浒》的语言风格，增加了作品的历史真实感。文

---

① 张恨水：《水浒新传·凡例》，重庆建中出版社，1943年版。

② 贾芝：《关于社会主义时期民间文学工作的方针问题——兼评张弘同志的"改旧编新"论》，见《新园集》，中国民间文学出版社，1981年版。

学是语言的艺术，作为历史小说的续作，要保持和原作整体风格的一致，首先必须在语言风格上与原作一样。为了达到这一点，张恨水潜心研究过原《水浒》中的语言，极力模仿原著的叙述语言风格，尤其是人物个性化的语言和词汇，"以免看过《水浒》的人说是不象"。如果在原著中找不到可以模仿的词句，"则参酌宋人小说，及宋儒语录"，决不想当然地用现代人的词语来代替，以保持语言的历史风格，增强作品的历史氛围。其次，《水浒新传》模仿了《水浒》原著的链式结构，由一支一支人马写过来，但作者开始便撒下了各个环节，通过抗金过程将这一个个环节连起来。每个环节的结构相当严密，虽然是单线发展，却有张有弛，波浪起伏，收到引人入胜的效果。第三，沿用了原《水浒》中的人物，在保持其性格、阶级属性和社会地位不变的前提下，将原著中的一些次要人物改为重要人物。如孙二娘、顾大嫂、曹正、时迁等"屠沽出身"的小头领，是原著中的次要人物，在《水浒新传》中，由于作者对这类人物的偏爱，增加了对这类人物的描写，使其形象更生动。据作者说这是"反对址大夫阶级故"①。第四，《水浒新传》仍采用了原著的章回体形式，但却完全删除了"欲知后事如何，且听下回分解"等套语。第五，《水浒》原著中叙述语言多，描写少，这与《水浒》脱胎于说书艺术有关。张恨水在《水浒新传》中发挥了自己擅长细腻描写的特长，将大量景物描写穿插其中，增加了小说的生动性和形象感。第六，删除了《水浒》原著中带有迷信神秘色彩之处，如戴宗的神行、公孙胜的呼风唤雨、罗真人的神通广大等等，增强了小说的真实感和可信性。第七，《水浒新传》中既注意到原《水浒》中以将领个人单刀短打描写见长的特点，又力避将战争的胜负归之于将领个人武艺高低这种描写战争的通病。张恨水认为"其实两军胜败，决于数将百十回合之交锋，实无是理。此种错误，不宜再蹈，故本篇力避此种叙述。但《水浒》人物，以单刀短打见长、完全不取，又与原传不能照应。故特于两军对阵间，多叙武将之领导，以作点缀。间亦有二三处，专叙斗将者，如卢俊义与张叔夜单骑决战事、然不以此作两军胜败枢纽也"②。

由此可见，张恨水对《水浒》原著的研究是深刻的，其创作态度是极认真

---

① 贾芝：《关于社会主义时期民间文学工作的方针问题——兼评张弘同志的"改旧编新"论》，见《新园集》，中国民间文学出版社，1981 年版。

② 贾芝：《关于社会主义时期民间文学工作的方针问题——兼评张弘同志的"改旧编新"论》，见《新园集》，中国民间文学出版社，1981 年版。

的，他的改良是富于创见性，适应历史发展潮流的，是成功的。这种改良在中国小说的发展演变史上，具有承前启后的作用。《水浒新传》当年在上海《新闻报》连载时，就受到了读者的好评。"那完全吻合上海人'过屠门而大嚼，虽不得肉，聊以快意'的口味"，"在上海很叫座"①。还有人为了书上极小的问题，写航空信到重庆，与作者讨论，因上海全境沦于敌手，小说尚未刊完，作者停止供稿，有的小报，竟请人续其稿。于是作者在重庆继续创作，终篇后于1943年由重庆建中出版社出了单行本，据说延安也曾翻印过这部小说。1947年6月南京建中出版社又出版了这部小说，在当时成为十分畅销的书。

第六节　故 事 新 编

口头创作对于书面文学的影响是特别重大和无可争论的。民间故事及其题材，自古以来就被各国和各个时代的文学家所利用。

——引自尼·皮克萨诺夫《高尔基与民间文学》

1949年夏，张恨水突然患脑溢血，丧失说话能力和记忆力，直到1953年初才基本痊愈。他不待完全康复，便迫不及待地重新提起了笔，但此刻他已深感自己的记忆力大大衰退，想像力也远不如以前，文思已变得衰竭了。他对好友说："以前语言辞汇，摇笔即来；如今寻思半响，却还得不到一个适当的。"② 他深感到自己写作能力大不如以前，也意识到自己已无法如以前那样创造出鸿篇巨制。在朋友们的鼓励和帮助下，他实事求是地选定了"故事改编再创作"的写作方向，放弃他以前取材现实迅速创作社会言情小说与社会讽刺暴露小说的写作路子。于是他从民间流传的爱情故事中寻找素材，进行改编和再创作。

他改编的第一部作品是《梁山伯与祝英台》，这部小说在《大公报》上连载之后，反映较好，海外华侨报纸转载颇多。1954年出单行本时，他在序言中将他生病和这部小说的写作过程作了如下说明：

---

① 张恨水：《写作生涯回忆》，人民文学出版社，1982年版。
② 贾芝：《关于社会主义时期民间文学工作的方针问题——兼评张弘同志的"改旧编新"论》，见《新园集》，中国民间文学出版社，1981年版。

我自1949年一病，到今年6月初止，已经是5整年了。病是脑冲血症，当时突然发生，就不省人事，立刻送进医院，在医院里卧倒，前后治了两个多月，才稍微好一点。好一点的程度，是能起坐，能哑哑学语，但是不能看报，吃喝便溺，也很不方便，要好成一个完全的人，还需要时候呢。

一直到去年冬止，除步行，除说话，其他方面渐渐和好人接近。有几次朋友集会，都劝我试一试写作的能力已否恢复，我当时为朋友之言所激动，就答应试试看。想以梁山伯与祝英台为题目。但梁祝故事，虽词曲里很多，而散文里很少，因此，就从当时起，在朋友方面加以搜罗。搜罗也有两个多月的光景，只得30多种词曲和笔记，其中有民俗周刊一种，提供资料尤多，我看看还可以，就动起手来。

由1953年8月到10月下旬，稿子算作起来了，不过自己看了看，还不甚满意，前后共作10多次修正。至于这部小说的主题，是一对男女不得婚姻自由，誓死作正义斗争。

还没有成熟的原稿被香港的报纸刊出后，据说反应良好。华侨报纸转载得很多，这简直是一种"不虞之誉"了。现在要把这部稿件印成单行本出书，出版者约我作一篇序，我就把害病的经过，及梁山伯与祝英台的稿件之由来，写在上面。当然，还望读了这本书的诸公，看到有不妥之处，在工夫稍暇的时候，加以指正，那实在是一件最荣幸的事。(1954年4月16日书于丁香花下　张恨水序)

《梁山伯与祝英台》这是张恨水大病几年之后的第一部作品，也是他利用民间故事素材进行改编创作的第一次尝试。为了使这部作品获得成功，他以前所未有的认真态度进行资料的收集和创作。他花了大量的心血，收集了30多（部）种有关资料，进行大量认真仔细的考证分析工作，其间还不断与朋友商量修改达10多次。作者在小说的最后一章"文字来源"中将梁祝籍贯、生活年代及故事发展变化的过程作了考证，连涉及到晋代人的衣着、用具方面也进行了认真的考据工作。《梁山伯与祝英台》是根据民间梁山伯与祝英台的传说改编的。梁祝的传说起源很早，唐代已有文字记载，民间广为流传千年而不衰。经张恨水改编后的《梁山伯与祝英台》共21回，继承了传统的讴歌真挚的爱情和反封建的主题思想，发扬了原作品悲怆哀怨的风格，如第14回《楼台会》、第15回《讨药方》、第17回《最后一面》等都写得凄婉动人。书中较为成功地塑造了梁山伯与祝英台这对男女主人公的性格。如第9回《十八里长亭相送》，通过梁山伯送别祝英台途中人物的一系列对话的描写，使这两个不同性格的人物跃然纸上。上路之初，祝英台以"诗谜"向梁山伯暗示自己的女儿身份，梁山伯竟然毫无觉察；路见砍柴人，祝英台以砍柴人与梁山伯作比，说梁兄亦为家小奔走，梁山伯摇头否定；祝英台又由牡丹暗示自家花园有东西归梁山伯所有，而梁山伯却仍"不太明白"；祝英台又以水中雌雄鹅相伴而游相喻，把雄鹅比作梁山伯，而梁山伯却置之一笑。引而不发这使祝英台十分尴尬，也极为苦恼。在过桥时，祝英台以"要梁兄保护我"，暗示希望终生得到他的呵护，而梁山伯却始终不开窍；祝英台又以玉蝴蝶相送并说"这蝴蝶不久能变成双"，而梁山伯仍不解其意；直至一陵墓前，祝英台说百年后她将与梁山伯共立一家，可梁山伯越发不解；及至积水潭边双影相映，祝英台频频暗示，并打诗迷，无奈枉费心机，终不能使梁山伯明晓其中的奥秘。最后，她只好以妹作媒，以身相许，最终梁山伯对祝英台的男儿身份深信不疑。作者用渲染铺陈的手法，让梁祝隔着的那层纸总是捅不开，也挑不破。在这相送路上一来一去的对话中，在一次又一次的暗示，与一次又一次的对牛弹琴中，把祝英台、梁山伯一娇一痴、一羞一迂，一个奔放、一个至诚的人物形象鲜明地对比烘托出来。祝英台大胆、热烈而又不无娇嗔的形象跃然纸上，而与之形成鲜明对照的是梁山伯的淳朴、敦厚、诚恳但又不会多情的性格。由于传说本身情节的吸引力，加之作者认真负责的创作态度，使得《梁山伯与祝英台》的改编获得了成功，也为他的创作闯出了一条新路子。

《梁山伯与祝英台》改编的成功只是一个良好的开端，接着他又改编了作为中国四大民间传说的另三部作品《白蛇传》、《牛郎织女》和《孟姜女》。这四大传说在我国家喻户晓，流传千年以上，都是描写劳动人民的爱情与婚姻的。梁祝故事的主题，是反封建礼教和包办婚姻制度，歌颂坚贞不渝的纯洁爱情，表达了封建社会青年男女追求婚姻自主的坚强意志和生活理想。《牛郎织女》反映了封建社会小农经济和小手工业者的恋爱观，反映了封建形式的剥削关系，即农民对土地的依附关系，在一定程度上表现了反封建礼教的主题。《白蛇传》表现了中国封建社会的市民阶层妇女追求婚姻自主和幸福生活的不屈意志，不惜自我牺牲的反抗精神。而《孟姜女》主要是通过爱情来反抗摇役和暴政。除"四大传说"之外，张恨水改编的作品还有《秋江》、《孔雀东南飞》、《磨镜记》等。对这些具有民族精神与中华民族优良品质的民间故事的改编，对于社会主义精神文明建设具有一定的现实意义。

张恨水在进行民间故事新编时，十分注意作品的社会背景、人物性格特征和鲜明的民族精神。在力图忠实原作的主题、情节和人物基础上,通过对资料进行认真研究和考证,在思想内容上,运用唯物史观处理传统的爱情题材,剔除封建糟粕,光大民主的精华。如《孟姜女》不仅通过细腻描述主人公万里寻夫、哭倒长城的过程,讴歌了忠贞不渝的爱情,控诉了统治阶级沉重的徭役是造成千千万万家庭和婚姻悲剧的社会根源,而且还表现了劳动人民之间相互关怀的情感,主题思想内涵比原作品更为丰富。但由于作者过于拘泥于再现历史的真实,而使艺术的想象受到了很大的限制,忽略了艺术的真实,因而在对《孟姜女》故事改编时,不肯按照传统的形态让她哭倒长城。又如《孔雀东南飞》是将只有1775字的叙事诗改成具有11万多字的小说,既保留了原作品的梗概和精华部分,又根据历史背景进行艺术虚构,添加了许多次要人物和情节、细节,在人物性格和生活环境的典型化方面达到了新的水平,使主要人物的形象更丰满,其爱情的反封建性更为深刻突出。

张恨水曾是红极一时的大作家,改弦易辙,改编民间故事,从事这项被视为"下里巴人"的工作,为下层社会文化水平不高的读者提供通俗读物,这对扩大民间文学整理和研究工作的影响,探索民间文学新的出路起到了积极作用。

世界上许多著名的作家都曾用民间故事题材改编和再创作过许多文学名著,如英国莎士比亚的《哈姆雷特》、德国歌德的《浮士德》、意大利薄伽丘的《十日谈》、席勒的《威廉·退尔》;我国施耐庵的《水浒》、蒲松龄的《聊斋志异》等。为什么作为章回小说大家的张恨水根据我国著名的"四大传说"改编和再创作的小说,未能成为文学名著呢?其一,作者在创作的指导思想上,未能将民间文学的整理、改编和再创作区别开来。贾芝同志谈到这三者区别时用三句话作了概括:"整理,就是把民间文学作品按照民间流传的原貌拿出来;改编,就是按照改编者改编的意图拿出来;创作就更自由了,是按照作者的创作意图拿出来。"① 张恨水在对民间故事素材进行改编和再创作时,过于拘泥于原作和历史的真实,妨碍了他的艺术创作才能的充分发挥。其二,在改编和再创作的过程中,往往只重视故事的情节和类型化的人物,而忽视典型人物性格的塑造,即再现典型环境中的典型性格。再创作的民间故事为了使读

---

① 贾芝:《关于社会主义时期民间文学工作的方针问题——兼评张弘同志的"改旧编新"论》,见《新园集》,中国民间文学出版社,1981 年版。

者获得更完整的生活知识和美的享受，仅仅着眼于故事的情节和写出几个类型化人物是不够的，还必须通过情节的叙述塑造出典型的人物形象。

思考题：

一、简述张恨水小说故事类型种类。

二、结合具体小说，谈谈对张恨水抗战小说的理解。

第九讲　情调柔板与昂扬激越

——小说文本解读

导读：

　　情调柔板与昂扬激越是张恨水小说两大基本特征——支撑着张恨水小说的整个世界——显示出张恨水的巨大身影和人格形态

　　《春明外史》、《金粉世家》、《啼笑因缘》、《八十一梦》这4部书……都是重版多次，发行范围广，影响较大的。有人把这四部书看作是他的"代表作"，我也同意。

——张友鸾《章回小说大家张恨水》

第一节　《春明外史》

　　1924年4月12日至1929年1月24日，《春明外史》这部描写北京社会的长篇章回小说，在北京《世界晚报》副刊"夜光"上连载，这部90多万字的巨著，是张恨水苦心经营的力作，也是他颇为偏爱的得意之作。张恨水说："这部书，自是我一生的力作之一。"[①] 这部小说表现了张恨水早期的创作风格，在他的创作发展史上具有相当重要的意义。

---

　　① 张恨水：《写作生涯回忆》，人民文学出版社，1982年版。

一、思想内容

所谓"春明"原是指唐代京城东面三门之一，后来作为首都的别称。作者在回忆这部小说最初的创作打算时说："混在新闻界里几年，看了也听了不少社会情况，新闻的幕后还有新闻，达官贵人的政治活动、经济伎俩、艳闻趣事也是很多的。""在北京住了5年，引起我写《春明外史》的打算。"[①] 作者以"报人"的眼光去观察社会、体验生活，在《春明外史》中为读者展示了一幅20世纪加年代军阀统治下首都北京社会生活的画卷，从政界、军界、外交界到学术界、新闻界、艺术界；从高官显贵到公务员、听差、车夫、老妈子；从社会名流到生活在社会最底层、被侮辱被伤害的下等妓女，真是三教九流、洋洋大观。《春明外史》中的许多人物和事件，在现实生活中均能找到人物的原型和事件的依据，因此，有人把它当作民初野史，北京的"版外新闻"来读。小说中暴露了社会上的种种奇闻怪事，揭露了统治集团上层的黑暗、腐败，从组织制度、政府政策等根本问题上彻底否定了北洋军阀政府，揭示了他们必然垮台的命运。因此，有人认为《春明外史》是社会小说。张恨水对社会黑暗的揭露，是出于一个正直文人的正义感，要求如实地反映生活，也与他对达官显贵的轻蔑态度分不开，它客观上能引起读者对我们的民族命运和社会现实的深思，催人警醒。由于此时的张恨水还没有先进的思想作指导，没有鲜明的政治立场，因而他对社会的揭露与批判还不可能完全击中要害，因此，对于揭露统治阶级私生活的糜烂多于政治上的倒行逆施。在揭露的过程中，一方面对他们抱着鄙夷蔑视的态度，另一方面又夹杂着较为浓烈的猎奇与赏玩成分，向读者作津津乐道的描述，其自然主义的临摹多于现实主义的描绘，从而削弱了控诉的力量。

张恨水的《春明外史》实际上是一部社会言情小说，杨杏园与雏妓梨云、才女李冬青的恋爱史是小说的主干和轴心，它把众多的社会新闻故事串联起来，要以纯洁的爱情来对比人欲横流的世界和丑恶的社会，体现了作者"以社会为经，以言情为纬"的构思方法。《春明外史》的前22回是写杨杏园钟情于妓女梨云，却无力为她赎身，在梨云重病不起直到病逝的期间，其他客人都离开她时，杨杏园却日夜陪伴于破屋病榻前，使这位沦落风尘的少女能得到人间真情。

---

① 张恨水：《我的生活和创作》，转引自张明明：《回忆我的父亲张恨水》，百花文艺出版社，1982年版。

在第 23 回才引出能诗善赋的才女李冬青，她是杨杏园后来追求的对象，她与杨杏园诗文酬和，互相倾慕。由于李冬青身患暗疾不能婚嫁，又李代桃僵，引出了寄人篱下的史莲科。最终杨杏园还是满心凄凉，吐血而亡。因此，《春明外史》仍是一部以"才子佳人恋爱"为主干的社会言情小说，带有，明显的"鸳鸯蝴蝶派"言情小说的痕迹，杨义评价这部小说时说：

> 它以才子佳人相悦相恋的"礼拜六派"惯用题材作为贯穿始终的结构线索，连枝带叶地串联起旧北京社会上自总统、经理、总长、大帅，下至学校、会馆、妓院的才子和风尘女子的诸色俱备的人物，形成了一种类似于晚清《二十年目睹之怪现状》的单线串群珠的结构体制。主线和它所牵连的枝叶，一者倾于情，抒写着旧式才子的哀怨缠绵的爱情心理，一者倾于理，借旧京名人的奇闻轶事，嘲讽着社会的堕落和荒唐。前者包含有作者这个皖中才子流寓京门的感伤的生活体验，后者则不少是作者作为报人所搜集到的社会新闻，因此，有人主张把它作野史来读，认为熟悉北洋军阀时期北京政局内幕的人读它，是会产生"此中有人，呼之欲出"的感慨的。①

二、人物形象

作者以较多的笔墨塑造了杨杏园这个具有多维人格特征的青年知识分子形象。他本是皖中的世家子弟，自幼受旧文学的熏陶，尤其喜爱旧词章。他在北京客居 5 年，住在会馆之中，终日为报社奔波。他为人正直，少年老成，清高自许，洁身自好，孤芳自赏，多愁善感，牢骚满腹。他一方面对当时官场的腐败、堕落文人和士大夫的无耻、社会的黑暗颇为不满，以不同流合污的准则处世；但另一方面又决不抗争，不去努力改造社会，而是以"一律忍受"来律己，他"独善其身"，追求道德上的自我完善，随遇而安，信奉消积避世的人生哲学。他谙熟才子佳人的故事，追求理想中的"男才女貌"的爱情，多愁善感，但他却在情场中受尽折磨，一再失恋，酿成一次又一次的爱情悲剧。他爱上妓女梨云，却因无钱为她赎身，不敢设想与她结婚；他爱上李冬青，但却因李冬青有暗疾而不能结合。这个多愁善感的青年，在一次又一次的打击下，既不容于社会，又不能从爱情中寻找到安慰和解脱，悲观失望，企图借学佛来逃避现实，但却无济于事。他原本体弱多病，加上极度忧伤，以及为养活 8 口之家，终于积劳成

---

① 杨义主编：《张恨水名作欣赏》，中国和平出版社，1996 年版。

疾，客死于京华。杨杏园是一个处于新旧思想与道德矛盾冲突中的人物，小说在他与社会不相容以及自身文化人格的复杂矛盾中，写出了人格清白与社会污浊的冲突，写出了清白者总是难以摆脱贫穷、凄苦、孤独、寂寞，不得不在人世、避世和多情、忘情的选择中苦恼徘徊。杨杏园性格的"双重性"，在 20 世纪 20 年代知识分子中具有一定的代表性。杨杏园爱情的悲剧命运，显示了当时中国的普通知识分子所处的怀才不遇、孤苦无助的处境，因而在当时能引起中国普通知识分子的共鸣，博得读者的普遍同情。小说中的主人公杨杏园是张恨水以自己为原型的。杨杏园是皖中人，年纪不及 30 岁，小说开始时，他已经在北京 5 年了，5 年来一直寄寓皖中会馆，在报社当记者。父亲去世后，家道中落，母亲和 6 个弟妹靠他维持生活。他 15 岁以前差不多都在南昌度过，15 岁以后还在苏州住过一段时间，还读过几天农业学校。这实际上是张恨水本人的经历。张恨水在《我的生活和创作》中写道："许多朋友问我：'你真认识梨云这个清馆人吗？你真对她那么痴情吗？为什么写杨杏园死了呢？真有李冬青那个人吗？'我只好说：'应该承认有那回遭遇吧；当然那姑娘不一定叫梨云，对自己死去的所爱的人供供瓜果纪念纪念也是人之常情啊，写杨杏园死了是我当时思想感情十分消极的反映呀，李冬青自然也不是捕风捉影。"① 询铮先生在《前尘回首忆"三张"》一文中谈他第一次见到张恨水时，"予笑语云：'《春明外史》中之杨杏园，人谓即君自写照，果然。'恨水问：'何所见而云果然为我自写照！'予曰：'我未见君前，脑海中想象之杨杏园，正与今所见之足下无异。'恨水遂执手大笑"②。可见小说中描写的大部分是作者自己的经历。然而小说毕竟不是自传，不可能和现实生活一模一样，它源于生活而高于生活。张恨水在《我的写作生涯》中写道："《春明外史》里的人物，后来有许多人索隐，也有人当面问我，某人是否影射着某人。其实小说这东西，究竟不是历史，它不必以斧敲钉、以钉入木，那样实实在在。《春明外史》的人物，不可讳言的，是当时社会上一群人影。但只是一群人影，决不是原班人马。这有个极好的证明，例如主角杨杏园这人，人家都说是我自写。可是书中的杨杏园死了，到现在我还健在。宇宙里没有死人能写自传的。"③

---

①　载《文史资料》1980 年第 70 期。

②　转引自张明明：《回忆我的父亲张恨水》，百花文艺出版社，1984 年版。

③　张恨水：《写作生涯回忆》，人民文学出版社，1982 年版。

小说中的梨云是青楼中人，带有几份俏皮，但她还是雏妓，仍有天真纯朴的一面。在那些花钱取乐的花花公子和有权有势的"客人"面前，是一副神态；而在她所真心恋慕的杨杏园面前，却又处处流露出深挚的真情。因为她早夭，在小说中只占了22回，而且这22回书中也不是全写梨云的，她真可谓来去匆匆。但由于她的纯情天真，给读者留下了很深刻的印象，她不幸夭亡，也引起了读者的同情。

李冬青是一位词家，一位恬静文椒的旧式女子，她风度高雅、为人正直、清白自许。她与杨杏园恋爱的方式，具有传统"才子佳人"小说中"以诗为媒"的特点。杨杏园先读其诗文，后见其人，由于受"男女授受不亲"的旧意识的影响，他们之间的爱情若即若离、似有似无，缺乏新文学中的新男女在恋爱中的激情，他们间互相赠诗答对，评诗论词，但却不敢正面谈情说爱，他们的恋爱侧重于精神方面。在杨杏园与梨云、李冬青的恋爱中，杨杏园与梨云之间体现的是一种风尘知己、怜香惜玉的感伤主义爱情观念，而杨杏园与李冬青之间则是一个漂泊才子和巨室庶出的零落才女之间寻找某种"雅趣"的爱情，并且以生理缺陷（而非社会缺陷）来显示和制造其人格上的纯洁，因此其爱情观是在浓郁的感伤主义气氛中由俗向雅转变。

三、艺术特色

《春明外史》显示出张恨水改良章回小说的杰出技巧。章回体小说沿袭唐代变文的余风，是诗词与小说的混合体。但是在以往的绝大多数章回小说中，诗词只是作者卖弄才华的一种手段，在小说中只是拙劣的点缀，并不是小说的有机体。《春明外史》中的诗词，在配合情节营造气氛、刻画人物性格、剖析人物内心世界、预兆人物命运都有较强的表现力。作者精于诗词之道，作品显示出较深的造诣。全书70多首诗词，绝大多数出自杨杏园、李冬青之手，这是由他们的性格所决定了的。他们都带有浓厚的旧式才子、才女的气质，又有自己的悲苦、不幸，各自用诗词来抒发自己的喜怒哀乐，交流思想感情，十分含蓄而又耐人寻味。如第一回一开始便引用了杨杏园的言志诗："春来总是负啼鹃，披发逃名亦惘然！除死已无销恨术，此生可有送穷年？丈夫不须嗟来食，养母何须造孽钱。遮莫闻鸡中夜起，前程终让祖生鞭。"这首诗含蓄地告诉我们：杨杏园他清高脱俗，欲避功名；他穷困潦倒，而又不失气节；他处境艰难，却壮志未消。这既是作者向读者介绍主人公的开场白，又是杨杏园的自画像。又如杨杏园欲向李冬青提出求婚，便题了一首"帘卷西风漾鬓丝，黄花相对两三枝。花寒若有怜人意，可在亭亭不语时"的绝句，请李冬青和诗。这首诗一方面体现了杨杏园求婚的急迫心情和因摸不清李冬青的态度而不敢唐突行事的试探心理，另一方面又显示了杨杏园含蓄、自重身份的名士气质。

此外，小说中还有 20 多副对联、两篇祭文、一篇残赋、一篇劝进表、十多封文言书信等，这些都与人物、环境、情节有着内在的联系，使之成为小说中自然和谐的有机部分，文字清丽可读，颇受读者欢迎。另外，张恨水在《春明外史》中追求辞藻工丽的回目，其用典、对仗、音韵等方面都显示出作者相当深厚的古典诗文的功底。

在小说结构上，作者"用作《红楼梦》的办法来作《儒林外史》"，熔"言情"与"社会"于一炉。《儒林外史》是一部社会讽刺小说，鲁迅先生在论述其结构特点时说："惟全书无主干，仅驱使各种人物，行列而来，事与其来俱起，亦与其去俱讫，虽云长篇，颇同短制。"[①] 这种结构的优点在于，它是由一个个短故事串联而成，可长可短，信手拈来，无需花很多功夫布局谋篇。但由于它缺乏主干人物和主干情节，而且缺乏长篇小说严谨的结构和曲折的情节，所以减少了许多趣味。近代"社会小说"家们一方面想利用《儒林外史》容易上手、包容广阔的形式，另一方面又想纠正《儒林外史》结构松散的特点，在"社会小说"的创作中创造了一种"线型情节"结构的类型。这种结构是：以主人公故事作为统辖整个情节、连接所有其他叙述因素的主线，围绕在主线周围的由其他人物的"轶事"形成其中的链条。这些"轶事"是主人公在自身故事情节的发展中收集起来的别人的故事，他本人在这里只起着目睹或耳闻者的作用，它对于表现社会背景十分重要。吴趼人的《二十年目睹之怪现状》就是一部比较典型的线型情节小说。它的情节结构由四个层面组成：首先是主要人物九死一生的故事，再是第二主人公苟才的故事，第三是提供了中国社会一幅综合画卷的其他人的许多轶事，最后是几个正面人物批评现状，寻求中国出路的非行动的议论。张恨水吸取这种线型情节小说结构的优点，把杨杏园与梨云和李冬青的爱情故事作为全书的主线，将社会的各种轶闻趣事串联起来，将"言情"与"社会"两类题材结构完全不同的小说巧妙地结合在一起，把言情故事与社会现象互相交织、互相对照，将纯洁的爱情与污浊的社会作对比描写，从而透露出对社会丑恶现象的强烈鞭挞之意。

---

① 鲁迅：《中国小说史略》，《鲁迅全集》第 9 卷，人民文学出版社 1982 年版。

张恨水以"报人"的眼光，在小说中展开了较为开阔的观察和叙述视野，对政界、军界、学界和娱乐界的鲜活现状作了全方位多角度的描写，其间有官僚以爱妾巴结老帅的亲信，钻营财政总长职位；国务总理到妓院吃花酒，为妓女出资置办衣服；下野政客结社扶乩，不服神灵的判决而罚跪请罪；16 岁少年当外蒙地区毛革督办，满口要求经赌经；拥有两省地盘的军阀，一月发行 3000 万公债，一日以三四十条子召妓女，每天赏 4000 块钱，以太太和妹妹伺候他的人即日升为铁路局副局长。这些具有类似新闻背景分析和社会秘闻的背景，使小说不仅具有深刻的社会意义，而且能以情动人，产生较强大的艺术魅力。

《春明外史》也存在明显的局限。由于张恨水是以一位新闻工作者的态度来作小说的，他"混在新闻界里几年，看了也听了不少社会情况，新闻的幕后还有新闻。达官贵人的政治活动，经济伎俩，艳闻趣事也是很多的"。这使得《春明外史》带有强烈的新闻色彩，其人物描写过于拘泥于生活的真实，因此小说人物的性格缺乏丰富复杂性。作品中人物虽多，但大多如过眼云烟，很少有给人留下深刻印象的。由于受谴责小说和鸳鸯蝴蝶文学派的影响，小说的描写中存在自然主义和消极浪漫主义的成分。如反复而详细地描写和尚偷女人，女子同性恋爱，姨太太、妓女与戏子的种种媚态，特别是关于图画学校画模特儿的章节里对女模特儿种种姿势的描写和男女学生此刻心理活动的刻画，自然主义成分太多，而且带有几分赏玩心理。在"言情"与"社会"关系的处理上，并没有完全达到有机结合，有时社会内容游离于主干情节之外，带来结构松散的弊病。

《春明外史》由于是连载小说，读者每天读一段，很少有人关心它的整体结构。但由于小说中所表现的民主精神和市侩成分，正迎合了市民阶层的欣赏口味，因此，它在当时受到了欢迎。

第二节　《金粉世家》

1927 年 2 月至 1932 年 5 月，《金粉世家》这一部描写北洋军阀统治时期的豪门内阁总理之家盛衰过程的长篇小说，在《世界日报》副刊"明珠"上连载，这是张恨水所有作品中篇幅最长（约百万字）且连载时间最久（5 年 3 个多月）的一部，这也是张恨水第一部严格意义真正算得上的长篇小说。在此以前他发表的几部长篇小说，如《春明外史》等，在结构上只是许多短篇、片断的串联，是一种松散性结构，其情节只是生活现象的简单再现，其人物形象也只是对生活原型的临摹，具有"新闻化"的特点，缺乏必要的艺术虚构和再创造。在《金粉世家》中，张恨水力图克服种种缺陷，决定要按照小说的章法进行创作。在结构上，他先悉心构思了一个完整的故事框架，并将故事中的主要情节作了大致的安排，根据情节的发展对人物的出场次序进行了排列，并标明了小说的主要人物。对于生活的素材和艺术的原型，作者本着源于生活而又高于生活的原则，进行了选材、提炼和艺术的加工，使情节更凝练、形象更典型。因而，《金粉世家》在张恨水的小说艺术创作之中具有重要的意义。

一、《金粉世家》是一首金粉飘零、世家没落的挽歌

这部小说以豪门之子金燕西和平民之女冷清秋由恋爱、结婚到反目、离散的婚姻悲剧为主要线索，描绘了北洋军阀统治时期国务总理家族这一封建大家族兴衰的过程，揭露了上层社会荒淫无度、堕落糜烂的生活。

金铨身居国务总理要职，在衙门里是使部属望而生畏的活阎王，在儿女面前是道貌岸然的正人君子，而在年青美貌的姨太太面前却扮演着小丑的角色。他反对儿子纳妾，自己却纳两个妾，要不是翠姨反对，还可能要纳第三个妾。金铨作为一家之主，是这个大家庭的代表人物，他如此虚伪无耻，由此揭示了他所代表的封建大家族的崩溃确属必然。金家6兄弟在金铨在世时，不学无术，毫无廉耻，不但用父亲提供的金钱挥霍奢侈，而且还凭着总理儿子的身份在重要衙门挂空名拿高薪，过着穷奢极欲的生活。他们吃喝玩乐、嫖妓女、捧戏子、讨小老婆、开小公馆、赌博、骗父亲的钱、偷妻子的支票和首饰，胡作非为。金燕西为了追逐冷清秋，不惜跟踪盯梢，以办诗社为名租赁房子与冷宅为邻，赠重礼以博得冷清秋母女的欢心，设骗局在西山破坏冷的少女贞操，但是婚后不久又追逐别的姑娘。金铨暴亡，金家兄弟失去了有力的靠山，同时也失去了父亲的约束力，他们纸醉金迷的恶习难改，反而变本加厉，更加堕落。在家道日落的情况下，金燕西为了寻找攀附之路，拜倒在新军阀的妹妹白秀珠裙下，致使夫妻感情完全破裂。这部小说还揭开了这个大家庭温情脉脉的层层面纱，展示了这个冠冕堂皇的大家庭内部人与人之间的各种矛盾冲突，描写了这个家族中夫妻、父子、妯娌、兄弟、婆媳、嫡庶之间虚情假意、明争暗斗、你争我夺的丑态。金太太与金铨的小妾翠姨为了个人利益，暗中斗法；吴佩芳瞒着丈夫放高利贷，又恰恰放在自己丈夫的身上，她担心丈夫没有偿还能力，赶紧又通过中间人将款子抽回；金铨死

后，家庭内部为争夺遗产而产生"厮杀"等等。小说生动地描绘了上层社会的腐败和世态人情，向人们揭示了豪门之家"金玉其外，败絮其中"的腐朽性、寄生性的实质，以及走向崩溃的必然性。

二、《金粉世家》较好地塑造了冷清秋这个充满矛盾的悲剧形象

《金粉世家》的女主人公冷清秋既是一个有着浓厚封建意识的旧才女，又是一个追求人恪尊严和自我价值实现的新女性。她是一个具有鲜明个性寄托着作者人生体验和人生理想的形象。她出身于书香门第，只因父亲早死，门庭冷落，留下她和母亲置身于城市贫民之中。她既有聪明善良、恪守礼仪的淑女特征，又有清高自负、知书达理的才女气质。她的美貌吸引了金燕西，成了金燕西千方百计追逐的目标。由于她年幼无知、爱虚荣、慕富贵，被金燕西的外貌、金钱所迷惑，由于金燕西的诱骗，在西山她轻率地以身相许。嫁到金家后，她严格遵守一切礼节，谨小慎微、处处留心，唯恐因自己出身寒微有失礼仪，惹人耻笑。她恭顺地对待公婆，在小姑、妯娌面前处处忍让。尽管如此，金燕西还常常折磨和欺凌她，她忍气吞声，幻想通过苦心相劝，委曲求全，能使这个纨绔子弟回心转意。金铨暴亡，家庭经济的危机使夫妻感情日趋恶化，冷清秋也逐步认识到金燕西的纨绔子弟的真面目。她有诗自责："终乖鹦鹉贪香稻，博得姑鱼上竹竿"，也认识到自己的处境："女子屈服于金钱势力，实在可耻……作纨绔子弟的妻妾，真是人格丧尽。"她的可贵之处在于一方面在金家恭顺忍让、委曲求全，但另一方面又自甘淡泊、洁身自好、一尘不染，绝不与金家的人同流合污。最后她从虚荣与悔痛中走出，为了维护做人的尊严，她宣布："我为尊重我自己的人格起见，我也不能再去向他求妥协，成为一个寄生虫。我自信凭我的能耐，还可以找碗饭吃；纵然我找不到饭吃，饿死我也愿意。"最后，她毅然放火烧掉了住房，乘乱携带幼子，逃离金家，靠卖字、代课、做手工苦度岁月。

张恨水在描写冷清秋这个人物时，倾注了自己对美的理解和追求。对冷清秋的外表他十分欣赏，他花了大量的笔墨描绘了她容貌、体态、装束的秀丽、轻盈和淡雅，令人一见倾心；对于她的内秀更是十分赞赏，他大力渲染了她能诗擅文、知书达礼德才兼备的才华和品质；对于她的高洁更十分钦佩，他描写了她在金府那样污浊的生活环境中洁身自好、一尘不染。作者对于冷清秋被骗、被玩弄，以及最后被遗弃的遭遇寄予了深深的同情，这其中传达出作者面对人生的诸多酸楚和无奈，以及对某种理想人格的向往。作者这种深深的情感，通过他的人

物，打动着读者，引起了人们的共鸣，人们不禁为冷清秋的痛苦遭遇而潸然泪下。这一形象的审美价值，正是在于她在自身矛盾和污浊环境中挣扎，以保持人格尊严与向往自由的精神追求和生命活力。

冷清秋是一个充满矛盾的悲剧性的人物，是一个具有双重人格的人物。一方面由于受封建家庭教育的影响和旧诗词歌赋的熏陶，自觉遵守封建礼教和伦理道德，知书达礼，温顺克己；另一方面她在新式学校读过书，受资产阶级个性解放的启蒙教育，憧憬着资产阶级的个性尊严和自由，努力追求自我价值和自由的生活，有一定的反抗意识，在金府中能洁身自好，一旦看出金燕西的本性，毅然作出决定与之决裂。这是一个半新半旧、新旧合璧的形象，她的悲剧折射出半封建半殖民地社会现实生活的罪恶。因此，冷清秋虽然冲破了"出嫁从夫"的封建婚姻伦理的束缚，离家出走，具有反封建主义的意义，但她不可能像"五四"新小说中塑造的进步女青年形象那样，在挣脱婚姻的枷锁之后，勇敢投身于时代革命的洪流之中，而仅仅只是含辛茹苦地将儿子抚养成人，并没有获得真正的自由。冷清秋的局限在一定程度上体现了作者的局限，作者由于对封建制度的本质缺乏认识，把冷清秋的悲剧归结到"齐大非偶"上，因而《金粉世家》未能揭示出这个爱情悲剧的社会根源。

三、《金粉世家》是一部在艺术上模仿《红楼梦》之作

在艺术结构上，《金粉世家》受《红楼梦》的影响，以一组恋爱故事为线索，把家庭的日常生活琐事和内部的各种矛盾冲突连缀起来，形成一幅封建世家败落的完整画卷。小说以男女主人公的爱情为一条线索，以他们置身的大家族为另一条线索，这两条线索交织在一起，互相穿插、补充和推进，用细针密线织成一张巨大的网络。大家族内部发生的每一事件都与男女主人公息息相关，都是诱导、促使他们情感波澜的伏笔或直接原因，而男女主人公的感情发展又为这个大家庭的每个成员所关注。小说人物的出场与退场，从这个家庭写到那个家庭，事件的过渡、情节的关联以及某些大场面的描写，如出殡等等，都可以看出《红楼梦》的痕迹。由于张恨水是以《红楼梦》为蓝本来创作《金粉世家》的，对小说进行了精心布局，因此，尽管小说洋洋洒洒近百万余字，情节错综复杂，但其结构紧凑，情节曲折有致，浑然一体。

在人物形象塑造上，金府中的不少人物有着贾府中人物的影子。如金燕西的身上就有对贾宝玉模仿的痕迹。他常在胭脂堆中厮混，对仆人没有一点架子，他

们都不怕他，甚至还敢和他开玩笑。对侍女则更是和气，"不忍把她们当听差、老妈子支使"。如"上下和睦三姊闹书房"一回中，金燕西和阿因、玉儿、秋香三个丫头打麻将时，那种不分上下、亲热随便的场面；第7回小怜香不慎打碎了大嫂吴佩芳从巴黎带来的香水，唯恐受到责骂，金燕西恰巧有一瓶，便主动送给小怜香；24回写金燕西与丫头打牌很大方；还有他心甘情愿地帮丫头做事等等。但贾宝玉爱与姐妹在一起与金燕西喜欢与女子厮混之间有着本质的差别，贾宝玉是出于对男尊女卑封建礼教及森严等级制度的叛逆，而金燕西的表现则是贵族之家纨绔子弟的浪荡行为，他见一个爱一个，玩弄女性，是一个好色之徒。

在情节处理上，《金粉世家》继承我国古典小说如《红楼梦》等情节生活化的特征。作者十分注意情节的真实性，人物的衣食住行、喜怒哀乐，生活中的矛盾冲突、风俗习惯和风土人情，都严格按生活的本来面目呈现给读者，使人如闻其声，如见其人，如历其境，从而引起读者在生活体验上和内心情感上产生共鸣。在细节的处理上更显示出了张恨水的艺术才华。如第94回，当冷清秋得知金燕西将要弃家与白秀珠一块到法国去，非常伤心，她怀抱着尚未满月的婴儿一面和敏之、润之说话，一面流泪。书上这样写道："她如此说着，把头一低，又是几点眼泪水，滴在小孩子的脸上，她自己嘎硬咽咽，喘着气，也不去替孩子擦泪水，那眼泪流到孩子嘴里，孩子以为是乳汁，卿咕着两片小嘴唇，只管吸起来。"[①] 这种细节描写得十分真实，制造了一种悲怆的氛围，读到这儿不禁令人泪下，感人至深。

《金粉世家》与《红楼梦》相比，在人物形象上没有塑造出像《红楼梦》中那样血肉丰富、富有立体感的人物，情节描写也不及《红楼梦》扣人心弦，无论在内容上还是在艺术上都比《红楼梦》略逊一筹。尽管如此，《金粉世家》因其结构艺术所容纳的巨大的文化含量而被誉为"民国红楼梦"，它是了解那个时代贵族家族生活与青年男女精神状态的不可多得的范本。

四、《金粉世家》大胆借鉴外国小说的艺术手法

作者在《金粉世家》中还大胆吸收了外国小说重视景物描写和人物心理描写的艺术手法。中国古代章回小说是从古代说书人的"话本"发展而来的，为了吸引听众，总是从外部的语言行动动态刻画人物性格，很少对人物心理活动和

---

① 张恨水：《金粉世家》，上海世界书局，1932年版。

潜意识进行静态的描写。即使是《红楼梦》，虽有对人物心理活动的静态描绘，但往往只有几句话，至于景物描写更被认为是多余的赘笔。有的小说虽作了一些景物描写，但大多游离于小说情节之外。《金粉世家》中插入了大量的景物描写，而这些描写对于渲染气氛、表现人物性格和心理起到了重要作用，构成小说中不可缺少的部分。如第 2 回写金燕西知道冷清秋的住址后，晚上独自出来踏勘，对沿途景物的描写细腻，又插以人物的心理状态，既表现了金燕西平日安富尊荣、养尊处优的境遇，又刻画了他急于接近冷清秋的迫切心情。《金粉世家》的独到之处还在于，张恨水将静态的人物内心的刻画和潜意识的剖析手法引入章回小说之中，如小说中对冷清秋的内心独白就刻画得相当成功。通过这些内心独白，读者可以看出冷清秋从委曲求全到离家出走的心态变化过程，从而对冷清秋的性格特征有更深刻的理解。《金粉世家》第 94 回"病榻起疑团乍惊惨色，情场增裂缝各动离怀"，就将冷清秋在病榻上惊闻金燕西要抛妻弃子与新军阀妹妹白秀珠出洋的消息后痛悔欲绝的矛盾心理表现得淋漓尽致。听到消息，冷清秋没有像俗女子一样去大吵大闹，寻死觅活，只是表现得"有点不耐烦"坐在屋里"发起呆来"，以至于一向爱书如命的她拿起书只看了两页"便烦腻起来"，"只是手捏了书枯坐"。这些描写看似平静，实为人物在情感上承受打击之后激动情绪的外露。当她面对破镜瞧见自己结婚不到一年被折磨得"又黄又瘦"、憔悴不堪的外表时，书中这样写道：

清秋对着镜子，一阵想到伤心之处，便回想了此前一年。觉得那个时候的思想，完全是错误的。那时以为穿好衣服，吃好饮食，住好房子，以至于坐汽车、多用仆人，这就是幸福。而今样样都尝到了，又有多大意思？那天真活泼的女同学，起居随便的小家庭，外出也好，在家也好，心里不带一点痕迹，而今看来，那是无构束的神仙世界。我当时还只知道齐大非偶，怕人瞧不起。其实自己实为金钱虚荣引诱了，让一个纨绔子弟去施展他的手腕，已经是自己瞧不起自己了。念了上十年的书，新旧的知识都有一些，结果是自己卖了自己的身子，来受人家的奚落，我这些书读得有什么用处？我该死极了。想到这里泪如雨下。①

小说深入人物的内心世界，细致入微地刻画出冷清秋从"不耐烦"到痛悔反思的思想情绪的发展和内心变化的层次，传达了人物内心的矛盾和痛苦。大段内心的独白，是对豪门、对纨绔子弟本质的清醒认识，表现了冷清秋清醒冷静的

---

① 张恨水：《金粉世家》，上海世界书局，1932 年版。

独特个性。

这种景物描写和心理描写的引入，大大丰富了中国章回小说的表现力，为章回小说的改良，闯出了一条新路。这对于提高读者的欣赏口味和水平，提高章回小说的艺术性都具有重要意义。

《金粉世家》在报上连载时，引起了读者的注意，许多人很想从中知道大官僚的私生活和一些官海秘闻，而一些文化水平不高的妇女们则对小说的故事情节有着更浓厚的兴趣，她们更关剧情节发展趋向，人物命运的结局。小说发表若干年之后，还有读者议论这部小说的结局，追问背景，足见其影响之大。张友鸾先生在《章回小说大家张恨水》一文中高度评价这部小说："《金粉世家》如果不是章回小说，而是用的现代语法，它就是《家》；如果不是小说，而写成戏剧，它就是《雷雨》。"①

第三节 《啼笑因缘》

《金粉世家》问世之后，张恨水在北方一带已是颇受欢迎的通俗小说家，在京津地区更是闻名遐迩。但是由于当时军阀混战，南北交通不够畅通，通讯手段落后，报刊交流也很不方便。上海在当时本是中国报业和出版业的中心，由于上海和江浙一带有一个写作圈子，外面的人是很难融入的，所以张恨水在南方仍是默默无闻的。

1929 年 5 月，上海的新闻记者代表团到北京参观。张恨水通过友人介绍认识了上海第二大报《新闻报》副刊的主编严独鹤。两人一见如故，严独鹤邀请张恨水为《新闻报》写一部连载小说，张恨水答应了。1930 年 3 月 17 日，张恨水的《啼笑因缘》开始在《新闻报》副刊"快活林"上连载，至同年 11 月 30 日载完。连载期间，轰动一时，受到读者的狂热欢迎。"上海市民见面，常把《啼笑因缘》中故事作为谈话题材，预测它的结果。"② 文坛上竟有"啼笑因缘迷"的口号③。连商人登广告，也要求登在靠近《啼笑因缘》的版面上。小说连载后，立即又出单行本，也一销而空，短时间内就重印好几次，成为红极一时的畅销书。不久，又被改编成为戏剧、电影和评弹、说书。当时上海"明星电影公

---

① 载《新文学史料》，1982 年第 1 期。

② 张友鸾：《章回小说大家张恨水》，见《新文学史料》，1982 年第 1 期。

③ 严独鹤：《〈啼笑因缘〉序言》，见《啼笑因缘》，北京出版社，1981 年 7 月版。

司"和"大华电影社"为趋势牟利，争夺摄影权还打了一场官司，成为社会上的热门新闻，这无异于给这部小说大做免费广告，更加快了它的传播速度，进一步扩大了它的影响面。此后，该书又多次再版，前几年还被改编成电视连续剧，其影响至今不绝，这在中国现代文学史上是很少见的。张恨水也因这部小说而成为全国闻名的章回小说大家。小说连载完之后，许多读者兴趣未尽，希望有续集。当时不少作者和书商们为了营利，未经原作者同意，出版了许多续集。1932年张恨水出于气愤，为了不让别人在他作品上泼污水，在读者和友人的敦促下，抛弃此书"不能续，不必续，也不敢续"的初衷，又续写了16回，并于1933年出版①。为什么《啼笑因缘》在当时能轰动文坛，至今仍影响不衰呢？笔者认为，其主要原因在于作品本身的魅力。

（一）作者在素材的选择和处理上，把视线转向城市的下层社会，对市民社会生活的许多方面进行了描绘，对小市民的精神世界进行了一定程度的解剖，对下层人民的疾苦表现出深切的同情，因而能引起读者，特别是市民阶层读者的强烈共鸣。

小说中主角沈凤喜和军阀刘德柱的故事不是作者凭空虚构出来的，而是选取了生活中的某些真实的片断加以概括、提炼，经过典型化的过程而形成的。据有关资料记载，张恨水为了写这部描写下层社会生活的小说，曾特地到北京天桥这个三教九流活动之处了解情况，观察和体验生活。他在那儿的钟楼台阶上，看到一个面容憔悴的中年男人正弹着三弦，一个年纪约十六七岁、衣着破旧的小姑娘正在击鼓说书，加之听众散乱，环境凄凉，这使张恨水深感下层人民谋生之艰难。这就是《啼笑因缘》第一章描写沈凤喜和她的叔叔沈三玄在天桥一个僻静之处唱大鼓的原始素材。

《啼笑因缘》的故事还基于发生在20世纪20年代北京的两个真实事件：一件是田旅长抢一个说大鼓的姑娘。1925年北京一个姓田的旅长看上了一个说大鼓的名叫高翠兰的姑娘，姑娘也有意嫁给这位田旅长。可是高家父母把女儿当作摇钱树，不肯白白地放弃财源。田旅长以先下手为强，抢了人去，再谈价钱，双方讨价还价，田旅长也送了一些钱，最终还是没有谈拢。后来高家告到法院，因田旅长是军人，经"军法会审"，田旅长被判刑一年。高翠兰仍回到父母身边说

---

① 这里暂不讨论续集。

大鼓，然而，她活泼的笑容不见了，还经常在家里哭闹，对田旅长不能忘情。另一件事是大军阀张宗昌抢姑娘的社会新闻。有个已经退出政界、住在北京"纳福"的晚清王爷，有两个长得漂亮、经常出入交际场中的风流女儿。一天，她俩坐着汽车到东安市场买东西。买完东西出来找自己的汽车，却有另一辆汽车停在她们的身边，车上跳下两个副官模样的人，不由分说，把这两个小姐架进他们的车中，开车就跑。小姐们的司机见情形不妙，便开车在后紧追不放，追到西城一条大胡同里，眼巴巴地看她们进了一所卫兵环列、戒备森严的大宅而毫无办法，这大宅就是大军阀张宗昌的公馆。王爷得知此事后，四处托人求情，无奈张宗昌推病不见，三天后两位小姐被送回府，据说还带回一封道谢信。如果按照这两个事件的原样子写，那最多只是一部描写军阀生活的罗曼史。张恨水没有这样做，他将这些生活中的素材进行认真分析，集中糅合，提炼概括，从而构思出沈凤喜和刘德柱这两个具有典型意义的人物来。通过沈凤喜的悲剧揭露了军阀的跋扈凶残、上层社会的奢华和庸俗，对于被压迫的下层社会的人民的不幸表示同情，同时对于小市民的怯弱、自私、愚昧、麻木给予了一定程度的剖析与批判。

小说还深刻挖掘出小市民的精神创伤，从社会境遇的角度，把个体人格的社会文化特征与小市民的精神特点和危机联系起来，将小市民在社会压迫下急端、复杂的变化展现给读者。如沈凤喜进入刘府前的内心矛盾，沈三弦见钱眼开、弄假作态的卑鄙手段，作者运用心理描写和侧面烘托等多种艺术表现手法，从人物心理情绪的细节透视上，进行了惟妙惟肖的刻画。

（二）小说成功地塑造了樊家树、沈凤喜、刘德柱等人物形象，通过人物的个性揭示出人物的社会本质，有很强的现实生活真实感。

张恨水把樊家树作为理想人物来塑造，突出描写他的平民化特征。樊家树出生于官宦之家，父亲做过大官，叔叔在天津银行当总经理，但他并不是纨绔子弟、花花公子。他受自由、平等、博爱、民主之类新思潮的影响，具有一种朦胧的平等思想，主张恋爱自由，反对封建的讲求门当户对的婚姻。他喜欢结识下层侠客关寿峰，热恋下层贫家少女沈凤喜，陶太太说他"表弟倒真是平民化"[①]，关寿峰也称赞他"我看遍富贵人家的子弟，没有像他这样胸襟开阔的"，何丽娜则认为他"没有公子哥儿的脾气"。他对沈凤喜一见钟情，由怜惜而形成爱情，

---

① 张恨水：《啼笑因缘》，选自《中国现代文学百家·张恨水》，华夏出版社，1997年版。

不惜重金把沈凤喜一家从社会底层拯救出来，立誓要与这个市井中唱大鼓的姑娘结为终身伴侣。他在自由恋爱的同时，注重帮助女性自立，改变她们在生活中的地位。他在给沈凤喜的信中说："我们的爱情决不是建筑在金钱上，我也决不敢把这几个臭钱来侮辱你。但是我愿帮助你能够自立，不至于像以前去受金钱的压迫。"① 他追求男女之间真正的爱情，蔑视封建贞操观念，在凤喜失身于刘德柱之后，他仍全然不顾，想以一颗爱心劝说凤喜跟自己逃走。他劝慰凤喜说："只要丈夫真爱他的妻子，妻子真爱她的丈夫，身上受了一点侮辱，却与彼此的爱情，一点没有关系。"樊家树对沈凤喜的爱情，完全超越了"门阀"观念和权势金钱的诱惑，在权势的压迫摧残中也不改初衷，体现出五四时期符合时代潮流的现代意识和现代道德。作者在表现樊家树反封建的民主意识的同时，还表现了他的阶级出身带来的反封建思想的软弱性，缺乏斗争的意识和反抗的行动。樊家树本来喜欢沈凤喜而对何丽娜无意，可又常拗不过表哥、表嫂的撮合，勉强地应酬，与何丽娜会面，违心地迎合何丽娜。他不满于表哥、表嫂对待关家父女的态度，却不公开表露，而采取偏与关家父女交往的曲折方式予以抵抗。他反对门当户对，但最终还是与何丽娜结合。樊家树这一形象所代表的是"五四"后中国社会中的，既接受了"五四"时代精神的影响，又没有完全摆脱中国传统封建教育的束缚，缺乏斗争勇气的青年。

　　沈凤喜原本是一个天真、聪明而又漂亮的姑娘，因为家境贫寒，和叔叔沈三弦一起在街头说唱大鼓书。但她爱慕虚荣、意志薄弱，在风尘之中沾染了小市民贪财的劣根性。当她发现听众中有一位年轻、潇洒、风度翩翩、有钱的阔少爷对自己有怜惜之意时，便运用各种手段去博取樊家树的欢心，以求他帮助自己摆脱困境。后来她受到樊家树的救济，把他看成救世主，从而打心眼里爱上了他。沈凤喜作为一个十六七岁初涉世的女孩子，仍保持着天真烂漫的一面。如在和樊家树单独相处的最初一刹那，无话可说，搭讪着用指头在膝盖上画的神态；书场门口，"手提一根白棉线，下面挂着一个大蚂蚱"，笑嘻嘻地向樊家树点头的模样，是那样娇憨可爱。后来由于她爱虚荣、图享受的恶习逐步膨胀，上学不几天，就吵着要樊家树给自己买手表、两截式高跟皮鞋、跳舞鞋、跳舞袜、白纺绸围巾、自来水笔、袂帽边眼镜等等，生活上尽量向少奶奶、小姐们看齐。沈凤喜的悲剧，除了社会制度的黑暗和封建军阀刘德柱的暴行外，最重要的原因是沈凤喜经

---

① 张恨水：《啼笑因缘》，选自《中国现代文学百家·张恨水》华夏出版社，1997 年版。

不起金钱和物质利诱，意志薄弱。在沈凤喜接受刘将军的馈赠之后的一大段内心独白，表现了她内心深处的种种矛盾和激烈的思想斗争。在刘德柱的威逼和引诱之下，沈凤喜嫁给了他。刚开始她还惦记着樊家树，但很快就沉溺于富贵锦绣之中。后来樊家树约她到先农坛相会，向她再次表白自己深深的爱情，并希望她与自己一起逃走时，她却说："我们是无缘了。"拒绝了樊家树的建议，还想通过金钱来抚平樊家树内心的创伤和减轻自己的内疚之情。当刘将军将她摧残至精神失常时，她反而念念不忘樊家树。这种移情于情义良心和金钱富贵之间的矛盾，正是小市民爱虚荣、重财利和软弱性格的真实反映。

小说中运用对比描写的手法，生动地表现了沈凤喜、何丽娜和关秀姑3个少女不同的个性。沈凤喜与何丽娜相貌酷似，但由于沈凤喜出身于小市民家庭，天生丽质，且为说唱艺人，她往往"含情脉脉"、"小儿女的态度居多"，天真温柔之中又渗着几份世俗放荡的性情；何丽娜出身于官宦人家，十分奢华挥霍，"美丽是美丽、放荡也是太放荡了"，由于她"交际场中出入惯了，世故很深"，故而何丽娜的美丽烂漫中夹着几份任性和世故。整个小说在结构艺术上运用了双极律的原则：贫寒与富贵，东方女性的含情脉脉、温柔贤淑与西式女性的浪漫洒脱，借相貌酷似产生错中错的巧妙交替、转换。关秀姑出身于武林之家，家境贫寒，因而她性格豪爽，待人真诚。张恨水把关秀姑放在樊家树、沈凤喜、何丽娜的爱情纠葛中，一方面把社会批判的矛头指向残暴横行的军阀权势者，体现"除暴安良"、"锄强扶弱"的反抗精神，另一方面也把广大人民渴望伸张正义、锄奸扶弱的情绪作了充分的宣泄。

杨义在《张恨水名作欣赏》中是这样评价樊家树在沈凤喜、何丽娜之间的爱情选择的文化意义：

青年学子樊家树在贫寒鼓姐沈凤喜，以及财长千金何丽娜之间的爱情选择，带有一种不以门第择人的平民主义倾向，同时又是温柔淑好的东方文化情调和浪漫纵情的西方文化情调之间的选择。军阀的蛮横暴虐毁灭了温柔淑好的东方情调，而浪漫纵情的西方情调在经过一之间的选择。军阀的蛮横暴虐毁灭了温柔淑好的东方情调，而浪漫纵情的西方情调在经过一番痛苦的发泄和调适，终于通过佛学的驯化，向东方情调回归了。何丽娜最终走进樊家树爱情选择的可能性范围，乃是经过一番痛苦的文化蜕变而达到的。①

作者在刻画人物时，是从人物性格发展的逻辑出发，注意人物性格的多维性，通过人物的社会生活环境来刻画人物，因而其人物形象具有很强的立体感，让人感到真实可信。

（三）小说的情节生动，曲折有致，引人入胜

通俗小说的最大特征之一就是十分注意故事的编织，其情节越曲折复杂、离奇多变，则越能引人入胜。《啼笑因缘》的基本素材仍不脱男女恋情和豪侠行义行为的旧小说的窠臼，但作者在处理这并不奇特的素材时，显示出了他很强的编织故事的能力。通过精心构思，采用误会、巧合、对比、悬念和突转等艺术手法，使得这个极平常的事件变得波澜起伏，具有浓厚的传奇色彩。在安排故事情节时，他往往通过偶然的因素使情节逆转，通过情节的大起大落和各种矛盾冲突的不断变化，使读者产生一种紧张期待的心态，虽结果常出人意料，却又在情理之中。

《啼笑因缘》是围绕樊家树与沈凤喜恋爱的悲剧这条主线来展开情节的。一个偶然的机会，富家出身的青年学子樊家树与唱大鼓的少女沈凤喜在先农坛巧遇相识，两人一见钟情。为了强调樊、沈爱情发展的专一，小说写了官宦之家少女何丽娜和侠义清贫之家少女关秀姑也都爱上了樊家树，这样出现了四角多边恋爱关系。樊家树一心只爱沈凤喜，为了她，他花费不少钱为她安置新家，为改变她的地位送她上学。正当樊家树为沈凤喜带上订婚戒指，打算娶她为妻时，突然出现了意想不到的周折：樊家树的母亲病重，他不得不到杭州探望。从此小说情节进入了一个变幻莫测的阶段：军阀刘德柱也看中了沈凤喜，采用金钱利诱和权势威逼的手段霸占了她，关寿峰营救失败。樊家树回来后将如何对待这场意想不到的婚变呢？他们之间的关系将如何发展？这一悬念有力地抓住读者。樊家树回京后想念沈凤喜，内心极端痛苦，关秀姑深入虎穴，鱼雁传书，凤喜提出要在先农坛和樊家树见面。读到这里读者又惊又喜，以为事情有了转机，樊沈爱情可以继续发展。不料沈凤喜拒绝樊家树要她逃出刘家的要求，并表示要与樊斩断情丝。至此读者以为故事会就此结束。不料正当樊家树痛苦万分立誓要忘掉沈凤喜时，沈凤喜因与樊家树约会被刘将军知道后，刘将她摧残而疯，她反而念念不忘樊家

---

① 杨义主编：《张恨水名作欣赏》，中国和平出版社，1996 年版。

树，但为时已晚，悲剧已酿成。小说以军阀刘德柱被杀、关氏父女出走、樊家树与何丽娜在西山别墅相会结束。小说的整个情节一气呵成，丝丝相连，环环相扣、变幻莫测、曲折有致，使读者的心情忽松忽紧，既感到意外，细想起来又觉得在情理之中。小说结尾打破传统小说封闭型"大团圆"模式，作开放型的处理，给读者以想象的余地。

小说在描写樊沈爱情悲剧这一主干情节的过程中，为了增加情节上的波澜，使小说有"噱头"，张恨水在主要情节之中穿插了不少富于传奇意味的其他情节。把沈凤喜和何丽娜的长相写得一模一样，一个是穷人的女儿，一个是阔小姐，同时爱樊家树，由于身份不同、遭遇不同生出许多枝节。如陶太太错把沈当成何，闹出误中"撮合"的喜剧；沈国英在向何丽娜求婚失败后，错把沈凤喜当作何丽娜进行报复的悲剧。为了迎合市民阶层的口味，又加进了能飞檐走壁、武艺高强的关寿峰和关秀姑父女，从而生出关寿峰组织人夜入刘府救沈凤喜、关秀姑深入虎穴为樊家树传书、西山杀死刘将军替樊报仇的一系列情节。这些情节并没有游离于主要情节之外，而是为主要情节服务的，是构成主要情节的有机部分，使作品增加了一些热闹惊险的场面，更能吸引读者。小说将缠绵悱恻的言情小说与惊险紧张的武侠传奇熔为一炉，大大增强了作品的戏剧性和紧张感。

（四）浓厚的地方色彩和市井风味

小说中描写了旧北京的风土民情和旧北京小市民阶层的生活状况，创造了一种特殊的民俗气氛，为我们今天提供了宝贵的民俗学资料。

小说的开头将北方同南方作了地理气候上的对比，继而借助樊家树的游历，对 20 世纪 20 年代北京天桥的情景作了较为详细的描绘。这里有乱哄哄的梆子、胡琴及锣鼓声、歌唱声和吃喝声；有摆着叮满苍蝇的酱牛肉或熟驴肉，以及如同剥了鳞的死蛇一般散发着又腥又臭气味的煮羊肠子的小吃摊。有论包不论分量且只有香片、龙井两种的茶摊。下面是樊家树初识沈凤喜，在家想念她，到先农坛去找她，所见先农坛沈家茶摊的景象：

这一天，先农坛的游人最多，柏树林子下，到处都是茶棚茶馆，家树处处留意，都没有找着凤喜，一直快到后坛了，那红墙边，支起了两块芦席蓬，蓬外有个大茶壶炉子，放在一张破桌上烧水。过来一点，放了有上十张桌子，蒙了半旧的白布，随配着几张旧藤将，都放在柏树荫下。正北向，有两张条桌，并在一处。桌上放了一把三孩子，桌子边支着一个鼓架。家树一看，猜着莫非在这里？所谓茶社，不过是个名，实在是茶摊子罢了。有株柏树苑上，有一条二尺长的白布，上面写了一行大字是"来远楼茶社"。家树看到，不自觉笑了起来，不但不能"来远"，这里根本就没有什么"楼"。①

这段描写细腻而逼真地为我们展现了旧北京的游览处所设置的小茶摊的情景，这是小市民和游人喝茶、听大鼓的享乐之处，它是这样简陋寒酸，但却冠以风雅名号，以招徕顾客。这部小说为我们描绘了老北京的天桥、先农坛、什刹海、北海和西山的风俗景观、风土人情，如小说中常写到茶摊、饭馆、书肆、市场等这些旧北京的小市民经常活动之处，显露出旧北京特有的风土人情和风俗习惯。如第15回"柳岸感沧桑翩鸿掉影，桐阴听夜雨落木惊寒"中对什刹海的描写：

……走到海边，原来所谓海者，却是一个空名。只见眼前一片青青，全是些水田，水田中间，斜斜的土堤，由南到北，直穿了过去。这土堤有好几丈宽，长着七八丈高的大柳树；这柳树一棵连着一棵，这土堤倒成了一条柳岸了。水田约莫有四五里路一个围子。在柳岸上，露出人家屋顶和城楼宫服来。虽然这里并没有什么点缀，却也清爽宜人。所有来游的游人，都走上那道土堤，柳树下临时支着芦席篷子，有小酒馆，有小茶馆，还有玩杂耍的。②

张友鸾先生曾介绍说："从前交通不便，旅游困难，南方人向往北京，常借文字记载，以当'卧游'。南方名家们，足迹不离上海、苏州、杭州、扬州，写来写去，总以诸地为主要背景，读者自然感到狭隘。《啼笑因缘》却写的是北京，把北京的风物，介绍得活了。描画天桥，特别生动，直到今天，还有读过这部小说的南方人，到北京来必访天桥。"③

小说中对北京小市民家庭的生活也作了较具体的描写，表现了小市民阶层人民的生活状况。如第二回樊家树初访沈凤喜家所见到的景象：

……门是很窄小的，里面有一道半破的木隔扇挡住，木隔扇下摆了一只秽水桶，七八个破瓦钵子，一只破煤筐子，堆了秽土，还在隔扇上挂了一条断脚板凳。隔扇有两三个大窟窿，可以看到里面院子里晾了一绳子衣服，衣服下似乎也有一盆夹竹桃花；然而纷披下垂，上面是洒满了灰土……屋子里也是床镜锅炉盆

---

① 张恨水：《写作生涯回忆》，人民文学出版社，1982年版。
② 张恨水：《啼笑因缘》，《中国现代文学百家·张恨水》，华夏出版社，1997年版。
③ 张友鸾：《章回小说大家张恨水》，见《新文学史料》，1982年第1期。

钵椅凳，样样都有，简直没有安身之处。再转一个弯，引进一间套房里，靠着窗户有一张大土炕，简直将屋子占去了三分之二，剩下一些空地，只设了一张小条桌，两把破了靠背的持子，什么陈设也没有。①

这里是处于社会下层市民大杂院的破败零乱的真实景象，从沈家的摆设来看，生活境遇很差是可以想象的。这个大杂院和家庭摆设带有浓厚的北京地方色彩，也体现了一定的阶级特征。

（五）多角度的心理描写，增强了小说的艺术张力

在《啼笑因缘》中，张恨水对章回小说在艺术手法上进行了大胆的改良，大量引进了新的表现技巧，如心理活动、梦境、潜意识的流露、景物陪衬、伏笔、倒装、细节描写等。尤其是多角度的心理描写，在这部小说中显得更具特色，大大增强了小说的艺术表现力。如《啼笑因缘》中对沈凤喜面对军阀刘德柱给的几百元钱，许诺买一串珠子的心理描写就十分成功：

（凤喜）一贴着枕头，便想到枕头下的那一笔款子。更又想到刘将军许的那一串珠子，想到雅琴穿的那身衣服，想到尚师长家里那种繁华，设若自己做了一个将军的太太，那种舒服，恐怕还在雅琴之上。刘将军有些行动，虽然过粗一点，那正是为了爱我。哪个男子又不是如此的呢？我若是和他开口，要个一万八千，决计不成问题，他是照办的。我今年十七岁，跟他十年也不算老。十年之内，我能够弄他多少钱！我一辈子都是财神了。想到这里，洋楼、汽车、珠宝、如花似锦的陈设，成群结队的佣人，都一幕幕在眼前过去。这些东西，并不是幻影，只要对刘将军说一声"我愿嫁你"，一齐都来了。生在世上，这些适意的事情，多少人希望不到，为什么自己随便可以取得，例不要呢？虽然用了姓樊的这些钱，然而以自己待姓樊的而论，未尝对他不住。退一步说的话，就算白用了他几个钱，我发了财，本息一并归还，也就对得住他了。这样掉背一想，觉得情理两合。于是汽车、洋房、珠宝，又一样一样地在眼前现了出来。凤喜只觉得富贵逼人来，也不知道如何措置才好。仿佛自己已是贵夫人，就正忙着料理这些珠宝财产，却忘了在床上睡觉。②

小说运用意识流的写作方法对人物的内心世界作了惟妙惟肖的刻画，一方面

---

① 张恨水：《啼笑因缘》，《中国现代文学百家·张恨水》，华夏出版社，1997年版。

② 张恨水：《啼笑因缘》，《中国现代文学百家·张恨水》，华夏出版社，1997年版。

把她那单纯少女想象丰富的一面呈现出来，另一方面又将作为生活在下层的弱女子，在市侩哲学的腐蚀和恶势力的诱惑下，内心世界的贪图荣华富贵的市侩之气和小市民的精神弱点呈现出来。

又如第15回"柳岸感沧桑翩鸿掉影，桐阴听夜雨落木惊寒"，在刻画人物的内心世界也十分成功。由于沈凤喜被刘将军霸占而变心，樊家树的内心深处十分悲伤，难以摆脱失落的旧情，落落寡欢。尽管何丽娜邀他与表兄嫂同游北海公园、泛舟、观星、谈笑等，但他在热闹中反而更显得寂寞无奈，心灵的创伤难平。当表兄嫂让樊家树陪送何丽娜出公园的南门，在幽静的槐荫道上漫步，在荷叶重叠的长石桥边伫立，何丽娜与樊家树的几番对话充满了试探和反试探的心理暗示，及至回家，书中这样写道：

这天晚晌，他（家树）心里想着：我的事，如何能要丽娜帮忙？她对我总算很有好感，可是她的富贵气逼人，不能成为同调的。①

这种深层的心理，是樊家树将沈凤喜与何丽娜比较之后的感觉，反映了他对沈凤喜的清贫温柔的难忘。当他第二天得知何丽娜每天要花三元钱买鲜花插瓶，一年要用千儿八百元时，樊家树在日记中写道：

从前我看到妇人一年要穿几百元的跳舞鞋子，我已经惊异了。今天我更看到了一个女子，一年的插头花，要用一千多元。于是我笑以前的事少见多怪了。不知道再过一些时，我会看到比这更能花钱的妇女不成？或者今天的事，不久也是归入少见多怪之列了。②

写完以后，还在最后一句旁边，加上一道双圈。这段话反映了樊家树拒绝何丽娜时复杂的心理活动，表现了对何丽娜的富贵气的不满。樊家树一方面失去了沈凤喜的爱情，然而他又无法忘记这段爱情，在他与何丽娜的交往中，常常自觉和不自觉地将她与沈凤喜相比较，这使他更陷入一种深层的心理矛盾中。

又如张恨水对关秀姑这样的侠义女性对樊家树那份担忧暗恋的情丝心理也写得极为生动传神。当樊家树同关寿峰、关秀姑在什刹海喝茶时，不期见到了使他难以忘怀的昔日恋人沈凤喜，他内心十分痛苦。为了安慰樊家树，先是关寿峰叹息沈凤喜变心，要樊家树只当她得急病死了，后是关秀姑反驳，认为凤喜死了，

---

① 张恨水：《啼笑因缘》，《中国现代文学百家·张恨水》，华夏出版社，1997年版。
② 张恨水：《啼笑因缘》，《中国现代文学百家·张恨水》，华夏出版社，1997年版。

樊家树能这样子吗？"何不说是只当原来就不认识她呢？"书中接着这样写道：

> 秀姑把这话刚说完，忽略转念：我这话更不妥了，我怎么会知道他不能这样？我一个女子，为什么批评男子对于女子的态度，这岂不现出轻薄的相来？于是先偷看了关寿峰，再又偷看家树，见他们并没有什么表示，自己的颜色才安定了。①

这里把关秀姑这个少女热切、羞涩而敏感的心理写了出来，她暗自爱着樊家树，却又知道他心已另有所属，这里写出了她处于进退两难境地的特有心理。

（六）语言通俗生动，具有可读性

《啼笑因缘》所追求的是一种通俗而又雅致的语言风格，它所使用的语言是北京地区的群众口语，有极浓厚的"京味"，朴实清新。这些语言又是经过适当艺术加工净化了的通俗语言，因此显得很雅致优美，富有很强的表现力。如第8回写樊家树得知母病，要赶回杭州前，来向凤喜告别的情景：

> 凤喜夹了一个书包在胁下，正要向外走，家树一手，连忙将她拉住，笑道："今天不上学了，我有话和你说。"凤喜看他虽然笑着，然而神气很是不定，也就握着家树的手道："怎么了？瞧你这神气。"家树道："我今天晚上就要回南去了。"凤喜道："什么，什么？你要回南去了？"家树道："是的，我一早接了家里的电报，说是我母亲病了，让我赶快回去见一面。我心里乱极了，现在一点办法没有。今天晚上有到上海的通车，我就搭今晚上的车子走了。"凤喜听了这话，半晌作声不得，噗的一声，胁下一个书包，落在地上。书包恰是没有扣得住，将砚台、墨水瓶、书本和所有的东西，滚了一地。②

这里的叙述语言使用的是地道的北京人极平常的用语，语言朴实浅显、流畅自然、单纯明净，犹如一个老北京向我们讲述着他自己所经历的事情一样。

小说中有些人物的语言个性色彩鲜明。如当樊家树离京返杭，请关寿峰关照凤喜一家时，关寿峰说："你的亲戚，就是我的亲戚，有事只管来找我，我若是四更天才去，我算不是咱们武圣人后代子孙。"③ 这里语言铮铮，掷地有声。又如关寿峰听秀姑讲述沈三弦因不满家树而骂杂的话时，小说写道，正拿着三个小

---

① 张恨水：《啼笑因缘》，《中国现代文学百家·张恨水》，华夏出版社，1997 年版。
② 张恨水：《啼笑因缘》，《中国现代文学百家·张恨水》，华夏出版社，1997 年版。
③ 张恨水：《啼笑因缘》，《中国现代文学百家·张恨水》，华夏出版社，1997 年版。

白铜球儿，挪搓消遣的关寿峰："三个铜球，在右掌心里，得儿叮当，得儿叮当，转道乱响。左手捏着一个大拳头举起来，瞪了眼向秀姑道：'这小子别撞着我。'"① 这语言鲜明传神，把关寿峰火爆、侠义之气写得栩栩如生；读起来朗朗上口、音节响亮、自然顺畅、可读性强。

综上所述，张恨水的《啼笑因缘》在暴露社会黑暗，描写小市民的性格、心理与理想方面是成功的；在改良章回小说，探索适应市民阶层艺术欣赏情趣和雅俗共赏的艺术形式方面，也是卓有成效的。因此，他赢得了市民作家和章回小说大家的称号。

第四节　《八十一梦》

《八十一梦》是张恨水抗战时期的代表作。这部小说写于 1939 年，同年 12 月 1 日至 1941 年 4 月 25 日连载于重庆《新民报》，张恨水曾回顾说：

《八十一梦》这部书，在大后方是销路最多的一部，延安也翻过版。这书我不敢说是什么好作品，但在痛快两字上，当时是大家承认的。……我觉得用平常的手法写小说，而又要替人民呼吁，那是不可能的事。因之，我使出了中国文人的老套，"寓言十九托之于梦"。……大概书里的《天堂之游》、《我是孙悟空》几篇，最能引起读者的共鸣。书里我写着一个豪门，有一条路可通半空，给它添上个横额，"孔道通天"。朋友都说，这太明显了。又孙悟空和一位通天圣母斗法而失败。朋友也说这可能是个"漏子"。②

杨义在《中国现代小说史》（第三卷）中认为《八十一梦》，是"继张天翼《鬼土日记》、老舍《猫城记》、王任叔《证章》之后现代文学史上的一部奇书"。作为一部"奇书"，它体现出以下特征：

一、梦的结构形式，亦虚亦实的叙述技巧

《八十一梦》借鉴了《西游记》、《镜花缘》、《斩鬼传》、《儒林外史》及近代谴责小说的笔法，又采取梦的形式结构小说，各梦独自成篇，集中讽刺某个侧

---

① 张恨水：《啼笑因缘》，《中国现代文学百家·张恨水》，华夏出版社，1997 年版。
② 张恨水：《写作生涯回忆》，人民文学出版社，1982 年版。

面，这样作者既可借助于形式的荒诞，融虚实真假为一体，又能因结构的自由，熔上下古今于一炉，从而嬉笑怒骂，皆成文章。全书以梦贯通将独立的各篇合而一体，避免了中国古代小说常有的结构松散的毛病。由于是以梦的形式，作者可以任意驰骋想象，天上人间，古今中外，随兴所致而取用之，以象征手法展示了一个光怪陆离、奇幻荒诞，却又无处不与现实相连的画面。作者以"梦境"的笔法来写社会批判小说，其中所写内容，大多是当时人人皆知的新闻材料，使读者心领神会，感到"此中有人，呼之欲出"。这样就扩大了小说的社会容量，也使小说抨击时弊更加深刻。

《八十一梦》实际只有 14 梦①，之所以取"八十一梦'，张恨水在《八十一梦》尾声中指出："本来在中国社会上，老早就把 81 这个数目，当了一个不能再扩充结果的形容词。所以有这么一句话'九九八十一，穷人没饭吃'。人生大事，莫过于吃饭，更莫过于穷人吃饭。九九八十一，既可作穷人吃饭的形容词，正也可以作我那梦境中的形容词。"② 这说明取"八十一"是暗喻"穷人没饭吃"的主题。之所以以"梦"的形式出现，是为了逃避当年的"新闻检查"，"使出了中国文人的老套，'寓言十九托之于梦'③。作者以梦喻今，用一些荒诞不经的故事，揭露政治上、社会上诸多丑闻秘幕，达到抨击黑暗现实的目的。

《八十一梦》的 14 个梦，各自成一段落，独立构成为一个短篇小说。由于是梦，"就放开手来，将神仙鬼物，一齐写在书里"，熔上下古今于一炉，用丰富的想象力，将中国历代的知名人物及其事迹、人们熟知的中国古典小说中的典型形象作为"推陈出新"的原料，在嬉笑怒骂之中，揭露现实生活中"五颜六色的卑鄙、恶毒的勾当"。它以杂文的激烈言辞和漫画式的勾勒，使作品具有较强的讽刺力和穿透力。如《我是孙悟空》一梦，就揭露了那些敲骨吸髓、饮血吃肉的妖精们，虽遭到孙悟空的正义讨伐，但他们仍可以在通天老母的庇护下逍遥法外。在《天堂之游》中，警察署长猪八戒竟是大走私犯，在天堂中横行不法的竟是西门庆、潘金莲、善财童子和罗刹公主。这些篇章是直指蒋、宋、孔、陈四大家族的。这里巧妙地从古老故事中生发出为当前现实服务的新意，如《上下古今》之梦游"异域"，"我"请了古代的一位同道柳敬亭作向导，对生活在这

---

① 《八十一梦》在重庆《新民报》连载时有 14 梦，解放后 50 年代重版时仅有 11 梦。"文革"后不久出版的《八十一梦》仅有 9 梦。

② 张恨水：《八十一梦》，北京通俗文艺出版社，1955 年版。

③ 张恨水：《写作生涯回忆》，人民文学出版社，1982 年版。

个"异域"的二十四史中的人物,尤其是亡国君臣与国家兴亡息息相关的社会名流一一采访,借古人之口谈兴亡之道,为今人敲响警钟,用心良苦。又如《天堂之游》中,作者将各种各样的"名流"汇聚在一起,有家喻户晓的"明星"猪八戒,有臭名昭臭的西门庆、潘金莲,有千古名妓李师师,有善弄权术的司马璐之流;也有宁可饿死也不吃周粟的贤士伯夷、叔齐,有以济世救民为己任的孔子、墨子,还有侠肝义胆的鲁仲连,幽默滑稽的宝志和尚,也有死后荣列仙班、到天上任灶神的名不见经传的凡人。作者通过梦的形式将这些不同时空、或真或幻、亦真亦假的"人物"都汇聚在"天堂"。这种手法打破了时空界限,化真为幻、亦幻亦真,其把真实与虚构熔铸一体的艺术构思,具有独创性。

二、比喻象征夸张的手法的运用

作品采取比喻的手法,或以小喻大,或以古喻今,或以远喻近,采取言在此而意在彼,以曲折方式寄寓主题。如《天堂之游》描写作者在天堂继续游荡,来到西门庆的公馆,西门庆"现在是十家银行的董事与行长,独资或合资开了一百二十家公司",成了"天堂"中的权贵。他的夫人潘金莲"穿了一套入时的巴黎新装,前露胸脯、后露脊梁,套着漏花白绸上衣,光了双腿,踏着草鞋式的皮鞋",她的汽车在十字路口遇上红灯,她跳下来,直奔站在路当中指挥交通的警察,"伸出玉臂,向警察脸上,就是一个巴掌劈去。警察左腮猛的被她一掌,打得脸向右一偏。这有些凑近她的左手,她素性抬起左手来,又给他右腮一巴掌。两耳巴之后,她也没有说一个字,板着脸扭转身来,就走上车去,那汽车开着就走了"。这段描写不禁使人想起当时重庆孔二小姐打警察的新闻:孔府千金乘车上街兜风,把车停在要道口上,阻碍了交通,警察上前去干涉,竟遭来几记耳光的突然袭击,孔二小姐打人之后,一言不发,板着脸扭身上车而去。小说借潘金莲打警察之事暗指孔二小姐打警察之事,从而揭露了权贵们目无法纪,仗势欺人。

《我是孙悟空》以生动的描写、犀利的文笔为读者叙述了这样一个故事:一豪门有一条道通到半空,路尽头的大门竟是一个特大的铜钱,上书"孔道通天"孙悟空和一位戴有黄金、白金、赤金、钻石、宝石戒指的通天大仙斗法而失败。还描写了一个无恶不作、吃人不吐骨头的女妖,不但能使神通广大、法力无边的孙悟空大败而逃,就连玉帝也奈何她不得。明眼人一看就知道前者是指历任国民党政府实业部长、财政部长、行政院长、中央银行总裁、中国银行总裁等要职,控制国家财权，拼命谋取私利，腰缠万贯的孔祥熙；后者影射的是'第一夫人'宋美龄。读到这儿人们不禁拍案叫绝，连连称快。

又如在《一场未完的戏》中，作者用正太太的儿子比作共产党，用姨太太的儿子比作国民党。兄弟骨肉为了私利不惜借外力来争斗。作者以一个看客的地位，不禁慨然而叹："姨太太的儿子，正太太的儿子，看着是外人；而母亲的兄弟，倒成了一党。异母兄弟非踢出去不可，而自己的家私，可以让母舅吞蚀。利己的私事，谁能说人人没有？而打着苍蝇喂斑鸠，这种人岂不是愚蠢透顶？"[①]尽管张恨水对国共两党的斗争认识是肤浅的，但他的同情心显然是站在"庶子"共产党一边的，在国共合作共同抗战的当时，作者希望抗战阵营内部团结，不要发生矛盾，用心是善良的。

《八十一梦》中，作者还采用象征手法，以"狗头国"、"天堂"象征人间。在"狗头国"中，"经商人才好做官，做了官更好经商"，岛上的"格特曼勒"（地方长官）操纵岛上的商业经济，剥削穷人，把"狗头国"变成世界上叫化子最多的国家，在穷人的尸骨上建造富人花园围墙。书中还写了"狗头国"的富人崇洋媚外，连外国人的耳光都好的故事：一个药商，又兼全岛公墓督办，常患心口疼。每患这个病，要人去捶他的脊梁。本岛人捶没用，一定要西洋拳师揍他就好，请了一位士通去揍他，揍了两耳光，那人立刻喜笑颜开，向士通深深地鞠了一躬道："多谢，兄弟的病已经好了。无论如何，外国的耳光是比本国的耳光要值钱一百倍。一耳光之下，百病消除。"[②] 在"天堂"里，尽管也张贴着"一滴汽油一滴脂膏"、"滚着先烈的血迹前进"之类的标语，但警察署的督办竟是猪八戒，颇有一套走私货物、囤积居奇的诀窍。这些都是用以讽刺人间的贪官污吏，以及崇洋媚外者的。书中还以人头和兽头象征人的良心有无。在"天堂"里，坐汽车的都是牛头、象头、獐头、猴头；走在马路上的多是人头，从而表达了他对"为富不仁"者的愤慨。

三、幽默诙谐的风格、辛辣尖刻的语言

在《八十一梦》中，张恨水以幽默的笔调对现实社会进行了最辛辣的讽刺。如《在钟馗帐下》，张恨水对贪官污吏的惩罚办法让人忍俊不禁。钟馗手下大将

---

① 张恨水：《八十一梦》，北京通俗文艺出版社，1955 年版。
② 张恨水：《八十一梦》，北京通俗文艺出版社，1955 年版。

含冤诱捕重犯的手法是将一串十足赤金的金钱申将起来，摆在路上，让挟重资逃跑的主将钱惟重见钱眼开，一头钻进钱眼里，他的老婆孩子也跟着一个一个地钻了进去，然后再念动真言，钱眼缩小，把他牵上，"就牵狗一般牵来了"。幽默中寄寓着作者对于时弊的痛恨。又如张恨水借钟馗的嘴描述了"浑谈国"的特征，说他们每天都要聚拢千百人在一处浑谈一阵，"虽然人多，而谈者只有一个首脑人物，至多两三个，其余都是被派来听谈话的"。当钟馗率大军到浑谈国境的时候，这些以空谈当饭吃的国民们竟视若无睹。因为爱好空谈，他们在1840年立的奠基典礼纪念碑至今已经一百年，而拟建的"凌云大厦"仍是一个泥坑，并且还在继续没完没了地讨论建设的宏伟规划。待到知道钟馗大军已经兵临城下，仓促之间，他们首先想到的仍然是召开大会讨论和战的问题。最后大军围城，断绝了他们的用水，他们还要成立"临时掘井讨论委员会"再作讨论，结果全体国民饥渴而死。这些令人啼笑皆非的事实叙述将空谈误国的道理揭示得淋漓尽致。

《八十一梦》中的语言爱憎分明，辛辣激昂，揭露深刻，讽刺强烈。对于贪官污吏，作者借柳如之口给予了抨击，"所有秉政的人，最好是不让他的文武官员享受什么。人有钱可花，有福可享，他就要极力去保留他的生命来花钱享受，哪还有以死报国者？晚明的南京朝廷从福王起，就是憋着气没有好戏可听的。操纵政权的阮、马，那更不消说。在这'君不君，臣不臣'的朝廷上，'气节'二字，早已换了'声色'二字"①。作者在小说中提倡"气节"，书中写天堂里欢迎上天进宝的四海龙王，遍处贴满标语，有一条上写着："四海龙王是我们的救命菩萨。"有人将欢迎标语贴到墨子门上，被墨子臭骂了一通："四海龙王不过有几个钱，并不见得有什么能耐，你们这样下身份去欢迎他，教他笑你天上人不开眼，只认得有钱的财主……我墨翟处心救世，赴汤蹈火，在所不辞……在这篱笆门里住了三年也没有人正眼看我一下，这四海龙王，不过刚有个起身的消息，你们就是这样的欢迎！"② 在最后一梦中，作者借歌女陶飞红之口痛骂那些贪官污吏、醉生梦死丧失气节者："你在那里造孽，弄些造孽钱，吃喝得肚子里装不下去，倒病出来？你不喝酒，是孽生孽死，你喝了酒，是醉生梦死！你有钱，你可没有了灵魂！你是中国人？你是中国人的僵尸！你痴心妄想，我虽然是歌女，我

---

① 张恨水：《八十一梦》，北京通俗文艺出版社，1955年版。
② 张恨水：《八十一梦》，北京通俗文艺出版社，1955年版。

也有点觉悟，不像你穿得这样漂亮，像个大人物的样子，倒比歌女还风流。歌女做不出来的样子，你也做得出来，你倒想明早七点起来，反戴上一幅钗环而去?"① 这些语言义正词严、愤慨激昂、掷地有声。

张恨水的《八十一梦》与以前的《新斩鬼传》相比，在内容上已从文化批判、社会批判的隐喻转化为政治与经济体制的批判了，对社会政治经济的批判成了一柄观察和批判的双刃剑，直接参与到人们生活中最敏感的领域。因此，《八十一梦》发表后，在社会上产生了强烈的反响。还在报纸上连载期间，作者就不断收到群众的来信，赞扬"《八十一梦》写得对，骂得好；再写得深刻些，再骂得痛快些!"② 赞扬张恨水的勇气。该小说连载之后，便由新民报社出了单行本，成为大后方最畅销的小说。延安曾经也加以翻印。重庆《新华日报》曾载文对《八十一梦》作了较高的评价。③ 1942 年秋，重庆《新民报》邀请周恩来给报社工作人员讲解当前形势，周恩来在讲话中赞扬了张恨水的《八十一梦》："同反动派作斗争，可以从正面斗，也可以从侧面斗，我觉得用小说体裁揭露黑暗势力，就是一个办法，也不会弄到'开天窗'，张恨水先生写的《八十一梦》，不是就起了一定作用吗?"④

《八十一梦》也给张恨水带来了麻烦，国民党当局授意新闻检查机构以"不利于抗战团结"的罪名，勒令《新民报》停登《八十一梦》，张恨水起初对此不予理睬。后来，国民党军政部长张治中先生以安徽同乡的名义宴请张恨水，在席间张治中问他，是否想到息烽去"休息"两年? 息烽位于贵州中部，在这里国民党设了一个囚禁政治犯的集中营，去息烽"休息"，就意味坐牢、杀头。于是，《八十一梦》在写完"回到南京"一节后就匆匆结束了。尽管如此，作者还是在《八十一梦·楔子·鼠齿下的剩余》中把被腰斩的原因公诸于众：……在梦本之上，多添了一点油腥气。这就刺激了老鼠的特殊嗅觉器官，误认为这一本空虚无所可求的梦稿，也可以是咀嚼的东西，到了晚上，直钻进我的故纸堆中，用它的牙与爪，切切实实把这本子磨勘一顿。……耗子大王，虽有始皇之威；而我也就是伏生之未死，还能拿出尚书于余烬呢。⑤

---

① 张恨水：《八十一梦》，北京通俗文艺出版社，1955 年版。
② 张恨水：《〈八十一梦〉前记》，北京通俗文艺出版社，1955 年版。
③ 宇文宙：《梦与现实》，载重庆《新华日报》，1942 年 9 月 21 口。
④ 张友鸾：《老大哥张恨水》，载于《新闻研究资料》(丛刊)，1981 年第 1 辑。
⑤ 张恨水：《八十一梦·我的写作生涯》，四川文艺出版社，1994 年版，第 2 页。

这表现了张恨水对国党当局扼杀言论自由的强烈不满，表明了同他们斗争到底的决心。从小说揭露专制统治的尖锐深刻，文字的生动活泼、形式与风格的独特，以及发表后所产生的巨大轰动效应来看，《八十一梦》不但胜过张恨水的其他讽刺小说，而且也胜过那一时期同类题材的其他作家的讽刺作品。它为中国社会讽刺小说提供了新的样式，既是新文学园地的重要收获，也是现代通俗小说领域中不可多得的一枝奇葩。

思考题：
选择张恨水小说文本1-2部，在认真阅读基础上进行艺术赏析。

尾编　文化篇

　　张恨水代表了一种由文化传统携载传统文化搏击于现代生存整体的力量……张恨水的传统文人人格境界及张氏作品中的那么热情与真诚具有着不可忽略的抵御当代文化之冷漠的功用……张恨水所代表的这一黄昏之中的文人传统决非那种可以指责的阻碍历史演进的小丑形象……张恨水以自己独特的文人人格境界，以自己多产的创作……为整个中国现代文化史奏出了有意味的一章。

　　　　　　　　——张毅《文人的黄昏——通俗小说大家张恨水评传》

第十讲　张恨水小说与民俗文化

导读：

　　张恨水小说反映了广泛的社会面——体现了众多民俗事象——具有深刻的审美意蕴

　　张恨水一生创作了一百二十多部中长篇小说，被人们誉为"通俗文学大师"、"章回小说大家"。他的小说究竟属于何种类型，论者争议颇多，或说"言情小说"，或说"世情小说"，或说"社会小说"，或说"社会言情小说"。作者自己则认为他的小说"其间以社会为经，言情为纬者多"，并说"小说有两个境界，一种是叙述人生，一种是幻想人生"，"大概我的写作，总是取决于叙述人生的"。"兜过圈子说回来，还是不超现实的社会小说"。① 因为张恨水从事的是"叙述人生"的小说创作，所以张恨水在小说中，不仅描写了一个个哀婉缠绵的爱情故事，塑造了众多栩栩如生的人物形象，而且把 20 世纪初中国社会不同阶层的民俗现象与小说故事情节和、环境氛围的营造及典型人物性格的刻画融为一体。将民俗传承作为社会生活重要内容，在其小说中进行大量描写，从而使张恨水的通俗小说具有鲜明的民俗色彩。可以这样说，中国 20 世纪初北京、南京、安徽、重庆、西安等地广泛流行的民俗，经张恨水提炼并艺术地运用到小说中，是构成张恨水小说内容和形成民俗化特色的重要因素之一。

　　自从人类同历史同时诞生后，人与环境便须臾不可分割地联在了一起。"人创造环境，同样环境也创造人"② 由于人和环境的相互作用，环境不断地变迁，人也总是处在一定的具体环境中从事社会活动。所谓典型环境就是一定时代的社会具体环境，由在该时代生产方式制约的社会关系、政治生活、文化生活、风俗

---

① 张恨水：《写作生涯回忆》，1949 年 1 月 1 日——2 月 15 日，北平《新民报》。
② 《马克思恩格斯全集》第 3 卷第 43 页，人民文学出版社，1963 年 2 月第 1 版。

习惯相互交织而成。巴尔扎克曾经说过，人的千殊万类是由人展开活动的环境所决定的。以社会类别活动同动物类别活动进行比较，"每只动物的习惯，至少在我们看来，在任何时代都经常是相同的，可是，国王、银行家、艺术家、资产者、教士和穷人的习惯、服装、言语、住宅是完全不相同的，并且随着文明程度的高下而起变化"。① 因之，巴尔扎克把他的大部分作品归入"风俗研究"一类，这就意味着肯定了民俗描写在文学中的地位与作用。张恨水学识渊博，旧学功底异常深厚，对中国传统文化厚积而薄发，他的笔下关于宇宙、生物、灵界、艺术、宗教信仰、岁时节日、衣食住行、婚丧嫁娶、游艺娱乐、语言文俗的种种描写，构成了张恨水小说的社会历史真实性和强烈的时代色彩。

第一节　张恨水小说民俗事象

民俗学所指范围很广，英语 folklore（民俗学）一词，包含一切"人民的知识"、"人民的文化和智慧"等内容。但凡一切人民生活习俗、社会组织、政治观念、经济制度、衣食住行、宗教信仰、魔术、占卜、禁忌、厌胜、祭祀礼仪、婚丧嫁娶、岁时节令、民间文艺等都属于民俗学范畴。

现代意义上的民俗，是指各民族人民在共同社会生活中形成，并时代流传下来的风俗习惯和文化心理传统。它既表现在精神生活之中，又表现在物质生活之中，以历史沉积、陈陈相因的传统力量，给人们的言行以巨大的影响，从而构成了各民族和地区人民文化生活、精神形态、心理素质上的一些共同特征。斯大林指出："民族是人们在历史上形成的一个有共同语言、共同地域、共同经济生活以及表现在共同文化上共同心理素质的稳定的共同体。"② 而民俗就是体现民族"共同文化上共同心理素质"方面的重要内容。

张恨水小说中民俗现象遍及其五十余部小说。这里很难用一个精确的"量词"或者某个形容词来表述。如果借用民俗学上的分类方法来加以梳理的话，张恨水小说中所描写民俗事象至少可以归纳出以下几大类：诸如岁时节日之俗、婚丧嫁娶之俗、衣食住行之俗、宗教信仰之俗、游艺娱乐之俗、人生家庭礼仪之俗、语言之俗等等。③

---

① 巴尔扎克：《〈人间喜剧〉前言》，见《巴尔扎克全集》，人民文学出版社，1986 年 1 月第 1 版。

② 斯大林：《马克思主义和民族问题》，见《斯大林全集》，人民文学出版社 1963 年 2 月第 1 版。

③ 关于民俗的定义、特征、分类方法问题，可参见乌丙安著《中国民俗学》，辽宁大学出版社，1985 年 8 月版；张紫晨著《中国民俗与民俗学》，浙江人民出版社，1985 年 10 月第 1 版。

一、岁时节日之俗

张恨水小说中写到的岁时节日，有元宵节、立春、小阳春、清明节、芒种节、端阳节、中秋节、重阳节、除夕、过年等。这些岁时节日是中国古代历法和季节气候变化相结合而排定的节气时令，自古以来世代相传，成为一种民俗事象。例如春节，又称过年，其中有扫尘、守岁、挂年画、贴春联、放鞭炮、拜年、舞狮子、耍龙灯、踩高跷、逛花市、赏冰灯等习俗，时间自腊月二十四延续至正月十五日。张恨水有多部小说写到春节的活动。如《金粉世家》中有关北京年俗的描写，淡淡的几笔勾勒，便使人感到情景如画：

人生的岁月，如流水的一般过去。记得满街小摊子上，摆着泥塑的兔儿爷，忙着过中秋，好像是昨日的事。可是一走上街去，花炮摊、花灯架，宜春帖子，又一样样的陈设出来，原来要过旧历年了……有些人手提着大包小件的东西，中间带上一个小孩玩的红纸灯笼，这就知道是办年货的。再往西走，卖历书的，卖月份牌的，卖杂拌年果子的，渐渐接触眼帘，给人要过年的印象，那就深了……①

此情此景只有中华民族才有！读了这段文字，一股淳朴的民风不禁扑面而来。此情节之后的关于冷清秋"写春联"、我"买春联"的习俗描写，更是岁时节日的民俗事象。另外，《春明外史》、《天河配》等小说中也有关于岁时节日习俗的描写。

二、衣食住行之俗

衣食住行是人类赖以生存的物质条件，是人类本能的需要。张恨水小说所反映的社会生活面非常广，上至达官贵人，下至平民百姓，这些人物生活在二十世纪初的中国社会，正是新旧、中西文化交替之时。因此，小说中各阶层人物在衣食住行方面均深深地印上了当时时代特征。人物的穿衣吃饭、居住行走，也就折射出二十世纪初中国社会结构错动的社会转型期的世风民情。

1. 服饰。小说《现代青年》第五回"一车行李含泪别故园，数件乡仪赧颜探巨室"，在叙述周世良与周计春父子告别潜山乡下来到省城安庆求见孔大善人时，描写了安徽乡下人和城里人的不同服饰。

乡下财主周高才：……周高才手上也捧了水烟，架了腿在那里抽着，点了两点头，……他身上穿了葛布长袖短褂子，半旧蓝纺绸裤子，白竹布袜子，双梁头羽

---

① 张恨水：《金粉世家·楔子》第1页，安徽文艺出版社，1985年1月第1版。

缎青鞋；捧的那管水烟袋，是纯白铜的托烟袋的手夹了一根长纸煤，而且手腕上，还带着一只玉镯子。……①

省城（安庆）孔大善人：……转过了客厅，旁边有一间房，一张横桌子边，有一张圆桌，上面端端正正坐着一位四十上下的先生，他口里衔了一枝比指头还粗的黄色香烟，微昂着头，看了人进来。他穿了一件蓝绸长衫，由里面向外卷着袖口，露出里面小衣的袖子，赛似银子。他胖胖的一张圆脸，两腮上的肉，向鼻子边直拥上来，浓眉倒配着小眼睛；笑起来，鼻子边两道沟纹，眼睛合成一条缝，倒真个有些象庙门口那大罗汉。……②

周世良：……左边门房，有个人应声而出；见大门外站着一个人穿白大布褂子，蓝大布裤子，脸上是黄中带黑，当然这是个乡下人；再看他手提的那个竹篮子，里面通通红的，有半篮子大柿子辣椒，他脚下穿了长筒大布袜子，双梁头布鞋，还在上面屯积了许多黄土；当然，这也是乡下人挂的一个幌子。……③

《现代青年》描写的身处不同活动空间、具有不同生活方式以及不同生活理想和信条的两大生活群落，其中的人物性格、思想与行动，从周高才、孔大善人和周世良的衣着服饰中得到一种感性印象。

2. 饮食。对于我国二十世纪初不同阶层、不同环境中南北方人的饮食习惯，张恨水在其小说中作了比较细致地描写。试看几例：

例1、……（何剑尘、杨杏园和板井太郎）三人一同出来，坐了门口停的汽车，一路到华乐园看戏之后，就到鲜鱼口一家烤鸭店去吃晚饭，走上楼，便在一间雅座里坐了。板井笑道："到北京来了这久，样样都试过了，只有这烤鸭子店，还没有到过，今天还是初次呢。"杨杏园道："一个吃羊肉，一个吃烤鸭，这是非常的吃法……""……不一会儿工夫，只见那伙计老远提着一块雪白的东西前来。乃至他进屋，方才看清楚，原来是一只钳了毛的死鸭，最奇怪的，鸭子身上的毛虽没有了，那一层皮，却丝毫没有损伤，光滑如油。那伙计手上有一只钩，钩着鸭嘴，他便提得高高的给三人看。……何剑尘点了一点头，伙计就拿着去了。"……何剑尘笑道："这是一个规矩，吃烤鸭子，主顾是有审查权利的。其实主顾倒不一定要审查，不过他们有这样一个例子，必经客人看了答应以后才去做出来。犹如贵公司订合同，必经两方签字一道手续一般。"……另外一个伙计，用一只木托盆，托着一只完全的烤鸭，放在屋外的桌子上。板井在屋子里向外望，见那鸭子，兀自热气腾腾的。随后又来了一个伙计，同先前送鸭子的那个

---

① 张恨水：《现代青年》第59、69、67页，人民文学出版社，1985年11月第1版。
② 张恨水：《现代青年》第59、69、67页，人民文学出版社，1985年11月第1版。
③ 张恨水：《现代青年》第59、69、67页，人民文学出版社，1985年11月第1版。

人，各自拿着一把刀，将那鸭子身上的肉，一片一片的割下来，放在碟子里，放满了一碟子，然后才送进来。板井这才明白原来是当面割下，表示整个儿的鸭子，都已送来了之意。……①

例2、……玉和笑道："其实，乡下也不全是这样富足，我们这里山清水秀，倒是大可以留恋的。"……过了一会，玉和已经把屋子收拾清楚了，就带着桂英到厨房里来吃饭。桂英看那张矮桌上，有一个大瓦盘子，装了北瓜，一只粗瓷蓝花碗，装了一大碗苋菜，又是一只旧瓦碗，装了一大碗臭咸菜，四方堆着四大碗黄米饭，热气腾腾上升，闻着了，却有些香味……②

例1、例2分别描述了北京吃烤鸭习俗与安徽潜山乡村的饮食习俗，具有较高的民俗价值。

3. 居住（建筑）。张恨水的足迹先后遍及安徽、北京、江西、南京、西安和重庆，每到一处，他无不仔细观察、认真体验，随之信手拈来，诉诸笔端，成为绝好的民俗资料。请看小说《纸醉金迷》中所描写的重庆房子：

例3、……重庆的房子包括川东沿江的码头，那是世界上最奇怪的建筑。那种怪法，怪得川外人有些不相信。比如你由大街上去拜访朋友，你一脚跨进他的大门，那可能不是他家最低的一层，而是他的屋顶。……背对了悬崖的房屋，这就凭着川人的巧思了。悬崖不会是笔陡的，总也有斜坡。川人将这斜坡，用西北的梯田制，一层层的铲平若干尺，成了斜倒向上堆叠的大坡子。这大坡子小坦地，不一定顺序向上，尽可大间小，三间五，这样的层次排列。于是在这些小坦地上，立着砖砌的柱子，在上面铺好第一层楼板。……所以重庆的房子，有五六层楼，那是极普通的事。可是这五六层楼，若和上海的房子相比，那又是个笑话。他们这楼房，最坚固的建筑，也只有砖砌的四方柱子。所有的墙壁，全是用木条子，双夹的漏缝钉着，外面糊上一层黄泥，再抹石灰。……第二等的房子，不用砖柱，就用木柱。也不用假墙，将竹片编着篱笆，两面糊着泥灰，名字叫着夹壁。还有第三等的房子，那尤其是下江人闻所未闻。哪怕是两三层楼，全屋不用一根铁钉。甚至不用一根木柱。除了屋顶是几片薄瓦，全部器材是竹子与木板。大竹子作柱，小竹子作桁条，篱片代替了大小钉子，将屋架子捆住。……叫捆绑房子。由悬崖下向上支起的屋子，屋上层才高出街面的，这叫吊楼，而捆绑房子，就照样的可以起吊楼。惟其如此，所以重庆的房子，普通市民，是没有建筑上的享受的。……③

---

① 张恨水：《春明外史》第555、921页，山西北岳文艺出版社，2000年1月第1版。

② 张恨水：《天河配》第273页，贵州人民出版社，1986年3月第1版。

③ 张恨水：《纸醉金迷》第287页，山西北岳文艺出版社，1993年1月第1版。

207

其中，既有房子构造特点的介绍，又有横向的比较，与故事情节融为一体，可谓形象化的民居资料。

4. 行走。张恨水小说背景是二十世纪初的中国社会群像，因此，小说里的人物出行或步行，或坐轿，或坐车（火车、汽车、胶皮人力车、马车、独轮车等），或坐船。而这些又随人物身份、地位不同而不同。可谓千姿百态，令人耳目一新。其例在小说中可随处可见。

三、婚丧嫁娶之俗

张恨水小说所反映的时代，正是中国政治、经济和文化处于急剧变革时期，旧道德尚占主导地位，新道德还未建立；就男女婚姻而言，人们所遵从的仍然是"父母之命，媒妁之言"的婚姻观。而张恨水在其小说中一方面如实地描述了封建社会末期的这种婚姻观；另一方面却着重通过主人公对旧婚姻制度的叛逆来对传统婚姻观进行重新评估。

张恨水小说中具体写到婚嫁的民俗事象，有庚贴、三媒六聘、过礼等以亲订婚时的礼节；结婚时、结婚后的仪式等，如《现代青年》中计春和菊芬的定亲过程，非常符合贫民阶层人们的风俗习惯，描写细致，场面感人。

至于丧葬之俗，因是人生礼仪的终结，所以往往充满着人类对自身终极归宿的关怀，凝聚着人与人之间的深厚感情，蕴藉着生者对死者悼念和哀思之情。张恨水小说中写到了不同人物的死及其葬仪。如《金粉世家》围绕金铨的丧事，全过程展现了京城豪门家族处理大丧事所显示出的大面子、大排场，其场面的奢华与铺张，令人叹为观止。作为一种民俗事象，主要不在于死的形式上，而是在丧仪。贵族丧事如此，平民百姓的丧事又是怎样呢？象《小西天》、《春明外史》、《秦淮世家》、《现代青年》、《魍魉世界》等小说都直接或间接地反映了中国南北民间的丧事习惯。若把这种种仪式合而观之，则这些丧葬习俗可称得上二十世纪初中国丧葬之俗"大全"。

四、宗教信仰之俗

这种习俗常常表现在以信仰为核心，包括各种禁忌在内的反映在心理上的习俗，是人类心理活动和信息上的传承。这种民俗，主要表现在自然崇拜、图腾崇拜、祖先崇拜、氏族来源及祖宗观念等方面。在民间，常常表现在相信灵魂、梦魇、幽冥、兆验、妖魔鬼怪、阴司地狱、阎王地府等等，从而出现招魂、拘魂、礼魂、送魂、打鬼驱魔、过阴请寿、占梦符咒、星相、算命卜卦、祈祷等一系列具有迷信色彩的活动。①

张恨水小说中宗教信仰民俗事象，或梦境，或斋戒、诵经，或念咒，或跪香拜佛，或打卦算命，或祭宗祠拜影或作阴寿等等。此外，小说中还有黑道、黄道之期，丹房、圆寂、带发修行、象坛、护身符、谈禅、偈语等专门性词语。关于这一点，在小说《春明外史》中杨杏园身上有突出表现。书中生动地描绘了他的书房即禅堂：摆着一尺多高的乌铜佛像，墙上贴着"一花一世界，三藐三菩提"的对联和达摩面壁的中堂，还有佛珠、檀条，他坐在蒲团上捧读《楞严经》，回味着银钱生不带来死不带去等等，真乃"一榻禅心天花休近我"。告别人世前，还读着《大乘起信论》，写下了"如今悟得西来意，香断红消是自然"的诗偈。他逝世完全是涅槃的禅师："穿了一套白布小衣，靠了迭被，赤着双脚，打盘坐着。两手合掌，比在胸前。双目微闭，面上红光，完全收尽"。② 另外，如《金粉世家》里的冷清秋、金太太均是佛教的虔诚者。其言、其行无不体现着佛教之俗。

五、人生家庭礼仪之俗

《金粉世家》中的金府不仅是一个"钟鸣鼎食"之家，而且还是一个"诗礼簪缨之族"。因此，在这个北洋军阀内阁总理的封建大家族中，封建官僚金铨及其妻妾、儿女空虚堕落的精神世界和骄奢淫逸寄生虫生活的衣食住行、送往迎来，乃至命名细微处都是内外上下有别、长幼尊卑有序，等级规范十分严格。小说中写冷清秋嫁到金家的相见礼及拜见金燕西父母时，其礼节均遵循着民国时期贵族之家的礼仪。

人生礼仪实际上从人一出生即已开始。张恨水小说中写到的晨昏定省是家庭，尤其是贵族家庭中不可缺少的礼节，客来上茶和相见时的引见、抱拳、握手、道福，是民国时期不同阶层人们的见面礼节。此外，如送门礼、三节礼、压岁礼、三朝等，都属于人生家庭礼仪。张恨水小说里写出了中国南方、北方，上层、下层众多的不同类型的人物，从出生到成年订婚、结婚这一人生礼仪的全过程，并且写出了特点。

张恨水小说中对人物的命名取字号也极有特色。仔细阅读他的小说便会发现小说中的人名极富旧俗。按旧俗，给孩子起一贱名，意味着容易养大，所以社会上小名叫"狗子"、"牛儿"的很多，至于以序数及形体特征为名，亦为社会所习见，如《丹凤街》里的杨大个子、吴小胖子、王狗子、朱牛儿、洪麻皮、田

---

① 钟敬文编：《民俗学概论》第 34 页，上海文艺出版社，1998 年 2 月第 1 版。

② 张恨水：《春明外史》第 555、921 页，山西北岳文艺出版社，2000 年 1 月第 1 版。

佗子、童老五；《啼笑因缘》里的胡狗子、王二秃子、李二疙瘩；《夜深沉》里的丁二和、田老大、王傻子；《北雁南飞》里的毛三叔、毛三婶、王狗子；《巴山夜雨》里的杨老么、李老二，等等。张恨水写下层人物往往随俗而取名，与传统章回小说中给人物取"绰号"一脉相承。

另外，像家庭日常生活劳作时所使用的锄头、农具，磨坊、家具，衣着、特产、挑米等，在张恨水小说中均予以细致刻画，处处散发着浓郁的乡土气息和特定的时代特征。如《现代青年》周世良江水豆腐的制作；象《天河配》中玉和与桂英被迫来到潜山乡下，与哥嫂一起劳动时的农村耕作习俗的描写。《巴山夜雨》里李南泉先生的一个新发现，就是不少穿中山服的男子和穿着摩登衣服烫了头发的妇女，也在米店买米。而他们说话，都是外地口音，那不用提，正是抱着同一志趣来买便宜粮食的。这一特殊现象，暗示并记录了抗日战争期间后方重庆所特有的景观，具有深远的现实意义。

六、游艺娱乐之俗

张恨水小说选材广泛，因此，不同阶层、不同身份人物因所处环境不同、文化素养有别，而对娱乐消闲呈现出不同特点。诸如：踏青、下棋、抹骨牌、打麻将、看戏、看电影、逛天桥、逛妓院、跳舞、上酒馆、上茶观、逛书店、求签、吸鸦片、押宝、逛公园、买花、养花、结社吟诗等，酒桌上还有行酒令、唱小曲儿、猜谜、吟诗、说笑话等。这些游艺活动，平常已多，节日更盛。《金粉世家》里特别写到金家请戏班唱戏的情节，围绕唱戏、点戏、听戏和金家内部不同人物的所作所为，小说在刻画这些故事的同时，也写出了色彩纷呈的民俗事象。特别是《啼笑因缘》，味道十足地描写了素以平民娱乐场著称的北京天桥。其人、其景、其艺、其场面简直"把北京的风物，介绍得活了。描画天桥，特别生动，直至今天，还有读过这部小说的南方人，到北京来必访天桥"。① 如今这种描写完全可以看作"文化化石"了。

七、语言之俗

语言民俗事象主要是通过语言的手段表现人物思想、愿望与要求的传承性艺术。张恨水小说除写下了大量诗词、对联外，还有谜语、谚语、俗语、歇后语、偈语、歌谣、行业语、方言土语，等等。这里仅列举几类予以说明：歇后语如《八十一梦》中的"一切都是外甥打灯笼——照旧（舅）"；《夜深沉》中的"走路捡鸡毛——凑胆子（掸子）"；《春明外史》中"揭开天窗——说亮话"。民谚

---

① 张友鸾：《章回小说大家张恨水》，见《新文学史料》1982 年第 1 期。

如《小西天》中"穷小子进了镜子店，只觉得满眼是穷小子，忘了我自己"、"人不求人一般大，水不流来一样平"；《金粉世家》中"三个臭皮匠，抵个诸葛亮"、"千里送鹅毛，物轻人情重"；《记者外传》中"牡丹虽好，也留得叶扶持呀"；《美人恩》中"为了别人的豆子，炒炸了自己的锅"。俗语如《落霞孤鹜》中"你种下麦子，就预备吃必打卤面，把话早说完了"；《美人恩》中"瞧她说话一口沙糖一口屎"；《北雁南飞》中"鳖鱼脱了金钩钩，摇摇摆摆不回头"；《满江红》中"二五不知一十"等。这些歇后语、俗语、民谚很贴切地用在小说情节中，使小说具有一种浓郁的语气与幽默感。

而小说中行话、术语、土话、黑话的运用，不仅使小说中三教九流的人物语言个性鲜明，而且生动地表现了民风民俗，为语言学研究提供了丰富的语言素材。请看《夜深沉》中的"排班"：捧角家（专门吹捧戏子的有闲阶级）在戏馆子附近站着，等候所捧的角儿出来，俗名叫排班。《丹凤街》中的行会语"老他一宝"：照样搞他一家伙。《魍魉世界》中的"洗一个澡"：投机商低价批进高价批出"钱滚钱"的把戏。《杨柳青青》中的"新娘子谢步来了"：北京旧俗，新娘子向长辈行礼。《落霞孤鹜》中"让人看稀罕儿"：让人看了笑话（北京土话）。《啼笑因缘》中"走水了！他妈的！来了灰叶子了"：土匪黑话，走水，走漏风声，灰叶子指兵。

中国小说的传统以北京话为正宗。张恨水先生是安徽人，但其小说中京白却也地道而漂亮。如小说里常见的"劳驾"、"瞧瞧去"、"贴补"、"别露怯了"（漏丑）、"拿拿乔"（端架子）、"土包子"、"怪贫的"、"估堆卖"等即是。其他如西安、南京、上海、安庆、潜山、重庆等地的方言土语在张恨水小说中都有生动表现。

第二节　张恨水小说民俗描写特点

文艺民俗学认为，人类社会中充满了民俗事象，民俗事象也极大地丰富了生活的内容，扩大了文艺创作的源地。[①] 关于张恨水的小说创作，他曾经这样自述："……新派小说，虽一切前进，而文法上的组织，非习惯读中国书，说中国话普通民众所能接受。正如雅颂之诗，高则高矣，美则美矣，而匹夫匹妇对之莫名其妙。我们没有理由遗弃这一班人，也无法把西洋文法组织的文学，硬灌入这一班人的脑袋，窃不自量，我愿为这班人工作。有人说，中国的章回体小说，浩

---

① 陈勤建：《文艺民俗学导论》第226页，上海文艺出版社，1991年10月第1版。

如烟海，尽够这班人享受得了，何劳你再去多事？但这有两个问题：那浩如烟海的东西，他不是现代的反映，那班人需要一点写现代事物的小说，他们从何觅取呢？大家若都鄙弃章回小说而不为，让这班人永远去看侠客口中吐白光，才子中状元，佳人后花园私订终身的故事，拿笔杆的人，似乎要负一点责任，我非大言不惭，能负这个责任，可是不妨抛砖引玉……让我来试一试。而旧章回小说，可用改良的办法，也不妨试一试。"① 从中不难看出，张恨水的抉择是立足传统、弘扬民族文化、着眼大众、为大众服务；是在对章回小说这一文学样式的利弊进行辩证分析之后作出的抉择。这意味着在抉择的同时将对此进行进一步的改良，使之成为一种吸收传统章回小说的精华、借鉴西方小说技巧反映新生活、表现新思想，并进而具有民族化、大众化的中国气派、中国风格的新章回体。

对于民俗事象的描写，中国古代小说尤其是后来的长篇章回小说，即已形成传统。其中民俗描写数量之多、描写内容之广泛、描摹之细致、描写情趣之典雅、意蕴之深厚已成为小说艺术魅力的重要组成部分。张恨水创作的"新章回体"小说，用形象的方式，广泛地反映了 20 世纪初中国变革时期的社会制度、风土人情及民间习俗、信仰、民间游艺等等，是研究张恨水创作思想、创作风格以及 20 世纪初中国民俗的重要资料。从民俗学角度审视张恨水的全部小说创作，我们不禁惊叹这是一座色彩斑斓的民俗宝库。同时将会发现张恨水从小说创作内容的选择到创作时方法运用，他不仅是一位通俗文学大师，还是一位博学多识、深入民间的民俗学专家。

张恨水小说中民俗描写归纳起来具有以下特点。

一、民俗描写数量繁多，内容丰富

从上述所列 7 类重要的民俗事象中，我们不难看出张恨水小说中民俗描写的显著特点是根据小说创作内容的需要而决定的。像长篇力作《金粉世家》，以豪门之子金燕西与平民之女冷清秋由恋爱、结婚到反目、离弃的婚姻悲剧为主线，以北洋军阀的内阁总理封建大家族为背景，小说围绕金家的日常起居、送往迎来、官私交接，乃至谈情说爱、吟诗听曲、看戏（电影）踏青、结社联咏书画制艺、参禅信佛、生老病死，演绎出了一幕幕动人心弦的故事。借"六朝金粉"的典故铺叙了一部豪门贵族的盛衰史。被誉为民国时期的《红楼梦》一点也不夸张。而小说中的民俗事象却是根据小说人物的出场、故事情节的发展而展现。小说中众多的民俗事象和丰富的民俗内容，则与小说中金家贵族身份、地位及其人物之众多、阶层之广泛、故事之曲折相互联系。当然，这与张恨水丰富的人生

---

① 张恨水：《总答谢——并自我检讨》，1944 年 5 月 20 日——22 日重庆、成都《新民报》。

阅历和广博的学识密不可分。可以设想，一个平庸的作家，在一部或多部小说中是很难描摹出如此之多、如此面广、如此精彩的民俗事象的。

二、古今相承，地域鲜明

张恨水小说的创作题材选自中国 20 世纪初，其中所描写的民俗事象却并非都是当时所独有，可以说，张恨水小说中的民俗事象，既有古又有今，表现了传承性特点。例如《春明外史》中多处写到的"赏菊"习俗，杨杏园与李冬青赏菊归来，杨杏园为表达对李冬青的爱慕之情，便即兴借菊花写了一首诗："帘卷西风漾鬓丝，黄花相对两三枝。花寒若有怜人意，可在亭亭不语时？"以此来表达自己的心迹。其实，这一习俗是我国古时就有的习俗，文人墨客尤其喜欢重阳赏菊、咏菊。南宋孟元老的《东京梦华录》就记载了北宋开封"九月重阳，都下赏菊"的盛况。再如《金粉世家》中写到的"踏青"，又叫春游，也是自古流传至今的民俗。古时叫探春、寻春。传说，在很早以前就有清明踏青这一活动。据《旧唐书》记载："大历二年二月壬午，幸昆明池踏青。"《武林旧事》记有："清明前后十日，城中士女艳妆饰，金翠琛缛，接踵联肩，翩翩游赏，画船箫鼓，终日不绝。"可见，踏青春游的习俗早已流行。又如《金粉世家》中对戏曲的描写，展现了民国时期的风尚。民国时期虽然有了电影、舞厅，但对于大多数人来说，还是喜欢看戏听曲。小说里的金家代表了民国时代上层社会对戏曲的偏好情景。金家逢年过节、喜庆大事都点戏看戏。特别是通过金家不同人物对戏曲、电影的不同喜好，表现了当时社会不同年龄、不同阶层的人们对文化趣味的不同选择。

由于张恨水先后在安徽、南京、北京、重庆等地生活和工作过，因此其小说中的民俗事象，既有北方风光，又有南方特色，体现出明显的地域特征。如《啼笑因缘》，历历在目地展示了老北京的天桥、先农坛、什刹海、北海和西山的风俗景观，令人读其文，有卧游其地、身临其境的趣味。《秘密谷》着意展现了安徽潜山天柱山一带的风俗人情、自然物态，无论是人物衣冠的古风古韵，还是言谈举止的玄奇纯朴，也无论墟里炊烟的平和宁静还是兵戎相见、杀气腾腾，均如风行水上，白云出岫。《秦淮人家》叙述了故都南京秦淮河边的故事，小说的妙处在于写出了秦淮河的民俗风情，并写活了一班市井人物。

三、城乡合璧，中外相间

张恨水小说题材广泛，以社会为经，言情为纬，串起了人间万象。无论城市，还是乡村，均纳入作者笔下。不同阶层人物的命运沉浮所形成的故事情节，自然构成了一幅幅城乡风俗图画。城市上层人物生活的腐朽糜烂，市民阶层的劣根性，知识分子、中产阶级的沉浮，以及乡村地主、农民之间所展示矛盾，读者看到的不仅是人物的命运，更重要的是众多不同的人物所生活的环境和风俗民情，并由此而构成的人物言行、饮食、娱乐、服饰等生活习惯，城乡有别，但又融合。如小说《现代青年》周计春的命运，从他最初的潜山乡下的童年，到省城安庆的中学生活，乃至后来的北京求学、腐化堕落，这之中的人物命运轨迹，无不打上了城乡风俗民情的印记，周计春命运串起了乡村、省城、京城的风俗。

不仅如此，张恨水小说还在大量的中国民俗事象里穿插着许多外国的风俗习惯。从日常生活中使用的化妆品（如法国香水等）、服饰（如西装等），到言语交际中的称呼（如密斯脱、拜拜等），以及上舞厅跳舞、电影院看电影，等等。这些外国风俗习惯的叙述，说明了当时社会的中外文化交流，以及这种异国风情给人们生活、思想带来的巨大影响。

四、详略有致，浑然一体

张恨水小说中的民俗描写，数量繁多，内容丰富。张恨水在描写时能根据人物的身份、地位和故事情节的需要，详略有致、恰如其分地描写，与小说故事情节融为一体，没有刀凿斧刻之迹，给人一种天衣无缝、浑然一体的艺术享受。比如《金粉世家》里的饮食之俗，男女主人公约会、外出游玩时如何饮食略写，而对金铨丧事排场上的饮食场面却详细铺叙，并进而予以渲染。另外如人物的服饰，也因人物身份不同而呈不同装束，由装束而表现人物各自性格，详略不同而性格各异。如冷清秋，作者不厌其烦地写她不同环境下的装束以突出其命运的起伏变化；对次要人物则往往寥寥数笔，能简则简。

五、纵横交错，铺排有序

张恨水小说中民俗事象描写纵横交错，同一回中既有衣食住行的描写，又有游艺娱乐的活动；婚丧嫁娶习俗中，又夹杂着人情往来、服饰饮食、宗教信仰习俗；一部小说中既有现代城市风情叙述，又有乡村淳朴民风的描写。这些纵横交错的民俗事象，在小说故事情节展开过程中，显得既一丝不漏，又一丝不乱；写人个性鲜明，叙事不先后重复。前后左右，铺排有序，互为关联，相映成趣。

第三节　张恨水小说民俗事象审美意蕴

民俗事象，不论有形还是无形，都不仅仅表现在信仰心理方面，它本身在人类社会生活中就具有强烈的实用性。例如，婚丧嫁娶之俗，在巩固家庭结构、子孙繁衍、家庭延续，处理亲戚关系等方面，都有明显的促进作用。因此有对医药的崇信、产育的禁忌和追求婚礼丧葬的喜庆隆重。又如，岁时节日之俗、游艺娱乐之俗，既可以增强人的体质，活跃家庭文化气氛、增加生活情趣和乐观精神，又可以通过这些活动加强人与人之间的相互了解，加深感情。有些文字性的游戏又可以扩大知识面，陶冶情趣，对人的思想品格和艺术修养的提高具有不可忽视的作用。① 因此，民俗事象既产生于人类历史发展之中，又推动了人类文明史的发展，是人类文明宝库中的珍贵遗产。

作品民族化是考察作家小说艺术是否成熟的重要标志之一。作家小说的艺术生命力，往往取决于作品民族化的程度，而民族化的形式，一般离不开对民俗的形象分析和真实描写。张恨水在长期的记者生涯和通俗小说创作实践中，深知民俗描绘的特殊作用，在继承中国古典小说创作艺术的基础上，自觉地把民俗的艺术处理作为他小说民族化创作特色的土壤。古今中外文学作品中的民俗事象都是人类社会生活中民俗事象的艺术再现。正如法国著名文艺理论批评家丹纳所论："作品的生命取决于时代精神和周围风俗。"② 因此，文学作品中的民俗是经过作家头脑再加工之后艺术化了的民俗，即艺术的民俗。这种民俗事象除具备现实生活中民俗的实用性功能之外，更重要的是在文学作品中具有独特的审美意蕴。作为张恨水小说所描写的民俗事象，同样富有自己的审美意蕴。

（一）通过民俗事象描写，展现生活场景和社会背景，渲染小说的环境气氛，使小说增添了真实感、时代感，从而更深刻地揭示促使人物必然行动的环境的典型性，进而突出社会主题

这里试以小说《啼笑因缘》为例予以说明。该小说是张恨水引起社会轰动最大的一部集言情、武侠、社会暴露于一体的章回小说。小说以青年学子樊家树为中心，以他对爱情的选择和追求为线索，展示了民国时期老北京的民俗风情。在这种民俗背景中，青年学子樊家树在贫寒鼓姬沈凤喜，以及财长千金何丽娜之间的爱情选择，在当时的社会环境中，便带有一种不以门第择人的平民主义倾向，甚至是温柔淑好的东方文化情调和浪漫纵情的西方文化情调之间的选择。因此，小说在进行文化思考的同时，又显示出了社会批判色彩，这种批判是通过军阀霸占民女展现的。军阀刘德柱的蛮横暴虐毁灭了温柔淑好的东方情调。小说在这里所描述的天桥、先农坛、什刹海、北海和西山的风俗景观、人文特色，很自然地与人物命运联为了一体，真实地反映了那个时代的社会生活面貌，具有极强

---

① 关于民俗的定义、特征、分类方法问题，可参见乌丙安著《中国民俗学》，辽宁大学出版社，1985 年 8 月版；张紫晨著《中国民俗与民俗学》，浙江人民出版社，1985 年 10 月第 1 版。

② 丹纳：《艺术哲学》第 34 页，人民文学出版社 1963 年 1 月第 1 版。

的社会暴露性。

（二）在民俗事象中，小说的主要人物形象更加丰满、个性更加鲜明

张恨水之所以被人们誉为"通俗小说大家"，很大程度上取决于对其小说中人物形象的刻画。在他的小说中，每个人物的出场，音容笑貌、言谈举止，都具有鲜明的个性特征。而在刻画这些人物性格时，又善于将人物放置在民俗事象的描写之中，使人物与社会、家庭生活密切地联系在一起。

长篇小说《小西天》，以西安一家叫"小西天"的旅馆为背景，描写了20世纪30年代中国城市、乡村社会的特色。旅馆里的各种各样人等，诸如投机钻营的小爬虫，做汽车生意的德国人，飞扬跋扈的官僚，唯唯诺诺的茶房，形容憔悴的妓女，生命垂危的贫民，富有热情、正直、善良的知识分子等等，特别是投机钻营之徒的卑鄙心态与丑恶嘴脸，均富有浓郁的"民间"色调。如小说第一回"鬼载一车关中来远客，家徒四壁渡口吊秦人"，作者着力于两处风俗景点的描写，一是潼关到西安的黄土沸沸扬扬的公路上，德国汽车上几个人对西安的设想和希望，一个是游周陵的路途中，人物各种心态的对比对照。在这些自然景观的具体描绘中折射出人物的不同个性。

小说开始这样叙述：

"路上的尘土，终日的卷着黄雾飞腾起来，那便是暗暗的告诉我们，由东方来的汽车，一天比一天加多。这些车子，有美国来的，有德国来的，也有法国或其他国中来的。车子上所载的人，虽然百分之九十九都是同胞，但都是载进口的货……这种趋势，和潼西公路展长了那段西兰公路，将来还要展长一段兰迪公路一样，是有加无己的。"

此段文字，其一层意义点明陕西的开发，其更深层的意义则点明国外资本或买办资本对民族经济越来越严重的侵蚀、摧残和压迫。这样一种背景，即加深了整个作品所要描绘的社会生活内容的典型意义，最主要的还是刻画出不同性格的人物形象。特别是通过咸阳古渡时，面对周陵，程志前生发的对历史、对先民的诸多感慨，李士廉想到的捐税征收。这两类人物、两种心理世界在周陵这一古老的自然环境背景下的对照，显示出李士廉的鼠目寸光和唯利是图、程志前的忧国忧民和感时伤世。小说正是通过这种苍凉的民俗生活画卷、一幅历史与现实相交织的自然景观，点缀出程志前、李士廉等不同个性的人物，显示出小说丰富多彩的审美意义。也正因有了这样的开端，才使得小说具有一种苍凉、悲苦的氛围，使小说中所表现的人物居于这样辽阔的自然背景、文化背景之中。这是一幅含有悲苦，蕴藏着幽思，有爱又有恨的风俗图画，它让我们看到民族衰败的耻辱和痛苦，也让我们看到了历史如何在这种痛苦中延伸。可以说，这种描写所显示的意义离不开作者深切的生活感受。

民俗是通过千百年的沿袭方式来传承，它作为上层建筑的上层建筑，是社会意识凝固化了的表现，一经形成便对人们的思想产生巨大影响，每个人在社会中生活便不能脱离民俗而存在，民俗在人们心理上造成压力，驱使人的行为，特定情境中甚至会造成人们的反常行为。托尔斯泰小说《复活》中的聂赫留道夫便打上了西方民族忏悔心理的民俗印迹，忏悔是他心理的主调，每到关键时刻他便产生忏悔，直至终篇。小仲马小说《茶花女》中的阿芒由于迟归没有赶上玛格丽特的葬礼，他便用迁坟这一习俗再次打开裹尸布看一眼情人的遗容，这样才了却了一件心事。他那深沉的爱的心理刻画如果离开了这一民俗内容恐怕难以感人至深。在小说《金粉世家》中，作者为了将人物性格刻画得更加完整、生动、感人，运用了间接心理描写手法，通过冷清秋一系列反常的行为、神情来揭示其丰富复杂的内心世界。小说交代生产后的冷清秋听到丈夫金燕西要出走的消息后，痴痴地坐在屋里发呆，身边的婴儿张着小嘴哭得浑身颤抖，小脸都哭红了，她都浑然不觉。按常理，初为人母的女子，对新生婴儿的哭声是最敏感和最不忍的，而冷清秋此时对孩子的哭声却充耳不闻，显然是极其反常的，而这种反常的行为正显示出冷清秋承受巨大打击后而感觉近于麻木的精神状态。而这种反常行为所显示的性格正是冷清秋闭门学佛的必然反映，是宗教信仰这一民俗在冷清秋身上的折射，她的内心痛苦和精神创伤只有通过"学佛"才能得到充分表现。

（三）民俗事象描写在小说中推动故事情节发展，构成情节美

通俗小说的情节结构，是与小说的内容，与作家的艺术思想紧密联系的。作家每创作一部小说，都有其独特的内容，都体现作家独特的艺术构思，因而它必然具有自己独特的情节结构。张恨水小说的艺术结构与情节设计得非常精妙得当，他除了选取能揭示社会矛盾的典型社会现象和复杂性格的人物经历来构思故事情节外，还充分利用了民俗传承来的结构故事，以巧妙的艺术构思、独创性的故事情节，逼真地表现现实生活本质。

长篇小说《现代青年》着重从伦理角度反映新、旧道德交替过渡时期的青年教育成长问题。小说所描绘的"父慈儿不孝"的画面，恰恰体现了张恨水对"父慈子孝"这一儒家思想的企盼。为此，张恨水在表现周世良的"父爱"与"梦想"时，始终以周世良的鞠躬尽瘁与周计春的逐渐堕落相对照。小说并因此设计了周世良两次破产的情节：第一次是周计春小学毕业，为了送儿子进省城升学，周世良卖掉了田产、庄屋、耕牛，进省城开豆腐店；第二次是知道儿子在北平纵情声色，无心求学，又抛弃家里的未婚妻，一气之下，又把豆腐店盘掉，到北平寻找儿子。最后是贫病交加，流落街头含恨死去。与以上叙述相映衬的是农村、省城和北平的风俗画面，以及由此而流露的儒家道德思想。周世良的两次破产过程，暗示着民俗事象在其中的推动作用。在这里，两次破产所呈现的民俗事

象已成为小说故事情节发展的纽带，成为小说独创性情节的骨架，支撑着小说深刻丰富的思想内容。

利用民俗传承来结构小说故事情节，在张恨水其他小说中也可以看到。

第四节　形象视野里的北京天桥民俗
——以张恨水小说《啼笑因缘》为例

提起老北京的风俗人情，自然绕不过老北京的天桥民俗。当我们徜徉在前门大街、天桥南大街、天坛路和永安路交汇处天桥故址的时候，睹物思古，不禁令人想起张恨水小说《啼笑因缘》里所描述的天桥景象，去寻觅天桥的历史变迁。

一、史实中的北京天桥及其民俗记述

关于北京老天桥的位置，最早明确记述它的文献资料，是清乾隆年间吴长元编绘的《宸垣识略》和清光绪年间朱一新、缪荃孙合纂的《京师坊巷志稿》。《宸垣识略》卷九所描绘的北京外城图中，天桥正好处于纵贯全城的中轴线上；而《京师坊巷志稿》卷下第195页有着如下记载："永定门大街，北接正阳门大街。井三。有桥曰天桥。桥西南井二，街东井五。东南则天坛在焉，西则先农坛在焉。"应该说，这两则文献资料，为我们提供的天桥大致方位，就是今前门大街、天桥南大街、天坛路和永安路交汇处。

而有关北京天桥名称的由来，我们却可以从相关文献资料上看出。根据史料记载，天桥一带，元、明两代至清朝前叶均为一片水乡泽国。"先农坛之西，野水弥漫，荻花萧瑟。四时一致，如过江湖，过之者辄生遐思。"（清·震钧《天咫偶闻》）"正阳门外东偏有古三里河一道，东有南泉寺，西有玉泉庵，至今基下俱有泉脉。由三里河绕出慈源寺、八里庄、五箕花园一带，直抵张家港、烟墩港，地势低下，故道俱存，冬夏水脉不竭。"（清·吴长元《宸垣识略》）从中可以看出，天桥在清朝还是野水弥漫。由此而推及的元、明两朝水势应该也不会太小。这种东西相连的野水或沼泽，正好横贯京城中轴线，不仅有碍老百姓的南北通行，而且成为皇帝赴郊外祭祀时的道路障碍。因此，天桥的修建成为一种必然。由于该桥是用石头建成，又是以备"大驾由之"，所以称其为"天桥"。

元、明、清三朝，天桥既是一个市肆，又是一处文人雅士、达官贵人消遣娱乐的好去处。几百年来，积累形成了独特的民俗风貌。元人所作的《天桥词》，其中的"莫道斜街风物好，到此处便魂销"句，便是当时天桥风物及游乐景象的传神描述。到了明、清两代，天桥一带呈现出更加繁华的民俗景观。

概括起来，有以下几类：

1. 商品市场。

明代的天桥东西两旁，商贾林立。永乐初年，有蒸饼市（饮食小吃）、日昃市（或称"日仄"、"日侧"，为晚市，出售估衣、杂品）和穷汉市（或称"补拆市"、"补陈市"，出售破旧、便宜物品）等。这些商品市场，直接孕育了以后各朝代的天桥市场。清代震钧的《天咫偶闻》记录了清朝天桥市场的盛况："天桥南北，地最宏敞。贾人趁墟之货，每日云集。"

2. 游乐节日。

明永乐年间，天桥周围众多优美雄伟的建筑（如东南面的天地坛，西南面的先农坛等），加上清代嘉靖年间修建的京城外城，又将天桥圈在了永定门内，使得天桥成为了京城南北交通的要道，每年四季，天桥一带的官民游乐活动成为时尚。

（1）端午节的骑射、赛马。"京师最重端午节，天坛游人最盛……竞以骑射为娱。"（明·沈德符《万历野获编》）"五日之午前，群入天坛，曰避毒也。过午出，走马天坛墙下。"（明·刘侗《万历野获编》）两文均记录了明代后期，端午佳节，人们骑射、跑马的概况。这种嬉戏娱乐习俗，一直延续到清代："五月五日，天坛墙下，射柳为戏。"（康熙年间编《大兴县志》）

（2）踏青春游。踏青春游是我国传统的风俗，北京的天桥也不例外，每到春暖花开时节，人们便走出家门，来到天桥踏青春游。这一景象，前人诗歌中有过形象生动的描写："绣帔弓鞋去踏青，北城士女到南城。无风一上秋千架，小妹身材比燕轻。"（《燕京岁时杂咏》）

3. 走桥驱疾习俗。何为"走桥"？明代刘侗、于奕正将其阐述为："（正月）八日至十八日，妇女着白绫衫，队而宵行，谓无腰腿诸疾，曰走桥。"（《帝京景物略·卷二·春场》）而清代潘荣陛在《帝京岁时纪胜》里更具体地进行了解释："元夕妇女群游，祈免灾咎。前一人持香辟人，曰走百病。凡有桥处，三五相率以过，谓之度厄，俗传曰走桥。"可见，走桥这一习俗，实为人们借春节上元喜庆氛围踏过天桥，以求消灾免病。

4. 祭祀活动。明永乐年间修建的天地坛和先农坛，分别位于天桥的东南方和西南方，为合祭皇天后土和祭农神之处。其定期的祭祀，可以算得上明清时代天桥一带最高档次的民俗活动了。

5. 宗教仪式。明清时期的天桥，之所以呈现出繁华景象，很大程度上取决于天桥附近寺庙的佛事等宗教活动。据不完全统计，元、明、清三代，天桥周围的庙宇有十多处，这些庙宇，佛、道、尼兼有，除了其本身的佛事活动之外，有些庙宇周围还成为灯市、戏曲艺人聚会和举办庙会之所，而民间举办的开路、杠箱、中幡、秧歌、高跷、五虎棍、双石头、耍狮子、小车会等"走会"活动，则给天桥增添了喜庆的气氛。我们从今天的精忠庙街、红庙胡同、万明路、仁寿路和灵佑胡同等以庙宇命名的街道里，仍可以依稀窥见当时宗教民俗的影子。

其实，明清时代的天桥民俗远不止这些，但这些民俗形成后，却远远地影响着民国以后的天桥民俗，这种民俗随着时代的发展，既与前代有着很强的延续性，又在时代大潮的冲击下，产生了某种变异，表现出自己的特色。

为此，本节在这里仅从文艺民俗学的角度，以张恨水先生小说《啼笑因缘》为例，对民国时期的北京天桥民俗作一梳理。

二、《啼笑因缘》里北京天桥民俗形象描画

小说《啼笑因缘》写于1930年，是张恨水应上海《新闻报》副刊主编严独鹤的邀请而创作的长篇小说。小说自1930年3月17日开始在《新闻报》副刊"快活林"上连载，至同年11月30日连载结束。《啼笑因缘》的产生，引起了社会各界的广泛关注，"上海市民见面，常把《啼笑因缘》中的故事作为谈话题材，预测它的结果。"（张友鸾《章回小说大家张恨水》）"文坛上竟有'啼笑因缘迷'的口号。"（严独鹤《〈啼笑因缘〉序言》）迄今为止，小说《啼笑因缘》版本已近30种，根据小说改编的影视剧13部、戏剧剧种16个，其社会影响可谓盛况空前。分析其中原因，除了小说本身集言情、武侠和社会暴露于一体产生的艺术魅力之外，小说所取材的北京天桥民俗背景、主人公樊家树那种南方人眼光所读解的天桥世界有着直接的关系，正可谓小说"把北京的风物，介绍得活了。描画天桥，特别生动，直到今天，还有读过这部小说的南方人，到北京来必访天桥。"（张友鸾《章回小说大家张恨水》）

那么，《啼笑因缘》描绘了哪些民国时期的天桥民俗呢？具体分析，有以下几类：

1. 天桥民俗环境。

小说故事开篇即将北方与南方的地理气候予以对比，借助来自南方樊家树游历时的所见所闻所思，对20世纪20世纪末、30年代初的北京天桥的民俗环境作了总体展现。

四周乱轰轰地，全是些梆子胡琴及锣鼓之声。在自己（家树）面前，一路就是三四家木板支的街楼，楼面前挂了许多红纸牌，上面用金字或黑字标着，什么"狗肉缸"，"娃娃生"，又是什么"水仙花小牡丹合演《锯沙锅》"。给了车钱，走过去一看，门楼边率率连连，摆了许多摊子。就以自己面前而论，一个大平头独轮车，车板上堆了许多黑块，都有饭碗来大小，成千成百的苍蝇，只在那里乱飞。黑块中放了两把雪白的刀，车边站着一个人，拿了黑块，提刀在一块木

板上一顿乱切，切了许多紫色的薄片，将一小张污烂旧报纸托着给人。大概是卖酱牛肉或熟驴肉的了。又一个摊子，是平地放了一口大铁锅，锅里有许多漆黑绵长一条条的东西，活象是剥了鳞的死蛇，盘满在锅里。一股又腥又臭的气味，在锅里直腾出来。原来那是北方人喜欢吃的煮羊肠子。家树皱了一皱眉头，转过身去一看，却是几条土巷，巷子两边，全是芦棚。前面两条巷，远远望见，芦棚里挂了许多红红绿绿的衣服，大概那是最出名的估衣街了。这边一个小巷，来来往往的人极多。巷口上，就是在灰地上摆了一堆的旧鞋子。也有几处是零货摊，满地是煤油灯，洋瓷盆，铜铁器。由此过去，南边是芦棚店，北方一条大宽沟，沟里一片黑泥浆，流着蓝色的水，臭气熏人。（《啼笑因缘》第1回）

这段描述，形象生动，令人遐想。

2. 水心亭。

向前直走，将许多芦棚地摊走完，便是一片旷野之地。马路的西边有一道水沟，虽然不清，倒也不臭。在水沟那边，稀稀的有几棵丈来长的柳树。再由沟这边倒沟那边，不能过去。南北两头，有两架平板木桥，桥头上有个小芦棚子，那里摆了一张小桌，两个警察守住。过去的人，都在桥这边掏四个铜子，买一张小红纸进去。这样子，就是买票了。家树到了此地，不能不去看看，也就掏了四个子买票过桥。

到了桥那边，平地上挖了一些水坑，里面种了水芋之属，并没有花园。过了水坑，有五六处大芦棚，里面倒有不少的茶座。一个棚子里都有一台杂耍。所幸在座的人，还是些中上等的分子，不作气味。穿过这些芦棚，又过一道水沟，这里倒有一所浅塘，里面新出了些荷叶。荷塘那边有一片木屋，屋外斜生着四五棵绿树，树下一个倭瓜架子，牵着一些瓜豆蔓子。那木屋是用蓝漆漆的，垂着两副飨帘，顺了风，远远的就听到一阵管弦丝竹之声。心想，这地方多少还有点意思，且过去看看。

家树顺着一条路走去，那木屋向南敞开，对了先农坛一带红墙，一丛古柏，屋子里摆了几十副座头，正北有一座矮台，上面正有七八个花枝招展的大姑娘，在那里坐着，依次唱大鼓书。家树本想坐下休息片刻，无奈所有的座位人都满了，于是折转身复回来。所谓"水心亭"，不过如此。这种风景，似乎也不值得留恋。（出处同上）

家树眼之所及，信笔写来，犹如淡淡的写意。

3. 茶棚。

由西边出去——一过去却见一排都是茶棚。穿过茶棚，人声喧嚷，远远一看，有唱大鼓书的，有卖解的，有摔跤的，有弄口技的，有说相声的。左一个布棚，外面围住一圈人；右一个木棚，围住一圈人。这倒是真正的下等社会俱乐部。北方一个土墩，围了一圈人，笑声最烈。家树走上前一看，只见一根竹竿子，挑了一块破蓝布，脏得象小孩子用得尿布一般。蓝布下一张小桌子，有三四个小孩子围着打锣鼓拉胡琴。

家树站着看，觉得有些乏，看见一家茶馆，那柱子上贴了一张红纸条，上面大书一行字："每位水钱一枚。"……这北京人喝茶叶，不是论分两，乃是论包的。一包茶叶，大概有一钱重。平常是论几个铜子一包，又简称几百一包。一百就是一个铜板。茶不分名目，泡过的茶叶，加上茉莉花，名为"香片"。不曾泡过，不加花的，统名之为"龙井"。……（出处同上）

抓住"下等社会俱乐部"这一中心，将叙写对象茶棚自然纳入卖艺人才艺展示之中。使人感到既有艺术的享受，又有北京下层茶馆风味的品茗。

4. 武艺。

家树向后院看去，那里有两个木架子，插着许多样武器，胡乱摆了一些石墩石锁，还有一副千斤担。院子里另外有重屋子，有一群人在那里品茗闲谈。屋子门上，写了一副横额贴在那里，乃是"以武会友"。……家树知道了，这是一般武术家的俱乐部。……最后走出来一个五十上下的老者，身上穿了一件紫花布汗衫，横腰系了一根大板带，板带上挂了烟荷包小褡裢，下面是青布裤，裹腿布系靠了膝盖，远远的就一摸胳膊，精神抖擞。走近来，见他长长的脸，一个高鼻子，嘴上只微微留几根根须。他一走到院子里，将袖子一阵卷，先站稳了脚步，一手提着一只石锁，颠了几颠，然后向空中一举，举起来之后，望下一落，一落之后，又望上一举。看那石锁，大概有七八十斤一只，两只就一百几十斤。这向上一举，还不怎样出奇，只见他双手向下一落，右手又向上一起，那石锁飞了出去，直冲过屋脊。家树看见，先自一惊，不料那石锁刚过屋脊，照着那老人的头顶，直落下来，老人脚步动也不曾动，只把头微微向左一偏，那石锁平平稳稳落在他右肩上。同时，他把左手的石锁抛出，也把左肩来承住。家树看了，不由暗地称奇。看那老人，倒行若无事，轻轻的将两只石锁向地下一扔。……（出处同上）

作者紧扣"以武会友"四字，精心选取老者的精湛武艺表演，不禁让人联想起当年闻名北京城的著名艺人"八大怪"。

5. 戏曲。

有一天，天气很好，家树顺着小茶馆门口的杂耍场走去。由这里向南走便是先农坛的外坛。四月里天气，坛里的芦苇，长有一尺来高。一片青郁之色，直抵那远处城墙。青芦里面，画出几条黄色大界限，那正是由外坛而去的。坛内两条大路，路的那边，横三右四的有些古柏。古柏中间，直立着一座伸入半空的钟塔。在那钟塔下面，有一片敞地，零零碎碎，有些人作了几堆，在那里团聚。

走到那里看时，也是些杂耍。南边钟塔的台基上，坐了一个四十多岁的人，抱着一把三弦子在那里弹。看他是黄黝黝的小面孔，又长满了一腮短桩胡子，加上浓眉毛深眼眶，那样子是脏得厉害，身上穿得黑布夹袍，反而显出一条一条得焦黄之色。……他尽管抱着三弦弹，却没有一个人过去听的。

说话时，来了一个十六七岁的姑娘，面孔略尖，却是白里泛出红来，显得清秀，梳着复发，长齐眉边，由稀稀的发网里，露出白皮肤来。身上穿的旧蓝竹布长衫，倒也干净齐整。手上提着面小鼓，和一个竹条鼓架子。……那姑娘打起鼓板来。那个弹三弦子的先将三弦子弹了一个过门，……唱的是《黛玉悲秋》，其中有两句是"清清冷冷的潇湘院，一阵阵的西风吹动了绿纱窗。孤孤单单的林姑娘，她在窗下暗心想，有谁知道女儿家这时候的心肠？"她唱到末了一句，拖了很长的尾音，目光却在那深深的睫毛里又向家树一转。家树先还不曾料到这姑娘对自己有什么意思，现在由她这一句唱上看来，好象对自己说话一般，不由得心里一动。（出处同上）

这种大鼓词，本来是通俗的，那姑娘唱得既然婉转，加上那三弦子，音调又弹得凄楚，四围听的人，都低下了头，一声不响的向下听去。（同上）

这是钟楼下露天大鼓艺人的卖唱凄凉、悲怆，历现下层艺人谋生的艰难。

然而，茶社卖唱的鼓书艺人情形又怎样呢？

（由钟楼的露天下，升到茶社里去卖唱，总算升一级了）这一天，先农坛的游人最多，柏树林子下，到处都是茶棚茶馆。家树处处留意，都没有找着凤喜，一直快到后坛了，那红墙边，支了两块芦席棚棚，棚外有个大茶壶炉子，放在一张破桌上烧水。过来一点，放了有上十张桌子，蒙了半旧的白布，随配着几张旧藤椅，都放在柏树荫下。正北向，有两张条桌，并在一处。桌上放了一把三弦子，桌子边支着一个鼓架。家树一看，猜着莫非在这里？所谓茶社，不过是个名，实在是茶摊罢了。有株柏树兜上，有一条二尺长的白布，上面写了一行大字是"来远楼茶社"。家树看到，不觉自笑了起来，不但不能"来远"，这里根本就没有什么"楼"。

凤喜站起来，牵了一牵她的蓝竹布长衫，又把手将头发的两鬓和脑顶上，各抚摩了一会子。然后才到桌子边，拿起鼓板，敲拍起来。……沈三弦对着那些走开人的后背，望着微叹了一口气，却亲自拿了那个柳条盘子向各桌上化钱。（《啼笑因缘》第3回）

对比之中，人物人生的艰难跃然纸上。

6. 艺人住所。

作者对小说人物的居住场所也进行了细致描述:

先看武艺人家:

> 正中供了一幅画的关羽神像,一张旧神桌,摆了一副洋铁五供,壁上随挂弓箭刀棍,还有两张獾子皮。下边一路壁上,挂了许多一束一束的干草药,还有两个干葫芦。靠西又一张四方旧木桌,摆了许多碗罐,下面紧靠放了一个泥炉子。靠东边陈设了一张铺位,被褥虽是布的,却还洁净。东边一间房,挂了一个红布帘子,那红色也半成灰色了。……(出处同上)

再看戏曲人家:

> 到了西口上,果然三号人家的门牌边,有一张小红纸片,写了"沈宅"两个字。门是很窄小的,里面有一道半破的木隔扇挡住,木隔扇下摆了一只秽水桶,七八个破瓦钵子,一只破煤筐子,堆了秽土,还在隔扇上挂了一条断脚板凳。隔扇有两三个大窟窿,可以看到里面院子里晾了一绳子的衣服,衣服下似乎也有一盆夹竹桃花,然而纷披下垂,上面是洒满了灰土。
>
> 屋子里也是床铺锅炉盆钵椅凳,样样都有,简直没有安身之处。再转一个弯,引进一间套房里,靠着窗户有一张大土炕,简直将屋子占去了三分之二,剩下一些空地,只设了一张小条桌,两把破了靠背的椅子,什么陈设也没有。有两只灰黑色的箱子,两只柳条筐,都堆再炕的一头,这边才铺了一张芦席,芦席上随叠着又薄又窄的棉被,越显得这炕宽大。浮面铺的,倒是床红呢被,可是不红而黑。墙上新新旧旧的贴了几张年画,什么《耗子嫁闺女》,《王小二怕媳妇》,大红大绿,涂了一遍。家树从来不曾到过这种地方,现在觉得又一种很奇异的感想。沈大娘让他在小椅子上坐了,用着一只白瓷杯,斟了一杯马溺似的酽茶,放在桌上。这茶杯恰好邻近一只熏糊了灯罩的煤油灯,回头一看桌上,漆都成了鱼鳞斑。(《啼笑因缘》第2回)

文、武艺人居住环境符合下层艺人特定的生活氛围。

7. 俚言俗语。

《啼笑因缘》俚言俗语很有特色,也符合人物身份。如:"做活",意即人家拿了衣服鞋袜来做;"怪贫的",意即怪不好意思;"喝你一碗冬瓜汤",意即给人做媒。"进了房,扔过墙";"听评书掉泪,替古人担忧"。"走了水了。他妈的! 来了灰叶子了。""怪底重阳消息好,一山红叶醉于人。"等等,均富有北京地方气息。

8. 饮食。

小说《啼笑因缘》还较真切地记述了老北京天桥一带富有特色的饮食。如:

炸酱面；木樨饭（蛋炒饭）等。

9. 书馆。

涉及的书馆主要有"群乐书馆""翠云轩"落子馆等。请看小说对"群乐书馆"的介绍：

> 寿峰正犹豫着，却见两个穿绸衣的青年，浑身香扑扑的，一推进去。心想有个做样子的在先，就跟着进去吧。接上一推门，便有一阵丝弦鼓板之声，送入耳来。迎面乃是一方板壁，上面也涂了一些绿漆，算是屏风。转过屏风去，见正面是一座木架支的小台，正中摆了桌案，一个弹三弦子，两个拉胡琴的汉子，围着两面坐了。右边摆了一个小鼓架，一个十几岁的女孩子，油头粉面，穿着一身绸衣，站在那里打着鼓板唱书。执着鼓条子的手，一举一落，明晃晃的带了一只手表，又是两个金戒指。台后面左右放着两排板凳，大大小小，胖胖瘦瘦，坐着七八个女子，都是穿得象花蝴蝶儿似的。（《啼笑因缘》第9回）

以一个不善鉴赏艺术的关寿峰来描写书馆情形，也可谓别具一格了。

10. 其他习俗。

如第10回里凤喜所唱的《拴娃娃》，就是旧京的一种风俗：

> 凡是妇人，求儿子不得的，或者闺女大了，没有找着婆婆家，都到东岳庙里去拴娃娃。拴娃娃的办法，就是身上暗藏一根细绳子，将送子娘娘面前泥型小孩，偷偷的拴上。这拴娃娃的大鼓词，就是形容妇人上庙拴娃娃的一段事情，出之于妙龄女郎之口，当然是一件很有趣的事了。且唱这种曲子，不但是需要口齿伶俐，而且脸上总要带一点调皮的样子，才能合拍。（《啼笑因缘》第12回）

小说将这一习俗，以唱词的方式融入到人物沈凤喜（无奈）、刘德柱（残暴）的刻画上，也可以称得上细致入微、独具匠心。

张恨水小说《啼笑因缘》里所描述民国时期的北京天桥民俗，从类别上属于一种文艺民俗。这些民俗与小说故事情节融为一体，成为小说情节的重要组成部分，富有动感，形象生动，别样的反映了天桥的历史变迁，是明、清时期天桥民俗的延续，成为人们认识当时天桥形象的民俗宝库。其实，《啼笑因缘》中涉及的旧北京天桥周围的民俗还有很多，读完小说，使读者确有一种卧游天桥、身临其境之感，这种天桥民俗的描写，"大概可以看作'文化化石'了"（杨义《张恨水：文学奇观和文学史困惑》）。

从上面简略地论述中，我们不难看出民俗事象描写在张恨水小说中的重要作用和深刻意义。张恨水先生小说众多的民间风俗描写，构成了张恨水小说的民族特色。张恨水小说所表现的二十世纪初的生活类型，着力描写刻画了社会前进中中国某些地域特有的民俗生活的波澜，显示出了当时时代中国人民独特的形象性格和风貌气派。身处民俗空间地域的张恨水，情感和意识深受民俗群体凝聚力的影响，孕育了张恨水通俗小说创作的独特风格。同时，张恨水先生在小说中对民间风俗所作的描写，作为极具成功的通俗小说创作实践所提供的美学价值，对我们当前的通俗小说创作仍具有重大的借鉴意义。

思考题：

一、何为民俗事象？张恨水小说里的民俗事象有哪几类？如何理解这些民俗事象的美学内涵？

二、为什么说《啼笑因缘》中有关北京天桥的风俗描写是一种"文化活化石"？

第十一讲　张恨水小说的戏剧元素

导读：

张恨水小说里蕴含了诸多戏剧因子——演戏经历积累了小说创作素材与技巧——小说里戏剧元素包括评戏、塑造人物形象——小说最终通过戏剧予以传播——成功实现了文学与戏剧的互通

第一节　张恨水戏剧渊源探析

中国现代文学史上，还很少有哪位作家如张恨水那样，与戏剧结下了如此深厚的不解之缘，身为报人，以报刊为园地，采取笔谈方式、运用散文笔调发表自己对戏剧的见解；作为作家，在他的多部小说里融入戏剧因素，营构故事情节，成功塑造众多与命运抗争的戏剧艺人形象，为受难者鸣不平。他所营建的这些戏剧世界，足以值得我们关注和研究。那么，他为何钟情戏剧，与戏剧的渊源关系又如何，笔者在此不揣浅陋，试对其作一探讨。

一、戏剧之乡：儿时戏剧艺术氛围的熏染

安徽省安庆市潜山县岭头镇是张恨水的故乡。它背倚大别山余脉天柱山，坐落于长江中下游北部。这里山清水秀，不仅具有独特的自然景观与较好的生态环境，而且具有极其丰厚的文化底蕴，一种融楚文化、吴越文化精华于一体的古皖文化。[①] 戏剧艺术传统就是其中代表之一。

正是这种戏剧艺术传统，使得潜山县成为著名戏剧之乡。据《潜山县志》

---

① 朱邦振：《皖山与古皖文化》，第29页，安徽省潜山县古皖文化研究小组编《古皖文化研究资料》第1期。

记载，距离潜山县岭头镇不过二十公里的河镇，就是京剧鼻祖程长庚的家乡。自近现代开始，潜山流行高腔、弹腔、徽调和黄梅戏。当地人称"弹腔"为"大戏"，称"黄梅戏"作"小戏"。每到农闲之时，农村集镇几乎每晚演戏。演戏、看戏已是一种风尚。

儿时的张恨水除沉浸书籍中外，最大的娱乐享受就是看戏。因为这一点，张恨水后来曾以"我亦潜山人"为笔名，写了杂谈京剧名生《杨小楼系安徽潜山人》，发表在1935年《南京人报》副刊《南华经》上，并刻"程大老板同乡"印章一枚，以表达自己对戏剧艺术的喜爱及对故乡戏剧名人的自豪、景仰之情。

对于故乡丰厚的戏剧文化，张恨水极尽赞颂与怀念。他写于1958年的诗歌《潜山春节》（十首），其第十首描述了自己儿时所感受的故乡文化："村前正唱采茶歌，百副花灯未算多。狮子蚌精相对舞，一班刚到一班过。"① 诗中提到的采茶歌，即指早期在民间演出的黄梅戏。此诗很形象地记录了当地春节期间闹花灯盛况。黄梅戏传统剧目《夫妻观灯》所展示的唱词"这班灯看过了，那厢又来一班灯。观长的，是龙灯。观短的，虾子灯。螃蟹灯，横爬行。鲤鱼灯，跳龙门。乌龟灯，头一伸颈一缩。不笑人来也笑人。笑得我夫妻肚呀肚子疼。"正是张恨水诗中所描述故乡正月十五人们出门看花灯景况的具体再现。这或许就是张恨水最早耳濡目染的戏剧艺术，也是他早期接受戏剧艺术的自然熏陶，在他内心深处种下的戏剧艺术种子。

二、戏剧生涯：青年时代戏剧艺术实践的磨炼

1914年12月，19岁的张恨水由堂兄张东野介绍，加入"文明话剧团"，开始了近三年的流浪演戏生涯。该剧团主持人是当时鼎鼎有名的话剧艺术家李君磐和陈大悲。最初，只是"帮助弄点宣传品，写写说明书"②。1925年初，随剧团至湖南常德，因为从小所受戏剧的浸染，加上他天资聪慧，初次登台便参加了《落花梦》的演出。对这次演出，张恨水后来回忆说："派我一个生角，是个半重要的角色，大家公认为我演的还不错。"③ 从1915年2月至年底，张恨水随剧团先后到津市、丰县、长沙、上海等地演出，其间，他不但演戏，还负责宣传，每月三十元钱，能糊口，张恨水已经很满足；后来（1916年），又"随了李君磐的戏班子到了苏州，可是因为苏州话说不太好，只得又随另一批人到南昌去演戏，仍旧穷得混不下去，我就借了路费回了安徽老家。"三年的流浪演艺生活，

---

① 张恨水：《剪愁集》，第177页，北岳文艺出版社，1993年3月第1版。
② 张恨水：《写作生涯回忆》，北岳文艺出版社，1993年3月第1版。
③ 张恨水：《我的创作和生活》，北岳文艺出版社，1993年3月第1版。

既磨炼了张恨水意志，又开阔了他的视野，更加深了他对戏剧艺术及戏剧艺人生活的了解，使他具有了戏剧表演的直接经验，也为他后来的小说创作积累了丰富素材，更是他一生戏剧之缘的基础。

三、记者职业：戏剧艺术的观察与思考

1919 年秋，为北上求学，张恨水辞去安徽芜湖《皖江报》总编辑职务，只身来到北京，开始了他在北京的新闻记者生涯。至 1922 年止，他分别从事北京《益世报》编辑、天津《益世报》和芜湖《工商日报》驻京记者，此时，他自称简直"成了新闻工作的苦力"。① 出于职业关系，他对戏剧艺术有了更深刻的体会和较理性的感悟。

北京是一个具有神秘力量的城市，无论你来自何处，关外或者江南，只要在这儿住上几年，你就会被它的无限魅力所感染，被它的情调所同化。张恨水也毫无例外地深深爱上了这座城市，并将其视为第二故乡，在北京的文化中，他特别酷爱京戏。他曾在《我的创作和生活》里谈到了这种爱好，他说："（初到北京）一天我在交过房、饭费后，只剩下一元现大洋了，这一块钱怎么花呢？恰巧这时梅兰芳、杨小楼、余叔岩三个人联合上演，这当然是好戏，我花去了身上最后一块现大洋去饱了一下眼福耳福。"② 这件事情，被人们看成"一元看三星"，朋友们称其为"倾囊豪举"，他自己觉得非常"罗曼蒂克"，并将其写进了小说《记者外传》第 1 回。初到北京的张恨水，能够舍弃身上最后一块现大洋去买戏票听戏，足以显示出他对戏剧艺术深入骨髓的爱。

从 1924 年始，张恨水开始了由成舍我创办的《世界晚报》副刊《夜光》和《世界日报》副刊《明珠》的编辑工作。自 1925 年到 1946 年的 21 年时间内，张恨水一方面以新闻从业者的眼光和笔调，对当时北京戏剧界进行了全方位关注。根据笔者不完全统计，公开发表的剧评达 127 篇之多，这些文章篇幅短小，论述深刻、精辟，表达了张恨水对戏剧的独到之见，显示出他深厚的戏剧艺术修养。另一方面，他将自己对戏剧艺术的思考融入小说创作之中，借故事人物之口来表现。《春明外史》第 43 回"促膝快谈灰心悲独活，临风品茗冷眼羡双修"，借杨杏园之口，详细描述了一位戏剧艺人的戏剧人生：

杨杏园抓了几粒瓜子，放在面前桌子上，然后一粒一粒的嗑着，笑道："这话要说起来，是一段很有趣的逸事。这朱白星和我是个最近的同乡，因为他们的家庭，说他唱戏，有辱祖先，把他驱逐出境。那个时候，北京有了皮簧班子了，

---

① 张恨水：《写作生涯回忆》，北岳文艺出版社，1993 年 3 月第 1 版。
② 张恨水：《我的创作和生活》，北岳文艺出版社，1993 年 3 月第 1 版。

他就一直跑到北京来唱戏，不到两年功夫，就出了名。后来自己做老板，升到内庭供奉。专和公子王爷来往，就发了财了。歙县那个地方是极注意家谱的。朱白星虽在京唱得像做了京官一样，他总是怕上不了谱，和家族还时常通信。有一年，他家里有一个举人到京来会使试，他花了整千的银子，款待那举人，想借此和家里人恢复感情。这位举人先是想走朱白星的路子，弄个翰林进士。偏是朱白星有几分憨直，没有和他运动。这举人受了他的钱，一点不见情，回得家去，写信将朱白星痛骂一顿，说他唱戏唱得做了宰相，也是一族人的羞耻。朱白星见同族的人有这样不讲交情的，以后就在北京娶妻生子，和家里人断绝关系，他有两个儿子，一个依旧让他唱戏，一个替他捐了个候补道。据朱白星对他儿子说，唱戏不是正业，替国家办不了什么事，替祖宗增不了什么光，还是在读书上巴结一点功名的为是。但本人是个穷汉，现在发了大财，也不可忘本，也把一个人去唱戏······。"①

这简直可以视为一种形象的戏剧史料了。

四、工作之暇：戏剧艺术的偏爱和客串

论及张恨水的戏剧渊源，除了他的听戏、论戏，还不能忽略他的演戏。

张恨水的戏剧之爱，一方面是基于博大精深的祖国传统戏剧艺术对他的吸引，一方面是他对戏剧艺术的领悟和态度。他常常推荐有关戏剧方面的书籍给子女看，并认为，我国"传统的剧目精华不可不看，它是中国历史的一部分"。②张恨水的演戏，是一个戏剧爱好者对戏剧痴迷的表现，也是他青年时代戏剧艺术实践的延续。

关于演戏，张伍所著《我的父亲张恨水》一书，以"演戏"为题，专章进行了记述：第一，是喜爱京戏的两件事："一元看三星"的豪举和未亲眼目睹谭鑫培大师演出的遗憾；第二，采用崇公道、於戏、旧燕的笔名进行戏评，并无师自通学会了胡琴，为爱妻周南伴奏；第三，是1931年（武汉大水，北平新闻界发起赈灾义演，演《女起解》里的崇公道）、1933年（一位新闻界同行的母亲做寿时的票友戏，演《乌龙院》中张文远）和1947年（北平新闻界假座国民电影院演出时，临时出演《法门寺》里的一名校尉）的"票"戏。③

值得一提的是，20世纪50年代末、60年代初，北京曲剧团将小说《啼笑因

---

① 张恨水：《春明外史》，北岳文艺出版社，1993年3月第1版。

② 张明明：《回忆我的父亲张恨水》，载张恨水《写作生涯回忆》，北岳文艺出版社，1993年3月第1版。

③ 张伍：《我的父亲张恨水》，春风文艺出版社，2002年1月第1版。

缘》改编成曲剧，搬上了曲剧舞台。为表达对剧团的支持，张恨水把剧团送来的稿费反赠给了剧团。一种对戏剧艺术的拳拳热爱之情，由此可见一斑。

另外，张恨水还与戏剧艺人或交友或拜师，从中吸取戏剧营养。

张恨水对戏剧偏爱的突出表现，是他创作了一生唯一的剧本《热血之花》，在 1932 年第 7、8、9 期的《上海画报》上连载发表。

五、创作之需：小说与戏剧的成功结合

小说与戏剧，分属于两种不同的艺术门类，但经验世界的相似性却使两者具有审美的共性，亦即均依靠期待来抓住接受者。小说与戏剧的这种美学上的血缘关系，使得它们在艺术发展史上不断产生一种或渗透或碰撞的情形而相得益彰。张恨水深知其中精髓，并将戏剧艺术表现手法运用到自己的小说创作。

第一，选取现实生活戏剧素材予以典型化，营建小说世界的戏剧人物画廊。

1930 年连载于上海《新闻报》的小说《啼笑因缘》，其中主角沈凤喜和军阀刘德柱的故事即取材于一些真实的生活片段，并加以概括、提炼，经过典型化创造而形成。试看两例：其一，张恨水一次路过钟楼时，发现一个形容憔悴的中年男子弹着三弦，旁边一个女孩在唱大鼓，零散的几个听众，好一幅冷落凄凉之景！此时此景，张恨水深感下层人民生活的艰难，发出了"谋生真难"的感叹。这一素材，就是《啼笑因缘》第一章，沈凤喜和她的叔叔沈三弦在天桥唱大鼓的故事情节。其二，20 世纪 20 年代，北平发生一件抢人事件，就是"四平海升园"唱大鼓的艺人高翠兰，被一个姓田的旅长抢去做妾。这一事件，引起了张恨水的注意与思考，再联系当时北平军阀的种种丑恶行径，一个通过小说揭露、抨击军阀暴行的小说构思纳入了他的思路。这就是《啼笑因缘》中沈凤喜和刘德柱的故事。

这些现实戏剧素材，经过张恨水的笔，形成了鲜明的人物性格，具有深刻的社会意义。

第二，为力求笔下人物形象逼真，刻画人物过程中，引进戏剧"表演"成分。

张恨水的小说创作，常常以社会为经、言情为纬，用爱情故事开拓社会题材。因此，小说中对情的描写特别细腻真切。其中，对人物动作的描写尤其注重，为了达到这种效果，他调动了自己年轻时在文明剧团演戏时的表演基本功。他在自家书房书桌上方的墙壁上，挂上一面大镜子，忽而疾笔写作，忽而停下手中的笔，面对镜子自言自语，模仿所写人物，自我表演一番，看看如何描写才合理，以便及时纠正。张恨水认为，这就是"自己导演自己"[1]，这样写，自己

---

[1] 张恨水：《我的小说过程》，北岳文艺出版社，1993 年 3 月第 1 版。

"演一下，那不容易着笔的地方就写出来了"①。如此创作境界，可谓独一无二！

第三，借鉴戏剧艺术人物刻画的长处，化为小说创作表现技巧。

我国传统戏剧为了加强戏剧悬念，使观众产生紧张感，在处理演唱时，常采取演员慢节奏地唱，锣鼓点和音乐快节奏地响的方式，节奏快慢对比之中，抓住观众心理，增强演出效果。张恨水对此非常谙熟，并吸取这一表现技巧，化为小说构思的手段。在小说《啼笑因缘》第十九回"慷慨弃寒家酒楼作别，模糊留血影山寺除奸"中，张恨水惜墨如金，采取了侧面描写（樊家树的心理表现、刺杀过程的隐去等）交代关氏父女刺杀军阀刘德柱的行动。描写时，首先给读者留有想象空间，避免了武侠打斗的描写；其次，以言情作为故事展开线索，以樊家树的胆怯来衬托关氏父女的豪气，布局手法可谓腾挪闪跌，平静的叙述之中暗含紧锣密鼓。令读者感到悬念迭生，读来引人入胜。

在刻画小说戏剧人物性格时，张恨水注意戏剧表演里的"小动作"，有意识地将其用到小说人物性格的塑造上。如小说《啼笑因缘》第三回沈凤喜手缠手绢和数砖走路，第六回关秀姑的修指甲等动作的描写，均使人物性格富有个性、人物形象丰满动人。

第四，借作品所构筑的戏剧世界，展示丰富多彩的戏剧剧种。

20世纪初的北京，戏剧演出十分活跃。天桥剧场、吉祥剧院乃至茶馆、酒楼均有外地进京的艺人演出。演出剧种特别丰富，有北方的二人转、黄龙戏，大西北的秦腔、鹛户腔，有中南的汉剧、豫剧、湘剧、赣剧、桂剧，有西南的川剧，有华北的梆子、评剧、吕剧，有华东的徽剧、扬剧、昆曲以及大鼓书和胡琴戏等等。这些戏剧极大地满足了张恨水的戏剧欲，作为记者，他可以从中发现新闻素材；作为作家，可以由此窥见其中的世间万象；作为戏剧爱好者，可以品味戏剧三昧。当时红透京城的京剧四大名旦（梅兰芳、尚小云、程砚秋、简慧生）、四大须生（高庆奎、言菊朋、马莲良、谭富英）、二大武生（杨小楼、李吉瑞）的戏，均为张恨水最爱。他把这种爱付诸于小说创作、散文及杂感之中，借以表达自己对戏剧艺术的独特理解。

通览张恨水小说，涉及戏剧艺人的主要有《啼笑因缘》里北京天桥唱大鼓书的沈凤喜、《天河配》中北京著名坤伶白桂英、《满江红》里的女歌星李桃枝、《秦淮世家》中的歌女唐小春、《斯人记》里的芳芝仙以及《现代青年》中的秋潮（后期的周计春）等，从一个侧面反映了我国20世纪初戏曲艺人的生活沉浮及与自身命运的抗争。而小说《夜深沉》，书名本身即取自京剧曲牌。

张恨水，作为一名报人，他以新闻记者敏锐的眼光关注着戏剧，写下了大量与

---

① 张正：《魂梦潜山——张恨水纪传》，山西人民出版社，1999年10月第1版。

戏剧有关的杂文、杂评、杂感；作为一位小说家，他在自己的小说中描绘了一幅幅戏剧人物画像；作为一名文人，他终生爱好戏剧——演戏、听戏、赏戏、写戏、评戏，与戏剧界人士多有交往。这种对戏剧艺术的情有独钟，充分证明了他是一名真正意义上的戏剧爱好者，对我国戏剧艺术的普及与传播做出了应有的贡献。

值得注意的是，在张恨水的戏评和小说里，既有传统意义的戏剧，也有现代意义上的歌剧、曲艺，由此所涉及的戏剧世界，可以称为一座"戏剧大观园"；从某种角度来说，又是我国20世纪初一部形象的戏剧史料宝库。

第二节 张恨水的戏剧观

20世纪初，作为"五四"新文化运动组成部分的中国戏剧，与文学革命一样，同样经历了一次较大改革。面对改革后的中国戏剧现状，尤其是传统戏剧，张恨水以文艺随笔形式发表了自己的看法，有些观点可谓真知灼见。张恨水的戏剧见解不是长篇大论，也没有晦涩难懂的学理阐释，而是联系当时戏剧实际，有针对性地进行论述，篇幅短小，说理通俗；不枝不蔓，寓理于事，使人读来饶有兴味。在普及戏剧知识、推进戏剧大众化方面功不可没。本文试对张恨水戏剧观作一论述。

一

我国幅员辽阔，各地富有特色的地方剧种众多。出于对中国传统戏剧艺术的热爱，张恨水每到一处，均予以关注并加以比较、欣赏。他曾撰文专门介绍京戏、川戏、倒七戏、黄梅戏、大鼓书、粤曲、昆曲。在介绍这些地方剧种时，力避简单的剧种知识介绍，而是采取该剧种精要，结合具体剧目予以评析。请看：

京戏：张恨水以《双摇会》为例，认为这是一曲玩笑戏。因而行文时抓住此剧的讽刺性来展开——"劝架也不会白劝，何况其他？一个家庭，自不宜多妻，既已有此事实，就当想法解决，来个'家和万事兴'。否则，问题解决不了，白让劝架的人捡便宜而已。"①

川戏：以《帝王珠》为例，考证剧情和历史史实的不同，意在点明该剧创作者的"讽刺"用意以及"萧克琴扮演老年妇人的性心理变态，极好。"所以，"清末，汉人多用金元故事以讥讽满廷，这或者是一例子。"②

---

① 张恨水：《双摇会》，1945年11月21日重庆《新民报》。
② 张恨水：《川戏＜帝王珠＞》，1943年5月8日重庆《新民报》。

倒七戏：是安徽合肥的地方戏。以古装戏"双丝络"和短戏"借罗衣"为例，肯定地方戏改革后的成功——"这里面很有意义，作事呵，要实实在在。在舞台上轻轻悄悄，把这话告诉了人。编戏的人，并没有说什么，看戏的人自然明白，这戏自然是编得好。"①

黄梅戏：是张恨水喜爱的家乡戏。在着重介绍其演变历史后，在台词（安庆潜怀方言）、古装（生旦略用京白词句；时装，才全用土白）、舞蹈（边舞边唱）方面，"黄梅戏变到现在，可以说（是）大众爱好的戏剧，戏剧跟着大众走，越发有进步了。"② 充分肯定了黄梅戏演出的大众化与独有的特色。

大鼓书：为北方特产，其种类有文明单弦、河北大鼓、天津大鼓、梨花大鼓、快书。张恨水以自己喜爱的梨花大鼓与当时天桥落子馆所见的大鼓比较，"以六十老翁状淫娃口吻，辄令人不忍卒听。仿佛白雪鹏会唱黛玉悲秋，尤为肤栗也。更有甚者……更不知与唱大鼓书有何关系。然而居然享盛名，更不可解矣。"③ 表达了作者的忧虑之心。

粤曲：以粤曲"小青吊影"唱段为例，阐述戏剧应以通俗为主，其唱词也需人人能理解。然而粤曲"惟词实有过雅之处，恐非一般妇人孺子所能解耳④"。

昆曲：重在考证昆曲之名由来，因此，在列举昆曲由来二说之后，赞成"时人比（西昆体诗）与曲并论"⑤ 的说法，继而说明原因。

篇篇角度不同，或点其主题，或考证起源，或主张戏剧的大众化，或表达对戏剧的忧虑，其终极目的只有一个，那就是让观众读后便知该剧种要义。

二

张恨水所撰写的戏剧论评，常常是针对某种戏剧现象的有感而发——评中有观点，给人以知识。这些剧评，主要涉及以下几个方面：

1. 谈戏院。20 世纪 20 年代，北京较有特色的戏院有三家，这就是中和戏院、第一舞台和华乐园。戏院从某种程度上可以称为剧团的"名片"，张恨水在论及这三家戏院时，抓住改造后的戏院环境特色与旧戏院加以比较，来表达自己的观点。

中和戏院，对号入座，椅子是"既粗且笨的露椅，用几条木档，将他隔为四座，而且摆得太挤"，以至进出很不方便，楼不是"凭空架起的"，"楼底下却支

---

① 张恨水：《倒七戏》，1955 年 9 月 6 日香港《大公报》。

② 张恨水：《黄梅戏》，1955 年 9 月 13 日香港《大公报》。

③ 张恨水：《大鼓书》，1929 年 5 月 20 日北平《世界日报》。

④ 张恨水：《粤曲之词句》，1928 年 9 月 19 日《世界日报》。

⑤ 张恨水：《昆曲枝言》，1928 年 10 月 31 日北平《世界日报》。

着几根铁柱子"。其他规矩与旧园差不多。"没看座儿把持座儿的恶习""具有革命的精神"。而且"并不望洋大人光顾，台口没有那个奏西乐的特别包厢，观众和演戏的，多接近几尺路"。① 论述时强调了戏院的布局和良好氛围。

第一舞台，是当时北京最大的戏院。因其大，又"分出什么月楼二包厢头等正厅二等正厅等等"，"看戏是很舒服的，因为租金太贵"，"北京的伶人，无论那个，不敢问津"。② 突出了第一舞台的豪华。

华乐园，"和老戏院不同之点，就因为他台上没有大柱子，包厢楼上，分两层，也没有柱子，看戏的人眼前少了一桩厌物"，然而"布置和旧戏院的习气，那是丝毫未改"。③

这种论述，言简意赅，加深了观众对戏院的了解，以便观众看戏时比较和选择。

2. 谈戏剧知识。这些戏剧知识主要有：（1）垫戏。名角误场时的凑戏，正戏之前的过渡，"此虽减少观戏者痛苦，然按之规矩，则破坏矣"。④ 先介绍戏剧知识，后指出其弊，可谓一针见血。（2）跳加官。是我国旧剧素习，演戏开场前，"例须跳一加官"。"观其状，盖向台下之观众献颂也。"梨园子弟不知命意何在，作者"求得故事于古人笔记中，则刺五代冯道也。""伶人不解其意，以为加官乃恭贺之意，于显莅会时（我国南北乡班，犹存此习），复跳加官以宠之，又焉知此非好意哉？虽然，台上之冯道一人，台下之冯道，则比比皆是，吾人正不必徒事挖苦古人耳。"⑤ 指出了旧剧中某些素习的弊端。（3）架子花。是戏剧花脸的一种，因偏重做工和工架而得名。对此，张恨水称赞"黄润甫为第一名手"。这位"社会之活曹操""歌楼失此善状奸雄之名伶，黯色不少"。"叫天之后尚有叔岩绵一线之延，润甫之后竟无人继，论者惜之。"⑥ 惋惜之情，溢于言表。（4）梳长头。京戏术语，是最下等旦角的别称。张恨水对此，是"不快"（于正角，减色不浅）而又"可怜"（终日劳累，收入甚微）⑦ 字里行间渗透着对下层艺人演艺生活艰辛的同情。（5）探庄。本是昆曲中的小生戏。张恨水因京班里改由武生扮演，以水浒戏为例，分析指出"不懂昆曲者，决看不出趣味来"⑧（6）百寿图。先说明百寿图"为极普通之开场戏，盖取吉祥之意也。"后

---

① 张恨水：《谈谈北京的戏院·中和戏院》，1926 年 5 月 1 日北京《世界日报》。
② 张恨水：《谈谈北京的戏院·第一舞台》，1926 年 5 月 2 日北京《世界日报》。
③ 张恨水：《谈谈北京的戏院·华乐园》，1926 年 5 月 5 日北平《世界日报》。
④ 张恨水：《垫戏》，1929 年 5 月 19 日北平《世界日报》。
⑤ 张恨水：《跳加官》，1928 年 1 月 16 日北平《益世报》。
⑥ 张恨水：《架子花》，1928 年 11 月 29 日北平《世界日报》。
⑦ 张恨水：《梳长头》，1926 年 9 月 22 日北平《世界晚报》。
⑧ 张恨水：《探庄》，1927 年 10 月 10 日北平《世界晚报》。

列举昔日程长庚等合演，"观者莫不啧啧叹赏。可知戏在人唱，事在人为，开场戏何尝不可以压轴耶。"① （7）皮黄耳食。从自己酷嗜皮黄，工作之余与同事的议论着笔，题皮黄耳食三则：一为票友之好，二为坤伶择偶，三为票友与伶人唱戏区别。② 作者在此以耳闻眼见亲历所记，实为戏剧逸事，读后令人耳目一新。

3. 评戏。其一，是针对戏剧演出的道具运用不当予以纠正。在《旧剧中的琴与箫》一文里，张恨水列举旧剧中"琴"（孔明在城楼上弹琴，场面上却用三弦或月琴）和"箫"（伍子胥吹洞箫，场面上却用笛子）使用不当情况，指出"戏子和评剧家，从来没有人谈到这一点"，被人们所忽略。而对皮黄中的胡琴是否应该废去，作为皮黄爱好者的张恨水，也发表了自己的观点："皮黄之胡琴，若昆曲之笛，唱与乐器，相互成悦耳之音。……胡琴过门，不过调和音节，及令歌者稍一换气，实无拖长之必要。"③ 其二，对剧情内容的考证。为加深观众对剧情内容的理解，张恨水对各剧种中表现最多的"捉放曹"、"马前泼水"、"嫦娥奔月"等，或结合历史来源，或联系故事本身，或结合剧情思想，分别加以阐释，丰富并拓展了剧情内容。其三，对具体戏剧剧目的欣赏。他在《关于霸王别姬》中对杨小楼、梅兰芳合演的皮黄戏"霸王别姬"的评价是："这部戏的场子，比较还干净。""小楼在戏里饰项羽，身体魁梧，举止大方，的确有大将风度。""梅兰芳的虞姬，处处描摹一个温存体贴的女子。……做出那种婉转依人的样子，令人回肠荡气。"④ 应该说，这是在充分理解原剧基础上所作出的评价。另外，他对"贵妃醉酒"一戏也提出了自己的见解。

三

在所有戏剧剧种里，他最钟情京戏。因此，张恨水的戏剧观，还表现在对戏剧演员以及戏剧现状的关注方面。他曾撰《惜李万春》一文，对海派童伶李万春极尽关怀并深表忧虑："李成名后，人为爱惜伶界羽毛计，曾劝其父李永利，令李万春专习武生。永利不能听。今则既令习红净，又令学黑头，所习与其天才完全不合。结果，必致弄成一个四不像。欲其成全才，不知适所以误之也。"⑤ 意在引起人们对戏剧人才的呵护、爱惜。

梅兰芳是著名的京剧表演艺术家，张恨水作为一名京戏爱好者，对梅兰芳及其京剧表演艺术深为赞叹。早在他初到北京时，就有了"一元看三星"的佳话，

---

① 张恨水：《百寿图》，1928 年 2 月 22 日北平《世界晚报》。
② 张恨水：《皮黄耳食》，1929 年 10 月 31 日、11 月 5 日、11 月 8 日北平《世界晚报》。
③ 张恨水：《说慢板胡琴过门》，1926 年 11 月 19 日北平《世界晚报》。
④ 张恨水：《关于霸王别姬》，1929 年 12 月 15 日北平《世界日报》。
⑤ 张恨水：《惜李万春》，1927 年 12 月 21 日北平《世界晚报》。

及至在《梅兰芳不带女性了》《梅兰芳渡美与男扮女问题》《关于霸王别姬》《梅兰芳留髭绝唱》《梅兰芳与周作人》文章中称赞梅兰芳的表演艺术，尤其当时戏剧界有人对梅兰芳男扮女装的批评，张恨水从京戏表演艺术的角度给予了实事求是的评价。

面对当时戏剧界有些人稍有名气便抬高身价的现状，张恨水认为"一个艺术家的态度，和他的艺术生命有着莫大的关系。所以，艺术要修到炉火纯青的时候，不能不加以身心上的修养①对新戏演出，他则主张"贵遵守脚本"，"排演纯熟而后登场者，必有可观。"② 而对于话剧的前身"文明戏"，张恨水从文明剧团成员构成、剧本和层面三个方面认真分析了其落伍原因，指出"一种艺术，无论贵族式的，是平民式的，总要有点启发思想，陶冶性情，千万不可落了俗套③。否则戏剧就会失去生命力。

戏剧起源于何时，张恨水在《戏之来源》一文里进行了阐述："大概在汉以前，就有了戏，所以史记说'优倡侏儒为戏而前。'又庄岳委谈'优伶戏文，自优孟抵掌叔孙敖，实始滥觞'。那么，戏始于周了。"④ 怎样看戏？如何正确对待各剧种之间关系？张恨水对此也有着独到的见解。他曾以京戏和川剧为例，进行比较：两剧各有所长，"川剧的'变脸'是个绝招，别的剧种可比不了。"⑤ 并说《梵王宫》的剧中主角，小姐与公子，两人一见钟情，"演出时一立台左，一立台右，四目相对，呆立不动。丫鬟站在台中，左右手各牵住他们的'视线'，打个疙瘩结在一起，丫鬟就牵着这根'线'向里一扯，小姐公子便向里一倒，丫鬟的手向外一送，小姐公子就被这根线牵着向外倒去，这种高度浪漫的处理，别具匠心。"⑥ 正是戏剧的这种"小动作"处理，给张恨水以启发，并在自己的小说创作中自觉注意了人物动作细节的刻画。

张恨水评戏的另一个重要表现，就是借某一戏剧中的人物形象来讽刺当时社会现象。抗日战争期间，国民党财政部直接税署署长高秉坊贪污案，初审被判死刑，后又改判无期，令人大失所望。发表在 1945 年 4 月 3 日重庆《新华日报》的诗《看包公戏》（四首）即是张恨水所写的一首借包公戏剧情讽喻现实之作。

① 张恨水：《艺术家的态度》，1929 年 6 月 9 日北平《世界日报》。
② 张恨水：《演新戏贵遵守脚本》，1927 年 4 月 9 日北平《世界晚报》。
③ 张恨水：《文明戏落伍之原因》，1927 年 6 月 13 日北平《世界日报》。
④ 张恨水：《戏之来源》，1928 年 5 月 3 日北平《世界晚报》。
⑤ 张明明：《回忆我的父亲张恨水》，载张恨水《写作生涯回忆》，北岳文艺出版社，1993 年 3 月第1 版。
⑥ 张明明：《回忆我的父亲张恨水》，载张恨水《写作生涯回忆》，北岳文艺出版社，1993 年 3 月第1 版。

第一首"能断阴阳是也非，所传虽幻有生机。冥官还向人间借，太惜清才宇宙稀！"① 诗借传说中的包公夜断阴日断阳，既要做开封府尹，又要兼做阎王。人世间还有个包公是清官，阴司却连个清官也找不到，还得向阳世去借，岂不是宇宙清官太少。第二首"反映人心鼓板前，放粮断狱美如山。无非大嚼屠门意，转觉愚民太可怜。"② 诗借包公戏中包公陈州放粮，沿途断狱，又铡了陈世美的故事，讽刺当时并没有清官。所谓清官，也是老百姓幻想出来的，犹如人经过屠户的门，没吃肉也大嚼一番，无非是自我安慰。第三首"太子何曾换小猫，争传佳话打龙袍。台前我爱韧宗帝，容得包公制锯刀。"③ 借戏中打龙袍的故事，影射高秉坊案，表现了百姓痛恨贪官而又失望的心理。第四首"笑比黄河不易寻，千年神话到于今。清廉溺尽贪污海，想象人民渴望深。"④ 表达了人民对清廉政治的渴望以及惩治贪官的迫切愿望。

至于张恨水通过小说里故事人物听戏、看戏、谈戏，来表达自己的戏剧观点，在他的小说里更是不胜枚举。

综上所述，张恨水的戏剧观虽然没有完整的理论体系，但确如零散的珍珠，散落在他的作品里，我们只要对其稍加梳理，便可发现其中的许多观点富有现实针对性，是一位作家兼戏迷对20世纪初中国戏剧的最直观感受。其戏剧观点中所涉及的戏剧方面的反思及其思路，在今天仍然具有借鉴意义。

第三节　张恨水小说的戏剧人物形象

在以诗、文为正宗的中国传统文学中，小说、戏剧长期被人们视为"小道"、"末流"，难登大雅之堂。其实，我国古代小说和戏剧，本身就是两种血脉相连的姊妹艺术，两者关系源远流长，"不仅有着共同的发展历程、生态环境、创作队伍、接受群体和历史命运，而且题材上互相袭用，体制上互相借鉴，文化精神上互相贯通，审美情趣上也互相渗透。"⑤ 在20世纪初我国文化的现代化进程中，小说、戏剧同样经历了一个从传统走向现代的质变，涌现了一大批勇于探索的小说家和戏剧家。张恨水就是一位处于这种新旧交替、中西文化大过渡时代的作家。他继承我国古代小说、戏剧传统，以新闻从业者的敏锐洞察力和小说家

① 张恨水：《剪愁集》，北岳文艺出版社，1993年3月第1版。
② 张恨水：《剪愁集》，北岳文艺出版社，1993年3月第1版。
③ 张恨水：《剪愁集》，北岳文艺出版社，1993年3月第1版。
④ 张恨水：《剪愁集》，北岳文艺出版社，1993年3月第1版。
⑤ 齐森华：《中国小说戏曲理论的近代转型·序》，程华平《中国小说戏曲理论的近代转型》，华东师范大学出版社，2001年10月第1版。

的形象感悟力，将那些在社会底层挣扎的戏子、艺人纳入他的笔下，描述了一系列栩栩如生的戏剧场景，成功塑造了一群鲜活的戏剧人物形象，在我国现代小说创作题材方面开辟了一方明丽的天空，成为 20 世纪初形象的戏剧艺人命运沉浮史。

（一）小说戏剧人物，是作者抒写其独特人生情绪和戏剧思想的媒介，凝聚着作者对戏剧艺术和社会人生的深刻思考。

张恨水小说的戏剧人物群像，既有自甘沉沦者，又有与自己不幸命运的抗争者，可以分为以下几种：

1. 借小说男主人公与戏剧人物交往过程，再现戏剧人物的不幸命运。带有自传性质的小说《记者外传》，以新闻记者兼戏迷杨止波为主线，从一个侧面娓娓叙述了 20 世纪初北京戏剧界的众生相。不仅有当时北京戏院场景的诸多描述，而且有"贵妃醉酒"、"武家坡"等传统剧目的赏评及女演员悲惨遭遇的叙写。

2. 以戏剧人物悲剧性的人生际遇，披露了 20 世纪初首善之区北平"士"阶层"捧戏子，逛窑子，酒食征逐"、"弄弄风月文艺"的颓废糜烂生活。其中以《斯人记》、《赵玉玲本纪》为代表。

出于对中国传统戏剧的热爱，张恨水在《斯人记》开篇采用了"南曲散套"形式来安排小说的"序曲"《江亭秋》，以此引出在小说里起"穿针引线"作用的两个主角梁寒山、张梅仙的情感自白。小说涉及两个贫困人家的女儿同时学戏后的不同命运，表达人生极尽白云苍狗变化之态。小说由"升天"的芳芝仙，写出了当时北平演艺圈内的荣枯，以及捧角家们的悲欢，"唱戏"、"看戏"各具辛酸。

《赵玉玲本纪》则直接描写了当时京剧名角赵玉玲的命运浮沉，从一个侧面突出了伶人攀富、以求改变自己命运的心态。赵玉玲唱红以后被富豪子弟八爷看中，每日为她捧角。她亦贪图八爷家的富贵，竭力献媚，并嫁给他做小老婆，过上了富贵豪华的生活。八爷毫无谋生本事，淫乱放荡，坐吃山空，她又吸上了鸦片，挥霍无度。加之妻妾矛盾激烈，八爷去世，家道中落，她沦为乞丐，无家可归。其情其景，令人深思与警醒。

3. 通过艺人的爱情悲剧，揭露军阀的暴行。《啼笑因缘》讲述了 20 世纪 20 年代北平先农坛唱大鼓词的贫寒鼓姬沈凤喜与青年学子樊家树的爱情，最终被军阀蛮横暴虐所毁灭的故事，而这一故事的原型，即取材自 1925 年的一个真实事件北平说大鼓的姑娘高翠兰被田旅长所抢。小说塑造了美丽、聪明而又爱慕虚荣的风尘女子形象。因此，沈凤喜的悲剧，具有浓厚的社会批判色彩。

4. 以故都南京秦淮河旁歌女生活为素材，表达作家对社会现实的批判，对戏剧艺人不幸命运的深刻同情。《满江红》里的李桃枝，虽是一名有人捧的红歌女，但她并没有摆脱被玩弄、被摧残的屈辱地位，叔父吸她的血，婶婶监视着她，有权势的人捧玩她，清白的人看不起她。正是歌女低下地位和难以根除的对金钱势力的某种依附性，才使李桃枝、于水村的悲剧得以产生。所以，小说通过画家于水村与歌女李桃枝的爱情悲剧，为不得志的艺术家抒悲愤、鸣不平。《秦淮世家》则描写歌女唐小春与母亲唐大嫂不惜生命与恶势力搏斗的故事，暴露汉奸的毒辣无耻。小说写出了唐小春、唐二春歌女生涯的无奈与自身命运的抗争。

5. 借小说主人公戏剧生涯的铺叙，表现主人公的被侮辱、被蹂躏的命运。《夜深沉》描写马车夫丁二和与卖唱姑娘杨月容的爱情生活及不幸遭遇。以戏曲曲牌"夜深沉"作为书名，并将其贯穿始终，作为男女主人公情感联系的纽带和故事情节发展的线索，使小说显得深沉、悲凉。小说完整地叙述了杨月容在恶势力逼迫下，由一个质朴、纯真的少女到贪慕虚荣的风尘女子的性格演变过程。

6. 通过戏剧人物的命运波折，表达作者对戏剧人物命运的思考。《天河配》通过伶人白桂英和王玉和的爱情婚姻的不懈追求，体现小说戏剧人物对自食其力生活的向往。《现代青年》则完全突破了主人公周计春以往堕落的生活方式，转向了对话剧艺术的追求之中，并最终成为有名的话剧艺术家（秋江）。

从上述六类戏剧人物群像中，我们可以发现两个特点：

1. 作者笔下的戏剧人物，多取自 20 世纪初文化底蕴深厚、具有浓郁戏剧氛围的北平和南京。以戏剧人物的喜怒哀乐、悲欢离合来勾画当时社会各色人等，对社会人情作全景式观照。

2. 在创作态度方面，作者对戏剧人物作了比较细致的剖析，由过去描述伶人之"伤"（有钱人手里的玩偶、缺乏人性）到刻画伶人被奴役、被践踏的处境与内心的苦衷，力图为戏剧人物寻求一个能自食其力的谋生之道。

小说《天河配》细致地描述了名伶白桂英的内心世界，她们不得不要人"捧"的无奈，指出她们如何受到社会的歧视和侮辱，以及远离京城来到乡下寻求谋生之道却遭乡人白眼的不容易，从中体现了作者的思想认识已进入了新境界。只是由于受作者自身思想认识水平的局限，对这些社会问题的开掘尚缺乏深度，没有指出一条切实可行的解决办法。小说《夜深沉》，通过女主人公杨月容悲剧命运的解剖，对女主人公的悲剧命运细致真实地刻画和揭示，也表明了张恨水对女性问题难能可贵的思考和探索。

总之，作为对戏剧有特殊偏爱的张恨水，他成功选取处于社会低层的戏剧艺人作为自己小说创作的素材，这些戏剧艺人身上所表现的有关戏剧方面的诸多问题，寄托了张恨水对 20 世纪初中国戏剧现实的思考。张恨水小说所描绘的戏剧人物画廊，有的已逼近了社会生活的某些本质，获得多层面读者的共鸣与关注，在一定程度上有助于人们加深对当时社会黑幕和种种病态的认识，以引起疗救的注意，对世道人心颇有启示。

（二）借戏剧人物命运变迁，展现 20 世纪初中国市民社会广阔的人生图景，表现张恨水小说创作趣味的变化。

关于小说创作，张恨水提出了自己的看法，他说："小说有两个境界，一种是叙述人生，一种是幻想人生。大概我的写作，总是取径于叙述人生的。"① 因此，张恨水在继承我国古代章回小说优秀传统的基础上，成功地改良了章回小说，使章回小说达到了一个新境界、延续了新生命。他的小说世界几乎包括了20 世纪初中国市民阶层生活的一切方面，显示出张恨水对于这一阶段百科全书式的知识积累和美学写照。

张恨水小说内容反映了能够引起平民百姓感情共鸣的生活题材和主题，主张恋爱真诚、婚姻自主；同情弱小，反对强暴，为下层人物鸣不平，是张恨水一贯的思想基调。所以，他的笔下有关下层从艺者的痛苦与欢乐、屈辱与抗争、生活与命运等方方面面情状的描写，使张恨水小说具有较强社会性。

张恨水小说直接反映戏剧人物命运的有 8 部，分别是《斯人记》、《啼笑因缘》、《满江红》、《现代青年》、《欢喜冤家》（后改名《天河配》）、《夜深沉》、《秦淮世家》和《赵玉玲本纪》。这些小说创作的时间跨度为 1929 年至 1940 年，从中我们可以看出这一时期张恨水小说创作的某些特点：

1. 创作方法逐步趋向现实主义，小说创作题材的进一步拓宽。

张恨水小说成功塑造了民国初年那些被摧残的戏剧人物形象。为此，我们可以从《满江红》和《夜深沉》的比较中看出。无论是《满江红》里的李桃枝，还是《夜深沉》里的杨月蓉，两人的遭遇都呈悲剧性，只是因为各自出身、教养、经历的差异，其性格的内涵和外在表现就不尽相同，人生追求、爱情观念和行为心态自然也会有所差异，这就形成了形象的个性化。李桃枝的性格具有两面性，既自尊自重、勇于追求纯真爱情，表现出超俗的性格，又有自轻自贱的心态、对金钱的依附，使其性格呈现出庸俗性。正是她思想严重存在"歌女总是歌女"的思想和"一个歌女，若不多认识几个阔人，那会饿死的"的无情现实，最终导致她的悲剧。杨月蓉来自社会最低层，形成了她最初的纯真、善良和质朴性格，后来成了纨绔子弟、军阀和资本家的玩物，是黑暗势力使她从一个天真纯朴、知仁知义的少女变成了一个风尘女子。其性格的蜕变造成了她的命运悲剧。由于张恨水将笔触伸进了人物性格内部的各个复杂层面，并赋予人物以独特而合理的性格逻辑，所以这些不同际遇、不同气质和独具个性的戏剧人物的悲剧形象，呈现出很强的现实性、真实性特征。

---

① 张恨水：《写作生涯回忆》，北岳文艺出版社，1993 年 3 月第 1 版。

2. 以适当的结构安排推动戏剧人物性格的发展。

上述所列 8 部反映戏剧人物生活的小说，张恨水仍采用章回体形式来构思故事情节，借助巧合、误会、错过等多种偶然因素，不单纯追求情节的离奇，而是从现实生活择取细节，通过人物合乎生活逻辑的命运，以言情和娱乐作为小说的构思原则，展开情节叙述，以审美的方式把自己的戏剧理想和文学抱负寄托其中，使读者接受感染。《啼笑因缘》在展开樊家树和沈凤喜恋爱悲剧情节时，采用了误会（沈凤喜、何丽娜容貌的酷似引起）、巧合（樊家树、沈凤喜偶然相识）、对比（樊家树对沈凤喜、何丽娜、关秀姑的比较）、悬念（樊家树即将娶沈凤喜为妻时，母亲突然病重）、突转（樊家树和沈凤喜约会被刘德柱发现，沈凤喜被逼疯）等艺术手法，使得故事波澜起伏，沈凤喜的悲剧也就在情节的大起大落与各种矛盾冲突的不断变化中产生。而《天河配》的结局写到男主角受到了"捧角"的侮辱，为保持自己的人格，愤而出走，而女主角白桂英却因迫于生计，无法离开唱戏生涯奔赴西北，一对夫妻成了牛郎织女，不知何时可以团圆，故事结局陷于生离死别的悲剧之中。这就把言情小说常用的暗示式结尾上升到了一个新的层次，由单纯暗示人物事件的结局引向了对黑暗社会迫害小人物的愤怒，既推动了故事情节的发展，又加深了小说的现实主义色彩。

3. 浓厚的象征意味增强了戏剧人物形象的艺术感染力。

《夜深沉》中，一曲"夜深沉"曲牌在小说的反复出现，令读者深刻地感受到杨月喜所处的那浓厚的黑夜氛围，使读者自己仿佛也置身于那沉沉黑夜之中。小说《满江红》里，一幕"满江红"歌剧的反复演出，不仅象征了男女主人公的命运，而且也表现出催人泪下的悲剧力量。

4. 以个性化的语言和心理刻画突出戏剧人物鲜明性格。

小说《啼笑因缘》第三回，有一段沈凤喜与樊家树在先农坛相会时的描写：

过了一会子，凤喜忽然掉转头来，笑道："干吗老望着我？"家树道："你不是找我谈话吗？我等着你说呢。"凤喜低头沉吟道："等我想一想看，我要和你说什么……哦，有了，你家里都有些什么人？"家树笑道："看你的样子，你很聪明，何以你的记性，就是这样坏！我上次不是告诉你了吗？怎么你又问？"凤喜笑道："你真的没有么？没有……"说时，望了家树微笑。①

凤喜这一富有个性化的问话和动作表现，意在试探樊家树的婚姻情况，含蓄的提问，符合少女沈凤喜的矜持和痴情的心态。

作者在塑造戏剧人物形象时，对描写对象的心理活动也进行了细致入微的表

---

① 张恨水：《啼笑因缘》，北京出版社，1981 年 7 月第 1 版。

现。小说《斯人记》第5回，叙述了"戏子"珍珠花和她的母亲，为了得到一两千元钱，竭力讨好军阀林喜万师长，没想到撒娇没撒到点上，竟笑嘻嘻地去掀起师长那笑起来向上翘起很有趣的八字胡子。惹怒了林师长，他"一把将她手夺住，向下摔。突然站了起来道：'我知道，你现在有小白脸儿捧你，嫌我是老头子了。这要什么紧，咱们以后不来往就是了。'"说着愤然离去，眼看自己的"钱柜子"就这么一揪揪走了，珍珠花"又羞又愧"，想到自己唱一辈子的戏，把一个靠山反而弄丢了，又委屈又觉得"寒碜"，越想越心窄，"人向炕上倒，头就撞了下去"。幸而她的母亲及时赶来，才没闹出人命来。母亲追问师长突然离开的缘故，珍珠花哭了起来，才把自己高兴，和林师长闹着玩，揪了他的胡子的话说了一遍。于是，"自己说到揪胡子的话，也不由得低了头咬着嘴唇笑起来"。

小说把珍珠花撒娇、玩闹、惊讶、羞愧、委屈、绝望和忍不住破涕为笑等细微曲折的心理活动刻画得丝丝入扣，色画出了珍珠花的可笑、可悲和可怜。

5. 情景交融的景物描写给戏剧人物浸染上浓郁的诗意。

请看《啼笑因缘》第三回、第十六回对北平先农坛景色的描绘：

（第3回，樊家树与沈凤喜初次约会。）那个时候，太阳在东方起来不多高，淡黄的颜色，斜照在柏林东方的树叶一边，在林深处的柏树，太阳照不着，翠苍苍的，却吐出一股清芬的柏叶香。进内坛门，柏林下那一条平坦的大路，两面栽着的草花，带着露水珠子，开得格外的鲜艳。人在翠荫下走，早上的凉风，带了那清芬之气，向人身上扑将来，精神为之一爽。……那一阵阵的凉风，吹到人身上，将衣服和头发掀动，自然令人感到一种舒服。①

（第16回，樊家树与沈凤喜的分手。）太阳是刚出土，由东边天坛的柏树林子顶上，发着黄黄的颜色，照到一片青芦地上。家树记得上次到这里来的时候，这里的青芦不过是几寸长，一望平畴草绿，倒有些象江南春早。现在的青芦，都长得有四五尺深，外坛几条大道，陷入青芦丛中，风刮着那成片的长芦，前仆后继，成着一层一层的绿浪。那零落的老柏，都在绿浪中站立，这与上次和凤喜在这里的情形，有点不同了。……柏林下大路，格外阴沉沉的。这里的声音，是格外沉寂，在树外看藏在树里的古殿红墙，似乎越把这里的空气衬托的幽静下来。有只喜鹊飞到家树头上，踏下一支枯枝，噗的一声，落了下来，打破了这柏林里的沉寂。②

两段景色描写，地点（先农坛）不变，但景色却前后不同，是主人公心绪

---

① 张恨水：《啼笑因缘》，北京出版社，1981年7月第1版。
② 张恨水：《啼笑因缘》，北京出版社，1981年7月第1版。

使然，还是景预示事发展？景、情相融，既让主人公沉浸在诗画一般的情境中，又使读者从中体味出主人公的命运轨迹。

张恨水对戏剧人物形象的塑造虽不能称为十全十美，却体现了作者在改良章回小说道路上的可贵探索，自有其匠心独运之处。这是作者紧跟时代步伐，既继承中国古代小说创作种种富有表现力的手法，又吸收西方现代小说表现技巧，大胆革新的结果，从而形成自己小说创作的特有风格，赋予笔下的戏剧人物以现实的穿透力和历史的沉重感，在中国现代小说史上具有独特的艺术价值。

第四节　小说《啼笑因缘》的戏剧改编

小说《啼笑因缘》是张恨水最具代表性的作品，1930 年 3 月 17 日至 11 月 30 日在上海《新闻报》副刊《快活林》连载发表，同年 12 月由上海三友书社出版单行本，被评为二十世纪"百年百种优秀中国文学图书"（1999 年，人民文学出版社主持评选）。《啼笑因缘》发表后，产生了广泛的社会影响——迄今为止，小说版本已近三十种；根据小说改编拍摄的影视剧已达十三部；将小说搬上戏剧舞台的，有话剧、京剧、沪剧、黄梅戏、河北梆子、越剧、评剧、粤剧、曲剧、评弹、评书、大鼓、锡剧、甬剧、滑稽戏、木偶戏等十五种……以至于"文坛中竟有'《啼笑因缘》迷'的口号"①。如此众多艺术形式的传播而形成的《啼笑因缘》热实在是一种独特的文化现象，值得我们认真研究。本节试就《啼笑因缘》的戏剧改编作一论述。

一、小说为戏剧改编提供的文本基础

《啼笑因缘》以 20 世纪初的北平为故事背景，以青年学子樊家树的经历为中心线索，围绕他和沈凤喜、何丽娜、关秀姑三人的恋爱风波展开情节，是一部集言情、武侠、社会暴露于一体的小说。关于这部小说，张恨水在《我的小说过程》中说"大概对于全部的构成以至每人个性的发挥，我都有些戏剧化"②，因此，小说的戏剧化所显示的巨大艺术张力是进行戏剧改编的前提。

第一，小说社会言情加武侠的艺术模式形成的广泛影响及读者群，使戏剧改编成为可能。小说主要情节取材于现实生活，是现实生活的艺术提炼和概括，揭露了封建军阀飞扬跋扈、穷奢极欲的丑恶面目，具有强烈的反封建文化批判色

---

① 严独鹤：《啼笑因缘·序》，张恨水《啼笑因缘》，北京出版社，1981 年 7 月第 1 版。
② 张恨水：《我的小说过程》，北岳文艺出版社，1993 年 3 月第 1 版。

彩。人物个性鲜明，揭示了人物的社会本质，有很强的现实生活真实感。而樊家树与沈凤喜、关秀姑、何丽娜之间的爱情及其对爱情的选择，实质上暗示了樊家树的平民主义思想以及这种选择所代表的东、西方文化情调的选择。至于贯穿其中关氏父女的行侠好义，则极大地满足了人们对现实不平的一种隐性反抗心理。所以，小说所构筑的艺术世界，适应了当时不同阶层不同读者的不同需要。这种艺术模式将平淡的生活化成了曲折生动故事情节，具有深刻的社会意义。

第二，小说揭示的故事情节和人性的真实，成为吸引戏剧观众的内在原因。小说文本在描写樊、沈爱情悲剧情节过程中，为增加情节的波澜，作者在主要情节里穿插了不少其他富有传奇意味的情节。如沈凤喜、何丽娜长相的酷似，两人同时爱着樊家树，由于身份、遭遇各异生出的众多枝节；陶太太错把沈当成何，闹出误中"撮合"的喜剧；沈国英求婚失败，错把沈凤喜当作何丽娜进行报复的悲剧；武艺高强的关氏父女夜入刘府救沈凤喜，关秀姑深入虎穴替樊家树传书、西山杀死刘将军等侠义行为，均具有强烈的戏剧性。

《啼笑因缘》是张恨水为"匹夫匹妇"所创作的不讲"主义"的小说，对各类人物的人性刻画非常真实，展现出人性的多层次，不回避普通人的贪嗔痴欲，以现代人的审美准则对下层市井人物作了自然而有分寸的观照。如樊家树的平民意识、对爱情的忠诚与执着；沈凤喜的美丽、淳朴、烂漫和爱慕虚荣；沈三弦的势利与见钱眼开；关氏父子的豪爽、仗义；何丽娜生活的奢华与浪漫多情；刘德柱的凶残、冷酷……所有这些人物的风俗习惯、衣食住行、言谈举止和悲欢离合，通过樊家树的活动"和平共处"地出现在小说中，真实地洞悉出人性的善与恶、美和丑。这种人性的真实具有超越时空的永久魅力。

第三，强烈的画面感和语言的动作性最利于戏剧舞台表演，为戏剧改编提供了良好条件。小说《啼笑因缘》的结构、细节和表现手法，已经使小说的故事情节一波三折、跌宕起伏，而小说强烈的画面感，能够调动接受者的视听想象力，消除突然的转合所产生的生硬感觉，就是作者所说的"取法一班名导演"。他说："名家小说，给我印象最大的，第一要算是林琴南先生的译品……此外我喜欢研究戏剧，并且爱看电影，在这上面，描写人物个性的发展，以及全部文字章法的剪裁，我得了莫大的帮助，关于许多暗示的办法……所以一个人，对于一件事能留心细细的观察，就'人尽师也'。"[1]

请看第15回"柳岸感沧桑翩鸿掉影，桐阴听夜雨落木惊寒"的一段描述：

原来晚间下了雨，并不知道呢。那月亮正偏偏的照着，挂在梧桐一个横枝上，大有诗意。心里原是极烦闷的，心想看看月亮……就拿了一张帆布架子床，

① 张恨水：《我的小说过程》，北岳文艺出版社，1993年3月第1版。

架在走廊下看月。不料只一转身之间，梧桐叶上的月亮不见了，云块外的残星也没有了，一院漆黑，梧桐树便是黑暗中几丛高巍巍的影子。不多久，树枝上有噗笃噗笃的声音落到地上，家树想，莫不是下雨了？

走到走廊下，只觉得一院子的沉寂，在那边院子里的打牌声一点听不见，只有梧桐上的积雨，点点滴滴向下落着，一声一声很清楚。这种环境里，那万斛闲愁，便一齐涌上心来。家树正这样凝想着，忽然有一株梧桐树，无风自动起来了，立时唏哩沙啦，自己也不知是何缘故，连忙走回屋子里去，先将桌灯一开，却见墨盒下面压了一张字条，写着酒杯大八个字，乃是"风雨欺人，劝君珍重。"①

其中有显性人物（樊家树）的心理（愁思）、行动（拿着架子床，走到廊下）、所见（雨夜——云块笼罩下的月色——黑夜里的树影——一张字条）、所感（无风之夜树枝上的声音）以及隐性人物（关秀姑）的高超武艺（梧桐树枝"噗笃噗笃""唏哩沙啦"声——"风雨欺人，劝君珍重"的字条——树动人不见），这种人在景中、景中有人的画面感，为戏剧改编提供了可供发挥的空间。

在叙事语言上，文字是小说唯一的叙事语言，而戏剧却可以采取动态的口语化叙事语言。小说文本与戏剧相比的优势，在于它可以从容不迫地，通过文学语言多层次、多角度，从而实现深度地刻画人物的性格和内心世界。张恨水通常采用在细节和在动作中刻画人物性格的方法，所以在他的小说里，我们可以发现叙述以压倒的优势战胜描写，对人物语言的叙述、对人物动作的叙述都很具行动性。

例如第3回"颠倒神思书中藏情影，缠绵情话林外步朝曦"中樊家树、沈凤喜的约会，小说对沈凤喜顽皮动作及装束是如此叙述的：

家树正睡时，只觉得有样东西拂得脸怪痒的，用手拨几次，也不曾拨去。睁眼看时，凤喜站在面前，手上高提了一条花布手绢，手绢一只犄角，正在鼻子尖上飘荡呢。家树站了起来笑道："你怎么这样顽皮！"看她身上，今天换了一件蓝竹布褂，束着黑布短裙，下面露出两条着白袜子的圆腿来，头上也改挽了双圆髻。

二人走着，不觉到了柏林深处。家树道："你实说，你母亲叫你一早来约我，是不是有什么事求我？"凤喜听说，不肯作声，只管低了头走。家树道："这有什么难为情的呢？……"凤喜依然低了头，看着那方砖铺的路，一块砖一块砖，数了向着前面走，还是低了头……②

---

① 张恨水：《啼笑因缘》，北京出版社，1981年7月第1版
② 张恨水：《啼笑因缘》，北京出版社，1981年7月第1版

这种对人和景进行细致描摹与刻画的小说文本，首先会使编剧青睐，其次能得到服装师、造型师和道具师的欢迎，再加上作者对人物对话的重视（更多时候基本上是人物的对话成为推动故事前进的动力），使《啼笑因缘》小说文本被改编成戏剧具有非常大的可行性。

二、戏剧对小说文本的成功改编

《啼笑因缘》从小说走上戏剧舞台取得了巨大成功并经久不衰，其成功之处在于改编的时候，改编者抓住了小说与戏剧不同的审美特点，抓住了小说原著的精髓，有针对性地加以强化和增删，使其更符合戏剧性的原则，突出了主题，人物形象也更加鲜明生动。

1. 改编剧种举偶

我国幅员辽阔，地域文化差异较大，在长期的文化艺术实践中，形成了众多独具特色的地方戏曲。这些戏曲样式的共同点，就是由演员装扮人物，以歌舞、动作和说白演出故事。一个颇为有趣的现象是，有相当一部分剧种的传统剧目，与张恨水的《啼笑因缘》有关，迄今为止，根据这部小说改编的剧种有话剧、京剧、沪剧、黄梅戏、河北梆子、越剧、评剧、粤剧、曲剧、评弹、评书、大鼓、锡剧、甬剧、滑稽戏、木偶戏等 16 种。一部小说文本具有如此众多的戏剧样式，这在中国戏剧史上可谓独一无二。这里，笔者仅选取其中几种颇具特色、影响较大的剧种作一评述。

（1）曲艺类。①滑稽京韵大鼓。这种曲艺样式由于以北京市井风俗、社会新闻为题材，采用京韵大鼓腔调，注重表情动作，刻意模拟，如京剧中的丑行，滑稽诙谐。因此，小说《啼笑因缘》反映的北平大鼓艺人生活的悲喜剧内容，正与滑稽京韵大鼓艺术风格相吻合，加上 20 世纪 30 年代著名滑稽大鼓艺人"山药蛋"（富少舫）功底深厚、嗓音清脆的演唱，将围绕樊家树爱情的悲喜氛围演绎得非常浓烈、感人。②评弹。流派众多，版本不同。改编的苏州评弹版本主要有著名小说家陆澹安的"陆本"和著名评弹演员姚荫梅创作的"姚本"。其中"姚本"最有特色，姚荫梅在演唱评弹《啼笑因缘》书目时，借鉴了方言话剧的表现手段，能根据人物的籍贯、身份和性格，运用不同的乡谈，吐字清晰、婉转亲切，且"说表"过程中以噱见长，诙谐风趣，较好地表现了小说《啼笑因缘》的内蕴。

北京评弹《啼笑因缘》由著名评弹女演员蒋云仙演唱，因是女说书放单档，更由于她各地乡谈佳，起脚色又惟妙惟肖，演唱过程中，将沈凤喜、关秀姑、何丽娜三个旦角，表演为一小家碧玉味、一豪侠气、一大家闺秀态，使人物呈现出不同的感情色彩，韵味十足。

（2）地方戏。①曲剧。北京曲剧《啼笑因缘》，以北京话对白，曲调主要采用"大鼓"，伴奏有扬琴、月琴、三弦、琵琶等，由于演员熟悉的北京天桥，使其演出具有得天独厚的优势，加上主演魏喜奎的优美唱腔，使曲剧《啼笑因缘》的演出颇受观众欢迎。②话剧。演出的团体和改编的版本甚多，其中以明星范雪朋饰演的关秀姑最为出色，而东北话剧团演出的《啼笑因缘》对原著中天坛樊、沈相会的一幕演绎得尤为动人，人物刻画也很细腻。③黄梅戏。安徽省黄梅剧团演出的黄梅戏《啼笑因缘》对原著进行了大胆的创新，在剧情中融入了新的观念，避开三角恋，注重表现樊、沈的纯真爱情。在形式上力求趋向生活化，加之语言易懂，唱腔流畅，备受广大戏剧观众好评。值得一提的是，舞台上采用8块屏风，亭台楼阁、深宅大院在"舞台意识流"中转换，如此程式设计，既烘托了人物，又加快了剧情节奏，增加了戏剧的可视性和丰满度。

2. 戏剧改编及舞台演出特征

戏剧主要通过语言表达人物感情，用唱、念、做、打、舞及文、武、乐的多种艺术手段去塑造人物。小说《啼笑因缘》描写的20世纪初北平人和事，具有浓郁的京风京俗。小说文本32万字，而戏剧篇幅一般只能限于2万字左右，舞台演出时间控制在2小时左右。有限的时空，要求戏剧文本必须高度浓缩，高度简洁，高度集中，高度凝练。总体来说，各剧种的改编与舞台演出呈现以下几个特征。

（1）剧情矛盾冲突高度集中。

小说原著故事轮廓清晰，写了樊、沈之间缠绵悱恻的爱情故事，从整个事件的发展变化到结局，要表现的主题是反封建精神和对传奇爱情讴歌，小说情节线从开端、发展到高潮之间，依靠"一男（樊家树）三女（沈凤喜、关秀姑、何丽娜）组合的两次反复"展开。戏剧对此更是予以了强化，突出这条主要的情节线索。小说的故事框架结构虽然自然流畅，戏剧改编则根据戏剧特点摒弃了这种结构模式，在有限的时空范围内集中笔墨描写这对恋人的感情纠葛，着重展现樊、沈之间纯真的爱情。这种不枝不蔓，强烈、紧凑的悲喜爱情，戏剧演出中采取分幕、分场的结构模式安排剧情，不仅使戏剧演出场景（天桥、先农坛，沈家、刘宅等）转换自然，而且让主人公喜、悲爱情发展张弛有度，纯真爱情（樊、沈）与恶势力毁灭爱情（刘德柱霸占沈凤喜）的矛盾冲突泾渭分明。

从小说文本到戏剧舞台，关键在于创造，小说《啼笑因缘》的成功转换，体现了各戏剧剧种改编者卓越的艺术才华。改编时把原著中描写的、叙述的、漫谈式的成分列出，别具匠心地提炼出小说里含有的戏剧因素，将小说中大量的心理成分，戏剧中改用人物道白和动作。这是因为戏剧不能像小说那样表现人物错综复杂的关系以及人物心理活动。小说的故事情节不算复杂，而戏剧更加强化了主要矛盾。这样一来，戏剧冲突表现在樊、沈、刘三个人物身上，人物、时间、场景比小说集中，矛盾的展开益发激烈。这是戏剧改编戏剧手法高超的表现，使戏剧冲突在剧情里纲举目张，让爱情主题表达得愈加鲜明有力。

在舞台演出方面，各剧种也发挥了自身艺术表现特长，或从唱腔技巧，或从舞美设计，或从乐器伴奏，或从戏剧情节的铺叙（如沈凤喜富有特色的大鼓唱词贯串始终），增加了戏剧的悲剧性给予观众的情感冲击力。

（2）对传统戏剧剧目的创新。

创新是艺术创作保持活力的根本。在小说《啼笑因缘》戏剧改编过程中，创新曾使有些剧种焕发了新的活力，改编的剧目或成为该剧种的传统剧目，常演不衰，如甬剧时装大戏《啼笑因缘》；或由此锻炼培养了一批优秀演员，如黄梅戏《啼笑因缘》。令人欣慰的是，有些剧种出于对传统优秀剧目的传承抢救和对青年演员的锻炼培养，立足传统剧目，适应当代观众欣赏趣味需要，推陈出新，表现出了传统剧目《啼笑因缘》艺术上的连续性，如上海沪剧院 2002 年演出的新版沪剧《啼笑因缘》，相比以前版本，新版删除了枝蔓，舞美音乐等均为新人度身创作，得到了观众的认可，可以说是一次大胆创新的典范。

（3）戏剧人物性格鲜明。

戏剧《啼笑因缘》在戏剧舞台上，如此令观众心驰神往感动不已，并非单纯的跌宕起伏情节因素造成，还在于它塑造了樊、沈等若干个感人至深的戏剧形象，从人物的感情世界和行为方式上，不同程度地焕发出艺术的美感。

曲剧《啼笑因缘》可谓精品，该剧对沈凤喜、樊家树、沈三弦、关秀姑等人物进行了个性化塑造。观看全剧，使人感到剧情亲切生动，曲调丰富，通俗易懂，贴近生活，人物性格鲜明，具有浓郁的"京味"。剧中人物对白和唱词的地域特色，更使剧中人物具有鲜明的性格化和情景化。可以说，这是改编者准确把握了原著人物性格，根据剧情需要，力求与原著的语言风格保持一致的结果。

（4）戏剧剧种发展与现代大众传媒联姻。

随着现代传播媒体的迅猛发展，把戏剧推向了广阔的社会，加深了戏剧于观众的联系，吸引了大批观众，成为《啼笑因缘》改编和演出的一个新特点。由于戏剧舞台演出的时空局限性，造成了戏剧演出现场性的难以永久留存。为此，各剧种的《啼笑因缘》版本，一方面以剧本形式保存，一方面借助现代传播手段，或录音，或录像，或网络，或拍成戏剧连续剧，使戏剧《啼笑因缘》在更广泛的范围内传播。如黄梅戏，就是将《啼笑因缘》改编为 12 集黄梅戏电视连续剧的成功例子，该剧曾获得全国第 19 届电视剧"飞天奖"三等奖，第 17 届

《大众电视》"金鹰奖"最佳戏曲片奖。

　　毋庸置疑，由于各戏剧剧种艺术表现的差异，小说《啼笑因缘》在戏剧改编与演出过程中，也不同程度地暴露了一些问题，这就是缺乏对小说原著中文化内涵的准确把握，造成了改编演出水平的参差不齐以及剧情历史文化厚重感的缺憾；有些剧种演员演出对戏剧人物悲、喜情绪表演到位不够，削弱了剧情的悲剧震撼力；等等。在戏剧面临其他艺术冲击的今天，值得我们思考的是，我们的戏剧，尤其是根据经典小说改编演出的传统戏剧，如何将其归类整理，应该说从戏剧剧本和音（影）像两方面着手进行抢救、保留，是一项利在当代、功在千秋的资料性工作。

第五节　黄梅戏《啼笑因缘》的语言艺术

　　在张恨水先生小说《啼笑因缘》由文本向众多戏剧样式的改编过程中，最值得一提的要数安徽的黄梅戏了。在这部舞台剧里，张恨水故乡安徽的地灵人杰与委婉流丽的黄梅戏唱腔韵味相互融汇、小说展示的故都北平浪漫爱情故事与现实意义交相辉映，使其呈现出浓郁的地域特色——旋律婉转悠扬，语言清新淳朴，舞台形象可圈可点。演出后，社会影响强烈——1997 年，安徽黄梅戏剧团在合肥演出 9 场，引起了轰动效应，3 个月的演出 30 场，观众达 4 万人次；1999 年，进京演出又获好评，并荣获第五届安徽省艺术节一等奖。这部舞台剧之所以有如此效应，在笔者看来，精湛的语言艺术是其中不可或缺的成功因素之一。

一、紧凑的剧情结构：从文本语言到舞台语言的前提

　　小说《啼笑因缘》的情节结构可分为两个部分，前一部分逐一写三个女郎（沈凤喜、关秀姑、何丽娜）对樊家树爱情的萌发，直到樊、沈二人的定情，节奏舒缓流畅，但其中又不乏紧张场面的描写，并且蕴含着逐浪滔天的量的积累。正当樊、沈爱情水到渠成之际，作品掀起了节奏的轩然大波，军阀刘德柱霸占沈凤喜的危机呼之欲出。第二部分的情节进入了山重水复、柳暗花明的境地。刘德柱对沈凤喜的软硬兼施，关氏父女的行侠救人，樊、沈二人的秘密幽会，沈凤喜被逼成疯……情节的发展一气呵成，丝丝入扣。然而作者在这些情节中，又时常注入一些舒缓平和的故事因素，从而使节奏张弛相间。

　　这种情节结构，正如莫泊桑所言，把"固定粗糙和不动人的现实加工塑造，创造成一个特殊而动人的奇遇"，把那"固定粗糙和不动人的现实"事件，"加

以筹划、安排，使读者喜欢、激动或者感动。他的小说布局只是一连串巧妙地向社会结局的匠心组合。"（《西方古典作家谈文艺创作》，第605—606页）正是由于这种情节结构所彰显的现实主义精神、正义感、丰富的热情和同情弱小、反抗强暴的创作"母题"以及为小市民阶层的左翼代言请命，满足了大众的欣赏趣味。因此，小说文本具有一种独特的美学魅力。

如何将这部名著搬上黄梅戏舞台？编导者在认真研读原著的基础上，对原著中的人物和情节进行了必要的增删，准确把握主要人物性格内核，情感、命运所显示的典型性格。

舞台剧的整个剧情显现出先喜后悲的艺术氛围，含蓄而深沉。为了反衬和加深其悲剧的感染力与艺术美，改编后的舞台剧，融入了新的观念，避开三角恋，着重表现樊家树和沈凤喜纯真的爱情。将小说原著浓缩成"遇凤"、"访凤"、"等凤"、"别凤"、"逼凤"、"约凤"、"斥凤"、"鞭凤"、"得凤"等9场。明晰简洁的剧情结构，为小说原著的文本语言改编成舞台语言提供了可供发挥的极大空间。

二、凝练清新的唱词：舞台形象的语言再现

黄梅戏之所以深受观众喜爱，主要是因为曲调易懂、易学、易唱，唱腔柔美婉转，唱词口语化，表演生活化，道白所用的安徽安庆地方语言，强化了观众的听觉效果。在黄梅戏舞台剧《啼笑因缘》里，人物语言通过黄梅戏音乐的旋律和唱腔来强化对人物形象的刻画，以独唱、浅唱低吟、悲愁诉唱、合唱伴唱的方式塑造出剧中主人公沈凤喜形象。

1. 变心理活动描写为唱词评戏——切题、点题。

小说表现樊家树的平民思想，在沈凤喜身上体现为关切之情、友情到爱情，小说以九回的篇幅，娓娓道来，真切细腻。舞台剧发挥了黄梅戏唱腔优势，将其提炼成唱词，意境深沉，韵味悠长。试比较：

小说第1回《豪语感风尘倾囊买醉，哀音动弦索满座悲秋》是这样描述樊家树听沈凤喜唱大鼓词的：

那（弹）三弦子一个字一个字，弹得十分凄楚，那姑娘垂下了她的目光，慢慢的向下唱，其中有两句是："清清冷冷的潇湘院，一阵阵的西风吹动了绿纱窗；孤孤单单的林姑娘她在窗下暗心想：有谁知道女儿家这时候的心肠？"她唱到末了一句，拖了很长的尾音，目光却在那深深的睫毛里又向家树一转。家树先还不曾料到这姑娘对自己有什么意思，现在由她这一句唱上看来，好像对自己说话一般，不由得心里一动。这种大鼓词，本来是通俗的，那姑娘唱得既然婉转，加上那三弦子，音调又弹得凄楚，四围听得人，都低了头，一声不响的向下听

去。(《啼笑因缘》第13页，台海出版社，1998年4月第1版)

这里充分运用小说文字叙述的长处，以对唱者（沈凤喜）的叙述、对听者（樊家树）的视听享受而引起的心理活动来展开故事情节——歌声凄楚婉转，其唱者（沈凤喜）命运又如何？对沈凤喜唱词的欣赏蕴含于观者樊家树的心理描写之中。

同是樊家树欣赏《黛玉悲秋》大鼓词，对此，舞台剧则根据舞台表现需要，将小说文本的心理刻画改以人物唱词来评析。

第一场《遇凤》中，对沈凤喜在天桥所唱的《潇湘怨》，是以樊家树的唱词方式进行感受的：

音似那，珍珠落玉盘清脆圆润；情似那，落叶悲秋风凄楚深沉。潇湘怨听过多少，数她有神韵，莫非是曲中藏有她歌女的情。

唱出了秋愁秋怨秋时景，如泣如诉传神真，聆听你潇湘曲尽意未尽，果然是悲歌之外另有哀声。

简洁凝练地将小说文本里人物的心理活动转化为了口头语言——唱词，既有主人公沈凤喜曲外身世的表现，又有樊、沈二人的相识、相知过程的展示。可谓是曲中蕴情、情里有情！

而沈、樊的对唱，则从剧情主旨上进行了点化：

沈：生来就是无花果，眼中有泪暗自吞，唱曲陪笑只怨命，难得先生是知音。

樊：怨什么泪，怨什么命，陪什么笑吞什么声，忍辱偷生遭厄运，靠天不如靠自身。

一句"忍辱偷生遭厄运，靠天不如靠自身"唱词，樊家树的平民意识呼之欲出，剧情内涵也随之深化。

2. 化人物对话、动作等细节刻画为唱词倾诉——含蓄婉转深沉。

在《啼笑因缘》舞台语言中，还有值得称道的就是，小说文本的人物、动作等细节刻画和舞台剧的唱词，异曲同工地表现了人物含蓄婉转深沉的性格。

小说第3回《颠倒神思书中藏情影，缠绵情话林外步朝曦》对沈凤喜急于探听樊家树的身世，尤其是婚姻情况，小说进行了如此描述——

北京先农坛。家树笑道："你叫我来谈，我们谈什么呢？"凤喜笑道："谈谈就谈谈吧，哪里还一定要谈什么呢。"家树侧着身子，靠住椅子背，对了她微笑。她眼珠一溜，也抿嘴一笑，在胁下纽绊上，取下手绢，右手拿着，只管向左手一个食指一道一道缠绕着，头微低着，却没有向家树望来。家树也不作声，看她何时为止。她忽然掉转身来，笑道："干吗老望着我？"家树道："你不是找我谈话吗？我等着你说呢。"凤喜低头沉吟道："等我想一想看，我要和你说什么。……哦，有了，你家里有些什么人？"家树笑道："看你的样子，你很聪明，何以你的记性，就是这样坏。我上次不是告诉你了吗？怎么你又问。"凤喜笑道："你真的没有吗？没有……"说时，望了家树微笑。家树道："我真没有定亲，这也犯不着说谎的事。你为什么老问？"凤喜这倒有些不好意思，将左腿架在右腿上，两只手扯着手绢的两只角，只管在膝盖上磨来磨去。半晌，才说道："问问也不要紧呀。"（《啼笑因缘》第 38 页，台海出版社，1998 年 4 月第 1 版）

　　樊、沈对话中蕴含动作：（樊）侧着身子，微笑——（沈）眼珠一溜，抿嘴一笑，右手拿手绢，向左手食指缠绕，头微低——（沈）低头沉吟，微笑，将手绢两只角在膝盖上磨来磨去。这些动作细节，使沈凤喜欲言还羞的内心世界跃然纸上！

　　舞台剧唱词是以沈、樊对唱方式来表述的。

（沈）忙中未问你名和姓

（樊）樊家树就是我姓名

（沈）祖籍何处家何地

（樊）三代未出杭州城

（沈）京城就读在哪里

（樊）只身求学进燕京

（沈）家中还有何人在

（樊）家父早丧有母亲

（沈）我再问先生您贵庚

（樊）不大不小二十春

（沈）我还问

（樊）尽管问

（沈）我想问

（樊）只管问

（沈）我问你有无旁人问寒暑

（樊）邻里们关照一家亲

（沈）伯母出门门谁看

（樊）高堂离家自锁门

（沈）假日回乡谁为伴

（樊）娃娃朋友聚成群

（沈）想必晚上自清静

（樊）伴我还有书和灯

（沈）这么说衣衫换下有人洗

（樊）在家有老母出门靠自身

（沈）冬夜凉脚何人暖

（樊）八斤的棉被暖如春

（沈）我好比祝英台碰上了山伯汉

　　　他答非所问急煞人

　　　我问你

（樊）我洗耳听

（沈）我想问张生可有崔莺莺

（樊）樊家树至今是单身

　　沈凤喜、樊家树对唱中，把小说原著里第1至3回的篇幅包蕴的樊、沈之间心灵交融的爱恋之情精炼含蓄地表达了出来，语言生动、亲切、感人，富于生活气息。相对于小说文本，唱词语言更富于动感，更具有感染力。

　　3. 唱词、唱腔、音乐的完美结合——人物个性化性格塑造。

　　黄梅戏的语言特色，是体现剧种特色的表现手段之一，剧种特色其中就包涵了语言、唱腔和音乐。在黄梅戏《啼笑因缘》里，人物唱腔几乎囊括了黄梅戏的主要唱腔，无论是抒情优美的［彩腔］、质朴刚健的［平词］，还是激昂、愤慨的［二行］、［三行］、［八板］、［火工］，在剧中均与唱词、音乐融为一体，或表现欢快甜美，或表现清脆圆韵、抒发人物内心情感，或表现情感的抑扬顿挫、揭示人物的发展命运，塑造人物的个性化特征。

　　小说《啼笑因缘》情节线索的另一个特点，就是以大鼓曲词贯穿始终。

　　第一回（天桥）、第十二回（刘府）、第二十二回（西山）的《黛玉悲秋》（天桥的樊、沈因唱曲、听曲而相识，刘府的唱曲乃无奈之举、曲同而情不同，西山的曲子表面为何丽娜听曲，实为樊家树思念沈凤喜，均为情之所系，是为哀情、苦情、艳情和惨情）；第七回的《四季相思》（樊、沈相知相恋）；第八回的《霸王别姬》（樊、沈分别，情节的转折）。

　　这种线索，使小说故事情节一波三折，情味叠生。

　　舞台剧在保留小说文本这一特点基础上，并对其进行了更深层次的强化。比如，第一场"遇凤"，一段沈凤喜唱的京韵大鼓词《潇湘怨》，极有神采地交待了人物（沈凤喜）和地点环境（天桥）。第二场"访凤"，樊家树吹的口琴曲《四季相思调》，则贴切地烘托出了唱词"（旁唱）一个呀牵肠挂肚，挂肚牵肠在卧榻"的词意内蕴。这曲"四季相思"，曲子优美，深沉哀怨悱恻，飘荡着一种近似黄梅调的江南民歌风味。剧中，这个主题曲或独唱，或齐唱，或合唱，或伴奏，或片断，或特征音调，不断再现、缀连，与剧情相协调、和唱词相结合，有机地点染和统一了全剧先喜后悲的氛围。而《潇湘怨》唱词在全剧中反复出现，淋漓尽致地表达了不同情境下的不同情感内容，以及由此而体现出来的各种人物的个性化特征。同是《潇湘怨》，在第一场"遇凤"中，是樊家树对大鼓艺术的美的鉴赏以及唱曲人的人生解读；而在第五场"逼凤"里，则是无奈，是对樊家树的思念、对刘德柱的控诉。

总之，舞台剧《啼笑因缘》的唱词与优美的黄梅戏唱腔、音乐相融，使剧中人物樊家树、沈凤喜的痴情，关秀姑的爽朗、机警、多情而细心，沈三弦的势利卑下，刘德柱的横暴凶狠，各具情态，性格鲜明。恰如余音绕梁，三日不绝，耐人寻味。

思考题：

一、试述张恨水演戏生涯对其小说创作的影响。

二、谈谈黄梅戏舞台剧《啼笑因缘》的语言艺术。

第十二讲　张恨水小说的文化传播

导读：

　　张恨水小说成功地实现了传播——隐性原因在于准确定位传播者与接受者、立足报纸副刊、引雅入俗，创作出了一种雅俗共赏，富有文化内蕴的小说文本——显性特征表现为通过现代传媒成功实施了小说文本传播和影视剧传播——张恨水的经验为当代文化传播提供了一个可资借鉴的范本

　　张恨水，中国现代文学史一道亮丽的风景，身为新闻记者、编辑的一位全能报人，却以小说闻名于世。他给人们留下的洋洋洒洒3000万言作品，在20世纪掀起了三次"张恨水热"。他的小说一版再版，有的甚至达到20余次，在海内外广泛流传；他的多部小说被改编成影视剧，仅《啼笑因缘》一部就有十多种戏曲样式传播；他本人及其作品也曾引起了中外学术界的争议，是非褒贬之中，更使其散发出了夺目的光彩，形成了独特的文学景观。因此，他是一位真正意义上的"国内唯一妇孺皆知的老作家（老舍语）"。从文化传播学的角度来阐释这一现象，不仅可以拓宽张恨水研究的领域和学术视野，而且可以为当今的文学创作提供可资借鉴的内容。

第一节　张恨水小说传播的隐性要素

　　文化传播是人类借助一定的传播媒介交流文化信息的活动，传播者、传播内容、传播媒介、传播对象和传播效果等构成了文化传播活动最基本的要求。据此，美国传播学家哈罗德·拉斯维尔将文化传播过程概括为"五W"模式，即传播者—讯息—媒介—接受者—效果，这一过程，简单地说就是：谁通过什么渠

道给谁说了什么，取得了什么效果。①

用文化传播学的原理来观照张恨水的小说创作，从某种意义上说来，其本身就是与传播媒体的繁荣发展紧密相连，是文化传播与文学创作完美结合的成功范例。

一、传播者与接受者：张恨水的准确定位

在文化传播活动中，传播者是传播活动的施动者，是文化传播的首要因素，在具体文学传播过程中，作者就是传播活动时信息的发布者；而接受者却是传播活动的受动者，是信息传播的接受者。在文学传播时，传播者必须把握传播的主动权。张恨水深谙此理，并进而对自己的小说创作进行了准确定位。

1. 创作文体定位。张恨水所处的时代是中国文化向现代转型的关键时期，旧有的文化秩序尚未被打破，而新的秩序还未完全建立。面对这种新旧文化交替、碰撞的时代，张恨水从当时读者的接受心理入手，清楚地看到"天下之文心少而里耳多"。"五四"新文学虽高调前行却造成了革命文学与读者之间的"传递断层"。他说："我觉得章回小说，不尽是可遗弃的东西，不然，《红楼》、《水浒》何以成为世界名著呢？自然，章回小说，有其缺点存在，但这个缺点，不是无可挽救的（挽救的当然不是我）。而新派小说，虽一切前进，而文法上的组织，非习惯读中国书，说中国话的普通民众所能接受。正如雅颂之诗，高则高矣，美则美矣，而匹夫匹妇对之莫名其妙。我们没有理由遗弃这一班人，也无法把西洋文法组织的文字，硬灌入这一批人的脑袋。窃不自量，我愿为这班人工作。有人说，中国旧章回小说，浩如烟海，尽够这班人享受的了，何劳你再去多事？但这里有个问题，那浩如烟海的东西，他不是现代的反映，那班人需要一点写现代事物的小说，他们从何觅取呢？大家若都鄙弃章回小说而不为，让这班人永远去看侠客口中吐白光，才子中状元，佳人后花园私订终身的故事，拿笔杆的人，似乎要负一点责任。我非大言不惭，能负这个责任，可是不妨抛砖引玉（抛砖甚多，而玉始终未出，这是不才得享微名的原故），让我来试一试，而旧章回小说，可以改良的办法，也不妨试一试。"② 张恨水的这段话向我们告知了他选择章回体进行一种民族化的改良式创作道路的原因。从文化接受的角度来说，张恨水承担起了这个担子。

因此，张恨水在 20 世纪二三十年代便致力于改良章回小说，以社会言情作为自己小说创作的主要内容。他继承和发扬我国古典小说的艺术经验，坚持民主

---

① 马永强：《文化传播与现代中国文学》，安徽大学出版社，2003 年 1 月第 1 版。

② 张恨水：《总答谢——并自我检讨》，载 1944 年 5 月 20 日至 5 月 22 日重庆《新民报》。

化和平民意识，在现实主义的创作方法上，在小说的故事性、趣味性上，在小说叙述结构及叙述语言吸纳感方面都充分体现了民族化的特点和通俗文学的审美规范；他改良旧章回体，逐渐抛弃旧章回小说穿插韵文的套路而改用纯白话语言；抛弃那种粗线条勾勒人物的形象和白描式叙述方法而对人物形象精雕细刻并穿插其大量的心理活动，以景物描写暗示人物命运；他吸收电影、戏剧塑造人物形象的优点将其融进自己小说创作；尤其是对北京、南京、重庆、安徽等地风土人情的详细描述，使小说的艺术画面更为清晰、丰厚，从而增强了故事中人物的立体感和历史的厚重感。如《春明外史》除了题材为人关注外，"另有一件事为人所喜于讨论的，就是小说回目的构制。因为我自小就是个弄词章的人，对中国许多旧小说回目的随便安顿，向来就不同意。既到了我自己写小说，我一定要把它写得美善工整些。所以每回的回目，都很经一番研究。……这样，每个回目的写出，倒是能博得读者推敲的。可是我自己就太苦了，往往两个回目，费去我一、二个小时的功夫，还安置不妥当。"① 在这种非常认真的民族化创作态度下而融汇中西小说和其他艺术门类的现代章回小说，通过现代传媒的传播，使张恨水赢得了广泛的读者，以至于有了众多的"《金粉世家》迷"、"《啼笑因缘》迷"。

2. 创作内容、欣赏趣味的互通。作家创作的作品，要获得读者的喜爱，必须把握读者的阅读心理和欣赏趣味，使读者在心灵上产生共鸣。在张恨水的小说中，主人公有情操高尚、生不逢时的知识分子，如《春明外史》中的杨杏园；有为争取婚姻自主而斗争的青年男女，如《天河配》中的桂英与玉和；有收入微薄、古道热肠的小手工业者、小本商人，如《夜深沉》中的丁二和；有靠出卖色艺谋生的戏子、妓女，如《春明外史》中的众女子；有生存无计、被金钱权势所奴役的灵魂，如《啼笑因缘》中的沈凤喜……等等。对于这些鲜活的下层人物群体，张恨水没有采取新文学作家那种从时代的高度去解剖社会人生，给主人公指出一条光明大道，而是立足于当今的市民阶层生活，从道德的角度出发，用同情的笔触描写了他们生存的艰难，反映了他们善良而美好的愿望、对正义和进步的追求和对黑暗势力的反抗。

因此，他在表达这些内容时，非常注重迎合读者的欣赏情趣，并由此调整自己的小说创作思路。所以《啼笑因缘》的创作，就是对当时上海读者的欣赏趣味进行分析后而调整创作思路的，张恨水在谈到这部小说产生过程时，曾这样说："在那几年间，上海洋场章回小说，走着两条路子，一是肉感的，一条是武侠而神怪的，《啼笑因缘》，完全和这两种不同。"② 在这部小说里，语言生动活

---

① 张恨水：《写作生涯回忆》，北岳文艺出版社，1993 年 1 月第 1 版。

② 张恨水：《写作生涯回忆》，北岳文艺出版社，1993 年 1 月第 1 版。

泼、诙谐幽默，口语化地方色彩浓郁，并时而伴有强烈的喜剧性，使读者读来轻松自如，妙趣横生；还能够成功地烘托出各种生活环境的气氛，主人公的心理活动、语言乃至行动非常切合自己的身份、心态和性格。他除了在创作实践中体现外，还注意读者大众接受，对当时文坛上流行的欧化语言及抗战八股进行了强烈的批评："现在又有许多人在讨论通俗文字运动。我以为文人不能把欧化这个成见牺牲，无论如何运动，这条路是走不通的……假如欧化文字，民众能接受的话，就欧化好了，文艺有什么一定的型式，为什么硬要汉化？可是，无如这欧化文字，却是普通民众接受智识的一道铁关。他们宁可设法花钱买文语相杂的《三国演义》看，而不看白送的欧化名著。"① 可见，张恨水创作时心中始终有一个"隐形读者"存在，这就是读者大众。对他们的阅读状况十分熟悉，并设身处地为其创作，是张恨水走上现实主义创作道路并受读者欢迎的关键所在。

3. 保质高效、读者至上的创作态度。张恨水始终把读者放在第一位，他曾先后 2 次对大众阅读的情况进行了调查。一次是书摊调查。他在《在书摊上想起》一文中描述了当时各阶层读者的阅读状况："据我所知，汉口，广州，长沙，西安，重庆……这些都市里，每个卖杂志的店中，是终日里挤满了人，在那里搜寻战时读物。将这些人加以分析，学生为多数。此外是公务员，军人，记者，少数商人。农工可以说是没有。……由此，可以证明以下三点：（一）学生如何需要战时知识，而缺这项教育。（二）文字宣传，还不能到农工里面去。（三）知识分子，抗战情绪相当浓厚。"② 除此之外，张恨水还亲自下乡赶场调查农民的阅读状况。"我们试到郊外去赶两回场，就可以看见那书摊上，或背竹架挂着卖的，百分之八十还是那些木刻小唱本。此外是三百千、六言杂字、玉匣记（一种查宿的迷信书）、四书、增广贤文，如是而已。至多带上一两部《三国演义》或《水浒传》、《征东》、《征西》等章回小说，那已经是伟大的书摊子了。如此供应着，可以知道乡下人在弄什么文艺。"③ 正是在对读者大众阅读状况全面调查了解的基础上，来调整自己的创作："从遥远的过程，迂徐而踏地，走向现实主义道路"④ 应该说，这与他熟悉读者、设身处地为读者创作有着直接关系。

张恨水以他的创作实绩，不仅给广大读者提供着丰富的社会信息，而且为社会各式人物提供了广阔的心灵栖息地。他曾在《忙的苦恼中》记录了这样的事实："当时，我给《世界日报》写完《金粉世家》，给沈阳《新民报》写《黄金时代》，整理《金粉世家》旧稿分给沈阳东三省《民报》转载。而朋友们的特

---

① 张恨水：《通俗文的一道铁关》，载 1942 年 12 月 9 日重庆《新民报》。
② 张恨水：载 1938 年 3 月 30 日重庆《新民报》副刊《最后关头》。
③ 张恨水：载 1944 年 4 月 11 日重庆《新民报》专栏《上下古今谈》。
④ 张恨水：载 1941 年 5 月 16 日重庆《新华日报》。

约，还是接踵不断，又把《黄金时代》，改名为《似水流年》，让《旅行杂志》转载。"① 张恨水以其令人难以置信的高产，同时又以其几乎是全景式的社会画卷，使他赢得了"中国的巴尔扎克"的美誉。许多重要的历史事件，如南京大屠杀，在他的小说中都有记录；不同阶层、不同身份的各色人物在他的小说里均能找到"对应之我"；许多读者在"愤政治之压制"、"痛社会之混浊"、"哀婚姻之不自由"中获得了心理平衡……使得他的小说更加深入人心，读者的覆盖面进一步扩大，也使其小说的市场触角获得了全方位、多领域的延伸和拓展。

为确保自己的小说与读者准时见面，他诚信守时，与编、读之间形成高度的默契，四十年如一日，均遵循这一原则，充分表明了他诚信守时的服务意识和对于读者的忠实态度。张恨水在《春明外史·后序》中说："予之为此书也，初非有意问世，顾事业逼迫之，友朋敦促之，乃日为数百言，发表于《世界晚报》之'夜光'。自十三年以至于今日，除一集结束间，停顿经月外，余则非万不得已，或有要务之羁绊，与夫愁病之延搁，未尝一日而辍笔不书"。② 洋洋八十万言的巨著，历五年之久，能做到"余非万不得已，未尝一日而辍笔"，可见张恨水的诚信与守时。

张恨水能恰如其分地处理与读者的关系，而不是一味地去迎合读者。一旦找准读者的阅读趣味，就将自己的道德和忧患意识揉入小说之中，使读者欣赏故事趣味时自然地受到思想意识的熏染。这就是我们经常所说文学作品的"普及"与"提高"。恰如张爱玲所说，"不高不低"，是俗文学中的雅文学。

二、报纸副刊：张恨水辛勤耕耘的主要传播媒体

报纸副刊是中国现代报纸的重要组成部分，它作为现代传媒之一，为中国现代文学的传播提供了一种崭新的传播载体。"中国的文坛和报坛是表姊妹，血缘是很密切的。""一部近代中国文学史，从侧面看去，又正是一部新闻事业发展史。"③ 曹先生的此番话清楚地阐明了作家的作品传播与报纸的血缘关系。张恨水小说的传播，就是文学与报纸相结合的成功范例。

长期以来，张恨水在人们心目中只是一位通俗小说大家，而对其在新闻上的成就，尤其是新闻记者、编辑工作与他文学创作的关系知之甚少。张恨水自1918年到安徽芜湖《皖江日报》做编辑正式从事新闻生涯始，直到1948年辞去北平《新民报》所有职务为止，其间，历经报界风雨30年，可谓一位真正意义上的职业报人。

张恨水小说与报纸息息相关，报纸是他小说得以广泛传播的载体。在张恨水

---

① 张恨水：《写作生涯回忆》，北岳文艺出版社，1993年1月第1版。
② 张恨水：《春明外史》，上海世界书局，1928年版。
③ 曹聚仁：《文坛五十年》，东方出版中心，1997年6月版。

30 年的报人生涯中，他既做过校对、驻京记者、通讯员、助理编辑、编辑，又当过副刊主编、主笔、总编、经理和社长，而支撑点却在报纸副刊。可以说，报纸副刊成就了张恨水的文学事业，既是他进行小说创作的重要园地，又是他小说传播、沟通读者的有效媒体。他曾先后主编过北京的《世界晚报》副刊"夜光"、《世界日报》副刊"明珠"、《新民报》副刊"北海"，上海的《立报》副刊"花果山"，南京的《南京人报》副刊"南华经"，重庆的《新民报》副刊"最后关头"，不仅参与副刊编辑，而且亲自撰写稿件特别是小说连载。张恨水的多数小说都是通过副刊连载与读者见面的，像百万字的《春明外史》和《金粉世家》就分别在《世界晚报》、《世界日报》副刊连载达 5 年之久，获得了巨大成功，使这两部小说成了张恨水的成名作和代表作的同时，也给《世界晚报》和《世界日报》带来了较大的商业利益和社会反响。

究其原因，首先在于他谙熟连载小说单元式次递推出的特点，创作时既着眼于单元大局又注重故事的各个环节，使小说的每个单元格均"有戏""有看头"。其次是他善于处理故事各环节的收与放、断与联、小说文本与接受者之间的关系，并在故事内容上注意营造艺术品位小说人物的诗人气质（如《春明外史》中杨杏园、《巴山夜雨》里李南泉等）、小说回目的精致典雅、小说诗词的诗意以及小说语言的古雅流畅、口语化。

张恨水以他副刊编辑与小说创作的双重丰收，成功地实现了新闻与文学的"嫁接"，为我们的当代文学创作提供了可资借鉴的范例。

三、引雅入俗、雅俗结合：张恨水小说传播的文化内蕴

张恨水小说的成功传播，除了上述传播者与接受者、传播内容的准确定位及报纸副刊传播媒体的及时传播外，还有就是对传播内容文化内涵的精确把握。他引雅入俗、雅俗结合，小说中蕴含了丰富的文化内涵，在小说的传播过程中产生了广泛而深远的社会影响，其本身已经形成了一种独特的文化现象。

1. 将诗、词、对联融于小说。在张恨水的小说里，诗、词、对联或写景叙事，或独白抒情，或构成小说回目，成为小说故事情节并融为一体，共同推动着故事情节的发展，丰富了人物性格，增强了小说的诗意。这在小说《春明外史》中表现得尤其突出。

2. 儒文化。儒家传统文化在张恨水小说里也有鲜明的表现。如《春明外史》、《金粉世家》里的杨杏园、李冬青和冷清秋，是道德高尚而又思想守旧的代表；《啼笑因缘》、《夜深沉》、《丹凤街》中关秀姑、丁二和童老五，是为正义而牺牲自己的代表；《水浒新传》里的张叔夜是大仁大义、大智大勇、忧患意识的代表。……这些鲜活的人物形象符合读者的阅读期待，为读者所喜欢，显示

出了张恨水对重建传统儒家文化的渴望。

3. 民俗文化。张恨水一生历经多个朝代，足迹踏遍江西、安徽、江苏、上海、北京、陕西、重庆、贵州、甘肃、辽宁等大半个中国，出于新闻记者的职业敏感，留心生活、做生活的有心人成了他的一大习惯。因此，凡他足迹所到之处的风俗民情在他小说中均有体现，是人们认识 20 世纪初中国社会的形象生动的素材，具有极高的民俗学价值。小说《啼笑因缘》中有关老北京天桥的描写便是一个典型例子："《啼笑因缘》却写的是北京，把北京的风物，介绍得活了。描画天桥，特别生动，直到今天，还有读过这部小说得南方人，到北京来必访天桥。"①

4. 市民文化。张恨水淡泊名利、正直清高，不甘随波沉沦，博学多才，具有重道义，尊传统，通达开放的"双重人格"。尊重新知识，不忘旧道德，又使得其与市民文化自然连接起来，因此，张恨水将自己的创作目标（为下层民众说话）和读者接受（为市民读者服务）对象定位在城市中的市民阶层。张恨水小说的市民文化内涵切中了读者的阅读期待，小说表现的思想易于被读者接受，故事为读者所喜闻乐见，因而，小说里人物形象的人格内涵、情感成分为读者所喜爱。

对于这一现象，孔庆东先生在谈及《啼笑因缘》爱情三模式时，做了如此评价："在《啼笑因缘》里，张恨水缔造了一个三角恋爱的故事，它之所以能够引起那么大的轰动，是与这一男三女所担负的文化含量有关的。为什么它会吸引大量的男性读者？在这部小说里，三位女性人物沈凤喜、何丽娜、关秀姑分别代表了不同的文化模式，沈凤喜是传统的小鸟依人式的女孩子，何丽娜是代表社会前沿的时髦女郎，关秀姑是社会中的女强人。这三种类型分别满足了男性读者的心理需求，每一个男性读者都可以从这三种女性当中找到自己的情感模式，因此在《啼笑因缘》出版之后，它引起了大量男性读者的关注。为什么《啼笑因缘》也吸引了大量的女性读者呢？在《啼笑因缘》里，樊家树是一个具有中庸之道的好男人，这个角色也满足了不同类型的女孩子的想象。"② 从传播学的角度来看，此话可谓一语中的。

第二节　张恨水小说传播的显性特征

文化传播学认为，文学传播与人类总体传播方式一样，也经历了一个由低级到高级、从简单到复杂的动态发展过程，即语言传播、文字传播和音像电子传播

---

① 张友鸾：《章回小说大家张恨水》，《新文学史料》，1982 年第 1 期。
② 孔庆东：《〈啼笑因缘〉爱情三模式》，2004 年 9 月 29 日中央电视台《百家讲坛》。

3 个阶段。张恨水的小说传播过程也不例外，从张恨水 1919 年 3 月 10 日至 1919 年 3 月 16 日在上海《民国日报》上连载发表第一篇文言短篇小说《真假宝玉》起，到 1962 年的长篇历史连载小说《凤求凰》止，无论生前还是身后，他的小说文本为各种艺术样式所接受，为不同阶层的读者所钟爱，形成了"三次张恨水热"，达到了一个新的高峰，创造了一个新的奇迹，成为中国现代文学史上一种独特的文化传播现象。

20 世纪初，报纸是当时最主要的传媒，报纸成为读者阅读张恨水创作的小说文本的重要渠道，其次才是根据小说改编的戏剧和电影。张恨水创作《春明外史》、《金粉世家》和《啼笑因缘》等小说的上个世纪二三十年代，当时在读者和观众中形成的轰动效应，以及文学界评论，应该说是第一次"张恨水热"。其中以"《啼笑因缘》热"为最。

第二次"张恨水热"是 20 世纪八九十年代。当时伴随着人们思想观念解放而来的，是人们对张恨水及其作品重新认识和评价，使张恨水在中国现代文学史书上占有了一席之地。这一热潮着重体现在：一是张恨水作品的大量再版，其中以山西北岳文艺出版社出版的《张恨水全集》为代表；二是有关张恨水及其作品的学术研究达到了空前繁荣，其中以安徽省张恨水研究会的成立及其召开的五次学术研讨会为标志；三是随着电影、电视音像传媒的兴盛，以电影和电视剧（含戏剧片）为依托，以张恨水作品为素材改编的电影和电视剧大量涌现；四是以因特网为载体的张恨水小说电子文本的出现。

第三次"张恨水热"出现在本世纪之初，应该说是市场化的时代大潮使然，是张恨水作品内在艺术魅力的具体表现。这次热潮主要表现在电视艺术界对张恨水作品的改编与制作上，准确地说是"荧屏张恨水热"，其中以中央电视台电视剧制作中心重磅推出的 40 集电视剧《金粉世家》和 38 集电视剧《啼笑因缘》以及即将推出的根据张恨水小说《满江红》改编的电视剧《红粉世家》影响为最。尤其值得一提的是，因这些电视剧的播出而形成了张恨水作品出版热，因电视剧而使观众转向对小说原著文本的阅读需求。

一、张恨水小说文本传播特点

张恨水小说文本的创作与传播，是"作家——作品——读者"之间多向信息反馈中，所达到的一种与读者审美思潮变化相适应的和谐，这种和谐使张恨水的小说文本形成特有的魅力。归纳起来，具有如下特点：

1. 传播者发布的形式多，发布内容信息大。在近 50 年的创作生涯里，张恨水为读者创作了报纸连载小说 108 部（篇），根据出版社约定未连载的长篇小说单行本 9 部，小说总数量 120 余部（篇），总字数近 2000 万字。其中大多数为章回小说,48 部为先连载后出小说单行本。

2. 再版次数多,延续时间长。张恨水小说流传面非常广,当时就曾遍及海外华人在内的东南亚广大地区,有的小说被翻译为外文在海外流传,至今美国国会图书馆还藏有张恨水小说原著 30 余部,有些小说多次再版,其中以《啼笑因缘》为最,迄今为止,该小说已出版 26 次之多。为出版他的《啼笑因缘》,当时《啼笑因缘》在上海《新闻报》连载的时候,《新闻报》的副刊主编严独鹤就赶紧拉了自己两个兄弟,一起办了一个叫"三友书社"的出版社,这个出版社唯一的目的就是出版《啼笑因缘》。他的小说在沉积近一个世纪后的今天,仍然是出版界的长盛不衰的热门选题。仅本世纪初,北岳文艺出版社、贵州人民出版社、中国文联出版社出版、江苏文艺出版社、东方出版中心、团结出版社或以小说精选,或以世纪精品,分别推出了张恨水的主要小说代表作。如果没有广泛的读者市场,怎能达到如此盛况?

3. 盗版小说的数量多。据董康成、徐传礼的不完全统计,日伪时期,上海、北平、天津,特别是东北地区,盗用张恨水名字出版的伪书、半伪书和盗版书 40 多部,有人甚至公然打着"张恨水书店"招牌开业经营。① 另据《啼笑因缘》的续书就有十多种,应读者的强烈要求,写了十回的续,最后让沈凤喜死掉了,以免别的书商又盗版再写。如此大量的盗版现象,从侧面说明了张恨水小说的社会影响之大。

4. 小说创作速度快,种类和样式多。由于新闻记者职业关系,张恨水练就了一手快笔,成为 20 世纪 20 年代至 40 年代全国最受欢迎的报刊专栏小说家,1932 年,他在北平《世界日报》连载《金粉世家》的同时,同时在北平的《新晨报》连载《满城风雨》、上海的《红玫瑰》杂志连载《别有天地》、上海的《新闻报》连载《太平花》、上海《晶报》连载《锦片前程》、上海《旅行杂志》连载《似水流年》。此外,还在世界书局出版小说单行本《满江红》。创下了同时创作七部小说的最高纪录。

张恨水小说创作的种类和样式也极为丰富。在他的 120 余部(篇)小说中,样式涉及长篇、中篇、短篇和小小说四种,既有言情小说、国难小说、社会讽刺暴露小说,又有社会伦理小说、历史小说、武侠小说、纪实小说、故事新编以及带有自传性质的自传小说。所有这些,极大地满足了不同文化层次读者的阅读需求和审美期待,得到了读者的普遍认同,具有跨越时空的历史厚重感。

5. 评论界的争议引发了读者的阅读欲。由于张恨水以弘扬传统文化、力主变革旧章回小说为自己的创作己任,走的是一条民族化的小说创作路子。因此,

---

① 董康成、徐传礼:《闲话张恨水》,黄山书社,1987 年 12 月第 1 版。

20 世纪三四十年代，当新小说作家对通俗小说进行大规模批判的时候，张恨水的小说就首当其冲地受到新文学作家地挞伐，其中以瞿秋白、钱杏邨等为最，由于新小说家的偏见与先入为主，造成了"新小说对通俗小说的批判有着明显的论人不论作品的不良倾向，只要是通俗小说作家创作的作品，不论其价值如何一概予以否定。"① 因此造形成了张恨水长期被人们误解和曲解，甚至嘲讽与批判。正是由于这种争议，才更加使人们对张恨水小说的了解欲望，造就了新一轮张恨水热。

二、张恨水小说影视剧传播特征

正因为张恨水小说文本所独有的艺术张力和历史厚重感，使其小说保持了较强的市场潜力，使得小说的影视剧传播成为了可能。

戏剧在我国有着悠久的历史，而影视则是继文字、印刷材料后的本世纪最有影响的信息传播形式之一。它们与文学有较为密切的关系，从传播学的角度看，小说文本改编成剧本，它对小说的传播仍属于口头传播，影视则属于电子影像传播。这里，我们还是以《啼笑因缘》为例，这部小说曾被改编成多种艺术形式，截至目前，搬上戏剧舞台的有话剧、京剧、越剧、黄梅戏、沪剧、河北梆子、粤剧、评剧、曲剧、大鼓、苏州评弹等，展示了小说的艺术魅力。戏剧由于受"三一律"的限制，因此，它在改编这部小说时，也就必然遵守着小说原著的基本情节。有些戏剧多次获奖并已成为该剧种的保留剧目，历演不衰。可以说这些剧目部部是经典，既拥有属于自己的观众，又使它们的演出成就了一批批戏剧演员，感染着一代又一代戏剧观众，让小说以舞台这一传统形式得以传播，扩大了小说的影响。

至于《啼笑因缘》改编成剧本搬上银幕和荧屏，在大陆、香港、台湾，先后有 13 次之多。其中以 1931 年拍电影时的影响最大：当时上海两家大的电影公司明星公司和大华公司争相拍摄，竟因专有权问题打起了官司，后来经章士钊律师调停，大华停拍，明星赔出一笔款项了事。明星拍了一部长达 6 集的影片，在沪、穗、港、汉、平各地影院放映，卖座历久不衰。创下了 20 世纪中国小说的最高纪录。

与此同时，以因特网为载体的张恨水小说电子文本也开始出现。

尤其值得一提的是，因这些影视的传播而形成了张恨水作品出版热，因电视剧而使观众转向对小说原著文本的阅读需求。

究其原因，张恨水小说的影视剧传播，是社会发展的必然，是现代社会人们

---

① 汤哲声：《中国现代通俗小说流变史》，重庆出版社，1999 年 1 月第 1 版。

欣赏趣味、阅读期待逐渐趋向多元化的结果。因为时下人们普遍感到可供阅读的经典作品越来越少，荧屏上的警匪片、历史片过于泛滥，因此，张恨水小说所展示的主人公那种"真诚、善良、默默温情、对爱情和美好生活的执着追求以及人际关系的和谐、民风的淳朴"①等会使当代读者（观众）倍感亲切。

更由于影视媒介的多种表现手法，使得影视剧呈现出现场性和直接性特征。更由于其容量大，构成了影视剧对小说原著的再现和重建两种类型。因此，此时影视剧的改编表现出一种精神的关照和思维的提升，融入了改编者全新的思考。从而使得影视剧时代思想特色和区域文化背景异常鲜明。另外影视剧以自己的魅力将观众重新带向小说文本的阅读，体现出影视剧艺术对普及与传播张恨水小说的功绩。

总之，张恨水以自己的人格和他小说中鲜活的人物、真挚的情感及对人性真诚而热情地探索，在读者心目中树立了一座不朽的艺术丰碑，他的小说文本通过文字、影视和网络传播，他的相当一部分小说已经成为经典，并超越时空而存在，张恨水小说的成功传播，再一次向人们证实了通俗文学的永恒魅力，也为当代的文学传播提供了一个可资借鉴的范本。

第三节　说不尽的秦淮河
——电视剧《红粉世家》三境界及其他

根据张恨水小说《满江红》改编的 38 集电视连续剧《红粉世家》已在中央电视台电视剧频道黄金强档播出完毕。笔者认为，该剧根据影视表现特点，比较好地把握了小说原著的精神，融入了改编者对社会世情的深切感悟，具有鲜明的三个境界。

境界一：一群艺术家抗争命运的写照，一幅人生社会百相的浓缩剪影

南京的秦淮河自古为烟花之地，"商女不知亡国恨，隔江犹唱后庭花"，因此，秦淮河便能够常常勾起人们的一腔离情别恨，引起人们对国家的兴亡之叹……成为古往今来文人诗词歌赋所表现的永恒主题之一。

身为记者，张恨水对金陵南京的文化底蕴有着深刻的了解，以南京秦淮河为背景、以歌女艺人为素材进行创作的长篇小说有两部：一部是 1932 年 9 月世界书局出版的《满江红》，全书通过画家于水村与歌女李桃枝的爱情悲剧，为艺术

---

① 燕世超：《张恨水论》，安徽大学出版社，1998 年 3 月第 1 版。

家的不得志抒悲愤、鸣不平；一部是 1939 年至 1940 年连载于上海《新闻报》的《秦淮世家》，描写了歌女不惜生命与社会恶势力搏斗的故事，暴露了汉奸的毒辣无耻，写出了歌女们与命运的抗争。这两部小说相得益彰，形象地勾画了秦淮河地风俗民情以及围绕主人公命运方方面面的市井人物，具有非常深厚的文化底蕴，全景式地展现了一幅悲欢离合的市井风俗画卷。

小说《满江红》的魅力，不仅在于描述了富有才气而不得志的画家于水村、小说家梁秋山、音乐家莫新野、摄影家李太湖以及歌女李桃枝等的抗争命运的过程，而且在于成功塑造了于水村、李桃枝的形象——对爱情、艺术的执着追求与献身。也许正是文本内在的底蕴，才使其被人们誉为中国版的《茶花女》吧！

电视剧《红粉世家》正是在上述《满江红》原著底蕴的基础上，同时吸收小说《秦淮世家》的部分市井内容，根据影视表现的需要，对原著进行了必要的重组，全方位地向观众展示了六朝古都南京特有的深厚文化底蕴和江南的秀美风光，给观众以美的享受。

与原著相比，电视剧强化了人物之间的矛盾冲突。为突出主要人物于水村、李桃枝这一对欢喜冤家之间的恋情，并力求突出李桃枝形象的完美，对人物作了较大改动，设置的玲子和苏琪，强化了梁秋山爱情的坎坷；加入了李袁梅及其女儿小桃，并将原著里李桃枝、秦小香的部分情节移植于小桃身上，突出了秦淮河畔两代歌女的挣扎和无奈；对造成主人公命运的社会原因，增加了恶势力代表方润泽、王守臣和官僚代表万有光……所有这些，放在 20 世纪二、三十年代的南京，从总体来看是符合剧情的，有利于剧情矛盾冲突的深化、剧情故事外部社会背景的营造以及内在悲凄氛围的形成。

请看电视剧中第 10—13 集呈现的第一次矛盾冲突的高潮，当水村和桃枝相约逃离南京时，水村的一段独白："这不是我想象当中的世界，……这是怎样一个丑恶的金钱社会啊！有钱的人可以冠冕堂皇，无钱的人是可怜和丑恶的，可怜到了无能为力，丑恶到了不会反抗而选择逃避！"此段独白，看似简单，实则是对当时社会的无情揭露和嘲讽；而剧情发展到了第 22—24 集第二次矛盾高潮来临时，剧情中所穿插的朋友情和人间真挚恋情"二人为对方实现一个理想"而发生误会、被人称为"欢喜冤家"后，剧中人道出的"好女人是男人爱出来的，好男人是女人培养出来的"，则是主人公在恋情误会的碰撞中所激发出的人生哲理；当水村及李家遭受磨难之时的第三次高潮发生后，李袁梅凭着自己几十年在秦淮河滚打摸爬得出"今天的国民政府是为有钱人说话的"结论时，这本身就是一种无形的反抗；最后的高潮，实则预示了水村的一种选择，一种历经感情磨难悟出的至理，也是导演所要带给观众的现实思考。这也正是《红粉世家》所给予观众感情震撼的原因之所在。

境界二："花恋火"————一曲相知、相恋而又无奈的人生和爱情悲歌

小说原著在刻画李桃枝时，着重刻画了她与命运抗争的几个亮点：在世俗的眼光里，歌女的地位底下，为不亵渎于水村的绘画艺术，他起而隐瞒自己身份，再而直言相告，此其亮点之一；为帮助于水村成名，她用心良苦自己花钱买下水村的画，也为自己父亲曾是画家，对绘画艺术偏爱的情结；当莫新野为梁秋山治病而现场拍卖自己的心爱之物琵琶时，桃枝毅然不留姓名地买下了，为的不仅仅是义，也是对艺术的钟爱；当桃枝为摆脱恶势力纠缠而设计巧妙脱身时，表现的是她的聪明与胆略；当她与水村发生误会，被恶人欺骗，尤其是婚宴水村的救驾，使桃枝幡然悔悟，最终真正实现了"满江红"剧中人的理想，以身殉情。

《红粉世家》在剧情里，除保留了这些亮点外，还特别增加了相识、相恋而又为对方默默奉献而引起的误会情节，尤其是通过秋山与苏琪、太湖与小桃以及水村与紫烟的不同爱情结局的相互映照，融汇着一见钟情、两情相悦、单相思、暗恋等爱情模式，全方位描画了人世间的爱情滋味，其情其境对于当代的年轻人仍然具有一定启迪作用。

主题曲《花恋火》就是这曲爱情悲歌的生动体现——为了爱情，像飞蛾扑火一样奋不顾身，虽熔化却快乐。曲、歌的融合，显得凄凉、悲壮。观众感受到的是主人公面对时局的无奈，把爱压在心底，却又渴望把爱表现出来；面对心爱的人，就像火山下压抑的熊熊烈火，却始终不能爆发出来，面对爱情时更多的是矛盾与无奈。

境界三："满江红"————一幅清秀淡雅的写意、一首哀婉凄厉的曲调构成的深邃意境。

"满江红"，是张恨水小说原著的名字，也是张恨水借此营构小说故事情节的线索，歌女李桃枝的演艺生涯和小说所要达到的诗化色彩，均与此密切相关。电视剧延续了原著的诗化方面，可谓苦心孤诣。

为达到整个剧情的诗化，剧情将原著莫新野擅长的琵琶换成了笛子。剧中所展现的外景有芦苇、湖水，小桥流水、茅屋竹舍……等江南特有的景色，有古朴典雅、九曲回绕的秦淮河民居，加上剧中艺术家们的活动，带给观众的仿佛一幅清丽秀美淡雅的山水写意画，而一曲"满江红"剧目演绎、片尾曲演唱和一首莫新野演奏的"满江红"笛曲分别贯穿剧首、剧中和剧末，做到了景、情、曲的完美融合，使整个电视剧悲情主题意境高远。

依笔者浅见，原著结尾所揭示的悲壮，看似偶然，实则是人物命运发展的必然。从这一角度来说，原著所叙述的爱情故事，是现代文学画廊中的焦仲卿与刘兰枝、梁山伯和祝英台。而电视剧考虑到现代观众的接受，在这一点上缺乏足够的展现。

总之，《红粉世家》通过以上三境界，给观众诗情画意般美的享受的同时，也不同程度地存在着一些值得思考的问题。这就是，整个电视剧情结构显得松散，原著的艺术含量被过多的注水，有些情节，比如王守臣为讨好小桃所采取的英雄救美的细节，可谓是败笔，甚至是多余。我们不难设想，如果将剧情的38集精简压缩在20集以内，也许带给观众的将会是怎样一种享受了。在影视创作中，如何善待小说名著的改编？在文学名著进行改编时，是尊重原著，还是一味迎合当代观众的口味？怎样保持文学名著特有的艺术魅力，使其拍摄成为影视经典？

附：张恨水小说改编的影视剧

一、《啼笑因缘》

1. 1932 年，胡蝶、郑小秋、夏佩珍主演，同名电影故事片《啼笑因缘》（六集，无声，黑白）。明星影片股份有限公司摄制。

2. 1945 年，李丽华、孙敏主演，同名电影《啼笑因缘》。

3. 1957 年，梅琦、张瑛、吴楚帆主演，同名电影《啼笑因缘》，华侨影片公司。

4. 1965 年，葛兰、赵雷主演，电影改名为《京华烟云》。

5. 1965 年，李丽华、关山、凌波主演，电影改名为《故都春梦》。

6. 1974 年李司琪主演同名电视剧

7. 1975 年，井莉、宗华、李菁主演，电影改名为《新啼笑因缘》。

8. 1987 年，王惠、孙家馨、李克纯主演，同名电视剧。

9. 1987 年，魏喜奎主演，同名曲剧电视剧。

10. 1987 年，米雪、苗可秀主演，同名粤语电视剧。

11. 1989 年，冯宝宝主演，电视剧改名为《新啼笑因缘》

12. 1995 年，周莉主演，同名黄梅戏电视剧。

13. 2004 年，袁立、胡兵主演，同名电视剧。

二、《金粉世家》

1. 1941 年，周曼华主演，同名电影。

2. 1961 年，张瑛、白燕、夏萍主演，同名电影，华侨影片公司。

3. 1980 年，汪明荃主演，电视剧改名为《京华春梦》。

4. 2003 年，董洁、陈坤、刘亦菲主演，同名电视剧。

三、《秦淮世家》

1. 1940 年，周曼华主演，同名电影。导演：张石川，编剧：范烟桥故事片（黑白）。金星影业股份有限公司 1940 年摄制。

2. 1990 年，张伍、张羽军编剧，16 集电视连续剧，张继武导演。

四、《落霞孤鹜》

1. 1932 年，胡蝶主演，同名电影，明星影片公司故事片（无声，黑白）。

2. 1961 年，张瑛主演，同名电影。

五、《满江红》

1. 1933 年，胡蝶主演，同名电影故事片（黑白）。明星影片股份有限公司摄制。

2. 1962 年，华侨影片公司。

3. 2004 年，佟大为、孙俪主演，电视剧改名为《红粉世家》。

六、《夜深沉》

1. 1941 年，周璇主演，同名电影。导演：张石川，编剧：程小青故事片（黑白）。国华影业公司摄制。

2. 1991 年，同名电视剧《夜深沉》。

3. 2006 年，陶虹、何冰主演，同名电视剧。

七、《纸醉金迷》

1. 1951 年，张瑛主演同名电影。

2. 2007 年，陈好、罗海琼、胡可主演。同名电视剧。

八、《现代青年》

1. 1941 年，艺华影业公司拍摄同名电影。

2. 1992 年，改编为《秋潮》，编著：张伍；导演：高正，主演：佟瑞欣、村里、王芳。

3. 2008 年，明道、李曼主演，电视剧改名为《梦幻天堂》。

九、《欢喜冤家》

1934 年，故事片，天一影片公司（无声黑白）。导演：裘芑香。

十、《美人恩》

1931 年，天一影片公司。

十二、《银汉双星》

1931 年，联华影业公司，导演：史东山，故事片（无声，黑白）。

十三、《黄金时代》（又名《似水流年》）

1. 1934 年，改编：张恨水；故事片（无声，黑白）。艺华影业有限公司摄制。导演：卜万苍。
2. 1941 年，改编成电影《歧路》，主演：王丹凤。

思考题：
一、简述张恨水小说传播的隐性和显性特征。
二、分析电视剧《红粉世家》的三个境界。

第十三讲　张恨水原名笔名文化内涵

导读：

张恨水笔名众多——具有涉及创作领域广、时间长、文体多的特点——透过这些笔名可以发现蕴含其中的文化色彩

"热肠双冷眼，无用一书生。谁堪共肝胆，我欲忘姓名。"这是张恨水《记者节作（二首）》一诗的诗句，是张恨水真情的流露，更是张恨水一生创作生涯的生动写照。身为记者，他以如椽之笔创作了包括小说、散文、诗词、楹联、剧本等在内的近三千万字作品，使他以小说家留名后世；他和中国现代文学史上其他作家一样，在他所涉足的新闻与文学等领域，留下了众多笔名。透过这些笔名，我们可以发现其中丰富的文化内涵并进而理清张恨水创作思想的轨迹。

第一节　原名小解与笔名考释

张恨水祖籍安徽省潜山县，1895 年 5 月 18 日（农历 4 月 24 日）出生于江西广信府，据《张恨水年谱》及《张氏家谱》记载，张恨水的出生，可谓双喜临门：祖父张开甲荣升"参将"，父亲张钰对此喜不待言，于是引陶渊明《饮酒二十首并序之五》"心远地自偏"句中"心远"二字，给儿子取名为"心远"，取意于"心扉寥廓""心志高远"，期望儿子将来有所作为，光耀张氏门庭，寄托了父亲的希望。谱名"芳松"，其中"芳"字为张氏家族的辈分，依辈取名是我国古代家族姓氏命名的传统；"松"，位于岁寒三友的"松、竹、梅"之首，有高洁、挺拔之势，"芳""松"合璧，具有一种超凡脱俗之气。

1. 笔名数量多。笔者根据张恨水最初署名公开发表的作品统计，在几十年的写作生涯中，张恨水先后使用的笔名有 51 个。现抄录如下：

（1）1913 年，张恨水在"苏州蒙藏垦殖学校"读书期间，将自己写的两篇文言短篇《梅花劫》、《旧新娘》，署以"愁花恨水生"的笔名，寄由恽铁樵主编的《小说月报》。未发表。

（2）1914 年，张恨水在为武汉汉口某小报投稿时，首次署名"恨水"。

（3）1918 年 3 月至 3 月，创作的中篇文言言情小说《紫玉成烟》首次署名"张恨水"在芜湖《晚江报》副刊连载。

（4）1923 年前后，在北平"世界通讯社"为上海《申报》、《新闻报》写通讯时首次署名"随波"。

（5）1925 年 6 月 3 日，杂文《中国人的命每条五十元》首次署名"小记者"，在北平《世界日报》副刊《明珠》发表。

（6）1925 年 6 月 26 日，杂文《记着今年吃粽子的时候》首次署名"水"，在北平《世界日报》副刊《明珠》发表。

（7）1925 年 8 月 7 日，杂文《今天下无为而治矣》首次署名"小记者·酸先生合作"，在北平《世界日报》副刊《明珠》发表。

（8）1925 年 10 月 16 日，杂感《使明珠者必知》首次署名"哀梨"，在北平《世界日报》副刊《明珠》发表。

（9）1925 年 11 月 16 日，杂文《我们的贡献》首次署名"记者"，在北平《世界日报》副刊《明珠》发表。

（10）1926 年 3 月 5 日，杂感《二乔与二桥》首次署名"天柱山樵"，在北平《世界日报》副刊《明珠》发表。

（11）1926 年 5 月 1 日，杂感《旧戏挖苦调人者》首次署名"梨"，在北平《世界晚报》副刊《夜光》发表。

（12）1926 年 5 月 1 日，杂感《寸铁》首次署名"编者"，在北平《世界晚报》副刊《夜光》发表。

（13）1926 年 7 月 7 日，杂感《哀梨小月旦之时间问题》首次署名"并剪"，在北平《世界晚报》副刊《夜光》发表。

（14）1926 年 9 月 29 日，杂感《可怕呀》首次署名"布衣"，在北平《世界晚报》副刊《夜光》发表。

（15）1926 年 10 月 14 日，散文《忆江西会馆》首次署名"圣吁"，在北平《世界晚报》副刊《夜光》发表。

（16）1926 年 12 月 22 日，杂文《替古人担忧》首次署名"我"，在北平《世界晚报》副刊《夜光》发表。

（17）1926年12月26日，杂文《小编辑的怨声》首次署名"文丐"，在北平《世界晚报》副刊《夜光》发表。

（18）1927年3月11日，通讯《推荐兽阁教长》首次署名"旧燕"，在北平《世界晚报》副刊《夜光》发表。

（19）1927年7月4日，杂评《<审头刺汤>之谬点》首次署名"半瓶"，在北平《世界晚报》副刊《夜光》发表。

（20）1927年7月14日，杂感《又是一个太上纪元》首次署名"百忍"，在北平《世界晚报》副刊《夜光》发表。

（21）1927年9月3日，杂谈《兔儿爷的价值》首次署名"哀"，在北平《世界晚报》副刊《夜光》发表。

（22）1927年9月15日，杂文《好大蚊子》首次署名"恨"，在北平《世界日报》副刊《明珠》发表。

（23）1927年9月22日，杂谈《百忍堂》首次署名"百忍后人"，在北平《世界晚报》副刊《夜光》发表。

（24）1928年4月16日，杂谈《广幽梦影》首次署名"净厂"，在北平《世界晚报》副刊《夜光》发表。

（25）1928年10月3日，杂谈《<捉放曹>考略》首次署名"半"，在北平《世界日报》副刊《明珠》发表。

（26）1929年12月22日，杂谈《雪中一碗冷饭买了一个好人》首次署名"在家和尚"，在北平《世界日报》副刊《明珠》发表。

（27）1931年小说《啼笑因缘》出版，序言署名"潜山张恨水"。

（28）1935年10月5日，杂文《小西游记》首次署名"南方张"，在上海《立报》发表。

（29）1935年，杂谈《杨小楼系安徽潜山人》首次署名"我亦潜山人"，在《南京人报》副刊《南华经》发表。

（30）1938年1月21日，杂文《幻想》首次署名"不平"，在重庆《新民报》副刊《最后关头》发表。

（31）1938年7月11日，诗歌《补白诗》首次署名"打油"，在重庆《新民报》副刊《最后关头》发表。

（32）1938年8月19日，杂文《倒转来说就行了》首次署名"小百姓"，在重庆《新民报》副刊《最后关头》发表。

（33）1939年8月24日，诗歌《乡居杂记》首次署名"打油诗人"，在重庆《新民报》副刊《最后关头》发表。

（34）1939年8月30日，杂文《某师长席上除奸》首次署名"潜山人"，在重庆《新民报》副刊《最后关头》发表。

（35）1939 年 9 月 15 日，杂感《也不》首次署名"油"，在重庆《新民报》副刊《最后关头》发表。

（36）1939 年 10 月 20 日，杂文《公理战胜坊》首次署名"燕"，在重庆《新民报》副刊《最后关头》发表。

（37）1941 年 11 月 3 日，杂文《某国太子被胡蝶掌颊》首次署名"天柱"，在重庆《新民报晚刊》发表。

（38）1942 年 3 月 21 日，杂文《重庆地名入小说》首次署名"东方晦"，在重庆《新民报晚刊》副刊发表。

（39）1943 年 12 月 17 日，杂文《读书抄》首次署名"樵"，在重庆《新民报晚刊》发表。

（40）1944 年 11 月 7 日，杂文《家长的苦味》首次署名"於戏"，在成都《新民报》发表。

（41）1946 年 4 月 4 日，散文《机尾桃花机尾雪》首次署名"北雁"，在北平《新民报》副刊《北海》发表。

（42）1946 年 4 月 5 日，杂文《川北热凉粉，江东活死人》首次署名"西来客"，在北平《新民报》副刊《北海》发表。

（43）1946 年 4 月 17 日，杂文《小说的关节炎》首次署名"旧友"，在北平《新民报》副刊《北海》发表。

（44）1946 年 5 月 2 日，评论《红楼作者之八股》首次署名"编者按"，在北平《新民报》副刊《北海》发表。

（45）1946 年 5 月 2 日，杂文《理数奇巧》首次署名"江南布衣"，在北平《新民报》副刊《北海》发表。

（46）1946 年 5 月 23 日，小品《飞机响着过去》首次署名"重庆客"，在北平《新民报》副刊《北海》发表。

（47）1946 年 5 月 24 日，散文《北平五月》首次署名"行人"，在北平《新民报》副刊《北海》发表。

（48）1946 年 10 月 2 日，词《调寄最高楼》首次署名"二油"，在北平《新民报》副刊《北海》发表。

（49）1947 年 8 月 15 日，诗歌《今夜来不来》首次署名"打油词人"，在北平《新民报》副刊《北海》发表。

（50）"东郭文丐"图章一枚，为抗战期间居住重庆，戏己谑世而取。

（51）"程大老板同乡"印章一枚，为 1935 年在北京闻知京剧鼻祖程长庚是潜山县西门外人时所刻。

另据张恨水之女张正《张恨水纪传》、台湾学者周锦著《中国现代文学作家本名笔名索引》及董康成、徐传礼著《闲话张恨水》等书统计，尚有：半油，半等，笨伯，灾民，亦梨，瓶，醋，守卒；归燕，报人；天柱峰旧客，天柱山下人，一生不发达的潜山人，大老板同乡，崇公道，藏稗楼主，画卒，逐客，大雨，杏痕，关卒，待漏斋主，梦梦生，三不精（寓琴棋书画三种爱好）。因笔者未查到原文，这里仅录作备考。

2. 涉及创作领域广、时间长、文体多。

张恨水笔名，范围涉及文学创作、新闻写作、文艺（小说、戏剧、电影）评论等领域，文体表现有小说、散文（杂文、杂感、剧评、影评）、诗歌、戏剧等，时间跨度为 1913 年至 1948 年。从中我们可以发现如下特点：张恨水从事小说创作五十年（1913 年至 1962 年），绝大部分用张恨水或恨水署名；诗词散文等使用的笔名最多。从时间上看，有如下规律：

1913 年在苏州藏蒙垦殖学校求学期间，练习创作时使用笔名"愁花恨水生"，带有明显的才子佳人色彩；

1915 年在汉口小报写稿首次采用"恨水"笔名，其内在含义扩大了，具有一定的社会意义；

1924 年前后在北平《世界日报》、《世界晚报》主编《明珠》、《夜光》期间，笔名很多，可以归为四类：哀梨（哀、梨、亦梨），恨水（水），小记者（记者、编者），半瓶（瓶、半）；

1928 年在北平《益世报》期间，文章多用"恨水"署名；

1932 年至 1934 年在《晶报》发表文章多署名"旧燕"、"恨水"；

1935 年《南京人报》的文章除常用笔名之外，还采用笔名"我亦潜山人"等；

1938 年至 1945 年在重庆《新民报》《新民晚报》上发表文章除笔名"恨水"外，常用"不平"、"守卒"、"於戏"、"东方晦"、"打油"、"诗人"等；

1946 年至 1948 年北平《新民报》由于抗战的胜利、地点的迁移，此时的笔名多为"西来客"、"重庆客"、"江南布衣"、"打油诗人"、"旧友"、"旧燕"、"北雁"等；

1948 年之后，在国内外发表文章均署名"张恨水"。另外，张恨水身为作家，凡是撰写学术性较强的论文，如《小说考微》、《文坛撼树录》等均用"恨水""水""编者"等署名，以示严谨。我们从中可以看出，张恨水这一笔名，实际上从 20 世纪 20 年代起就已经替代了本名张心远。

第二节　笔名的文化色彩

一、寓意深刻——理想与心境的真实写照

关于笔名，张恨水在《写作生涯回忆》里曾经这样叙述："本来在垦殖学校作诗的时候，我用了个奇怪的笔名，叫'愁花恨水生'。后来我读李后主的词，有'自是人生长恨水长东'之句，我就断章取义，只用了'恨水'两个字。当年在汉口小报上写稿子，就是这样署名的。用惯了，人家要我写东西，一定就得署'恨水'。我的本名，反而因此湮没了。名字本来是人一个记号，我也就听其自然。直到现在，许多人对我的笔名，有种种的揣测，尤其是根据《红楼梦》，女人是水做的一说，揣测的最多，其实满不是那回事。"

首先让我们回顾一下张恨水当时的生活状况：1912 年，张恨水 17 岁，秋天其父因急病于南昌去世，经济来源中断，他只得中止学业，出国留学的梦想也随之破灭，举家从南昌迁往潜山；1913 年，报考苏州"蒙藏垦殖学校"并被录取，练习写作，将小说文稿投寄上海《小说月报》，得到主编恽铁樵的亲笔回信与鼓励，增强了他小说创作的信心，后学校因故被迫解散，他再次失学，并由家里包办，完成与徐文淑的婚姻；1914 年，只身到南昌进某补习学堂，补习英语和数学，后到武汉，为汉口某小报补白，署名"恨水"。

从 1912 年至 1914 年短短的三年里，张恨水遭遇了家庭的变故和不幸的婚姻，身为长子的他，过早地迈进了社会的大门，义无反顾地承担起了生活的重担。因此，"愁花恨水生"的笔名，表达了他当时感伤的心情以及欲成风流名士的志向。这不仅是张恨水的第一个笔名，而且是奠定他终生笔名"张恨水"的基础。而当他在武汉期间以"恨水"作为笔名，既表达了他丧父失学无业、前途渺茫无望的悲愁，又去掉了风流才子的名士气，并具有一种愤世嫉俗、珍惜光阴的丰富内涵，成为激励自己的座右铭。

张恨水对"恨水"这一笔名非常满意，他后来发表小说均采用这一笔名。他母亲和妻子称他为"恨水"，友人称他为"恨水兄"，晚辈称他为"恨老"、"恨水先生"，到了 20 世纪三四十年代，"张恨水"这个名字几乎家喻户晓、妇孺皆知了，以至于"张恨水"的笔名淹没了原名"张心远"，"张恨水"已经成为报社和出版商的一块金字招牌，从而使笔名具有了一种商业文化价值。

二、审美情趣——社会和人生的精炼浓缩

"笔名"这个汉语词汇，在英文中，笔名写作"penname"即"钢笔名

字"，简译为"笔名"。笔名的定义，是作者发表作品时用的别名，作品是作者劳动的成果，是智慧的结晶。张恨水的笔名既继承了古代文人取别号的传统，又带有深深的时代烙印，表现了他丰厚的知识修养、丰富的人生阅历和审美趣味。

如前所述，张恨水的小说创作多以"张恨水""恨水"署名，除此以外，他在报纸、杂志上发表的诗、词、散文、杂感、随笔、新闻通讯时，根据作品内容表现及编辑报刊的特点，使用一些富有文化特色的笔名，颇耐人寻味。

（1）笔名体现职业身份。如记者、小记者、编者、编者按、报人等。

（2）笔名暗示社会人生。如东方晦、随波、不平、百忍和百忍后人等。

（3）笔名表现生活境况与家世。如布衣、江南布衣等。

（4）笔名突出工作地点的变迁。如旧燕（二次进京时取）、北雁（南迁时取，并著小说《北雁南飞》）、西来客（西北参观归来作）、重庆客（居住重庆时取）。

（5）借笔名戏谑自嘲，幽默风趣。如水、油、半油、二油、打油、打油诗人、半瓶等。

（6）笔名表示兴趣和爱好。如於。

（7）笔名寄托笔下人物。如哀、梨、哀梨、杏痕等均系小说《春明外史》里梨云和杨杏园。

（8）笔名饱含对故国、故乡的眷恋之情。如潜山人、我亦潜山人（居住北京时因遇京剧名生杨小楼而取）、天柱山等。

（9）笔名概括个性和人生理想。如樵等。

（10）信手拈来的笔名。如笨伯、行人等。

三、文化内蕴——传统与现代的形象展示

1. 对传统诗词文化的继承与弘扬。

为了阐述的方便，这里试举两例：

其一，是笔名"恨水"产生的前因后果。如前所述，此笔名取自南唐后主李煜的词《乌夜啼》"自是人生常恨水长东"句，将原句的愁思之情予以延伸，赋予珍惜时间的自勉和愤世嫉俗的激愤的现代含义。应该说明的是，当时社会上有人根据这一笔名产生了许多猜测编出多种故事，最典型的是"恨水不成冰"之说，为澄清此说，张恨水于 1927 年 1 月 31 日的《世界日报》副刊《明珠》上，以诗《答知一君问——题关于张恨水》作了公开的答复："欠通名字不关渠，下列刘蕡自腹虚。正似一江春水绿，此君有恨恰何如。"刘蕡是唐代富有才学而又怀才不遇诗人，张恨水在诗里明确表示自己的才学比不上他，然而却与刘蕡有相同的愁和恨，正如一江春水不停地流动，没有尽头。

其二，是笔名"随波"的来源。该笔名系 1923 年为上海《申报》《新闻报》写通讯时采用，其时张恨水 28 岁，来北平已经四年，自己称其为"新闻工作的苦力"。家庭生活的重担加上繁重的工作压力，使他在写作过程中借笔名以宣泄自己的思考，因此，他摘取了唐代诗人李商隐的诗："恨水随波去"，表达了张恨水不愿随波逐流，洁身自好、发奋图强的性格特征。

由此可以看出，张恨水对中国古典诗词有着特殊的偏爱并具有深厚的修养，他的笔名深刻地融入了他当时的心态以及珍惜自我的情操，也正是张恨水这种偏爱和修养厚积而薄发的具体显现。

2. 家族宗祠文化的直接展现。

1927 年在《世界晚报》副刊《夜光》发表文章时所署的笔名"百忍""百忍后人"，就来自"百忍堂"的故事。1927 年 9 月 22 日，张恨水在北平《世界晚报》副刊《夜光》发表的杂谈《百忍堂》一文，较详细地叙述了故乡张氏祖先堂上所悬挂的春联以及虔诚膜拜情况：除夕正午，随家族中人来到祖先堂，一位长辈踏上台阶，仰望着那沾着尘埃的暗红色的旧对联，高声念道"孝友传家书百忍，文章华国鉴千秋"。而后，用柔软干净的毛巾，轻轻扑打着尘土，似要用这种虔诚的态度，告诫后辈们牢记这"百忍堂"的遗风。然后又来到堂屋，堂屋的门联是："欲知世味须尝胆，不识人情且看花。"其事、其联、其人、其名具体透示了张恨水对家族宗祠文化的推崇与怀念。

3. 儒家传统文化的现代反思。

借笔名反思儒家传统文化，一方面体现在对故乡山川风物、人文景观的眷恋和景仰。如天柱（故乡的名山）、天柱山樵，潜山人、我亦潜山人，程大老板同乡等，其中不仅蕴含着他一以贯之的平民意识和民间立场，而且表现了他对故乡京剧鼻祖程长庚的热爱、景慕之情。正如张恨水 1960 年所写《元旦示诸儿》诗，其中"涉园须解怜花草，敬祖才能爱国家。"包含的深切内涵，热爱祖国必须首先热爱祖国山川、敬爱祖先、珍视先辈们创造的优秀文化这一朴素的道理。另一方面，表现为对儒家传统文化安身立命、忧国忧民思想的思考和践行。如笔名"樵"、"天柱山樵"，较真切地体现了张恨水的情操、个性与理想，他把自己从事的新闻事业幻化为了樵夫，来自天柱山的樵夫，一名以笔为斧的"樵夫"，一种生命不息、战斗不止的"樵夫"。再如"重庆客""西来客""燕""北雁""不平"等笔名，或借此反映下层人民的苦难，或借此揭露战时官场的腐败，或表现对抗战胜利深层次的思考。

4. 对民族戏剧传统的褒扬。

在张恨水笔名中，有相当一部分与戏剧有关。根据笔者不完全统计，张恨水一生所写杂文、杂感、诗、通讯、杂评、观后感等文章，涉及戏剧的达 80 篇之多，至于小说里与戏剧艺术相关的就近 10 部。如此数量，充分说明了张恨水对戏剧艺术的钟爱。张恨水笔名，如哀、梨、哀梨、程大老板同乡等均显示了他对中国戏剧传统艺术的偏爱之情。

总之，张恨水的笔名，不仅数量众多、内容丰富，而且文化底蕴深刻。从一个侧面反映了张恨水在不同时期的生活、工作和思想状况，印记着张恨水的美学情趣，给予我们以深刻的启迪。

思考题：

试分析张恨水笔名的文化色彩。

第十四讲 张恨水现象及其当代文化解读

导读：

近一个世纪以来形成了三次"张恨水现象"——张恨水实际上处于历史夹缝之中——成为报人意识构建的文学世界以及由名士才情而形成的市民趣味——这一独特性具有当代文化意义

第一节 张恨水现象及其形成原因

在 20 世纪二三十年代的中国文坛上，曾创造出了一种极为罕见和独特的文学现象，张恨水，这位新闻工作者，以极其惊人的速度一部接一部地创作出了其长篇《春明外史》、《金粉世家》、《啼笑因缘》、《满江红》、《落霞孤鹜》、《美人蕉》、《燕归来》等名篇佳作，引起了当时文坛上前所未有的关注。与此同时，他的各类散文也如雨后春笋般在他辛勤耕耘的报纸副刊园地上密集刊出，且同样受到了读者的高度青睐。国人由此而结识了张恨水这位著名的报人和作家，同时中国现代文学史上，也因张恨水的闪亮登场引起极大的轰动，便由此产生了一种非同寻常的文学景观——"张恨水现象"。

"张恨水现象"的具体特征表现在——

首先他创作的作品数量惊人，面世的速度极快。在中国现代文学史上，张恨水无疑是最多产的作家之一，在他 50 余年的写作生涯中，共完成作品不下 3000 万言，中长篇小说达 110 部以上，仅安徽文学出版社就出版了他 120 万字的散文集《张恨水散文》全套 4 本，堪称著作等身。他始终保持着快节奏的写作生涯，有过同时创作 7 部中、长篇连载的文坛佳话。像他这样持久地保持高昂的创作激情和快节奏的写作，各类文学全面丰收，文学、新闻比翼双飞的现代作家，在古今之外的文学史上都是难觅的。

其次，写得好是其"张恨水现象"的本质辉煌。他的作品高产、高速，但决不是平庸的救急之作。相反，其作品无论题材思想、艺术形式、创作途径、写作方法以及语言风格，都有着相当高的思想艺术水准，都完全是作家个人生活阅历、社会体验、思想意识、学识素养的真实体现，都具有相当鲜明的作家完全个性化的很难替代的个性特征。就其作品的思想内容而言，就极富社会性，大都取材于城市下层市民生活，特别注意反映处于社会底层穷知识分子和被侮辱、被损害者的不幸遭遇和悲苦生活，而对制造社会黑暗、人间不公、百姓不幸的封建统治者、反动军阀，给予了揭露、讽刺和鞭挞。正因为他的作品固有的这种很强的平民意识和正直文人所共有的强烈正义感，使其作品深受各阶层读者的喜爱。

再次，张恨水小说艺术形式的独特性和完全个性化的作品艺术表现，也同样是"张恨水现象"的重要成因和本质特征。在他小说创作进程中，恰逢"五四"新文学由发展向革命化转变的特殊历史时期，与一般的新文学作家不同的是，他小说创作的途径是采用传统的章回体连载，且作品多为言情小说。但他却做到了将旧体小说与颇具洋味的新小说进行有效地沟通和糅合，由此充分展示了他异常深厚的文学修养与根基，从而形成了其以传统小说的旧形式写新小说，并为广大读者所首肯、所青睐，甚至引发轰动效应的一种独特的文坛风景。

另外，他的小说不仅在读者中大有市场，在当时的新闻出版界、电影界和艺术界皆有高度的关注；他的小说艺术生命力之强，也是同时代作家所难以企及的。他的作品在当时轰动一时，在时隔多年，乃至跨过了世纪，其作品仍是一版再版，还不断被搬上银幕，且依然相当叫座。同时，他的作品对后辈作家还有过很大的影响。如，享誉国际政坛的风云人物——陈香梅女士曾在其文字里，多次表述她与张恨水的小说名篇结下了不解之缘，并说她平生最为敬仰的中国现代文学大师是：鲁迅、林语堂和张恨水。《罗兰小语》的著作者、台湾知名女作家罗兰女士，同样也是极为推崇和仰慕张恨水。此外，他的小说还在国际上同样享有一定的声誉，其作品在海外也广为流传。

然而，如此独树一帜的作家，却是中国现代文学史上最多争议的作家之一，曾长期处于被排斥的地位，并在相当长的历史时期内，被定性为旧派文学家、"鸳鸯蝴蝶派"和"礼拜六派"作家，他的言情小说也被贬斥为低俗的。即便是他配合抗战的"国难小说"，也被一些新文学批评家指责为"封建余孽的意识表现"。

可就是这样一位屡遭非议的作家及其创作，却得到了很多新文学大家和进步文学批评家的相当高的评价。老舍先生曾盛赞过张恨水先生的人品和文品，说他"是国内唯一妇孺皆知的老作家"，是"真正的文人"，"最重气节，最富正义感"。聂绀弩也说过"他的书销路之多，恐怕鲁迅、茅盾、巴金、张资平都比不上，而他的读者也未必是别人争取得来的"。茅盾也曾赞扬过张恨水为章回小说的改革所做出的可贵的努力。鲁迅虽然没有对张恨水的创作作过评价，但他为其母购买她爱读的张恨水小说之事，是文坛广为流传的佳话了。

同一个作家，同一种创作，同一种文学现象，为什么竟有如此相互矛盾，甚至是截然不同的评价呢？这大概就是"张恨水现象"经久不衰的原因吧。

何以会出现如此这般的经久不衰的"张恨水现象"呢？

坚持作品的"言之有物"、"意识正确"，是张恨水恪守小说创作的最基本原则。采用"言之有物"的写实主义路径和方法，其言情小说"以各种社会变化情形为经，以爱情为纬"，力求其创作尽可能地反映社会和现实，同时还特别注意对时代因素的渲染，总是力争在作品中真实地反映一定时代环境的普通百姓的社会生活。

坚持民族化、大众化和通俗化的艺术创作方向和风格，是其对自己言情小说创作的方向和方法的自觉选择，也是他所固有的平民意识和传统文化观念的自然表现和流露。若缺少了这些，那么就不会有张恨水小说的艺术个性，也就没有了"张恨水现象"的艺术独特性。

坚持严肃认真的写作态度，是"张恨水现象"出现的主观原动力，这也是最为老舍先生所称道的真正体现他的文人精神本色之处。他把其小说创作当作一种非常严肃的工作来做，将高度的社会责任感和对广大读者高度负责的职业道德良知，始终融入他的小说创作中。

正因为这些，制造和支撑了"张恨水现象"的经久不衰，让我们和后人回味无穷。

第二节　一位处于历史夹缝中的人

如果仅从社会历史发展的宏观走向上给张恨水定义，他既不是彪炳丹青的历史领袖，也不是令人高山仰止、引领文化航向的思想文化精英。在历史的宏大坐标系中，张恨水只是一位的"小人物"，他也不曾企望有这般荣耀与辉煌，虽然这也是他儒家思想逻辑中梦寐以求的人生理想。

张恨水是位矛盾性人物，正如他自己所云，具有"两重人格"。这种内在的矛盾性不纯然有个人的原因，还必须从历史的逻辑中去寻找根据。历史与他这代人开了个巨大的玩笑，它不让其子们再沿袭几千年的传统拖着沉重的牛车默默前行，而将它们领到历史的十字路口，由他们自己去选择出路。幸与不幸、机遇与挑战，一并挤入了他们的人生视野，不同的人将以不同的姿态来面对历史的挑战与选择。

在 20 世纪之交，这最富有历史内涵和魅力，最饱满的历史时空里，精英文化分子以高度的社会使命感，昂扬着炽烈的民族热情，无私而忘我地投入到这场轰轰烈烈的历史洪流中去，在历史的风口浪尖发挥他们的聪明才智，施展其救国抱负，在这段短暂而漫长的历史进程中，涌现了许多历史英雄和文化精英，如康有为、梁启超、孙中山、章太炎、陈独秀、胡适、李大钊、鲁迅、毛泽东等大放异彩的英名，历史会永远记住他们。张恨水无此佳运、才智和成就。不过，对历史人物的价值估价不能以统一的标准来切换，对于张恨水不能仅从政治、思想功绩上来给他评分，必须从泛文化的角度来估量他的历史价值及文化贡献。

张恨水是市民文化的代表性人物。如果把市民文化放到历史的原来坐标系中寻找位置的话，其地位并不明显，在光环夺目的精英文化及显赫突出的政治文化对照下，市民文化还没有凸出历史的地平线。因其文化品位和主体力量的卑微性以及内部成分的复杂性、分散性，人们很容易忽视其实际的价值功能和历史作用。市民文化在 19 世纪末、20 世纪初本身发育不甚健全，加之动荡的社会潮流的冲击，其完整性就无法实现，其文化特质就不会显著。但这种不完善、不显著并不能掩盖市民文化的实际存在。这种文化力量作为历史的一支分力参与了历史车轮的大转轨，就在这场伟大的历史大转变中，张恨水作为一位富有良知的旧式文人，饱尝了历史的阵痛以及个人的人生悲欢，经过一番漫长的人生价值寻找，最终将他的人生基点定位在市民文化板块上。

张恨水的出现及成功，是具有历史文化根据的。

张恨水自幼就在一典型的旧式家庭中生活。他家处于内陆山区，信息阻隔，外来讯息吹不到这块闭塞的土地。这在 20 世纪之交的中国，这种地理上的偏僻更是文化上的封闭。中国近现代史上一幕幕悲壮剧均发生在沿海文化发达地带。虽然内地可以多少获悉来自风雨中心的消息，但这与身临其境的真切感受决然有别。张恨水的父亲在乡里也可算得上体面人物，他从小随父亲到江西生活过，眼界较枯守家乡的人开阔一些，但江西的读书生活并未能给他带来实质性的文化转机，父亲为他物色的教师仍是个旧式的私塾先生。当外面世界正在热火朝天地呼吁开设学堂，引介西学之时，这儿仍在延续着几千年的封建教育祖制，教学生读"四书五经"，走科举入仕之路。张恨水对《易字读本》等不感兴趣，却"不务正业"地迷恋上了《隋唐演义》、《红楼梦》、《三国演义》等小说，并对《千家诗》充满兴趣，正因为如此，张恨水没有变成孔乙己式的迂腐的冬烘先生，他凭兴趣接受古典文化中活的养分的滋养，为他后来找到通俗文学作家的位置奠定了潜在的基础。

但是，张恨水并未能完全逃脱这种旧式教育的阴影，他不可能摆脱那些融化到古典小说、诗词中的思想文化价值观的无形牵制，将自己的思想文化意识直接升越到与现代意识接轨的高度。潜移默化之中，他毫无设防地走进了传统思想文化磁场，受到了强烈的"磁化"，留下许多旧式思想的烙印，并暗暗地爱上了这些割舍不下的思想趣味。

不过，张恨水思想上的保守不是以死不改悔的"守旧"的面目面世的，而是以一种趣新的反差来掩盖的。当新文化革命潮生浪起时，张恨水以完全积极的姿态来拥抱新的价值观，并因此背井离乡、千里迢迢来到苏州蒙藏垦殖学校寻求新知，也曾动念赴日留学。可后来苏州求学因政治变故半途流产，赴日留学也因父亲生病而宣告落空。"'五四'运动发生了。当然，我受着很大的刺激。就在这运动达到高潮之时，我因有点私事到上海去，亲眼看到了许多热烈的情形。因此我回到芜湖，那一颗野马尘埃的心，又颤动了。"他在《写作生涯回忆》中回忆这段生活时是这样说的。于是，张恨水又决计赴京求学。入京后，为家庭所累，成了"新闻苦力"，无暇从愿。虽然张恨水一直梦想能进入新的环境接受新知，从而挤入精英文化圈子中去，可身处社会底层的他，不得不为全家的生计这世俗之累分心着想，这样就阻断了他进入精英文化圈的历史机遇。

主观的渴望并不能改变张恨水客观的旧式思维模式。张恨水这样的"两重人格"在当时的历史语境中很具代表性。即使居于时代前锋的思想旗手文化巨人鲁迅，都在不断地、痛苦地与自己内心中的"毒气"作激烈的搏斗，他的灵魂深处仍交织着现代与传统激烈斗争的剧痛。更何况这位还未能真正进入新文化大门的张恨水呢？所以从张恨水的思想矛盾及文化痛苦中可以看到中国现代化进程的艰辛与曲折。

第三节　报人意识构建的文学世界

张恨水的文学视野是以报人的眼睛观察社会的。他未真正迈入报人职业大门之前，历史已经为他的出场作了充分的准备。通俗文化机制已发育得比较成熟，它已经培养训练了一大批市民读者。但由于通俗文化市场遭受到精英文化的猛烈冲击，大批市民读者面临着通俗文化"断奶"的危机，而在客观上这些市民读者在思想趣味方面还不能真正适应精英文化的启蒙思想及文化趣味。因此，张恨水的出现与成功也有一定的文化必然性。

张恨水的出现正巧就被卡在这样的文化空档里。不管从性格气质，禀赋才情，社会阅历，业务能力等方面来说，张恨水都适合作一个出色的报人。他从旧垒中来，浸染了一层厚重的传统文化釉色，拥有丰富的传统文化素养，又能跳出古板迂腐旧式文人的生活方式，不泥古守旧，有趋新上进之心。张恨水的这种文化品位使他能够走进普通的市民读者。这些读者在阅读张恨水的作品时不必要正襟危坐，不必高山仰止，也就不会对其敬而远之。他们喜爱与其生活趣味、消费品位接近的作家、作品。

再从张恨水的思想倾向来考察，他不是那种现代的反叛型的思想斗士，对新旧文化采用兼容并蓄的姿态。他对新文化界的激进主张"虽然原则赞同，究竟不无保留"。张恨水的这种思想态度也能为他赢得众多普通市民读者。从艺术才情看，他不属于那种现代式形象、感觉细腻深刻的现代文学作家。他的才情主要不是表现在对"人"的灵魂世界的深度把握以及人与人关系的社会性高度的审察上，不是表现在对人物命运及形象的丰富性、复杂性的揭示上，而主要表现在对人与人的社会、伦理关系的故事性把握。张恨水是位擅长依据时代变奏、读者阅读兴趣嬗递，将自己的才能发挥得淋漓尽致的作家。他虽然未能成为中国现代历史上的思想巨人或社会领袖，却在中国现代文化史上成了一颗灿然夺目的明星，一位享誉全国的通俗文学大师。

张恨水继承了中国古代优秀知识分子的遗风。老舍称他为"真正的文人"，"最重气节，最富正义感，最爱惜羽毛的人"。从他身上可以看到中国古代优秀知识分子的影子。在他身上既有儒家知识分子"内圣、外王"的人生人格理想，又有道家文化中的逍遥超脱的精神追求。有入世与超脱两种心理趋向。儒家知识分子"修身"、"内圣"的目的不纯粹为了道德完善及人格自由，不纯粹为了个人的丰富充实，而是怀有一种忘我的自我牺牲精神，渴望将自身人格化的"道"通过"重建政治社会秩序"来实现其人生理想，所以"内圣"于"外王"之间始终存在着一种紧张的关系和焦虑的心态。"穷则独善其身，达则兼济天下"，说来何等潇洒，实又不无悲凉与无奈。对于每一位真儒来说，独善其身的寂寞不是能轻易地吞下去的，这需要何等的意志与才智才能抑制下内心"修、齐、治、平"的人生冲动。

儒家知识分子总是怀抱一种梦想：企望人格化的"道"能以社会政治的现实图景呈现在自己的人生视野面前，渴望个体的价值能从国家利益的身上体现出来，渴望自身的"殉道"精神能得到淋漓尽致的宣泄与展示，企望在国家利益上升华个人的人生价值。但是，儒家知识分子的这种人生追求在现实历史上很少有畅行的机遇。当他们身处逆境，壮志难酬之时，其心中就层层郁积着忧愤之情，深重的忧患、难熬的焦虑不断地刺痛他们流血的灵魂。

张恨水秉承了儒家思想的精神血缘。他本可以因循传统儒家逻辑顺其自然地走下去，可历史在他的前面突然来了个急转弯，而张恨水毫无思想准备，他沉浸其中的传统儒家文化与时代产生了强烈的错位。他不能再袭用先人遗传下来的人生逻辑，儒家的忧患情怀就受到历史的挑战，儒家思想在新时代面前突然失去了过去的伟岸与自豪，变成了腐朽、落后、封建的代名词，这意外的刺激打乱了张恨水的人生罗盘。困惑、恐惧、自卑如巨蛇一般死死地缠住了他。他竭力想逃脱这种命运的捕杀，慌不择路地拼命崇拜新知、新潮，而内心却又不能真情地接纳这位陌生高贵的来客，这样就在这位旧式文人的灵魂深处进行着一场激烈的文化革命。虽然这场心灵斗争在深度、广度及品位上不及那些位居时代潮头的精英文化分子，但这对张恨水来说不啻是一次炼狱中的灵魂大熔冶。这场文化交锋的结果并未能使张恨水变成一个现代式的知识分子，可他的思想一试与其原先决然有别。他的忧患意识不再是那种心系国君、尽忠社稷的愚忠愚孝，而把自我的忧乐系念于民族、人民的命运之上。

张恨水的忧患意识从其对象及内涵上来看，可分为前、中、后三个时期。前期从初始到"九一八"事变，主要表现为道德忧患时期，这期间张恨水评判历史及人物的标准是他的善恶原则，这种原则的精神母体是中国的传统道德准则。张恨水在取舍时又有自己的主体思考，舍弃那些不合时代的繁琐枝节，取其根本的道义精神。其表现特征是：不偏激、不保守，处于中锋状态。正是这一时期，张恨水写了许多使他名声大噪的作品。如《春明外史》、《金粉世家》、《啼笑因缘》、《剑胆琴心》等作品。这些作品不是为了宣泄某种民族热情，不是演绎某些政治理念，而是以一种道德良知来审视人间的悲欢离合，臧否人物，表现爱憎。《金粉世家》主要以故事人生来演绎"齐大非偶"的人生训诫。《剑胆琴心》以幻想故事来寄寓一种人生理想，来作一次道德抒情。

中期即从"九一八"前后至1938年初张恨水至重庆期间，为民族忧患时期。在此期间，张恨水为一种民族情绪所灼烧，抑制不住满腔的民族义愤，"弯弓"射日，创作了大量的"国难小说"，如《东北四连长》、《鼓角声中》、《热血之花》、《弯弓集》等。这些作品燃烧着民族仇恨。许多故事写得平板拖沓，有些故事内容，如那些正面抗战御敌的情节，显然不是张恨水擅长的题材。知不可为而为之，张恨水这般与其实际才能为难，这只能从他的民族忧患思路中寻找根据，他不惜委屈自己去写那些他所不能胜任的题材，完全出自他的民族义愤的动机。

张恨水的第三忧患时期从1938年初至抗战结束后，其间为政治忧患时期。经过长期的社会磨炼和摸索，张恨水的政治意识逐渐明朗坚定起来，虽然他的这种意识与先锋政治意识间还有不小距离，但他在政治方向上是明确清晰的。在这期间，他创作了多部揭露国民党政治黑暗、腐败、阴谋的社会暴露小说，如《八十一梦》、《魍魉世界》、《傲霜花》、《疯狂》、《偶像》等。张恨水的忧患意识虽然可分为前、中、后三期，但其内在的精神线索是十分清晰的，那就是传统中优秀的儒家文化精神。

中华民族是讲求现世效益的民族，这大概与儒家文化的实用理性有关。张恨水是位务实稳健的作家。当他开始真正面对着这个世界的时候，一个巨大而又严峻的挑战立在他的面前——生存。长期的人事沧桑和生活磨砺，使张恨水领悟到生活的艰辛，人生的一切意愿和行为都必须经过严酷的生活刀石的磨砺。张恨水饱尝了生活的打击和失望的痛苦，在现实生活中，他不敢对生活存有过分的奢望和企求，必须注视现世效应，否则就有被严峻的生存法则淘汰的危险。正是这种入世务实的人生态度决定了他的"叙述人生"的写作风格，务实现世的心态牵制了他想象力的飞扬和情绪的畅意抒发。在他的艺术世界中，像《剑胆琴心》、《八十一梦》、《啼笑因缘》这样灵动潇洒的明快之作并不为多数，这在一定程度上也影响了张恨水艺术的空灵诗意之美。

作为大众文化的制作人，张恨水的道德水准必须位居于不新不旧的"中锋"位置，既没有精英知识分子的超前革命，也没有遗老遗少的愚顽固执。这样的道德状态正好能投合大众读者的价值欲求。大众读者在价值倾向及道德水准上应滞后于时代先锋，他们在接纳先锋价值观念时必须对其做变形手术，使其适合自己思想口味。而读张恨水的作品，作家的价值观念和思想倾向于他们的价值欲求相距很近。所以，他的作品能引起共鸣，拥有广泛的读者。

在张恨水的文本世界中，"记者"、"报人"、"准报人"的形象活动相当频繁，这构成了它小说的显著景观。报人意识是张恨水创作意识中的一个显著特征，报人意识使张恨水关注身外的社会动态，承负社会使命，关心民生疾苦，忧患天下。这是儒家思想在张恨水身上的人生体现，其人生内涵的另一方面是来源于道家思想的名士才情，二者互济互补，才能构成张恨水生命的和谐。

第四节　名士才情而形成的市民趣味

为了生存，张恨水参与了激烈的生存斗争。为了发展，它加入了时代洪流巨潮。在风沙扑面的历史环境中，张恨水耗费了巨大的精力和人生智慧来寻找人生的位置。历经人生坎坷，饱尝了世事艰辛，最终才找到写作的路子来展开他的人生旅途。长期的生存跋涉弄得张恨水身心俱乏，异常狼狈。在他的心灵深处，升腾着一种渴望，让疲惫的身心停泊在一处平静的港湾里休息片刻，该是何等的享受！可是，残酷的生存法则死命地拨弄这张恨水，他必须拖着沉重的步子继续赶路。直到张恨水找到了写作这条名利双收的人生道路时，他才有少许松懈喘气的机会。生存的危机得到了缓解，他的这种久埋于深心的精神渴望终于有徐徐流行的出口。

张恨水在少年时就深受名士趣味的浸染。常独自一人待在阁楼里看书，他说："用小铜炉焚好一炉香，就作起斗方小名士来。这个毒，是《聊斋》和《红楼梦》给我的。《野叟曝言》也给了我一些影响。"书中的名士情趣给幼小的作家心灵以蛊惑和熏陶，给他的性格以潜移默化的影响。15 岁时，家里请了一位徐孺子的后代作他先生，先生不走科举之路，不做官，给张恨水以极大的影响。青年时期，正值张恨水的人生道路最为坎坷的阶段。社会动荡，生活磨难，思想产生痛苦，张恨水的内心世界失去了原来的惬意平衡，灵魂处于极度痛苦的矛盾之中。没有闲情逸趣再来奢望名士梦幻，只能在偶尔的一闪念中亮起这往昔的人生梦想，可又很快在激烈的生活风沙及社会风雨中消失了。直至张恨水名声大振，其文化地位在大众文化领域中巩固下来，张恨水没有什么生计上的后顾之忧以后，过去的梦幻又在他的人生地平线上徐徐升起。

张恨水的名士趣味主要表现为淡泊的人生态度。为了实现人的社会价值，必须入世重俗。但人又是渴望自由的生灵，除了追求外在的社会价值，它还需追求自我内在的丰富与自由，这是一缕无法斩断的情丝，它能抚慰张恨水人世沧桑中的身心创伤，也能给他以"退一步海阔天空"的悠远的人生回味，给他的灵魂以净化与提升，给其生命以质量和情趣。这就使张恨水能在一定距离之外来观察人世的纷争、权势的掠夺，在淡泊飘逸的心态中来领略人生中难得的情味。如《春明外史》中的杨杏园是位名士气息很浓的报人，他的孤傲的性格也与世俗世界有点格格不入。因没有稳定的社会经济文化基础作保障，杨杏园的名士气度未能潇洒地表现出来，带有穷愁的味道。作家在杨杏园的形象中寄托了他的情感倾向和诗心雅趣，通过这个形象，作家的内心情感得到较为充分的宣泄，其文人气质也不自觉地流露出来了。

张恨水善于在生活中寻觅诗心韵味，他工诗善画，喜欢看电影，各种戏曲，尤爱京剧，喜欢栽花种草。如果不是生存环境恶劣，张恨水说不准真的沉入名士梦的仙境之中呢。即使如此，他还十分珍惜生活中闪现的诗趣文心。这在他早期作品中表现得尤为明晰。《青衫泪》即有《花月痕》的影子。《春明外史》借文人情爱来演绎悲哀缠绵的凄丽故事。《金粉世家》也随时闪现着妙语诗趣。张恨水的早期作品总是摆脱不了才子佳人故事的诱惑。每当叙写这些故事时总是文笔生花，佳趣迭现。可见这种故事颇能扣其心弦，能激发他的创作灵感和生命激情，每当进入这种故事情节之中时，张恨水就会全心投入，倾注其所有的生命热情，他那失落的梦想也可得到重温。

张恨水的名士情结也可在武侠小说中得到张扬展示。张恨水自小在家庭影响下，渴慕武侠精神，侠客们的潇洒风度和人格风范滋润了张恨水的侠客梦。《剑胆琴心》是部诗意盎然、洒脱飘逸的武侠小说，小说融武侠、言情于一炉，在那片张扬着正义与侠情的江湖世界里，作家充分调动了他的名士才情，畅快淋漓地宣泄了他的侠客梦想。

哀而不伤、乐而不淫是张恨水名士情趣的又一表现形态。张恨水历经人生磨难，饱尝人间辛酸，渗透了人生悲苦，在情感态度上不会有大起大落的情绪波动。在张恨水的小说世界中，主人公的情感世界一般没有什么疾风骤雨式的情感激流，杨杏园、樊家树、杨止波、冷清秋、沈凤喜、李南全等，即便遭逢了再大的人生打击，也不会有什么撼天动地的情感狂潮，内心世界也没有深刻、复杂、细腻的情感波动。情感内涵及表现方式都带有古典式的不及不过的"中庸"色彩。冷清秋遭受丈夫始乱终弃的情感打击，又遭金家的歧视排挤，内心痛苦是何等难堪！可当她独自饮恨、对月垂泪之时，其情感的表现也没有深哀巨痛的倾泻，只是默默哀伤，空自悲叹。从她的情感状态中根本就寻不出她后来决绝出走的内在依据，这也许只能从作家的名士心态中去找理由了。

追求人间快乐、享受人生幸福，这是人的本性。但张恨水在求乐方式和限度上都自由法度。他在文化上有种洁癖，不会在他身上存有低级趣味的东西，这从他对"色"的态度上即可看出。大概受到传统思维定势的影响，张恨水很少有"性"描写。他对此分外小心翼翼，因为性描写控制不好，就难免滥俗。这对思想文化视界还不甚开阔、先锋的张恨水来说，更是一种比较危险的游戏。所以，张恨水索性不涉及性描写。如《春明外史》里的杨杏园与妓女梨云交往，不是什么平庸卖笑，而是为了寻找情感寄托。羁旅京华的杨杏园生活寂寞，心境荒芜，他与妓女相好，纯属情感的吸引和寄托。可见，张恨水在描写男女情爱时，非常注意火候的把握和文字的卫生，不放纵，不沉溺，不猥亵。张恨水的名士才情给张恨水的小说以精致的文化装饰，表现出通俗文学中的"雅文化"，从而提高了小说的文化品位。

张恨水主要生活在市民文化圈里，市民文化的机制、规范也制约着张恨水的思想意识和精神需求。市民文化圈中基本没有什么激情昂扬的情感冲动，也没有什么政治意识明朗自觉的社会变动，没有什么大的秩序动荡。张恨水以一微末小人物的身份对待平凡生活时，他的人格心理受到了市民文化的侵蚀同化。有意无意间，张恨水开始滑向了市民思维模式的轨道。但他的重实趋俗心态并不是完全的市民化心态，而是一定距离之外的一种务实的人生态度。张恨水能十分同情、理解市民的人生悲欢及人生选择。

张恨水小说中的市民趣味主要指作家能够体察普通小人物的生活甘苦，深切同情他们的微末而又实际的人生欲求。并将自己的全部人生热情熔于这种人生行为方式之中，与他们打成一片，从而与他们的精神血脉息息相通，由作家笔下流出的故事能真切地体现普通小人物的人生悲欢和生活真相。并以普通市民读者喜闻乐见的形式来展示作家对生活的观察与理解。作品在风格上接近市民读者的阅读期待。

张恨水小说中市民趣味主要表现为不回避世俗。他的小说既有游离生活真切面目、作传奇处理的倾向，又有逼视生活、面对生存现实而不回避俗世的一面。作为社会中的凡夫俗子，不能高居楼台仙阁，不食人间烟火，他得在社会中生存下来，就得要"亲自"考虑那些粗鄙的人间欲求，如温饱、色欲、开门几件事。市民读者的务实心态驱使他们去读那些与他们的生活距离不甚遥远的作品。张恨水的作品具有逍遥与入世的双重人生态度，在一定程度上也正能符合市民读者的口味。太实显得沉闷，没有愉悦的趣味。太虚显得空幻，与他们的世俗生活相距太远。只有将二者作适度调剂，虚实相生，刚柔相济，这样的故事才好看耐读。读者喜欢张恨水小说的一个重要原因就是他不避俗，有时甚至把俗世作为一个严肃重要的人生状态来观照。如《艺术之宫》中的秀儿，为生计所迫，瞒着守旧的父亲去艺校作了人体模特，又被花花公子段天得死死纠缠，同时又与小商贩万子明订下终身，以求得物质上的资助。秀儿与艺校的"艺术家"、纨绔子弟段天得、小商人万子明之间周旋，疲于奔命，只为生计所逼。她也因此付出了惨重的代价。父亲得悉真相后，羞恨而亡。街坊邻里视她为伤风败俗的堕落女人，使她难以在市民群体中安然生活。小说精彩地剖白了秀儿的痛苦、矛盾心理。在严酷的生存逻辑面前，青春、感情、羞耻感也难保纯洁了。为生活所迫，她别无选择地割舍情感和伦理的贞洁。

文人常会受到社会的尊敬，当权者的垂青，但也常会遇到冷遇、歧视。特别是在社会秩序不太安定的历史时期，文人很有可能会因为社会动荡而出现阶层的分化。有的高升，有的隐退，有的则落入社会下层。张恨水作品中的文人命运就带有转型期的时代征候。总的说来，作品中的文人多混得不甚得意。即使是心理学博士西门德也深感知识无用，文人贬值，不得不放弃专业，去作投机生意。那些落魄失意文人多沦落到社会下层中来。没有闲情逸致作诗洒风雅，只能实实在在地面对实际生活。这样，这些知识分子在市民下层之中，其心态也应随之市民化，注重现实的世俗欲求，不过分追求风雅，否则，就会走向生活的绝境。张恨水理解、同情这些下层文人的世俗欲望和人生态度，不因他们关切俗利就视其为庸俗无聊。他甚至清醒地发现，在功利性时代，那些背负了沉重文化负担的文人反而落得更加凄惨的命运。知识文化不但未曾给他们带来佳运，反倒成了他们生存竞争的沉重包袱。张恨水真实地描绘了那些旧式文人在严酷的生存法则面前的滑稽可悲的人生命运。在功利性很强的市民生活中，文人如果不迅速调整自己的人生方式，就有被社会吞噬的危险。

张恨水小说中市民趣味的又一个重要表现是小说人物的价值观念未超出市民价值观的视域。价值观念与时代思潮相比显得滞后保守。如在社会观上，张恨水基本是延续了传统的儒家的社会意识，这也正好契合了市民读者的思想实际。张恨水社会观念的滞后主要不表现在其态度上，客观上张恨水在社会态度上基本能随时代一致，但在深度及实际运用上，他就显得落后一些。如张恨水的社会谴责小说主要停留在道德批判的基点上，没有深刻、先进的思想作价值准心，这样就淡化了批判的力度。再如张恨水的"国难小说"，充溢着一股民族正气，但仅仅将作品停留在鼓励民气的层面上，显然与时代的真实要求还有一定的距离。

在婚姻爱情观上，也无法与现代型思想观念相提并论。作品中主要人物的婚姻观与传统联系甚紧，他们虽然也渴望有自由幸福的婚姻，可传统观念的思维禁锢仍未松动。如《啼笑因缘》中樊家树与沈凤喜间的情感纠葛就带有很强的世俗色彩，未能摆脱外在规范约束走向心灵交流。其实，樊、沈之间根本没有真正心灵相契的爱情，至多不过是男女间两情相悦。沈凤喜背叛樊家树投入军阀怀抱，完全出于世俗目的，也毫无爱情意愿。不过，张恨水文本世界中的婚姻爱情观也多少披上了一层自由恋爱、婚姻自决的外衣。如《金粉世家》中的冷清秋与金燕西的结合，就冲破了门第戒律，"自由"地走到一起。杨杏园与李冬青的交往也出于志趣的投合。这与传统小说中青年男女相悦，外在力量（关键是家庭力量）横加干涉的文本模式有显著的区别，这就透示了一种信息：精英文化的勇敢厮杀的喧嚣之声穿越了人们的思想文化障碍渗透到市民文化领域，位居文化底层的凡人市民朦胧之间受到外来文化的熏陶，刺激了他们麻木的思想神经，给他们的思维习惯以或多或少的冲击。即使这样，这种不甚刻骨铭心的刺激并未能彻底改变市民文化心理的保守性。

张恨水的报人视界、名士才情和市民趣味构成了其文化内涵的主要方面，是张恨水小说最为突出的文化表征，这也是张恨水能成为市民文化典型的重要原因。张恨水在文化上正好补缺了中国现代文化转型期的文化断档及价值"真空"，张恨水是位扎根于市民文化又精进不已的通俗文学大家。

第五节　一个独特的世界与当代文化性

张恨水的小说人物众多，故事繁复，构成了一个独特的艺术世界。

这是一个虚构的世界。虽然作者一再强调自己是在叙述人生而非幻想人生，但在这个虚构的世界中，我们所触及与感知到的不仅仅是时代与社会的氛围，而且更有作者对于这些氛围与人物、故事的审美与价值判断。因而我们所知遇的这个世界是一个有着独特的光环的艺术的世界。

在这个世界中，言情的情调柔板与讽喻现实的昂扬激越始终构成了整合生存事实的主旋律。而主旋律时而呈现出变奏，言情的情调柔板有欣悦、有悲怆，也有哀婉与缠绵悱恻；讽喻的昂扬激越中有愤慨与不平，也有温和的同情与无奈。若借用巴赫金的理论术语，那就是，张恨水的小说世界是一个复调的世界，一个有着两种调式交错的有意味的世界。

张恨水的小说世界是对于现代中国社会进行有独特审美判断与价值判断的选择的结果。在这个世界中，我们既可以看到现代中国各阶层人的一般生存情况，感受到整个社会与时代的总体精神氛围，又能够通过对特定阶层人物的故事的阅读，了解一些人生的经验，感知到一些别样的情趣。张恨水没有选择现代中国的重大历史事件，也没有选择那些叱咤风云的激进人物以及呼号民众的启蒙、救亡与抗战等作为自己小说世界的主体部分，他选择的是自我感受最深的知识分子的情绪流脉，以及现代中国固守于传统道德操守的旧式知识分子眼中的世界、文人传统的文人的人格境界要求与精神关注。

深入到这个世界中，我们可以发现这是一个有着热情与活力的世界，并且能够感受到张恨水对人类生存与整个世界的关注，正是这种情怀使得他对这个世界的未来抱着深沉的希望。因此，我们不能简单地以为《啼笑因缘》、《金粉世家》乃至《现代青年》等有一个较好的结局是与传统小说的大团圆结局同出一辙，而应当看作是张恨水对人性善的肯定与期待。纨绔子弟金燕西的转变、现代青年周计春的忏悔都鲜明地表明了这种肯定与期待，表明了他对失足者批判之后的同情与爱怜。即便是对社会现实的批判讽喻之作也是在"恨铁不成钢"而期待光照盛世的希冀心理下完成的，否则，何以有关寿峰、区庄正、李南泉这些作者充分肯定的鲜明形象呢？

这个世界中没有现代文学的冷漠与荒谬，而多的是对人心灵款曲的低低的极富生活情趣的恳谈，虽然不乏絮叨，却令人感到温馨。面对这个世界，我们反躬自己的当代情境，深知的一点就是，我们现在的文学太缺乏对人的热情，对生存的热情了！

这就引起了关于张恨水小说的独特意义及其与当代文化的关系问题的讨论。

张恨水小说最为引人注目的特色和意义就在于它的故事性极强，人情味足，富于人道主义的正义感，由此具有的可读性与通俗性，而备受广大读者的喜爱。这也是张恨水成为现代中国拥有最多读者的主要原因。可读性与通俗性引发的下一个特征即张恨水小说的消遣性很强，或者说可读性与通俗性强使得张恨水小说大多读来轻松顺畅，既有扣人心弦的故事情节，又有令人感到舒服畅快的情调。

张恨水是一个正直的文人，他的作品总体上来说是属于真正的通俗文学一类，他的小说中从来没有那种令人作呕的色情、凶杀与恐怖之类的情节描写，而是通过言情故事与讽喻现实的故事的叙述，让人的精神得到一种休息，并给人以一定的教益。虽然这种教益并非那种以思想深刻而发人深省式的，却也不失启迪人们思考现实、评判现实的作用，特别是他的《魍魉世界》、《五子登科》、《八十一梦》等小说，在揭露现实、批判现实方面无论是从艺术手法上说还是从尖锐的程度上讲在中国现代小说史上都是不可忽视的。

　　张恨水的小说无论是言情的还是批判与讽喻现实的，都蕴含着一种真诚与热忱，有着对人类生活走向更加理想的希冀存在。这种真情、热诚与希冀对人类提高面向生存的自信心及勇气至关重要，如果缺乏这些，那么人们肯定会感到活得疲惫、乏味，对未来丧失信心。从张恨水的小说中，可以明显地发现，张恨水是怀着满腔的对生活的激情与对人类深沉的爱而进行文学创作的。他在自己的很多小说里，或是希望有情的年轻人终成眷属，或是对于不合乎道德要求的乃至品质方面有着这样那样缺陷的青年人提出善意的批评，或是出于对人类美好生活的希望而直接批判现实中的黑暗与不平。《啼笑因缘》不仅仅是一个言情故事，它更是一种对现实有着强烈的道德取舍意识的叙述，在此叙述中、在对各种人物性格的刻画之中，流露出作家希望人们有一个较为美满的生活这样一种真挚的祝愿。《春明外史》与《金粉世家》在艺术表达上确实嫌琐碎了一些，从思想内涵上说也未见得有多么的深刻，但正是在一系列的絮絮叨叨的日常描写中自有一种生活的温情溢出，让人读后感到并不乏味，相反倒是趣味横生。《金粉世家》中金老太太与各个儿子、儿媳及儿子、儿媳们之间的关系纠葛颇多，绝大多数均与生活的琐细事情有关。这种琐事往往与每一个人的生活密切相关，人们在读这类小说中渐渐地悟出了日常生活中的意味。

　　无论是中国当代文学还是整体的中国当代文化都缺乏张恨水小说中所具有的这份可人心灵的激情与深情，这正是其当代意义所在。

　　张恨水小说与现代文学、文化间衔接的另一个重要方面即在于它的强烈的纪实性。他的不少小说是根据真人真事写成的，这使得他的小说平易近人，引人入胜，同时增添了人们对社会问题关注的兴趣。例如，《现代青年》中的周世良、周计春父子的原型在安徽怀宁县高河埠，也姓周，老父亲为了培养儿子，卖掉家中几亩薄田和所有农具，到安庆开豆腐店。新中国成立前，特别是抗战前，安庆城南一带人家因为临江，都喝江水，有以挑水为职业的人，每天替人送水。城北一带离江远，水费高，一般都喝井水。周老头的豆腐店在城北，为了保证豆腐质量，加强竞争能力，每天起五更睡半夜挑江水，因而生意特别好，给许多居民留下深刻印象。张恨水被老人勤劳、忠厚、望子成龙的苦心所感动，把他塑造成了一个感人的艺术形象。

张恨水小说中这种以真人真事为素材的例子还有很多，像《啼笑因缘》、《春明新史》、《巴山夜雨》、《八十一梦》、《虎贲万岁》等。

张恨水的小说在纪实性方面有一个突出的特点，即不像当代纪实小说那样通过对特定的社会问题、社会事件的剖析，从而理智地分析其利弊得失，而是带有强烈的价值取向因素与情感的倾向，这种价值取向与情感倾向又多以传统道德和人道主义的博爱为基本的选择标准。张恨水的小说并不企望由于纪实性的描写而对社会舆论乃至整体的社会运行机制发生什么重大影响，而仅仅是从真人真事中见到了有意味的情感倾向于价值因素并予以揭示。

思考题：

如何从当代文化角度来理解张恨水的小说创作？

并非"结束语"

一、必要的回顾：曾被误解、冷落的张恨水

张恨水是中国现代文学史上被歪曲、被误解、被轻视、被冷落、被忽视、被埋没最严重、最长久的作家之一。在相当长的时间里，人们或者对他视而不见，或者贬低他的文学成就，或者用一种肯定的方式抹杀他的独特性，生硬地将他划归某一阵营。这都无助于我们正确认识张恨水在 20 世纪中国文学史上的地位和价值。

读过大学的人都知道，在现代文学的课程设置中是没有张恨水的位置的，甚至大学中文系，长期以来，都不讲张恨水。中小学就更不用提了。上个世纪 50 年代出版过几种现代文学史，如丁易的《中国现代文学史略》、王瑶的《中国新文学史稿》、刘绶松的《中国新文学史初稿》、张毕来的《新文学史纲》等，这些都是作者将他们原来在大学的讲义整理成书的。他们把新文学的左、中、右各派都写到了，对于现代评论派、新月派、现代派、论语派、民族主义文学派的各次争论，甚至对于提倡复古的学衡派、甲寅派的争论，也都写到了，就是不提张恨水的名字，好像这个作家从来没有在历史上存在过一样。张友鸾先生曾经感叹，这种做法"使人联想到'汉代也许没有杨子云'这个历史故事"。

为什么会是这样呢？这里面的原因恐怕很复杂。首先，张恨水不属于"五四"以来的新文学阵营，始终是新文学阵营批判的对象；其次，张恨水虽有文人的禀赋和气质，但他不是名士，他不仅写作平民化、市民化，生活也完全平民化、市民化了；再次，张恨水虽然一生创作小说在两千万字以上，散文、杂文也有近一千万字，但他的身份始终是个新闻记者和编辑，在很多人看来，和所谓纯文学作家或学者还是有区别的；最后，张恨水的朋友多为"鸳鸯蝴蝶派"中人物，人们至今还难摆脱"物以类聚，人以群分"的偏见。这些都影响到人们对张恨水的评价。特别是现代文学史的写作，或以政治划线，或以雅俗划线，都将张恨水划在线外，既然如此，他在文学史上的地位也就可想而知了。

不过，对张恨水的评价，在这数十年中也是有区别的，大致可以分为三个时期：上世纪30年代以前、40年代以后、80年代后期至今。每个时期的评价既和张恨水自身写作有关，也和社会历史背景所提供的对作家的要求有关。

先说第一时期。这期间，张恨水作为小说家已经为广大城市市民读者所接受，其作品流传大江南北，家喻户晓，妇孺皆知。而与此同时，新文学阵营也没有放过他，魏绍昌在所著《我看鸳鸯蝴蝶派》一书中指出："事实上，在新文学方面写的有关文章中，针对鸳鸯蝴蝶派的对象，早已不是徐枕亚、吴双热……到了三十年代，由于《啼笑因缘》的影响特别大，张恨水则成了更大的对象。"

茅盾在抗战之后对张恨水多有肯定，比如他在《关于吕梁英雄传》一文中说："在三十年来，运用章回体而能善为扬弃，使章回体延续了新生命的，应当首推张恨水先生。"但在1932年，他在《封建的小市民文艺》中说："小市民文艺另有一种半封建的形式，那就是《啼笑因缘》，这部小说既摄制为电影、又编排为舞台剧，为弹词……就还没有改制成'连环图画小说'。这部小说的读者大部分是小市民层中的成年人。并且对于群众心理作用上，《啼笑因缘》和《火烧红莲寺》也截然不同。《啼笑因缘》是感伤气氛多，因而血气方刚的青年人就觉得远不如《红烧红莲寺》那样对劲了。"

钱杏邨在作于1932年5月的《上海事变语鸳鸯蝴蝶派文艺》中说："在上海事变（指一·二八抗日战争）期间，封建余孽的鸳鸯蝴蝶派作家，在诗歌方面，固然呈现着强度的活跃，在小说的写作方面，也是非常的努力。一般为封建余孽以及部分的小市民层次所欢迎的作家，从成为了他们的骄子的《啼笑因缘》的作者张恨水起，一直到他们的老大家的程瞻庐，以至徐卓亚止，差不多全部动员的在各大小报纸上大做其'国难小说'。"

上述言论具有代表性，可见当时新文学阵营对张恨水的态度，是一致的。甚至40年代佐思（王元化）的文章《礼拜六派新旧小说比较》，仍然将张恨水作为礼拜六派来批判。这种情况一直延续到50年代，因为通俗文艺出版社重印了张恨水的旧作《啼笑因缘》，有些人还说它是"黄色书籍"，以至于需要有人出面做解释。但即使是解释者，也仅仅说它"不是黄色书籍"而已，评价是非常低的。

第二个时期是指从20世纪40年代开始，直到80年代中晚期。这期间又以1949年为界，分为前后两种情况。在前一时期，由于张恨水的写作在"九一八"事变之后发生了非常明显的变化，特别是1934年的西北之行，进一步激发了他的社会批判意识，而抗日战争爆发以后，他入川主持《新民报》副刊，使得他的思想和创作都显示出新的气象和倾向，所以就有中共领袖和左翼文人对他的肯定性评价。比如，毛泽东1944年在接见访问延安的中外记者代表团时，曾对

《新民报》的赵超构说：《水浒新传》写得好，梁山泊英雄抗金，我们八路军抗日。1945年日本宣布无条件投降，毛泽东率中共代表团飞抵重庆，与国民党进行和平谈判。在渝期间，毛泽东除了接见《新民报》部分工作人员外，还单独接见了张恨水，并以小米、红枣和延安自制的呢料相赠。

中共另一位领袖人物周恩来也曾称赞张恨水的小说，他说："同反动派斗争，可以从正面斗，也可以从侧面斗，我觉得用小说体裁揭露黑暗，就是一个很好的办法，也不会弄到开天窗，恨水先生写的《八十一梦》，不就起了一定作用吗？"

对张恨水的重新认识和评价，在1944年《新民报》为他举办"张恨水五十寿辰，兼为从事新闻事业与创作小说三十年纪念"时达到高潮，除了许多朋友撰文祝贺外，老舍先生写了《一点点认识》，称赞他是"国内唯一的妇孺皆知的老作家"，肯定他"是个真正的文人"，说他是个"重气节，最富正义感，最爱惜羽毛的人"。同时，《新华日报》还刊发了短评《张恨水先生创作三十周年》，以示祝贺，该社社长潘梓年也亲自撰写了《精进不已》的文章，对张恨水的创作给予很高的评价，认为是"恨水先生的正义道路更把他引向现实主义"。这种肯定更多的还是从政治上而不是从文学上对张恨水加以肯定。这种认识一直延续到现在，在一些研究者的成果中，张恨水正是由于写了《八十一梦》、《五子登科》等作品，所以才被左翼文化界或新文学界承认和接纳的。1995年11月出版的《中国现代文学思潮史》，近百万字，在第四编《战争文学的洪流》，第三章《姿态纷呈的爱国主义文学》，第二节《现实主义的深化》的最后一个自然段提到了张恨水："通俗小说大家张恨水（1895年—1967年），在抗战期间有长篇讽刺小说《八十一梦》、《牛马走》（后改名《魍魉世界》），抗战胜利后不久，又有长篇讽刺小说《五子登科》暴露国民党统治下重庆社会的乌烟瘴气、腐败黑暗，及'接受大员'到北平后与汉奸相勾结，房子、女子、金子、车子、票子无所不贪的荒淫无耻的行径，张恨水的小说在市民中读者众多，这些尖锐反映现实生活的作品，曾产生较广泛的社会影响。"这里所描述的张恨水，仍然是一个片面的、不完整的张恨水形象。

由此可见，左翼文化界或新文学界对张恨水承认和接纳，不仅是有限的，而且是有条件的。所以，在后一阶段，也就是建国后，张恨水实际上是被"冷冻"起来了。他的作品不仅很少被再版，他也很少再被人提起，更少有人关注、研究这个作家和他的作品，这个"国内唯一的妇孺皆知的老作家"，从此在人们的视线中消失得无影无踪了。

第三个时期，指的是80年代中晚期至现在。这个时期，随着思想的进一步解放，社会越来越开放和宽容，大众文化、通俗文化、娱乐文化、商业文化，获得了突飞猛进的发展，人们的文化观念也呈现出多元共存的生动活泼的局面。这些都给张恨水的重新出场以及张恨水研究向深度和广度开掘创造了良好的社会环境，使得人们有可能从新的角度和新的出发点重新研究和认识张恨水。

这时，比较多的是承认以往对张恨水才能的忽视，承认张恨水及其作品具有一定的研究价值。北京大学王瑶先生在 1988 年 10 月给首次张恨水学术讨论会的贺信中说："张恨水先生是现代文学史上影响很大的作家，他创作了近百部的中长篇小说，拥有广泛的读者群，艺术上也有一定成就。长期以来我们的文学史研究对通俗文学是忽视的……张恨水小说的研讨可以成为一个很好的突破点，探讨通俗小说的价值，通俗小说与文人小说的关系，以及通俗小说对整体文学的制约和贡献。"

钱谷融先生 1990 年 6 月在与安徽省张恨水研究会赴沪人员谈话时特别指出："张恨水是一位通俗文学的艺术大师……通俗文学有着自己独特的艺术特色，这些特色应该值得纯文学（或者叫严肃文学）的作家们去学习。"

在这次谈话中，复旦大学教授贾植芳先生也发表了他的看法："张恨水为中国文学增添了一份新的财富，他是一位具有世界性影响的大作家……成熟的张恨水不仅是通俗文学的大作家，也是现代文学的一个大作家，无论是作品的数量上还是质量上，都是上乘的，具有自己独特的风格，我们绝不能忽视，不能轻视。"

这些关于张恨水的意见对于推动张恨水的研究大有帮助。人们对于张恨水的认识不仅从根本上有所改变，而且开拓了新的领域。张恨水的复杂性和独特性被越来越多的人所认识，所理解。中国社会科学院文学研究所和少数民族文学研究所主编的《中华文学通史》10 卷本于 1997 年 9 月出版，第六卷第六章《张恨水与其他通俗小说作家》，其中第三节用了 23 个页码专写张恨水，作者是文学研究所的刘扬体先生。除了一般性的研究之外，刘扬体先生还从作家审美思维的矛盾性出发，深入开掘了张恨水小说的审美认识价值，这是对以往张恨水研究的一种超越，自有其独到之处。

二、建设性的思考：张恨水研究的新思路

但是，就目前的情形而言，我们还不能说学术界对张恨水的研究已经很令人满意了。实事求是地说，人们研究张恨水，无论肯定他，还是否定他，出发点和思想方法以及批评标准，基本上没有离开 20 世纪百年来文学领域的两大范畴，即文学的目的，究竟是革命呢？还是审美呢？所有的见解几乎都在这个固有的框架内翻跟头。这样的研究不能说完全无益，但总给人一种隔靴搔痒的感觉，很难完整地描述和解释张恨水的人格和创作风格。因此，笔者以为，张恨水研究要有所改善，有三个问题是必须解决的：

首先，中国传统文化，包括其价值观、道德观、审美观以及生活态度，究竟

该如何认识？真的是毫无意义而必须抛弃的吗？这个问题不解决，我们就很难从最基本的层面恢复张恨水的精神背景，而只能从社会政治出发，解释他的为人和创作。张恨水的思想中，儒家、佛家、道家的东西纠缠在一起，互相作用，互相影响，最终成为他的一种禀赋和性格基础。所以，要公正地对待张恨水，首先要公正地对待传统文化。当然，张恨水毕竟生活在一个日益趋新的社会环境中，他也并不排斥和反对新的文化，特别是在"五四"运动之后，他对新文化也是心向往之的。他的身上是新旧两种文化并存，并同时作用于他的为人和写作。但比较他与传统文化的关系，他与新文化的关系就显得单薄和表面多了。

其次，通俗文学、城市市民文学的存在有没有必要性与合理性？它们有没有独立的价值和适用于自身的审美批评标准？应该不应该承认消闲、娱乐的合法性和人性基础？文学写作除了要考虑少数人的趣味，还要不要考虑绝大多数人的趣味？这些问题不解决，张恨水研究就永远不可能形成通俗文学或城市市民文学的研究视野，就不能为张恨水研究开拓新的领域和范畴，而只能被革命文论和审美文论所规范，所限制。比如，关于他与鸳鸯蝴蝶派或礼拜六派的关系问题，他是否属于这个写作群体？争论来，争论去，如何正确评价鸳鸯蝴蝶派或礼拜六派的问题都没有很好地解决，张恨水归属问题又怎么能够解决呢？又比如，迎合读者趣味的问题，如果对读者趣味的看法不能更加公允，那么，迎合读者趣味是否成为问题，也就成为空论，给不出答案的。还有章回小说的问题，章回小说成为问题，这本身就是那个时代特有的现象，带有很大的盲目性，似乎中国的文化传统一无是处，而民众的落后又只能靠文化来挽救，那么，这文化只能是新文化人从欧美引进的西方文化。小说小道的问题没有解决，又增加了新旧文化的问题，小说作家如张恨水，又怎能企盼得到公正的评价呢？其实，中国的市民文学自有其传统，特别是唐宋以来，其发展蔚为大观，但真正记述其发展的历史，研究它的审美特征和文学价值，千余年来是少有人做的。张恨水或者也是这传统的一部分，如果将张恨水的写作放在这样一个背景下来研究，相信会有新的收获。

最后，一个人的政治态度与文学写作究竟应该是一种怎样的关系？是不是政治态度越进步，文学写作的成就就越高？张恨水在抗日战争期间表现出来的进步倾向，是传统文人的良知和气节，还是一种政治觉悟？如何评价这个时期他的写作？是在新形势下的改弦更张，还是对变化了的读者趣味的一种适应？这样写，对他来说，是比前期写得更好了呢？还是不如那个时期？这些问题不解决，我们又如何使张恨水研究回到文学写作本身呢？而且，在这个问题背后，还有一个更加重要也更加古老的问题，即文学是用来干什么的？有人说是政治工具，有人说是道德训诫，有人说是精神寄托，有人说是历史书写。于是，为人生的出来了，为艺术的出来了，为干预生活、改造社会的出来了，为改造国民性的也出来了，还有为组织人民、教育人民、夺取政权、巩固政权的小说，都出来占了文学写作的一席之地，唯有说文学是一种趣味，可以休闲，可以娱乐的，没有合法的地位。

当然，这里只是提出问题，提出探讨一条新的研究思路的可能性。我们深深感到，张恨水研究的继续深入，将有待于从理论上解决上述这些问题。这些问题解决了，张恨水研究中遇到的许多问题才会迎刃而解。我们正在进入一个更加开放、更加多元的文化发展和共存的时代，大的社会环境提供了心平气和地研究通俗文学和城市市民文学的条件，这将有助于从更深入、更广阔的文化背景上，研究张恨水这个独特的作家和写作现象。

主要参考书目

1. 张恨水:《写作生涯回忆》,北京:人民文学出版社,1982 年版。

2. 张恨水:《我的写作生涯》,成都:四川人民出版社,1981 年版。

3. 张恨水:《我的小说过程》,载《上海画报》,1931 年 1 月 27 日至 2 月 12 日。

4. 张赣生:《民国通俗小说论稿》,重庆:重庆出版社,1991 年版。

5. 袁进:《张恨水评传》,长沙:湖南文艺出版社,1988 年版。

6. 易新鼎主编:《二十世纪中国小说发展史》,北京:首都师范大学出版社,1997 年版。

7. 杨义:《中国现代小说史》(1—3 卷),北京:人民文学出版社,1996 年版。

8. 杨义主编:《张恨水名作欣赏》,北京:中国和平出版社,1996 年版。

9. 燕世超:《张恨水论》,合肥:安徽大学出版社,1998 年版。

10. 谢庆立:《言情小说史》,北京:群众出版社,2002 年版。

11. 魏绍昌、吴承惠编:《鸳鸯蝴蝶派研究资料》,上海:上海文艺出版社,1984 年版。

12. 司马云杰:《文艺社会学论稿》,武汉:湖北人民出版社,1996 版。

13. 司马云杰:《文化价值——关于文化建构价值意识的学说》,北京:人民出版社,1988 年版。

14. 芮和师、范伯群等编:《鸳鸯蝴蝶派文学资料》,福州:福建人民出版社,1984 年版。

15. 钱理群、温儒敏、吴福辉主编:《中国现代文学三十年》(修订本),北京:北京大学出版社,1998 年版。

16. 吕斌:《文化进化论》,上海:学林出版社,1994 年版。

17. 龙泉明:《中国现代作家审美意识论》,武汉:武汉出版社,1993 年版。

18. 刘扬体:《"鸳鸯蝴蝶派"新论》,北京:中国文联出版社,1997 年版。

19. 孔庆东:《超越雅俗——抗战时期的通俗小说》,北京:北京大学出版社,1998 年版。

20. 黄永林:《20 世纪中国大众文学的现代转型及其品格》,珠海:珠海出版社，2003 年版。

21. 黄永林：《中西通俗小说比较研究》，台北：台湾文津出版社，1995 年版。

22. 黄曼君主编：《中国近百年文学理论批评史》，武汉：湖北教育出版社，1997 年版。

23. 胡潇：《文化现象学》，长沙：湖南人民出版社，1991 年版。

24. 胡适：《白话文学史》，北京：东方出版社，1996 年版。

25. 范伯群主编：《中国近现代通俗文学史》，南京：江苏教育出版社，1999 年版。

26. 董康成、徐传礼：《闲话张恨水》，合肥：黄山书社，1987 年版。

27. 陈平原：《二十世纪中国小说史·第一卷》，北京：北京大学出版社，1989 年版。

28. 陈伯海主编：《近四百年中国文学思潮史》，上海：东方出版中心，1997 年版。

29. 陈安湖主编：《中国现代文学社团流派史》，武汉：华中师范大学出版社，1997 年版。

30. 张恨水：《我的创作和生活》，载《文史资料》，1980 年第 70 期。

31. 张华：《中国现代通俗小说流变》，济南：山东文艺出版社，2000 年版。

32. 张明明：《回忆我的父亲张恨水》，香港广角镜出版社，1997 年 4 月版。

33. 张明明：《回忆我的父亲张恨水》，天津：百花文艺出版社，1984 年版。

34. 张伍：《我的父亲张恨水》，沈阳：春风文艺出版社，2002 年版。

35. 张晓水、张二水、张伍：《回忆父亲张恨水先生》，载《新文学史料》，1982 年第 1 期。

36. 张毅：《文人的黄昏——通俗小说大家张恨水评传》，北京：华夏出版社，1991 年版。

37. 张友鸿：《忆恨水先生两三事》，载《新闻研究资料》，1981 年第 1 期。

38. 张友鸾：《老大哥张恨水》，载《新闻研究资料》，1981 年第 1 期。

39. 张友鸾：《章回小说大家张恨水》，载《新文学史料》，1982 年第 1 期。

40. 张占国、魏守忠编：《张恨水研究资料》，天津：天津人民出版社，1986 年版。

41. 《张恨水研究论文集》，合肥：安徽文艺出版社，1990 年版。

42. 《张恨水研究论文集》，北京：北京国际文化公司出版社，1998 年版。

43. 马尔库塞〔德〕：《单面人》，长沙：湖南人民出版社，1988 年版。

44. 罗贝尔·埃斯卡皮〔法〕著，于沛选编：《文化社会学——罗·埃斯卡皮文论选》，杭州：浙江人民出版社，1987 年版。

45. C·恩伯、M·恩伯［美］：《文化的变异——现代文化人类学通论》，沈阳：辽宁人民出版社，1988 年版。

46. 丹尼尔·贝尔［美］：《资本主义的文化矛盾》，北京：三联书店，1989 年版。

47. 弗雷德里克·杰姆逊［美］著，唐小兵译：《后现代主义与文化理论》，西安：陕西师范大学出版社，1986 年版。

48. 弗雷德里克·詹姆逊［美］著，王逢振等译：《快感：文化与政治》，北京：中国社会科学出版社，1998 年版。

49. 鲁道夫·阿恩海姆［美］：《艺术与视知角》，北京：中国社会科学出版社，1987 年版。

50. 阿诺德·豪泽尔著，居延安译：《艺术社会学》，上海：学林出版社，1987 年版。

51. D·H·劳伦斯［英］：《性爱之美》，长春：时代文艺出版社，1998 年版。

52. HARRY CUTNER 著［英］，方智弘译：《性崇拜》，长沙：湖南文艺出版社，1988 年版。

53. 珍妮特·沃尔芙［英］著，董学文、王葵译：《艺术的社会生产》，北京：华夏出版社，1990 年版。

54. 范烟桥：《中国小说史》，苏州：苏州秋叶社，1927 年版。

55. 鲁迅：《中国小说史略》，北京：人民文学出版社，1975 年版。

56. 米列娜编：《从传统到现代——世纪转折时期的中国小说》，北京：北京大学出版社，1991 年版。

57. 范伯群主编：《中国近现代通俗作家评传》（十卷本），南京：南京出版社，1994 年版。

58. 夏志清：《中国古典小说导论》，合肥：安徽文艺出版社，1988 年版。

59. 谢家顺、林斗山、葛便南：《张恨水对联艺术论稿》，香港：香港新闻出版社，2001 年 12 月第 1 版。

60. 张恨水：《张恨水全集》，太原：北岳文艺出版社，1993 年 1 月版。

61. 徐永龄、张正编：《张恨水散文》，合肥：安徽文艺出版社，1995 年 11 月版。

62. 黄永林：《张恨水及其作品论》，武汉：华中师范大学出版社，2003 年 7 月版。

附录一：张恨水简谱

1895 年（光绪二十一年），1 岁

5 月 18 日（农历四月二十四日），出生于江西广信府（今上饶地区）。曾名芳贵，学名张心远，谱名芳松。1914 年给汉口某小报投稿时始用"恨水"为笔名。1914 年后还用过哀梨、旧燕、水等笔名 30 余个。

张恨水原籍安徽潜山，后移居江西。祖父号开甲，曾任参将，驻江西广信府。其父钰，曾在江西景德镇作税务官。

1898 年（光绪二十四年），3 岁

大弟啸空出生。

1901 年（光绪二十七年），6 岁

祖父病故，祖父高超的武艺对张恨水影响甚大。

入蒙学，读"三百千"，念"上下论"等。

1902 年（光绪二十八年），7 岁

其父调至景德镇，举家随往。张恨水攻读"四书五经"。

1903 年（光绪二十九年），8 岁

在蒙学读书时，开始对古书发生兴趣。因其聪颖好学，深爱先生喜爱，并被乡里誉为"神童"。

1904 年（光绪三十年），9 岁

其父去南昌任职，全家随往。张恨水入父执家馆读书。读《易字蒙求》、《蒙学读本》等。下半年，转入私塾就读。学《左传》、《二论引端》。

大妹其范出生。

1905 年（光绪三十一年），10 岁

其父调江西新城县（今黎川县）任职，全家随往，张恨水在家师从端木先生读书。学业有进展，对文言文中虚字的作用有所了解；最初接触小说，并产生浓厚兴趣。意外发现一部《残唐演义》，爱不释手。迷上了《三国演义》。常去书铺买小说；爱上了《千家诗》，并学写诗。

11 月前后，其祖母去世，随父返安徽潜山，入当地学堂读书。开始学做八股及律诗。

1907 年（光绪三十三年），12 岁

年初，其父调江西新淦县任职，全家迁居该县三湖镇。张恨水入一"半经半蒙"私馆，读古书。先生思想开通，对其影响甚大。课余遍览小说，渐懂作文之法。

二弟朴野、三弟牧野出生，二人是孪生兄弟。

冬，回南昌。

1908 年（光绪三十四年），13 岁

张恨水仍攻读古文，不仅读原文，还读"批注"。对于小说他不仅看内容，也看书评。

写第一篇武侠小说。

1909 年（宣统元年），14 岁

年初，其父自立家馆教育子女。先生徐氏，世为布衣，不应科举，这对张恨水影响很大。

秋，入大同小学三年级读书，始接受新式教育，这对张恨水触动很大。

1910 年（宣统二年），15 岁

7 月，入甲种农业学校就读。初次接触数、理、化等新式课程，困难很多。

开始接触林译小说，了解到西洋小说心理描写方法，同时，醉心于古典词章、小品。

是年，剪掉辫子。

小妹其伟出生。

1912 年，17 岁

原拟出国留学。秋，其父得急病去世，家中经济来源中断，张恨水只得中途辍学，后随家回原籍潜山，靠薄田数亩度日。

1913 年，18 岁

春，应堂兄张东野之邀，去上海寻路。后考入苏州的孙中山所办的"蒙藏垦殖学校"。

第一次投稿给《小说月报》。短篇小说《旧新娘》（文言）、《梅花劫》（白话）受到该刊主编恽铁憔的赞许。

9 月，"二次革命"失败，学校被解散。张恨水失学，返回故乡。

由家庭包办，与徐文淑完婚。

冬，写作第一部章回长篇白话小说《青衫泪》。

1914 年，19 岁

夏，其母卖掉南昌房产，得钱接济拮据的家庭生活。

秋，去汉口投奔家叔犀草。每日为小报作补白。

12月，堂兄张东野至汉口演话剧，张恨水放弃报馆工作，帮助剧团写些宣传品和说明书。

1915年，20岁

年初，随"文明剧团"至湖南常德。

2月初，随剧团至津市演出。

4月，随团至湖南丰县 。

6月，随团至沪演出，结识了曾任安徽芜湖《皖江报》总编辑的郝耕仁，二人结成莫逆之交。

10月，无钱买衣，病倒，当衣买药。

年底，返乡。决心"不再流浪了"，埋头读书。

1916年，21岁

年初，写作两部中篇小说：《未婚妻》、《紫玉成烟》。

1917年，22岁

春，其族兄在上海吃官司，张恨水受本家之委托，赴沪营救。

接着，从上海至苏州，应李君磐之邀，在苏州参加演出。

冬，借资返乡。

1918年，23岁

年初，随郝耕仁一同出游，行至邵伯镇，折道去上海。

秋，离沪返乡。

冬，居家读书。

1919年，24岁

1月，中篇《未婚妻》颇得朋友赞赏。又作小说《未婚夫》。

2月，经郝耕仁举荐，被任命为《皖江日报》总编辑，开始了正式的记者生涯。

长篇小说《南国相思谱》在报上连载。不久，小说《真假宝玉》、《小说迷魂游地府记》在上海《民国日报》上刊登。

5月4日，"五四"运动爆发，张恨水受到了很大的刺激。

5月20日，张恨水鼓动编辑部人员上街游行。

秋，辞去《皖江日报》总编辑职务，只身赴北平，准备报考北京大学。

经王夫三引荐，结识了上海《申报》驻京记者秦墨哂，并在其手下工作。

不久，经方竟舟介绍，认识了北平《益世报》编辑成舍我，被成推荐兼任《益世报》助理编辑。

1920 年，25 岁

秋，改任天津《益世报》驻京记者。

冬，入商务印书馆英文函授学校，学习英文。

1921 年，26 岁

兼任芜湖《工商日报》驻京记者。作长篇小说《皖江潮》，连载于芜湖《工商日报》。

1922 年，27 岁

家庭由潜山迁至芜湖。

1923 年，28 岁

2 月，返芜湖探亲。

兼任世界通讯社总编辑。

离开《益世报》，协助成舍我创办"联合通讯社"，同时兼任北平《今报》编辑。

1924 年，29 岁

年初，辞去所任的一切职务。

4 月，应成舍我之邀，协助创办《世界晚报》，任该报副刊"夜光"主编。其成名作《春明外史》在"夜光"副刊连载。

秋，与胡秋霞结婚。

1925 年，30 岁

2 月，成舍我在北平创办《世界日报》，由张恨水执编副刊"明珠"。

1926 年，31 岁

2 月，中篇《新斩鬼传》在《世界日报》上连载。

7 月-10 月，其中篇小说《荆棘山河》、《交际明星》连载于《世界日报》副刊。

家庭由芜湖迁居北平。

1927 年，32 岁

2 月，长篇小说《金粉世家》开始在《世界日报》副刊上连载，历时 5 年，约百万言。

10 月，由杨憎提名，张恨水任《世界日报》总编辑。

1928 年，33 岁

8 月，张学良决定创办沈阳《新民晚报》，张恨水应邀写《春明新史》，《青春之花》，《天上人间》《剑胆琴心》也陆续在当年的《益世报》、《新晨报》上刊出，加上未写完的《金粉世家》、《春明外史》，共计 6 部长篇同时撰写。

长子晓水出生。

1929 年, 34 岁

1 月, 短篇《战地斜阳》发表。

5 月, 上海新闻记者团到北平, 经钱芥尘介绍, 与严独鹤相识。严约其为上海《新闻报》写长篇小说。

1930 年, 35 岁

2 月, 辞去《世界晚报》、《世界日报》副刊主编职务。

3 月, 长篇小说《啼笑因缘》开始在上海《新闻报》副刊连载。

秋, 至沪, 结识了世界书局总经理沈知方, 签订了《春明外史》,《金粉世家》出版合同, 并约定为该书局写四部长篇。后实际完成三部:《满江红》、《落霞孤鹜》、《美人恩》。

同年返北平, 潜心写作。

1931 年, 36 岁

1 月, 于《上海画报》连载《我的小说过程》, 这是张恨水最早发表的自传性文字。

用稿费收入创办北平华北美术专门学校。

9 月, 东三省沦陷, 张恨水在其长篇小说《太平花》中增加了抗战内容。

是年, 与北平春明女中学生周淑云结婚, 婚后为其改名周南。

1932 年, 37 岁

埋头写作, 除连载长篇外, 又撰《锦片前程》、《水浒别外》。还写了几部鼓吹抗战的小说。

夏, 女儿慰儿、康儿死于猩红热。

次子二水出生。

1933 年, 38 岁

写作《啼笑因缘》续集。

1934 年, 39 岁

5 月 16 日, 由北平出发, 游西北。后由所见所闻写就两部长篇小说:《燕归来》、《小西天》。

三子张全出生。

1935 年, 40 岁

9 月, 至沪, 应邀协助成舍我创办上海《立报》, 约期三月, 张恨水任该报副刊《花果山》主编, 并为其撰长篇小说《艺术之宫》。

1936 年, 41 岁

至南京。出资与张友鸾创办《南京人报》。自任社长, 并兼任副刊《南华经》主编。

小说《鼓角声中》、《中原豪侠传》连载于该报副刊。

举家由北平迁至南京。

1937年，42岁

春，四子张伍出生。

12月，《南京人报》被迫停刊。

中华全国文艺界抗敌协会在汉口成立，张恨水被推选为第一任理事。

1938年，43岁

1月10日，至重庆，结识即将复刊的重庆《新民报》总经理陈铭德，并被聘为该报主笔，兼副刊主编。

写作长篇《疯狂》、《冲锋》、《征途》、《游击队》、《桃花港》。

周南携子至重庆。

1939年，44岁

12月，长篇小说《八十一梦》开始在重庆《新民报》上连载。

另有小说《蜀道难》、《秦淮世家》、《潜山血》问世。

1940年，45岁

2月，长篇《水浒新传》始在上海《新闻报》上连载。该著作受到毛泽东的赞许。

全家移居重庆市郊南温泉桃子沟。

长女张明明出生。

1941年，46岁

5月，长篇小说《牛马走》在重庆《新民报》上连载。后来出单行本时，易名为《魍魉世界》。

1942年，47岁

小说《八十一梦》受到中共领导人周恩来的积极肯定。

1943年，48岁

4月16日，"文协"召开成立六周年纪念会，张恨水应邀参加。

兼任重庆《新民报》经理。为适应形势发展，在一次编辑会上，张恨水、张友鸾提出"居中偏左，遇礁即避"的办报方针。

次女张蓉蓉出生。

1944年，49岁

5月，张恨水五十寿辰。文协、新文学会、新民报单位联合发起祝寿活动。

5月20日，重庆《新民报》发表其《总答谢》一文。

6月，重庆《新民报》主编赵超构随中外记者团访问延安。毛泽东于接见记者时，特向赵超构询问了张恨水的近况，并希望他有机会到延安看看。

11 月，辞去重庆《新民报》经理职务。

1945 年，50 岁

8 月 14 日，日本宣布无条件投降，抗战胜利。

毛泽东在重庆期间，曾接见张恨水，肯定了他创作上的进步倾向，并赠延安红枣、小米。

12 岁，辞去重庆《新民报》职务，准备返回北平。

1946 年，51 岁

4 月 4 日，北平《新民报》创刊，张恨水任经理兼副刊"北海"主编。

5 月，"文学艺术界联合会"于北平中山公园水榭正式成立。大会选举张恨水为主任理事。

不久，蒋介石发动全面内战。因北平《新民报》有些左倾言论，张恨水考虑到报社安全，提醒同仁撰稿要"格外小心"。

10 月，发表社论《时局管家》、《中共之失在政治》等文。

年末，周南携子女至北平。

1947 年，52 岁

《新民报》在重庆、成都、南京的报社先后被封。

5 月 20 日，北平学生举行反内战、反饥饿的示威游行。当晚，国民党北平党部头目吴铸人坐镇新民报社，命令只许刊登中央社

8 月 17 日，长篇小说《五子登科》于《新民报》上连载。

9 月，国民党北平头目责令改组《新民报》编辑部。

撰写《雾中花》、《一路福星》、《岁寒三友》、《雨淋铃》等小说。除《雾中花》外，小说均未完稿。

1948 年，53 岁

秋，张恨水辞去《新民报》所有职务。至此，结束了他四十余年的记者生涯。

三女张正出生。

1949 年，54 岁

1 月 1 日，北平《新民报》连载其《写作生涯回忆》。

6 月，因高血压病发作，半身不遂。

7 月 2 日，中华全国文学艺术工作者代表大会在北京召开。张恨水因病未能参加。

小儿张同出生。

1950 年，55 岁

卖掉旧宅，迁至西四砖塔胡同 43 号。

1952 年，57 岁

5 月 31 日，参加北京文联召开的"通俗小说座谈会"。

10 月，正式参加了由市文联组织，联络部领导的"小说组"活动，直至 1955 年春"小说组"解散。张恨水每天都准时参加，可发言不多。

1953 年，58 岁

年初，恢复写作。写一组《冬日竹枝词》反映北京解放后发生的变化。该作发表于 1954 年二、三月间的香港《大公报》

8 月，开始写作长篇小说《梁山伯与祝英台》。

1954 年，59 岁

1 月 1 日，《梁山伯与祝英台》开始在香港《大公报》连载。这是他解放后发表的第一部长篇小说。此作深受欢迎，张恨水此后，又作《秋江》、《白蛇传》、《孔雀东南飞》等小说。

1955，60 岁

夏，只身南游。写作中篇游记《南游杂感》，发表于香港《大公报》。

1956 年，61 岁

1 月，列席了全国政协二届二次全会。

春末夏初，全国文联组织一批作家、艺术家到西北参观旅行。张恨水应邀参加。后由此行经历，写作游记《西北行》。

1957 年，62 岁

2 月，列席国务会议第二次扩大会议。

春，北京市文联在北海庆霄楼召开筹备出版《大众文艺》会议。张恨水参加并发言。

不久，参加发起组织"中国韵文学会"。

10 月 26 日，长篇小说《记者外传》开始在上海《新闻报》上连载。此书只完成上半部。

1958 年，63 岁

在家休养。

1959 年，64 岁

成为中央文史馆馆员。

10 月 14 日，夫人周南因病去世。

1960 年，65 岁

7 月 20 日，参加在北京召开的第三次文代会。

1961 年，66 岁

生活平静。常与朋友谈史论诗，下棋品茶。

闭门读书。

1962 年，67 岁

8 月，旧病复发。

1963 年，68 岁

应中央文史馆之约，写作长篇自传《我的生活与创作》。

1964 年，69 岁

张恨水七十寿辰，陈铭德等人在北京四川饭店为他祝寿。

1966 年，71 岁

12 月中旬，张明明由四川返京探亲。当她问父亲在"文化大革命"中是否害怕时，张恨水拿出文史馆聘书说："红卫兵来了，我告诉他，是周总理让我到文史馆去的。"由于有关部门的保护，张恨水免遭冲击。

1967 年，72 岁

农历正月初七晨，因脑溢血发作去世。

附录二：张恨水主要著作目录

一、小说［中、长篇］

1. 《紫玉成烟》，芜湖《皖江日报》，1918 年 3 月至 4 月。

2. 《真假宝玉》，上海《民国日报》，1919 年 3 月 10 日至 3 月 16 日。

3. 《小说迷魂游地府记》，上海《民国日报》，1919 年 4 月 13 日至 5 月 27 日。

4. 《未婚妻》，无锡《锡报》，1919 年，具体发表时间待考。

5. 《南国相思谱》，芜湖《皖江日报》，1919 年，具体发表时间待考。

6. 《皖江潮》，芜湖《工商日报》，1920 年，具体发表时间待考。

7. 《春明外史》，北京《世界晚报》，1924 年 4 月 12 日至 1929 年 1 月 24 日；上海世界书局，1930 年 5 月出版。

8. 《新斩鬼传》，北京《世界日报》，1926 年 2 月 19 日至 7 月 4 日；上海新自由书局，1931 年 4 月初版，上中下三集函装。

9. 《京城幻影录》，北京《益世报》，1926 年 3 月 5 日至 1928 年 9 月 12 日。

10. 《荆棘山河》（未完），北京《世界日报》，1926 年 7 月 5 日至 9 月 2 日。

11. 《交际明星》（未完），北京《世界日报》，1926 年 9 月 3 日至 10 月 4 日。

12. 《金粉世家》，北京《世界日报》，1927 年 2 月 14 日至 1932 年 5 月 22 日；上海世界书局，1932 年 12 月出版。

13. 《青春之花》（未完），北京《益世报》，1928 年 9 月 13 日起载，结束时间待考。

14. 《天上人间》（未完），北京《晨报》，1928 年 2 月 15 日起载，无锡《锡报》同时载。

15. 《春明新史》，沈阳《新民晚报》，1928 年 9 月 20 日起载，结束时间待考；沈阳新民晚报社，1930 年出版；北平远恒书社，1932 年 1 月版。

16.《剑胆琴心》（一名《世外群龙传》），北京《新晨报》1928 年 10 月 1 日起载，结束日期待考；新晨报营业部，1930 年出版。

17.《战地斜阳》，北京《世界日报》，1929 年 1 月 25 日至 2 月 8 日。

18.《斯人记》，北京《世界晚报》，1929 年 2 月 15 日至 1930 年 11 月 19 日；南京人报社，1936 年 10 月出版。

19.《银汉双星》，北京《华北画报》，1930 年，具体日期待考；上海大众书局，1931 年 10 月出版。

20.《啼笑因缘》，上海《新闻报》，1930 年 3 月 17 日至 11 月 30 日；上海三友书社，1930 年 12 月出版。

21.《满城风雨》，北京《晨报》，1931 年 1 月 4 日至 1932 年 10 月 8 日；汉口大众书局，1934 年 9 月出版。

22.《似水流年》（一名《黄金时代》），上海《旅行杂志》，1931 年 1 月 5 卷第 1 期至 1932 年 12 月 6 卷第 12 期；上海中国旅行社，1933 年出版。

23.《别有天地》，上海《红玫瑰》杂志，1931 年 3 月 21 日 7 卷第 1 期至 1932 年 1 月 11 日 8 卷第 1 期。

24.《落霞孤鹜》，上海世界书局，1931 年 8 月出版。

25.《太平花》，上海《新闻报》，1931 年 9 月 1 日至 1933 年 3 月 26 日；上海三友书社，1933 年 6 月出版。

26.《满江红》，上海世界书局，1932 年 9 月出版。

27.《锦片前程》（未完），上海《晶报》，1932 年 3 月 25 日至 1935 年 12 月 1 日。

28.《第二皇后》（未完），北京《世界日报》，1932 年 6 月 25 日起载，结束日期待考。

29.《热血之花》（剧本），上海《上海画报》，1932 年 7、8、9 期；北平远恒书社，1932 年出版；上海三友书社。1946 年 6 月出版。

30.《水浒别传》，北京《晨报》，1932 年 10 月 10 日至 1934 年 8 月 4 日。

31.《欢喜冤家》（一名《天河配》），北京晨报出版社，1932 年出版；同时在上海《晨报》连载，具体日期待考。

32.《秘密谷》，上海《旅行杂志》，1933 年 1 月 7 卷第 1 期至 1934 年 12 月 8 卷第 12 期；上海百新书店，1941 年 6 月出版。

33.《啼笑因缘》续集，上海三友书社，1933 年 2 月出版。

34.《东北四连长》（一名《杨柳青青》），上海《申报》，1933 年 3 月 4 日至 1934 年 8 月 10 日；上海教育书店，1946 年出版。

35.《美人恩》，上海世界书局，1934 年 4 月出版。

36.《现代青年》，上海《新闻报》，1933年3月27日至1934年7月30日；上海摄影社，1934年出版。

37.《燕归来》（一名《雁归来》），上海《新闻报》，1934年7月31日至1936年6月25日；天津唯一书店，1942年2月出版。

38.《小西天》，上海《申报》，1934年8月21日至1936年3月25日。

39.《屠沽列传》（未完），武汉《武汉日报》，1934年10月21日起载，结束日期待考。

40.《平沪通车》，上海《旅行杂志》，1935年1月9卷第1期至12月第12期，上海百新书店，1941年出版。

41.《天明寨》，南京《中央日报》，1935年1月1日至1936年7月30日。

42.《金碧争辉》（未完），无锡《锡报》，1935年5月3日至1937年7月。

43.《艺术之宫》，上海《立报》，1935年9月20日至1936年6月5日。

44.《北雁南飞》，上海《晨报》，1934年2月起载，结束日期待考；重庆山城出版社，1946年出版。

45.《新旧人》（一名《过渡时代》），上海《晶报》，1935年12月2日至1937年5月21日；山西《太原日报》，1933年至1934年载，具体日期待考；上海春明书店，1947年4月版。

46.《如此江山》，上海《旅行杂志》，1936年1月10卷第1期至1937年3月11卷第3期；上海百新书店，1941年6月出版。

47.《换巢鸾凤》（未完），上海《申报》，1936年3月30日至1939年8月10日。

48.《中原豪侠传》，南京《南京人报》，1936年4月8日，结束日期待考；重庆万象周刊社，1944年6月出版。

49.《鼓角声中》（未完），南京《南京人报》，1936年4月8日起载，结束日期待考。

50.《夜深沉》，上海《新闻报》，1936年6月27日至1939年3月7日；上海三友书社，1944年出版。

51.《风雪之夜》（未完），南京《中央日报》，1936年8月1日起载，结束日期待考。

52.《芒种》（未完），上海《立报》，1937年6月6日起载，结束日期待考。

53.《泪影歌声》（未完），北京《实报》，1937年6月28日起载，结束日期待考。

54.《疯狂》，重庆《新民报》，1938年1月15日至1939年10月21日。

55.《征途》，上海《晶报》，1938年1月19日至9月23日。

56.《游击队》（未完），武汉《申报》汉口版，1938年2月1日起载，结束日期待考。

57.《桃花港》（未完），香港《立报》，1938年4月1日起载，结束日期待考。

58.《冲锋》（一名《天津卫》、又名《巷战之夜》），重庆《时事新报》，1938年4月27日至8月22日；重庆新民报社，1942年出版。

59.《新游侠传》，上海《晶报》，1938年12月15日至1940年3月20日。

60.《秦淮世家》，上海《新闻报》，1939年3月8日至1940年2月4日；上海三友书社，1940年11月出版。

61.《蜀道难》，上海《旅行杂志》，1939年4月12卷第4期至9月12卷第9期；上海百新书局，1941年出版。

62.《潜山血》（未完），香港《立报》，1939年5月8日起载，结束日期待考。

63.《前线的安徽，安徽的前线》（未完），安徽立煌《皖报》，1940年3月12日至8月4日。

64.《敌国的疯兵》，重庆《新民报》，1939年10月21日至11月30日。

65.《八十一梦》，重庆《新民报》，1939年12月1日至1941年4月25日；重庆新民报社，1942年3月出版。

66.《丹凤街》（一名《负贩列传》），上海《旅行杂志》，1940年1月14卷第1期至1942年8月16卷第8期；重庆教育书店，1943年12月出版。

67.《水浒新传》，上海《新闻报》，1940年2月11日至1941年12月27日；重庆建中出版社，1943年7月出版。

68.《赵玉玲本纪》（未完），上海《小说月报》，1940年10月1日创刊号起载，结束日期待考。

69.《大江东去》，香港《国民日报》，1940年至1941年，具体日期待考；重庆新民报社，1942年出版。

70.《牛马走》（一名《魍魉世界》），重庆《新民报》，1941年5月2日至1945年11月3日；香港《大公报》，1955年1月1日至1956年2月11日；上海文化出版社，1957年2月出版。

71.《偶像》，重庆《新民报晚刊》，1941年11月1日至1943年3月28日；重庆新民报社，1943年出版。

72.《傲霜花》（一名《第二条路》），重庆《新民报晚刊》，1943年6月18日至1945年12月17日；上海百新书店，1947年2月出版。

73.《石头城外》（一名《到农村去》），重庆《万象周刊》，1943年6月27

日至 1945 年 7 月 21 日；重庆万象周刊社，1946 年出版。

74.《雁来红》（未完），昆明《昆明晚报》，1943 年 11 月 8 日起载，结束日期待考。

75.《虎贲万岁》（一名《武陵虎啸》），北平《新民报》，1946 年 5 月 26 日至 1947 年 3 月 23 日；上海百新书店，1946 年 7 月出版。

76.《巴山夜雨》，北平《新民报》，1946 年 4 月 4 日至 1946 年 12 月 6 日。

77.《纸醉金迷》，上海《新闻报》，1946 年 9 月 1 日至 1948 年 11 月 20 日；上海百新书店，1949 年 3 月出版。

78.《一夕殷勤》（《纸醉金迷之二》），上海百新书店，1949 年 4 月出版。

79.《此间乐》（《纸醉金迷之三》），上海百新书店，1949 年 5 月出版。

80.《谁征服了谁》（《纸醉金迷》之四），上海百新书店，1949 年 6 月出版。

81.《雾中花》，北平《新民报》，1947 年 5 月 11 日至 8 月 13 日。

82.《五子登科》，北平《新民报》，1947 年 8 月 17 日开始，当时未完，续连载于 1957 年第 4 期至 6 期《北方》；上海文化出版社，1957 年 11 月出版。

83.《一路福星》（未完），上海《旅行杂志》，约 1948 年 1 月起载，具体日期待考。

84.《人迹板桥霜》，北平《新民报》，1947 年 12 月 5 日至 1948 年 2 月 1 日。

85.《岁寒三友》（未完），河北《唐山日报》，约 1947 年，具体日期待考。

86.《雨霖铃》（未完），上海某报 1947 年载，具体日期待考。

87.《开门雪尚飘》（一名《贫贱夫妻》），北平《世界日报》，约 1947 年，具体日期待考。

88.《步步高升》（未完），北平《新民报》，1948 年 12 月 7 日起载。

89.《玉交枝》，上海《新闻报》，1948 年 11 月 12 日至 1949 年 5 月 25 日；正气书局，1950 年 12 月出版。

90.《马后桃花》（未完），大约 1947 年至 1948 年作，何时刊载待考。

91.《梁山伯与祝英台》，香港《大众报》，1954 年 1 月 1 日至 5 月 3 日；北京宝文堂书店，1954 年 11 月出版。

92.《秋江》，香港《大公报》，1954 年 7 月 3 日至 10 月 4 日，北京通俗文艺出版社，1955 年 9 月出版。

93.《白蛇传》，北京通俗文艺出版社，1955 年 1 月出版。

94.《牛郎织女》，中国新闻社，1954 年至 1955 年向国外发稿。

95.《陈三五娘》，中国新闻社，1955 年向国外发稿。

96.《孔雀东南飞》，上海《新闻日报》，1956年8月2日至11月13日；北京出版社，1958年3月出版。

97.《荷花三娘子》，中国新闻社，1956年向国外发稿。

98.《孟姜女》，北京出版社，1957年12月出版。

99.《记者外传》（未完），上海《新闻日报》，1957年10月26日至1958年6月24日。

100.《磨镜记》，中国新闻社，1955年向国外发稿；北京出版社，1957年12月出版。

101.《逐车尘》，中国新闻社，1958年至1959年向国外发稿。

102、《重起绿波》，中国新闻社，1961年至1963年向国外发稿。

103、《男女平等》，中国新闻社，1963年向国外发稿。

104、《凤求凰》，中国新闻社，1962年至1963年向国外发稿。

105、《人心大变》，成都《新民报》晚刊"出师表"副刊，1943年6月18日至1945年底；1946年3月2日至18日转载于重庆《新民报》。

106、《第二条路》，重庆、成都《新民报》晚刊同时连载，1943年6月18日至1945年底。

（注：未发表或未考证确切的小说未列入目录）

二、小说［短篇］

1.《找事》，北平《世界日报》"明珠"副刊，1926年1月25日。

2.《失婢案》，北平《世界日报》"明珠"副刊，1926年3月15日。

3.《别语》，北平《世界日报》"明珠"副刊，1926年4月5日。

4.《新捉鬼传补遗》，北平《世界日报》"明珠"副刊，1926年6月14日。

5.《干卿底事》，北平《世界画报》，第77期、第78期，1927年3月13日至20日。

6.《雪湖双溺记》，北平《世界画报》，第79期，1927年3月27日。

7.《摧花碎玉记》，北平《世界画报》，第82期、第83期，1927年4月17日至24日。

8.《张碧娥》，北平《益世报》"益世俱乐部"副刊，1928年7月2日。

9.《怪诗人张楚萍传》，北平《朝报》"鹊声"副刊，1929年4月1日至2日；转载于1933年9月1日《金刚钻》月刊创刊号。

10.《一碗冷饭》，北平《朝报》"鹊声"副刊，1929年4月18日至5月12日。

11.《滚过去》，北平《世界日报》"明珠"副刊，1929年8月27日。

12. 《不得已的续弦》，北平《世界日报》"明珠"副刊，1929年9月3日。

13. 《死与恐怖》，北平《世界日报》"明珠"副刊，1929年9月7日。

14. 《难言之隐》，上海《万岁》杂志1卷1号。

15. 《证明文件》，《文艺月刊》，1939年1月1日2卷9至10期。

16. 《多变之姑娘》，成都《新民报》晚刊，1944年9月12日至13日。

17. 《荷花三娘子》，中国新闻社1956年向国外发稿，待考。

18. 《买伞》，北平《世界日报》"明珠"副刊，1925年8月16日。

19. 《爸爸信来》，北平《世界日报》"明珠"副刊，1925年11月16日。

20. 《红绿妖人》，《上海画报》，1929年7月9日。

21. 《上月份的津贴》，北平《世界晚报》"夜光"副刊，1930年11月20日至22日。

22. 《一月二十八》，《大陆新报》，1932年5月24日。

三、散文集、回忆录

1. 《弯弓集》，北平远恒书社，1932年3月出版。

2. 《水浒人物论赞》，重庆万象周刊社，1944年4月出版。

3. 《山窗小品》，上海杂志公司，1945年12月出版。

4. 《我的写作生涯》（回忆录），四川人民出版社，1981年6月出版。

（本目录所列张恨水主要著作参考了张占国、魏守忠编《张恨水研究资料》，袁进《张恨水评传》，董康成、徐传礼《闲话张恨水》和杨义主编《张恨水名作欣赏》中所附关于张恨水作品的介绍）

后　记

从 2002 年起，我先后以《张恨水及其作品研究》、《影像张恨水研究》及《张恨水小说研究》为内容，面向全校和中文系同学开设了公共选修课、专业选修课，深受广大同学的欢迎。这种形式的选修课，对于大学生深入了解安徽历史文化名人张恨水及其作品，对于张恨水作品的普及，其意义均是不言而喻的。通过若干年的选修课教学，积累形成了较为完整充实的讲稿。特别是 2004—2005 学年，在北京大学做访问学者的一年，北大图书馆、国家图书馆的丰富图书资源，开阔了我的学术视野，为我从更高、更广、更全面的基础上查阅、搜集、整理、积累张恨水研究资料，奠定了坚实的基础。

2004 年 3 月，讲稿《学术视野：张恨水及其作品研究概览》被学校立项，作为选修课教材供教学之用。

张恨水先生作为中国现代文学史上的一种独特现象，其人其作涉及的中国传统文化中的文学（诗词，小说，戏剧，散文等）、佛学、哲学、美学内涵以及传播学意义，特别是对于当代文学创作的借鉴、指导作用，都值得我们认真研究。因此，这部教材的编写就是在这种背景下产生的。

张恨水及其作品的学术研究已经走过了 80 年的历程，其研究成果很多，本教材试图从学术的层面来探讨张恨水及其小说作品，因此，既有宏观的有关张恨水研究的勾勒，又有微观、详实的研究资料的展示。既考虑到学术研究特点，又照顾到大学生学习特点的需要，每讲前设导读，后附思考题，力求在严谨中显示通俗，更容易为广大同学所接受。

张恨水给予我们的启迪是多方面的。首先，透过张恨水小说可以让我们认识中国小说的发展过程，具有小说史学意义；其次，张恨水是一位市场意识很强的作家，通过学习，可以认清张恨水小说实现传播的成功经验；第三，张恨水小说所反映的社会生活面广泛，可以让我们从中认识 20 世纪初的中国社会风貌，极具社会认识价值；第四，张恨水的人生经历及其自立自强、自学成才的经验，是一笔宝贵的财富，均值得我们当今青年学习和借鉴。然而，张恨水却成为中国现代文学史上被歪曲、被误解、被冷落、被忽视、被埋没最严重、最长久的作家之一。张恨水的存在，对我们的文学史观念无疑是一种考验和挑战，在张恨水的作品中，包含着很多我们至今还不了解的关于民族生存和社会政治经济的富有正义感和才华的思考，张恨水是 20 世纪中国文学由传统向现代转型的一个难得的典型。

编写这样一本教学普及性的教材，是池州学院中文系中国现代文学学科在选修课教学方面的第一次尝试与探索，其中饱含着编写组成员陈广士、许思友、姜友芝、王凤娟以及陈由歆博士的辛勤劳动，才使得有了最终的定稿。在此，我要表示深深的感谢。

正因为是第一次，其中缺点和不足在所难免，恳请同行及广大同学提出宝贵意见，以便修订时改正。

本教材参考和引用了学术界众多专家学者关于张恨水研究的成果，限于篇幅，书中未能一一标出，在此，向这些专家学者表示歉意和谢意。

本教材在编写过程中，得到了池州学院领导，池州学院教务处、中文系等相关部门以及安徽省张恨水研究会的大力支持，在此一并致谢。

谢家顺
2002 年 5 月初稿
2006 年元月修改
2011 年 1 月定稿